AS PROVAÇÕES DE APOLO

RICK RIORDAN

AS PROVAÇÕES DE APOLO

LIVRO QUATRO
A TUMBA DO TIRANO

Tradução de Regiane Winarski e Giu Alonso

intrínseca

Copyright © 2019 by Rick Riordan
Publicado mediante acordo com Gallt & Zacker Literary Agency LLC.

TÍTULO ORIGINAL
The Tyrant's Tomb

PREPARAÇÃO
Carolina Vaz
Marcela de Oliveira

REVISÃO
Rayana Faria

ADAPTAÇÃO DE CAPA E DIAGRAMAÇÃO
Julio Moreira | Equatorium Design

ARTE DE CAPA
Joann Hill

ILUSTRAÇÃO DE CAPA
© 2019 John Rocco

CIP-BRASIL. CATALOGAÇÃO NA PUBLICAÇÃO
SINDICATO NACIONAL DOS EDITORES DE LIVROS, RJ

R452t

    Riordan, Rick, 1964-
        A tumba do tirano / Rick Riordan ; tradução de Regiane Winarski, Giu Alonso. - 1. ed. - Rio de Janeiro : Intrínseca, 2019.
        368 p. ; 23 cm.   (As provações de Apolo ; 4)

    Tradução de: The tyrant's tomb
    Sequência de: O labirinto de fogo
    ISBN 978-85-510-0534-7
        1. Ficção infantojuvenil americana. I. Winarski, Regiane. II. Alonso, Giu. III. Título. IV. Série.

19-59441   CDD: 028.5
                                            CDU: 087.5

Vanessa Mafra Xavier Salgado - Bibliotecária - CRB-7/6644

[2019]
Todos os direitos desta edição reservados à
Editora Intrínseca Ltda.
Av. das Américas, 500, bloco 12, sala 303
22640-904 – Barra da Tijuca
Rio de Janeiro – RJ
Tel./Fax: (21) 3206-7400

*Em memória de Diane Martinez,
que mudou muitas vidas para melhor*

A profecia das sombras

Palavras forjadas da memória ardem
Antes da nova lua no Monte do Diabo
Um terrível desafio para o lorde jovem
Até o Tibre se encher de corpos empilhados.

Para o sul o Sol segue caminho,
Por labirintos obscuros e terras fatais arrasadas
Até achar o dono do cavalo branquinho
E arrancar os ditos do falante de palavras cruzadas.

Ao palácio ocidental Lester tem que viajar,
A filha de Deméter encontra raízes antigas.
Só o guia com patas sabe como chegar
Percorrendo o caminho com as botas inimigas.

Ao conhecer os três e ao Tibre vivo chegar,
Só então Apolo começa a dançar.

1

Acabou a comida aqui
Meg comeu a jujuba toda
Por favor, caia fora do meu rabecão

EU SOU A FAVOR de devolver corpos.

Parece um gesto básico de cortesia, não? Quando um guerreiro morre, temos que fazer o possível para levar o corpo dele de volta para seu povo, para que providencie os ritos funerários. Talvez eu seja antiquado (afinal, tenho mais de 4 mil anos), mas acho grosseria não dar um fim adequado aos defuntos.

Aquiles durante a Guerra de Troia, por exemplo. Um panaca. Passou dias arrastando o corpo de Heitor, maior guerreiro troiano, em sua carruagem, ao redor dos muros da cidade. Até que eu consegui convencer Zeus a forçar o valentão a devolver o corpo aos pais para que o coitado tivesse um enterro decente. *Por favor*, né. Um pouco de respeito por quem acabamos de matar não faz mal a ninguém.

Teve também o cadáver de Oliver Cromwell. Não que eu fosse muito fã do cara, mas tenha dó. Primeiro, os ingleses o enterram com honras. Depois, resolvem odiar o homem, tiram o corpo da cova e o "executam". A cabeça dele cai do espeto onde ficou empalada por décadas e é passada de colecionador em colecionador por quase três séculos como um daqueles globos de neve que as pessoas dão de lembrancinha, só que nojento. Finalmente, em 1960, eu sussurrei no ouvido de umas pessoas influentes: *Já chega. Sou o deus Apolo e ordeno que enterrem essa coisa. Vocês estão me enojando.*

Quando chegou a vez de Jason Grace, meu falecido amigo e meio-irmão, eu não ia dar chance ao azar. Acompanharia pessoalmente o caixão até o Acampamento Júpiter e prestaria todas as homenagens.

Acabou sendo uma boa decisão. Considerando que os ghouls nos atacaram e tudo mais.

A Baía de São Francisco no pôr do sol parecia um caldeirão de cobre derretido quando nosso avião particular pousou no aeroporto de Oakland. Digo *nosso* avião particular porque a viagem fretada foi um presente de despedida da nossa amiga Piper McLean e seu pai astro de cinema. (Todo mundo deveria ter pelo menos um amigo com um astro de cinema na família.)

Esperando na pista havia outra surpresa que os McLean devem ter providenciado para nós: um rabecão preto novinho em folha.

Meg McCaffrey e eu esticamos um pouco as pernas do lado de fora enquanto a equipe no solo, muito séria, retirava o caixão de Jason do bagageiro do avião. A caixa de mogno polido resplandecia à luz do fim de tarde. Os apetrechos de metal cintilavam em vermelho. Odiei a beleza daquilo. A morte não deveria ser bonita.

A equipe o colocou no rabecão e guardou nossa bagagem no banco de trás. Não tínhamos muita coisa: a mochila da Meg e a minha, meu arco, minha aljava e o ukulele, alguns cadernos de desenho e um diorama que herdamos de Jason.

Assinei uns papéis, aceitei as condolências da tripulação e apertei a mão de um agente funerário simpático, que depois de me dar a chave do rabecão foi embora.

Fiquei olhando para a chave e depois para Meg McCaffrey, que arrancava com o dente a cabeça de uma jujuba em forma de peixe. O avião tinha um estoque de seis latas daquela bala molenga. Que foi detonado. Meg, sozinha, destruiu o ecossistema de jujubas de peixe.

— Vou ter que dirigir? — questionei. — Esse rabecão é alugado? Acho muito difícil que minha habilitação júnior de Nova York cubra isso.

Meg deu de ombros. Durante nosso voo, ela havia insistido em se esparramar no sofá do avião, e seu cabelo preto e curtinho acabou todo amassado dos lados. A ponta dos óculos de gatinha com pedrinhas brilhantes saía do cabelo como uma barbatana de tubarão da era disco.

O resto do figurino estava igualmente vergonhoso: tênis largo de cano alto vermelho, uma legging amarela puída e o tão amado vestido verde na altura dos joelhos que ela havia ganhado da mãe de Percy Jackson. Com *tão amado* quero dizer que o vestido que passou por tantas batalhas foi lavado e remendado tantas vezes que estava mais para um balão de ar murcho do que para uma peça de roupa. Na cintura de Meg estava a *pièce de résistance*: o cinto de jardinagem cheio de bolsos, porque os filhos de Deméter nunca saem de casa sem isso.

— Não tenho habilitação — disse ela, como se alguém precisasse me lembrar que minha vida, no momento, estava sendo controlada por uma garota de doze anos. — Eu vou na frente!

Disputar o banco da frente de um rabecão não era nada apropriado. Mesmo assim, Meg saltitou até lá e entrou no carro. Eu me sentei ao volante. Logo estávamos saindo do aeroporto e seguindo para o norte pela I-880 em nosso lutomóvel preto alugado.

Ah, a Bay Area... eu tinha passado bons momentos ali. A bacia geográfica deformada e ampla era repleta de pessoas e lugares interessantes. Eu amava as colinas verdes e douradas, a costa coberta de neblina, a malha brilhante de pontes e o zigue-zague doido dos bairros grudados uns nos outros feito passageiros do metrô na hora do rush.

Nos anos 1950, toquei com Dizzy Gillespie no Bop City, na Fillmore. Durante o Verão do Amor, organizei uma apresentação de jazz no parque Golden Gate com o Grateful Dead. (Que caras adoráveis, mas precisavam mesmo fazer aqueles solos de quinze minutos?) Nos anos 1980, andei pra cima e pra baixo por Oakland com Stan Burrell, também conhecido como MC Hammer, enquanto ele inventava o rap pop. Não posso pedir crédito pelas músicas do Stan, mas dei, sim, alguns palpites no aspecto visual. Sabe aquelas calças largas douradas? Ideia minha. De nada, fashionistas.

A maior parte da Bay Area trazia boas lembranças. Mas, enquanto dirigia, não pude deixar de olhar para noroeste... na direção do condado Marin e do pico escuro do monte Tamalpais. Nós, deuses, conhecíamos o lugar como monte Otris, lar dos Titãs. Apesar de nossos antigos inimigos terem sido vencidos, e seus palácios, destruídos, eu ainda sentia a energia maligna do local, como um ímã tentando extrair o ferro do meu sangue agora mortal.

Fiz o que pude para afastar a sensação. Tínhamos outros problemas para resolver. Além do mais, estávamos indo para o Acampamento Júpiter, território amigável daquele lado da baía. Eu tinha Meg para me apoiar, dirigia um rabecão. O que poderia dar errado?

A rodovia Nimitz serpenteava pelas planícies da East Bay, passando por armazéns e docas, shoppings a céu aberto e fileiras de bangalôs caindo aos pedaços. À nossa direita estava o centro de Oakland, o pequeno aglomerado de arranha-céus contrastando com São Francisco, a vizinha descolada do outro lado da baía, como se proclamasse *Olhe para a gente! Também existimos!*.

Meg se recostou no banco, apoiou os tênis vermelhos no painel e abriu a janela.

— Gostei daqui — concluiu ela.

— Acabamos de chegar. Do que você gostou exatamente? Dos armazéns abandonados? Da placa do Bo's Frango e Waffles?

— Da natureza.

— Concreto conta como natureza?

— Tem árvores também. Plantas florescendo. Umidade no ar. Os eucaliptos têm um cheiro tão bom. Não é como...

Ela não precisou terminar a frase. Nossa estadia no sul da Califórnia foi marcada por temperaturas ardentes, seca extrema e incêndios florestais incontroláveis, tudo graças ao mágico Labirinto de Fogo controlado por Calígula e sua melhor amiga feiticeira cheia de ódio, Medeia. A Bay Area não estava passando por nenhum daqueles problemas. Ao menos não por enquanto.

Nós matamos Medeia. Extinguimos o Labirinto de Fogo. Libertamos a Sibila Eritreia e proporcionamos alívio para os mortais e para os espíritos fulminantes da natureza no sul da Califórnia.

Mas Calígula ainda estava vivinho. Ele e os outros imperadores do Triunvirato continuavam determinados a controlar todas as formas de profecia, dominar o mundo e escrever o futuro à sua imagem sádica. Naquele exato momento, a frota de iates de luxo do mal pertencente a Calígula seguia em direção a São Francisco para atacar o Acampamento Júpiter. Eu mal podia imaginar que tipo de destruição infernal o imperador jogaria em Oakland e no Bo's Frango e Waffles.

Mesmo que conseguíssemos derrotar o Triunvirato, ainda teríamos que lidar com minha antiga inimiga Píton, que no momento controlava o mais importante dos oráculos, o de Delfos. Como derrotá-la na minha atual condição, um fracote de dezesseis anos, eu não tinha a menor ideia.

Mas, ei. Fora isso, estava tudo bem. Os eucaliptos tinham um cheiro bom.

O tráfego ficou lento na junção com a I-580. Pelo visto, os motoristas da Califórnia não costumavam dar passagem a rabecões por questão de respeito. Talvez tivessem concluído que, com pelo menos um dos passageiros a bordo já morto, não estávamos com pressa.

Meg ficou brincando com o controle da janela, subindo e descendo o vidro. *Reeee. Reeee. Reeee.*

— Você sabe chegar no Acampamento Júpiter? — perguntou ela.

— Claro.

— É que você disse a mesma coisa sobre o Acampamento Meio-Sangue.

— A gente chegou lá! Em algum momento.

— Congelados e meio mortos.

— Olha, a entrada do acampamento fica bem ali. — Fiz um gesto vago na direção de Oakland Hills. — Tem uma passagem secreta no túnel Caldecott, se não me engano.

— Se não se engana?

— Bom, eu nunca fui *dirigindo* para o Acampamento Júpiter — admiti. — Normalmente, desço dos céus na minha gloriosa carruagem do Sol. Mas sei que o túnel Caldecott é a entrada principal. Deve ter uma placa. Talvez uma faixa dizendo *apenas para semideuses*.

Meg me espiou por cima dos óculos.

— Você é o deus mais burro do mundo.

Ela subiu a janela com o *reeee SHLUMP!* final, um som que me trouxe a incômoda lembrança de uma lâmina de guilhotina.

Viramos na rodovia 24. O congestionamento diminuiu próximo das colinas. As pistas elevadas passavam por bairros de ruas sinuosas com coníferas altas e casas brancas de estuque nas encostas de ravinas gramadas.

Uma placa prometeu que a entrada do túnel Caldecott chegaria em 3 km. Isso deveria ter me servido de consolo. Logo nós passaríamos pelas fronteiras do

Acampamento Júpiter e entraríamos num vale magicamente camuflado e extremamente seguro onde eu contaria com toda uma legião romana para me proteger das minhas preocupações, ao menos por um tempo.

Então por que os pelos da minha nuca se eriçavam feito um porco-espinho?

Alguma coisa estava errada. Acabei me dando conta de que a inquietação que eu estava sentindo desde que havíamos pousado talvez não fosse causada pela ameaça distante do Calígula, nem pela antiga base Titã no monte Tamalpais, mas algo mais imediato... algo malévolo, vindo em nossa direção.

Olhei pelo retrovisor. Pela cortina transparente da janela de trás só vi o tráfego. Mas então, na superfície polida da tampa do caixão do Jason, vislumbrei o reflexo de um vulto se movendo lá fora... como se um objeto do tamanho de um humano tivesse passado voando pelo rabecão.

— Ei, Meg. — Tentei manter o tom de voz normal. — Está vendo alguma coisa diferente atrás da gente?

— Diferente como?

TUM.

O rabecão sacudiu como se tivéssemos sido acoplados a um trailer cheio de sucatas de metal. No teto acolchoado acima da minha cabeça, surgiram duas pegadas.

— Alguma coisa pousou aqui em cima — deduziu Meg.

— Obrigado, Sherlock McCaffrey! Dá para você tirar?

— Tirar? Como?

Era uma pergunta irritantemente plausível. Meg conseguia transformar os anéis dos seus dedos do meio em duas terríveis espadas douradas, mas se as conjurasse em um ambiente fechado, como o interior do rabecão, ela a) não teria espaço para mover as espadas e b) poderia acabar empalando a mim ou a si mesma.

CREC. CREC. As pegadas ficaram mais profundas quando a coisa se equilibrou como um surfista numa prancha. Só algo muito pesado afundaria naquele teto de metal.

Um choramingo borbulhou na minha garganta. Minhas mãos tremeram no volante. Desejei pegar meu arco e minha aljava no banco de trás, mas não teria como usá-los. Não se deve mesmo dirigir usando armas impulsoras, crianças.

— Talvez dê para você abrir a janela — falei para Meg. — Se debruçar para fora e mandar essa coisa embora.

— Hum, não. — (Deuses, como ela era teimosa.) — E se você tentar sacudir o carro até a coisa cair?

Antes que eu pudesse explicar que aquela era uma péssima ideia para se botar em prática estando a oitenta quilômetros por hora numa rodovia, ouvi o som de uma lata de alumínio sendo aberta... o assobio seco e pneumático de ar escapando pelo metal. Uma garra perfurou o teto, uma unha branca suja do tamanho de uma broca. Depois outra. E outra. E mais outra, até o forro estar pontilhado por dez espetos brancos; o número exato de duas mãos grandes.

— Meg? — choraminguei. — Será que você pode...?

Não sei como eu poderia ter terminado essa frase. *Me proteger? Matar essa coisa? Dar uma olhada lá atrás para ver se tem uma cueca limpa?*

Fui grosseiramente interrompido pela criatura abrindo nosso teto como se fosse a embalagem de um presente de aniversário.

Olhando para mim pelo buraco arrancado havia um ghoul humanoide fulminante, a carapaça preta-azulada brilhando como a de uma mosca, os olhos de órbitas brancas leitosas, dentes com saliva pingando. Na cintura usava uma tanga de penas pretas ensebadas. O cheiro da criatura era mais pútrido do que qualquer lixeira... e sei do que estou falando, pois já caí em algumas.

— COMIDA! — berrou a coisa.

— Mata isso! — gritei para Meg.

— Desvia! — respondeu ela.

Uma das muitas coisas irritantes de estar encarcerado no meu decrépito corpo mortal: eu era servo de Meg McCaffrey. Estava fadado a obedecer a suas ordens diretas. Então, quando ela gritou "Desvia!", girei o volante com força para a direita. O rabecão respondeu prontamente. Cortou três pistas de tráfego, atravessou a grade na lateral da estrada e despencou no cânion.

2

*Cara, que coisa feia
Um cara tentou comer meu cara
O meu cara morto, cara*

EU GOSTO DE CARROS VOADORES. Gosto mais ainda quando o carro voa de verdade.

Quando o rabecão alcançou gravidade zero, tive alguns microssegundos para apreciar o cenário abaixo: um laguinho lindo cercado de eucaliptos, caminhos para pedestres e uma pequena praia na margem mais distante, onde um grupo fazia piquenique no fim da tarde e relaxava deitado em cobertores.

Ah, que bom, pensou uma pequena parte do meu cérebro. *Talvez a gente pelo menos caia na água.*

Mas, então, despencamos... não no lago, e sim nas árvores.

Um som semelhante ao dó agudo de Luciano Pavarotti em *Don Giovanni* saiu da minha garganta. Minhas mãos grudaram no volante.

Conforme mergulhamos nos eucaliptos, o ghoul sumiu do nosso teto, quase como se os galhos das árvores o tivessem empurrado para longe de propósito. O rabecão pareceu ter encurvado outros galhos, o que desacelerou a queda. Fomos jogados de um galho folhoso com cheiro de sauna a outro, até chegarmos no chão ainda sobre quatro rodas e com um baque forte. Tarde demais, os air bags se abriram, empurrando minha cabeça contra o banco.

Amebas amarelas dançaram na minha frente. O gosto de sangue fez minha garganta arder. Tateei até encontrar a maçaneta, me espremi entre o air bag e o assento para tentar sair e caí na grama macia e fresca.

— Blerg! — falei.

Ouvi Meg vomitando ali perto. Pelo menos assim eu soube que ainda estava viva. Uns três metros à minha esquerda, a água batia na margem do lago. Bem acima de mim, perto do topo do eucalipto mais alto, nosso amigo preto-azulado demoníaco rosnava e se contorcia, preso em uma jaula de galhos.

Usei todas as minhas forças para me sentar. Meu nariz latejava. Meu rosto parecia empastado de pomada mentolada.

— Meg?

Ela apareceu cambaleando na frente do rabecão. Havia hematomas se formando em torno dos olhos, sem dúvida cortesia do air bag do passageiro. Embora tortos, os óculos estavam intactos.

— Você desvia muito mal.

— Ah, meus deuses! — protestei. — Você me *mandou*... — Meu cérebro travou. — Espera. Como a gente ainda está vivo? Foi *você* que curvou os galhos das árvores?

— Dã. — Ela mexeu as mãos, e suas espadas douradas gêmeas apareceram. Meg as usou como bastões de esqui, para se firmar. — Mas eles não vão segurar aquele monstro por muito tempo. Se prepara.

— O quê? — gritei. — Espera. Não. Não estou preparado!

Eu me levantei, apoiado na porta do passageiro.

Do outro lado do lago, o pessoal do piquenique ficou de pé. Imagino que um rabecão caindo do céu tenha chamado a atenção deles. Minha visão estava embaçada, mas havia algo estranho com o grupo... Um deles usava armadura? Outro tinha pernas de bode?

Mesmo que fossem amigáveis, estavam longe demais para ajudar.

Manquei até a porta de trás do carro. O caixão de Jason parecia seguro ali. Peguei meu arco e minha aljava. Meu ukulele tinha desaparecido embaixo do banco. Eu teria que ficar sem ele.

Lá em cima, a criatura uivou e se debateu na jaula.

Meg tropeçou. Sua testa estava coberta de suor. O ghoul se soltou e despencou, caindo a poucos metros da gente. Eu esperava que as pernas da criatura pelo menos se quebrassem com o impacto, mas não tivemos essa sorte. Ela deu alguns passos, os pés abrindo crateras úmidas na grama, então se empertigou e rosnou, os dentes brancos e afiados parecendo uma cerquinha branca.

— MATAR E COMER! — gritou.

Que voz melódica linda. Aquele ghoul poderia ser vocalista de qualquer grupo de death metal norueguês.

— Espera! — Minha voz soou aguda. — Eu... Eu te conheço. — Balancei o dedo, como se isso pudesse fazer minha memória pegar no tranco. Na minha outra mão, o arco tremeu. As flechas sacudiram na aljava. — E-espera, eu vou lembrar!

O ghoul hesitou. Eu sempre acreditei que as criaturas mais sencientes gostam de ser reconhecidas. Sejamos deuses, pessoas ou escravos ghouls com tanga de pena de abutre, gostamos que saibam quem somos, falem nosso nome e apreciem nossa existência.

Mas é claro que eu só estava tentando ganhar tempo. Esperava que Meg recuperasse o fôlego, atacasse a criatura e a partisse em forma de *pappardelle* de ghoul pútrido. Mas, no momento, ela parecia incapaz de usar as espadas para qualquer coisa além de se escorar. Imagino que controlar árvores gigantescas seja cansativo mas, francamente, ela não podia ter esperado para ficar sem energia *depois* de matar o Fralda de Abutre?

Espera. Fralda de Abutre... Dei outra olhada no ghoul: a estranha pele manchada de azul e preto, os olhos leitosos, a boca enorme e as narinas apertadinhas. O ser tinha cheiro de carne rançosa e usava penas de uma ave carniceira...

— Conheço *mesmo* — concluí. — Você é um *eurínomo*.

Desafio vocês a dizerem *Você é um eurínomo* com a língua pesada feito chumbo, o corpo tremendo de pavor e tendo acabado de levar um soco na cara do air bag de um rabecão.

Os lábios do ghoul se curvaram. Filetes prateados de saliva pingaram de seu queixo.

— SIM! A COMIDA DISSE MEU NOME!

— M-mas você é um comedor de cadáveres! — protestei. — Deveria estar no Mundo Inferior, trabalhando para Hades!

O ghoul inclinou a cabeça, como se tentasse recordar as palavras *Mundo Inferior* e *Hades*. Não pareceram tanto de seu agrado quanto *matar* e *comer*.

— HADES ME DÁ MORTO VELHO! — gritou. — O MESTRE ME DÁ FRESCO!

— Mestre?

— O MESTRE!

Eu queria muito que o Fralda de Abutre não gritasse. Não dava para ver nenhuma orelha ali, então talvez seu controle de volume estivesse desajustado. Ou talvez ele só quisesse borrifar aquela saliva nojenta pelo maior raio possível.

— Se está falando de Calígula — arrisquei —, tenho certeza de que ele fez todo tipo de promessa, mas posso afirmar que Calígula *não* é...

— RÁ! COMIDA BURRA! CALÍGULA NÃO É O MESTRE!

— Não é o mestre?

— NÃO É O MESTRE!

— MEG! — gritei.

Aff. Agora era *eu* quem estava gritando.

— Que foi? — chiou Meg. Ela conseguia passar uma imagem corajosa e guerreira mesmo se aproximando feito uma vovó com bengalas de espadas. — Um minutinho por favor.

Estava claro que ela não assumiria a liderança naquela luta. Se eu deixasse o Fralda de Abutre chegar perto dela, ele a mataria, e achei essa ideia só noventa e cinco por cento inaceitável.

— Bom, eurínomo — falei —, seja lá quem for seu mestre, você não vai matar nem comer ninguém hoje!

Puxei uma flecha da aljava. Prendi-a no arco e mirei, como tinha feito milhões de vezes antes, literalmente... Só que esse feito não causava mais tanto impacto, visto que minhas mãos tremiam e meus joelhos batiam.

Por que os mortais tremem quando estão com medo, afinal? É tão contraproducente. Se *eu* tivesse criado os humanos, teria dado a eles determinação de aço e força sobre-humana em momentos de pavor.

O ghoul sibilou, espirrando mais saliva.

— LOGO OS EXÉRCITOS DO MESTRE VÃO SE ERGUER DE NOVO! VAMOS TERMINAR O SERVIÇO! VOU FAZER PICADINHO DA COMIDA, QUE VAI SE JUNTAR A NÓS!

A comida vai se juntar a vocês? Meu estômago passou por uma perda repentina de pressão na cabine. Lembrei por que Hades amava tanto aqueles eurínomos. O menor corte feito pelas garras deles provocava uma doença feroz nos mortais, que, quando morriam, se reerguiam na forma do que os gregos chamavam de *vrykolakai*... ou, no jargão da televisão, zumbis.

E isso nem era o pior. Se um eurínomo conseguisse devorar toda a carne de um cadáver, deixando só os ossos, o esqueleto se reanimaria como o tipo mais feroz e casca-grossa de guerreiro morto-vivo. Muitos deles integravam a guarda de elite do palácio de Hades, um emprego para o qual eu *não* queria me candidatar.

— Meg? — Mantive a flecha apontada para o peito do ghoul. — Para trás. Não deixe essa coisa arranhar você.

— Mas...

— Por favor — supliquei. — Uma vez na vida, acredite em mim.

O Fralda de Abutre rosnou.

— A COMIDA FALA DEMAIS! FAMINTO!

Ele me atacou.

Eu disparei.

A flecha encontrou o alvo, bem no meio do peito do ghoul, mas ricocheteou como uma marreta de borracha no metal. A ponta de bronze celestial devia ter machucado, pelo menos. O ghoul gritou e parou na hora, com um ferimento inchado e fumegante no esterno. Mas o monstro continuava vivo. Talvez, se eu conseguisse dar vinte ou trinta disparos no mesmo ponto, pudesse provocar algum dano.

Com as mãos trêmulas, encaixei outra flecha.

— F-foi só um aviso! — blefei. — A próxima vai matar!

O Fralda de Abutre emitiu um gorgolejo, que eu esperava que significasse que ele ia se engasgar até a morte. Mas então percebi que ele estava rindo.

— QUER QUE EU COMA A COMIDA DIFERENTE PRIMEIRO? QUE GUARDE VOCÊ PARA A SOBREMESA?

Ele abriu as garras, apontando para o rabecão.

Eu não entendi. Recusei-me a entender. Ele queria comer os air bags? O estofamento?

Meg entendeu primeiro. Então gritou de fúria.

A criatura era uma devoradora de mortos. Estávamos dirigindo um rabecão.

— NÃO! — gritou Meg. — Deixa ele em paz!

Ela foi para cima do ghoul, erguendo as espadas, mas não estava em condições de enfrentar Meg. Empurrei a criatura para o lado com o ombro, parei entre os dois e disparei várias vezes.

As flechas bateram na pele preta-azulada do monstro, deixando ferimentos fumegantes e irritantemente não letais. O Fralda de Abutre cambaleou na minha direção, rosnando de dor, o corpo se contorcendo pelo impacto de cada disparo.

Estava a um metro e meio.

E então, a um metro, as garras se abriram para estraçalhar meu rosto.

Em algum lugar atrás de mim, uma voz de mulher gritou:

— EI!

O som distraiu o Fralda de Abutre por tempo suficiente para que eu caísse corajosamente de bunda no chão. Eu me arrastei para longe das garras.

O Fralda de Abutre piscou, confuso com a nova plateia. A uns três metros, uma variedade de faunos e dríades, pouco mais de dez no total, estava tentando se esconder atrás de uma jovem desengonçada de cabelo rosa com armadura de legionária romana.

A garota se atrapalhou com uma espécie de arma de projéteis. Ah, caramba. Uma *manubalista*. Uma besta romana pesada. Aqueles troços eram *horríveis*. Lentos. Poderosos. Notadamente instáveis. A seta estava na posição. Ela girou a manivela do cabo, as mãos tremendo tanto quanto as minhas.

Enquanto isso, à minha esquerda, Meg gemeu na grama, tentando se levantar.

— Você me *empurrou* — reclamou, mas tenho certeza de que na verdade isso significava *Obrigada, Apolo, por salvar minha vida*.

A garota de cabelo rosa ergueu a manubalista. Com as pernas longas e bambas, ela me lembrava uma girafa bebê.

— A-afaste-se deles — ordenou ao ghoul.

O Fralda de Abutre direcionou a ela seus chiados e cuspes.

— MAIS COMIDA! VOCÊS TODOS VÃO SE JUNTAR AOS MORTOS DO REI!

— Cara. — Um dos faunos, nervoso, coçou a barriga por baixo da camiseta que dizia REPÚBLICA POPULAR DE BERKELEY. — Isso não é legal.

— Não é legal — repetiram vários amigos dele.

— VOCÊS NÃO PODEM SE OPOR A MIM, ROMANOS! — rosnou o ghoul. — JÁ PROVEI DA CARNE DOS SEUS COMPANHEIROS! NA LUA SANGRENTA, VOCÊS VÃO SE JUNTAR A ELES...

TUNC.

Uma seta feita de ouro imperial se materializou no meio do peito do Fralda de Abutre. Os olhos leitosos do ghoul se arregalaram de surpresa. A legionária romana ficou tão perplexa quanto ele.

— Cara, você acertou — disse um dos faunos, como se isso ofendesse suas sensibilidades.

O ghoul se desfez em poeira e penas de abutre. A seta desabou no chão.

Meg foi mancando até mim.

— Está vendo? É *assim* que se mata aquele troço.

— Ah, cala a boca — resmunguei.

Nós nos viramos para aquela improvável heroína.

A garota de cabelo rosa franziu a testa para a pilha de poeira, o queixo tremendo como se ela fosse chorar, e murmurou:

— Eu *odeio* essas coisas.

— V-você já tinha enfrentado algo assim? — perguntei.

Ela me olhou como se a pergunta fosse insultante e estúpida.

Um dos faunos a cutucou.

— Lavínia, cara, pergunta quem são esses dois.

— Hum, é. — Lavínia pigarreou. — Quem são vocês?

Levantei-me com muito esforço e tentei me recompor um pouco.

— Sou Apolo. Esta é a Meg. Obrigado por nos salvar.

Lavínia me encarou, confusa.

— Apolo, o...

— É uma longa história. Estamos transportando o corpo do nosso amigo, Jason Grace, para o Acampamento Júpiter, para um funeral. Vocês podem nos ajudar?

O queixo de Lavínia caiu.

— Jason Grace... está morto?

Antes que eu pudesse responder, de algum lugar da rodovia 24 veio um berro de fúria e angústia.

— Hum, pessoal — disse um dos faunos —, esses tais de ghouls não costumam caçar em duplas?

Lavínia engoliu em seco.

— É. Vamos para o acampamento. Lá, poderemos conversar sobre — ela indicou o rabecão sem jeito — quem está morto e por quê.

3

Não consigo mascar chiclete
E correr com um caixão
Ao mesmo tempo. E daí?

QUANTOS ESPÍRITOS DA NATUREZA são necessários para se carregar um caixão?

A resposta é desconhecida, pois todas as dríades e os faunos, com exceção de um, sumiram entre as árvores assim que perceberam que havia trabalho envolvido. O último fauno também teria nos abandonado, mas Lavínia o segurou pelo pulso.

— Ah, não, você não, Don.

Por trás dos óculos em tons do arco-íris, os olhos do fauno Don transpareciam pânico. O cavanhaque tremelicou, um tique facial que me deixou com saudade do sátiro Grover.

(Caso vocês estejam na dúvida, faunos e sátiros são a mesma coisa. Faunos são basicamente a versão romana dos sátiros, e não são tão bons em... Bom, em nada, na verdade.)

— Ei, eu adoraria ajudar — disse Don. — É que me lembrei de um compromisso...

— Faunos não marcam compromissos — observou Lavínia.

— Eu estacionei em fila dupla...

— Você não tem carro.

— Tenho que dar comida para o meu cachorro...

— Don! — interrompeu Lavínia. — Você me *deve*.

— Está bem, está bem. — Don soltou-se e massageou o pulso, irritado. — Olha, eu posso ter dito que a Carvalho Venenoso *talvez* estivesse no piquenique, mas não fiz nenhuma *promessa* de que ela estaria, sabe.

O rosto de Lavínia ficou vermelho-terracota.

— Eu não estava falando disso! É que já quebrei seu galho umas mil vezes. Agora, você precisa me ajudar com *isso*.

Ela apontou vagamente para mim, para o rabecão e para o mundo em geral. Fiquei me perguntando se Lavínia era nova no Acampamento Júpiter. Ela parecia desconfortável na armadura de legionária. Ficava mexendo os ombros, dobrando os joelhos, puxando o pingente prateado da estrela de davi no pescoço longo e fino. Os olhos castanho-claros e o tufo de cabelo rosa só acentuaram minha primeira impressão da garota: um bebê girafa que cambaleou para longe da mãe pela primeira vez e começou a examinar a savana se perguntando: *O que que eu estou fazendo aqui?*

Meg parou do meu lado e segurou na minha aljava para se equilibrar, me enforcando com a alça.

— Quem é Carvalho Venenoso?

— Meg — repreendi —, isso não é da nossa conta. Mas, se eu tivesse que chutar, diria que Carvalho Venenoso é uma dríade em quem a Lavínia aqui está interessada, assim como você se interessou por Josué em Palm Springs.

— Eu *não* me interessei... — rosnou Meg.

— Eu *não* estou interessada — reforçou Lavínia.

Ambas ficaram em silêncio, olhando de cara feia uma para a outra.

— Além do mais — disse Meg —, Carvalho Venenoso não é... venenosa?

Lavínia levantou as mãos como se pensasse *Ah, não, essa pergunta de novo?*.

— A Carvalho Venenoso é linda! O que não quer dizer que eu sairia com ela...

Don soltou uma risada debochada.

— Sei.

Lavínia disparou setas de besta no fauno com o olhar.

— Mas eu *cogitaria*... se houvesse química, ou sei lá. E é por isso que eu estava disposta a fugir da minha patrulha para vir a este *piquenique*, onde Don me garantiu...

— Opa, ei! — Don riu de nervoso. — Não deveríamos estar levando esses caras para o acampamento? E o rabecão? Ainda funciona?

Retiro o que disse sobre faunos não servirem para nada. Don era ótimo em mudar de assunto.

Ao observar melhor, vi o tamanho do estrago no rabecão. Fora os inúmeros amassados e arranhões com aroma de eucalipto, a parte da frente tinha ficado destruída ao passar pela grade de proteção da estrada, lembrando o acordeão de Flaco Jiménez depois que bati nele com um taco de beisebol. (Desculpe, Flaco, mas você tocou tão bem que fiquei com inveja e o acordeão teve que morrer.)

— Nós podemos carregar o caixão — sugeriu Lavínia. — Nós quatro.

Outro grito furioso atravessou o ar do fim da tarde. Pareceu mais próximo dessa vez, em algum ponto ao norte da rodovia.

— Não vamos conseguir — falei —, não vai dar para subirmos o caminho todo até o túnel Caldecott.

— Tem outro caminho — disse Lavínia. — Uma entrada secreta do acampamento. Bem mais perto.

— Gosto de perto — retrucou Meg.

— O problema é que eu deveria estar de guarda agora. Meu turno está quase acabando. Não sei quanto tempo minha colega consegue cobrir para mim. Por isso, quando chegarmos ao acampamento, deixem que eu falo sobre onde e como nos conhecemos — disse Lavínia.

Don estremeceu.

— Se alguém descobrir que Lavínia abandonou o trabalho de sentinela de novo...

— De novo? — perguntei.

— Cala a boca, Don — disparou Lavínia.

Por um lado, os problemas da Lavínia pareciam triviais em comparação a, digamos, morrer e ser comido por um ghoul. Por outro, eu sabia que as punições da legião romana podiam ser bem rigorosas. Costumavam envolver chicotes, correntes e animais raivosos vivos, basicamente um show do Ozzy Osbourne na década de 1980.

— Você deve gostar muito dessa Carvalho Venenoso — concluí.

Lavínia grunhiu. Pegou a manubalista e a sacudiu na minha direção de forma ameaçadora.

— Eu te ajudo, você me ajuda. O acordo é esse.

Meg respondeu por mim:

— Combinado. A que velocidade conseguimos correr com um caixão?

Não tanta, conforme descobrimos.

Depois de pegar o resto das nossas coisas no rabecão, Meg e eu seguramos a parte de trás do caixão de Jason. Lavínia e Don pegaram a frente. Fizemos uma corridinha desajeitada de carregadores de caixão pela margem do lago, eu morrendo de nervosismo olhando para a copa das árvores, torcendo para que não chovesse mais nenhum ghoul do céu.

Lavínia nos prometeu que a entrada secreta ficava do outro lado do lago. O problema era que ficava *do outro lado do lago*, ou seja, como não daria para andar sobre a água, teríamos que contornar a margem e caminhar por uns quatrocentos metros.

— Ah, fala sério — disse Lavínia quando reclamei. — Nós viemos correndo da praia até aqui para ajudar vocês. O mínimo que podem fazer é correr de volta conosco.

— Sim — falei —, mas esse caixão é pesado.

— Concordo com ele — acompanhou Don.

Lavínia deu uma risadinha de desdém.

— Vocês deveriam tentar marchar trinta quilômetros com traje completo de legionário.

— Não, obrigado — murmurei.

Meg não disse nada. Apesar da expressão exausta e da respiração ofegante, carregou seu lado do caixão sem reclamar. Provavelmente só para me irritar.

Finalmente, chegamos à praia do piquenique. Uma placa no começo da trilha dizia:

LAGO TEMESCAL

NADE POR SUA CONTA E RISCO

Típico dos mortais: fazem escarcéu por causa de afogamento, mas não de ghouls carnívoros.

Lavínia nos levou até um pequeno prédio com banheiros e vestiário. Nos fundos, semiescondida no meio de amoreiras, havia uma porta de metal, que Lavínia abriu com um chute. Dentro, tinha um vão escuro.

— Imagino que os mortais não conhecem essa entrada — supus.

Don riu.

— Que nada, cara, eles acham que é uma sala de gerador ou algo do tipo. A maioria dos legionários também não sabe. Só os descolados que nem a Lavínia.

— Você não vai escapar do trabalho, Don — disse Lavínia. — Vamos botar o caixão no chão por um segundo.

Fiz uma oração silenciosa de agradecimento. Meus ombros estavam doendo. Minhas costas, molhadas de suor. Aquilo tudo me lembrou a época em que Hera me fez arrastar um trono de ouro maciço pela sala olimpiana dela até encontrar o melhor lugar para ele. Aff, aquela deusa.

Lavínia tirou um pacote de chiclete do bolso da calça jeans, enfiou três na boca e ofereceu para mim e para Meg.

— Não, obrigado — falei.

— Eu quero — disse Meg.

— Eu também! — disse Don.

Lavínia afastou o pacote de chiclete dele.

— Don, você sabe que chiclete não te faz bem. Da última vez, ficou abraçado à privada por dias.

Don fez biquinho.

— Mas é *gostoso*.

Lavínia espiou o túnel, mascando furiosamente o chiclete.

— É estreito demais para quatro pessoas carregarem o caixão. Eu vou na frente. Don, você e o Apolo — ela franziu a testa como se ainda não conseguisse acreditar que aquele era o meu nome — pegam cada um uma ponta.

— Só nós dois? — protestei.

— Não vai rolar! — concordou Don.

— Carreguem como se fosse um sofá — explicou Lavínia, como se isso fizesse algum sentido para mim. — E você... Qual é mesmo seu nome? Peg?

— Meg.

— Tem alguma coisa que possa descartar? — perguntou Lavínia. — Tipo... essa placa debaixo do braço... É um trabalho da escola?

Meg devia estar absurdamente cansada, porque não fez cara feia, não bateu em Lavínia e nem fez gerânios brotarem nas orelhas dela. Só se virou para o lado e protegeu o diorama do Jason com o corpo.

— Não. Isso é importante.

— Tudo bem. — Lavínia coçou a sobrancelha, que, como o cabelo, era rosa-clara. — Acho melhor então só ficar atrás. Proteja a retaguarda. Essa porta não pode ser trancada, ou seja...

Como se combinado, do outro lado do lago soou o uivo mais alto que tínhamos ouvido até então, tão raivoso como se o ghoul tivesse descoberto a poeira e a fralda de penas do camarada derrotado.

— Vamos! — disse Lavínia.

Comecei a repensar minha impressão da nossa amiga de cabelo rosa. Para uma girafa bebê assustada ela sabia ser *bem* mandona.

Descemos em fila única pela passagem, eu carregando a parte de trás do caixão, e Don, a da frente.

O chiclete de Lavínia deu aroma ao ar rançoso, e o túnel ficou com cheiro de algodão-doce mofado. Cada vez que Lavínia ou Meg estouravam uma bola, eu me encolhia. Meus dedos logo começaram a doer com o peso.

— Falta muito? — perguntei.

— A gente mal entrou no túnel — respondeu Lavínia.

— Então... não falta muito?

— Uns quatrocentos metros, talvez.

Tentei soltar um grunhido de resistência viril. O que saiu foi um choramingo.

— Pessoal — disse Meg atrás de mim —, temos que ir mais rápido.

— Está vendo alguma coisa? — perguntou Don.

— Ainda não — disse Meg. — É só um pressentimento.

Pressentimento. Eu odiava aquilo.

A única iluminação no lugar era fornecida pelas nossas armas. As peças de ouro da manubalista penduradas nas costas da Lavínia geravam uma aura fantasmagórica no cabelo rosa. O brilho das espadas da Meg projetava nossas sombras alongadas nas paredes, dando a sensação de que caminhávamos no meio de uma multidão espectral. Sempre que Don olhava para trás, as lentes em tons do arco-íris pareciam flutuar na escuridão como poças de óleo na água.

Minhas mãos e meus antebraços queimavam por causa do esforço, mas Don parecia tirar de letra. Eu estava determinado a não implorar por misericórdia antes do fauno.

O caminho ficou mais largo e plano. Resolvi encarar isso como um bom sinal, embora nem Meg nem Lavínia tivessem se oferecido para ajudar a carregar o caixão.

Minhas mãos enfim cederam.

— Parem.

Se Don e eu tivéssemos colocado o caixão do Jason no chão um instante mais tarde, eu o teria deixado cair. Havia marcas vermelhas encravadas nos meus dedos. Bolhas começavam a se formar nas palmas. Parecia que eu tinha acabado de tocar guitarra por nove horas num duelo de jazz com Pat Metheny, usando uma Fender Stratocaster de ferro de quase trezentos quilos.

— Ai — murmurei, porque já fui o deus da poesia e tenho grandes poderes descritivos.

— Não podemos descansar muito — alertou Lavínia. — Meu turno de sentinela já deve ter terminado. Minha parceira deve estar perguntando por mim.

Quase dei uma risada. Eu havia esquecido que, além de todos os nossos problemas, ainda deveríamos nos preocupar com Lavínia matando o trabalho.

— Sua parceira vai entregar você?

Lavínia encarou a escuridão.

— Só se não tiver escolha. Ela é meu centurião, mas é legal.

— Seu *centurião* deu permissão para você sair? — perguntei.

— Não exatamente. — Lavínia puxou o pingente de estrela de davi. — Ela meio que só fez vista grossa, sabe? Ela entende.

Don riu.

— Entende como é ter um crush?

— Não! — retrucou Lavínia. — Como é ficar *parada* montando guarda por cinco horas seguidas. Aff. Eu não consigo! Principalmente depois de tudo que aconteceu recentemente.

Avaliei como Lavínia mexia no colar, mastigava com ferocidade o chiclete, não parava quieta com aquelas pernas bambas. A maioria dos semideuses tem alguma forma de déficit de atenção/distúrbio de hiperatividade. Foram feitos para estarem em movimento constante, pulando de batalha em batalha. Mas Lavínia era a hiperatividade em pessoa.

— Quando você diz "tudo que aconteceu recentemente..." — comecei, mas, antes que pudesse terminar, Don enrijeceu.

O nariz e o cavanhaque tremelicaram. Eu tinha passado tempo suficiente no Labirinto com Grover Underwood para saber o que aquilo significava.

— Que cheiro você está sentindo? — perguntei.

— Não sei bem... — Ele farejou. — Está perto. E é fedido.

— Ah. — Fiquei vermelho. — Eu tomei banho de manhã, mas quando faço muito esforço, este corpo mortal sua...

— Não é isso. Escute!

Meg se virou para trás. Ergueu as espadas e esperou. Lavínia pegou a manubalista e espiou as sombras à sua frente.

Finalmente, mais alto que as batidas do meu coração, ouvi o tilintar de metal e o eco de passos na pedra. Alguém vinha correndo em nossa direção.

— Eles estão vindo — disse Meg.

— Não, esperem — rebateu Lavínia. — É ela!

Tive a sensação de que Meg e Lavínia estavam falando de coisas diferentes e não sabia se gostava de alguma das opções.

— Ela quem? — perguntei.

— Eles quem? — guinchou Don.

Lavínia levantou a mão e gritou:

— Estou aqui!

— *Shhhh!* — disse Meg, ainda virada para o lado por onde tínhamos entrado. — Lavínia, o que está *acontecendo*?

Uma jovem apareceu no nosso círculo de luz, vinda da direção do Acampamento Júpiter.

Tinha aproximadamente a idade de Lavínia, uns quatorze ou quinze anos, com pele escura e olhos cor de âmbar. O cabelo castanho e cacheado envolvia seus ombros. As grevas e o peitoral de legionária brilhavam sobre a calça jeans e uma camiseta roxa. Tinha uma insígnia de centurião presa no peitoral e uma *espata* pendurada no quadril, uma espada de cavalaria. Ah, sim... eu a reconheci da tripulação do *Argo II*.

— Hazel Levesque — falei. — Graças aos deuses.

Hazel parou onde estava, sem dúvida se perguntando quem eu era, como a conhecia e por que estava rindo que nem bobo. Ela olhou para Don, para Meg e para o caixão.

— Lavínia, o que está acontecendo?

— Pessoal — interrompeu Meg. — Temos companhia.

Ela não se referia a Hazel. Atrás de nós, na extremidade do feixe de luz emitido pelas espadas da Meg, um vulto apareceu, a pele preta-azulada reluzindo, os dentes pingando saliva. Outro ghoul idêntico surgiu logo depois.

Que sorte a nossa. Os eurínomos estavam nos oferecendo um especial *mate um, ganhe dois*.

4

Nada de música no ukulele?
Não precisa arrancar minhas tripas
Um simples "não" basta

— **AH** — disse Don, baixinho. — Era *isso* que estava fedendo.

— Pensei que você tivesse dito que eles andam em dupla — reclamei.

— Ou trios — choramingou o fauno. — Às vezes em trios.

Os eurínomos rosnaram, arrastando-se para longe das espadas de Meg. Atrás de mim, Lavínia engrenou a manubalista, *clique, clique, clique*, mas a arma era tão lenta de preparar que só ficaria pronta lá para quinta-feira. A espata de Hazel fez um ruído arrastado quando ela puxou a lâmina da bainha. Também não era lá a melhor arma para uma luta em local apertado.

Meg pareceu não saber se deveria atacar, manter-se firme ou desabar de exaustão. Abençoado fosse seu coraçãozinho teimoso, pois ela ainda estava com o diorama do Jason embaixo do braço, que não a ajudaria na batalha.

Tentei pegar uma arma e acabei com meu ukulele na mão. Por que não? Era só um pouco mais ridículo do que uma espata ou uma manubalista.

Meu nariz devia estar quebrado por causa do air bag do rabecão, mas meu olfato infelizmente não tinha sido afetado. A combinação de fedor de ghoul com aroma de chiclete fez minhas narinas arderem e meus olhos lacrimejarem.

— COMIDA — disse o primeiro ghoul.

— COMIDA! — concordou o segundo.

Eles pareciam maravilhados, como se fôssemos pratos favoritos que não eram servidos havia séculos.

Hazel falou, com calma e firmeza:

— Pessoal, nós enfrentamos essas coisas na batalha. Não deixem que arranhem vocês.

Seu jeito de falar *batalha* me deu a sensação de que estava se referindo a um evento horrível. Lembrei o que Leo Valdez nos contara em Los Angeles: o Acampamento Júpiter tinha sofrido muitos danos e perdido boas pessoas na última batalha. Eu estava começando a entender a gravidade da situação.

— Nada de arranhões — concordei. — Meg, segure eles aí. Vou arriscar uma música.

Minha ideia era simples: dedilhar uma canção sonolenta, deixar as criaturas em estado de estupor e matá-las em um ato lento e civilizado.

Subestimei o ódio dos eurínomos por ukuleles. Assim que anunciei minhas intenções, eles uivaram e atacaram.

Recuei e caí sentado no caixão de Jason. Don berrou e se encolheu. Lavínia ainda estava girando a manivela da manubalista. Então Hazel gritou:

— Abre um buraco!

O que, naquele momento, não fez sentido algum para mim.

Meg entrou em ação, cortou o braço de um ghoul e golpeou as pernas do outro, mas seus movimentos estavam arrastados, e com o diorama debaixo do braço, ela só podia usar bem uma espada. Se os ghouls tivessem interesse em matá-la, ela não teria chance. Mas passaram direto, decididos a me impedir de dedilhar um acorde.

Todo mundo se acha crítico musical, impressionante.

— COMIDA! — gritou o ghoul de um braço só, pulando em mim com as cinco unhas restantes.

Eu tentei encolher a barriga. Tentei mesmo.

Mas, ah, maldita banha! Se estivesse na minha forma divina, as garras do ghoul jamais haveriam me alcançado. Meu abdome de bronze esculpido teria rido da tentativa do monstro de tocá-lo. Mas, veja só, o corpo do Lester me deixou na mão de novo.

O eurínomo passou a mão pela minha barriga, embaixo do ukulele. A ponta do dedo do meio, de leve, bem de leve, encontrou pele. A unha cortou minha camisa e minha barriga como uma navalha cega.

Tombei para o lado, sangue quente escorrendo na cintura da calça.

Hazel Levesque deu um berro desafiador. Pulou o caixão e enfiou a espata na clavícula do eurínomo, criando o primeiro palitinho de ghoul do mundo.

O eurínomo gritou e recuou, arrancando a espata da mão da Hazel. O ferimento feito pela lâmina de ouro imperial soltava fumaça. E então, e não há jeito delicado de dizer isso, o ghoul explodiu em pedaços de cinza fumegante. A espata caiu no piso de pedra.

O segundo tinha parado para encarar Meg, como qualquer um faria se tivesse as coxas atacadas por uma menina irritante de doze anos, mas, quando o companheiro gritou, ele se virou para nós. Isso deu abertura a Meg, mas, em vez de atacar, ela passou pelo monstro e veio correndo até mim, as lâminas voltando à forma de anéis.

— Você está bem? — perguntou ela. — Ah, NÃO. Está sangrando. Você *disse* para não deixarmos eles nos arranharem. Mas *você foi* arranhado!

Eu não sabia se deveria ficar emocionado com a preocupação dela ou irritado pelo tom.

— Eu não *planejei* isso, Meg.

— Pessoal! — gritou Lavínia.

O ghoul deu um passo à frente, parando entre Hazel e a espata caída. Don continuou se encolhendo como um campeão. A manubalista de Lavínia ainda estava na metade da preparação. Meg e eu nos espremíamos lado a lado perto do caixão de Jason.

Isso fez de Hazel, de mãos vazias, o único obstáculo entre o eurínomo e uma refeição de cinco pratos.

— Vocês não têm como ganhar — chiou a criatura.

Sua voz mudou. Ficou mais grave, o volume modulado.

— Vocês vão se juntar a seus camaradas na minha tumba.

Com a cabeça latejando e a barriga dolorida, tive dificuldade de acompanhar as palavras, mas Hazel pareceu entender.

— Quem é você? — perguntou ela. — Que tal parar de se esconder por trás das suas criaturas e se revelar de uma vez?!

O eurínomo piscou. Os olhos passaram de branco leitoso para um roxo brilhante, como chamas de iodo.

— Hazel Levesque. Você dentre todo mundo deveria compreender o limite frágil entre a vida e a morte. Mas não tenha medo. Vou reservar seu lugar especial ao meu lado, junto com seu amado Frank. Vocês vão ser esqueletos gloriosos.

Hazel cerrou os punhos. Quando olhou para nós, sua expressão estava quase tão intimidante quanto a do ghoul.

— Para trás — avisou ela. — O máximo que conseguirem.

Meg meio que me arrastou até a frente do caixão. Minha barriga parecia ter sido fechada com um zíper incandescente. Lavínia segurou Don pela gola da camiseta e o puxou para se acovardar em um ponto mais seguro.

O ghoul riu.

— Como você vai me derrotar, Hazel? Com isto? — Ele chutou a espata para longe. — Eu conjurei mais mortos-vivos. Estarão aqui em breve.

Apesar da dor, eu me esforcei para me levantar. Não podia deixar Hazel sozinha. Mas Lavínia botou a mão no meu ombro.

— Espere — murmurou ela. — Deixe que a Hazel cuide disso.

Pareceu ridiculamente otimista, mas, para minha vergonha, eu esperei. Mais sangue quente encharcou minha cueca. Pelo menos eu esperava que fosse sangue.

O eurínomo limpou baba da boca com o dedo de unha grande.

— A não ser que você pretenda correr e abandonar o lindo caixão, é melhor se render. Nós somos fortes debaixo da terra, filha de Plutão. Fortes demais para você.

— Ah, é? — A voz de Hazel permaneceu firme, quase como se jogasse conversa fora. — Fortes debaixo da terra. Bom saber.

O túnel estremeceu. Rachaduras apareceram nas paredes, fissuras irregulares se abrindo pela pedra. Abaixo dos pés do ghoul, uma coluna de quartzo branco se ergueu, espetando o monstro no teto e o reduzindo a penas de abutre que explodiram feito confetes.

Hazel se virou para nós como se nada muito incrível tivesse acontecido.

— Don, Lavínia, tirem... — Ela olhou com inquietação para o caixão. — Tirem isso daqui. Você — ela apontou para Meg —, ajude seu amigo, por favor. Temos curandeiros no acampamento que podem cuidar de arranhão de ghoul.

— Espera! — falei. — O q-que acabou de acontecer? A voz...

— Já vi isso acontecer com um ghoul — disse Hazel, sombria. — Explico mais tarde. Agora, vamos. Vou me juntar a vocês em um segundo.

Comecei a protestar, mas Hazel balançou a cabeça para que eu parasse.

— Só vou pegar minha espada e garantir que nenhuma dessas coisas possa nos seguir. Vão!

Detritos caíram de novas rachaduras no teto. Talvez sair dali não fosse uma ideia tão ruim.

Apoiado em Meg, consegui cambalear pelo túnel. Lavínia e Don carregaram o caixão de Jason. Eu estava com tanta dor que nem tive energia para gritar que Lavínia o carregasse como um sofá.

Tínhamos andado uns quinze metros quando o túnel ribombou com mais força. Olhei para trás a tempo de levar uma nuvem de detritos na cara.

— Hazel! — chamou Lavínia no meio do redemoinho de poeira.

Em um piscar de olhos, Hazel Levesque surgiu, coberta da cabeça aos pés de pó de quartzo cintilante, a espada brilhando na mão.

— Estou bem — anunciou. — Mas ninguém mais vai passar por ali. Agora — ela apontou para o caixão — alguém quer me contar quem está aí dentro?

Eu não queria.

Não depois de ver como Hazel perfurava os inimigos.

Mesmo assim... eu devia a Jason. Hazel era amiga dele.

Eu me preparei, abri a boca, mas a própria Hazel tomou meu lugar.

— É o Jason — disse ela, como se a informação tivesse sido sussurrada no ouvido dela. — Ah, deuses.

Ela correu até o caixão. Caiu de joelhos e se debruçou sobre a tampa. Soltou um único soluço de sofrimento. Então, baixou a cabeça e tremeu em silêncio. Mechas de cabelo caíram no pó de quartzo sobre a superfície de madeira polida, imprimindo na poeira linhas que lembravam as leituras de um sismógrafo.

Sem olhar para cima, ela murmurou:

— Eu tive pesadelos. Um barco. Um homem a cavalo. Uma... uma lança. Como aconteceu?

Tentei explicar da melhor forma. Contei sobre minha queda no mundo mortal, minhas aventuras com Meg, nossa luta a bordo do iate de Calígula e que Jason morreu tentando nos salvar. Recontar a história trouxe à tona toda a dor e o terror. Eu me lembrei do cheiro intenso de ozônio dos espíritos do vento rodopiando em volta de Meg e Jason, da dor das algemas de plástico nos meus pulsos, da vanglória impiedosa e satisfeita de Calígula: *Ninguém cruza meu caminho e sai vivo!*

Foi tudo tão horrível que por um momento esqueci o corte doloroso na barriga.

Lavínia olhou para o chão. Meg tentou ao máximo estancar meu sangramento usando um vestido que tinha na mochila. Don observou o teto, onde uma nova rachadura ziguezagueou sobre nossas cabeças.

— Desculpe interromper — disse o fauno —, mas não seria melhor continuar com isso lá fora?

Hazel pressionou os dedos na tampa do caixão.

— Estou com tanta raiva de você. Por fazer isso com Piper. Conosco. Não deixar que ajudássemos. O que passou pela sua cabeça?

Demorei um instante para entender que ela não estava falando conosco. Estava falando com Jason.

Lentamente, ela se levantou. Sua boca tremia. Ela se empertigou, como se conjurando colunas internas de quartzo para sustentar seu esqueleto.

— Me deixem carregar um lado — disse ela. — Vamos levá-lo para casa.

Nós seguimos em silêncio, os carregadores mais tristes do mundo. Todos cobertos de poeira e cinzas de monstro. Na frente do caixão, Lavínia se contorcia na armadura, olhando ocasionalmente para Hazel, que olhava fixamente para a frente. Nem pareceu notar a pena de abutre presa na manga da camiseta.

Meg e Don carregaram a parte de trás do caixão. Os olhos de Meg estavam roxos por causa do acidente de carro, fazendo-a parecer um guaxinim enorme e malvestido. Don ficava se mexendo, inclinando a cabeça para a esquerda, como se quisesse ouvir o que o ombro estava dizendo.

Cambaleei atrás deles, com o vestido de Meg comprimido a barriga. O sangramento parecia ter parado, mas o corte ainda ardia e repuxava. Eu esperava que Hazel estivesse certa sobre os curandeiros do acampamento. Eu não gostava nada da ideia de virar um figurante de *The Walking Dead*.

38

A calma da Hazel me deixou inquieto. Eu quase teria preferido que ela estivesse gritando e jogando coisas em mim. A infelicidade dela parecia a austeridade fria de uma montanha. Se você ficasse parado ao lado da montanha e fechasse os olhos, mesmo não conseguindo ver nem ouvir nada, *saberia* que ela estava lá, pesada e poderosa, indescritível, uma força geológica tão antiga que até os deuses imortais se sentiam mosquitinhos. Eu tinha medo do que aconteceria se o vulcão de emoções de Hazel entrassem em atividade.

Enfim chegamos a céu aberto. Paramos em um promontório de pedra na metade da colina, com o vale de Nova Roma abaixo. No crepúsculo, as colinas tinham uma coloração violeta. A brisa fresca cheirava a fumaça de madeira e lilases.

— Uau! — exclamou Meg, notando a vista.

Bem como eu lembrava, o Pequeno Tibre serpenteava pelo vale, resplandecendo em curvas que desembocavam em um lago azul, onde deveria ficar a área central do acampamento. Na margem norte do lago estava a própria Nova Roma, uma versão menor da cidade imperial original.

Pelo que Leo contou da batalha recente, eu esperava ver o lugar demolido. Mas, de longe, à luz fraca, tudo parecia normal: os prédios brancos com telhas vermelhas, o Senado abobadado, o Circus Maximus e o Coliseu.

A margem sul do lago era o local da Colina dos Templos, com a variedade caótica de templos e monumentos. No cume, acima de tudo, ficava o impressionante tributo ao ego do meu pai, o Templo de Jupiter Optimus Maximus. Se possível, sua encarnação romana, Júpiter, era ainda mais insuportável do que a personalidade grega original de Zeus. (E, sim, nós, deuses, temos personalidades múltiplas, porque vocês, mortais, não param de mudar de ideia sobre como nós somos. É cansativo.)

No passado, sempre odiava olhar para a Colina dos Templos, porque o meu templo não era o maior. Obviamente, *deveria* ser. Depois passei a odiar por um motivo diferente. Eu só conseguia pensar no diorama que Meg carregava e nos cadernos na mochila dela, com os esboços da Colina dos Templos reimaginada por Jason Grace. Em comparação à maquete de isopor do Jason, com os bilhetes escritos à mão e pecinhas de *Monopoly* coladas, a verdadeira Colina dos Templos parecia um tributo indigno aos deuses. Nunca seria tão valorosa quanto a bondade de Jason, seu desejo ardoroso de honrar *todos* os deuses e não deixar nenhum de fora.

Eu me obriguei a virar o rosto.

Logo abaixo, a cerca de oitocentos metros de onde estávamos, ficava o Acampamento Júpiter em si. Com os muros de piquetes, as torres de observação e as trincheiras, além das impecáveis fileiras de barracas formando duas ruas principais, poderia ser qualquer acampamento legionário romano, em qualquer lugar do antigo império, em qualquer momento dos muitos séculos do domínio de Roma. Os romanos tinham um padrão tão consistente de construção de seus fortes, quer pretendessem passar uma noite ou uma década, que quem conhecesse um acampamento conhecia todos. Era possível acordar no meio da noite e cambalear na escuridão completa sabendo exatamente onde ficava tudo. Claro que, quando visitava acampamentos romanos, eu costumava passar o tempo todo na barraca do comandante, relaxando e comendo uvas, como fazia com Cômodo... Ah, deuses, por que eu me torturava com esses pensamentos?

— Bom. — A voz da Hazel me arrancou do devaneio. — Quando chegarmos ao acampamento, a história é a seguinte: Lavínia, você foi ao Temescal por ordens minhas, porque viu o rabecão atravessar a grade da estrada. Fiquei de guarda até o turno seguinte chegar e fui correndo te ajudar, porque achei que você pudesse estar em perigo. Nós enfrentamos os ghouls, salvamos esse pessoal etc. Entendeu?

— Falando nisso... — interrompeu Don. — Acho que agora é com vocês, né? Considerando que a barra vai pesar para o lado de vocês e tudo mais. Então já vou indo...

Lavínia lançou um olhar feroz para ele.

— Ou posso ficar por aqui — acrescentou ele, depressa. — Sabe como é, pelo prazer de ajudar.

Hazel ajeitou a mão na alça do caixão.

— Lembrem, somos uma guarda de honra. Por mais desgrenhados que estejamos, temos um dever. Estamos trazendo um companheiro abatido para casa. Entendido?

— Sim, centurião — disse Lavínia com timidez. — E... Hazel? Obrigada.

Hazel se contraiu, como se arrependida do coração mole que tinha.

— Quando chegarmos ao *principia* — o olhar dela parou em mim —, nosso deus visitante poderá explicar aos líderes o que aconteceu com Jason Grace.

5

Oi, pessoal,
Aqui vai uma canção chamada
"Eu posso ser bem ridículo"

AS SENTINELAS LEGIONÁRIAS nos viram de longe, como sentinelas legionárias devem mesmo fazer.

Quando nosso pequeno grupo chegou ao portão principal do forte, uma pequena multidão havia se formado. Semideuses dos dois lados da rua nos observaram com um silêncio curioso enquanto nos aproximávamos carregando o caixão de Jason. Ninguém nos questionou. Nem tentou nos impedir. O peso de todos aqueles olhos foi opressor.

Hazel nos levou direto pela Via Praetoria.

Alguns legionários estavam nas portas de seus alojamentos, as armaduras parcialmente polidas esquecidas por um instante, os violões deixados de lado, os jogos de cartas incompletos. *Lares* roxos brilhantes, os deuses caseiros da legião, vagavam pelo lugar, atravessando paredes ou pessoas, dando pouca importância ao espaço pessoal de cada um. Águias gigantes sobrevoavam e nos olhavam como potenciais roedores saborosos.

Comecei a perceber como o grupo era *pequeno*. O acampamento parecia... não exatamente deserto, mas desfalcado. Alguns jovens heróis andavam de muletas. Outros estavam com um dos braços engessados. Talvez os ausentes só estivessem nos alojamentos, ou na enfermaria, ou em uma marcha distante, mas não gostei das expressões assombradas e sofridas dos legionários que nos observavam.

Eu me lembrei das palavras de vanglória do eurínomo no lago Temescal: *JÁ PROVEI DA CARNE DOS SEUS COMPANHEIROS! NA LUA SANGRENTA, VOCÊS VÃO SE JUNTAR A ELES.*

Não sabia bem o que era uma lua sangrenta. Assuntos lunares eram com minha irmã. Mas não me soou nada bom. Por mim já bastava de sangue. Pelo aspecto dos legionários, para eles também.

Então pensei em outra coisa que o ghoul tinha dito: *VOCÊS TODOS VÃO SE JUNTAR AOS MORTOS DO REI.* Pensei nas palavras da profecia que recebemos no Labirinto de Fogo, e uma percepção perturbadora começou a se formar na minha mente. Fiz de tudo para sufocá-la. Eu já tinha batido minha cota diária de terror.

Passamos pelas vitrines dos comerciantes que tinham permissão de operar dentro dos muros do forte; só os serviços mais essenciais, como um vendedor de carruagens, um ferreiro, uma loja de materiais de gladiadores e um café. Na frente do estabelecimento havia um barista de duas cabeças, nos olhando com duas caras feias, o avental verde manchado de espuma de *latte*.

Finalmente chegamos ao cruzamento principal, onde duas ruas formavam um T na frente do *principia*. Nos degraus do prédio branco e reluzente do quartel-general, os pretores da legião nos esperavam.

Quase não reconheci Frank Zhang. Na primeira vez que o vi, quando eu era um deus, e ele, um novato nas legiões, Frank era um garoto corpulento com carinha de bebê, cabelo escuro achatado no alto da cabeça e uma obsessão fofa por arquearia. Ele cismou que eu talvez fosse pai dele. Orava para mim o tempo todo. Sinceramente, ele era tão fofo que eu ficaria feliz em adotá-lo, mas, ora, era filho de Marte.

Na segunda vez que vi Frank, durante sua viagem no *Argo II*, ele tinha espichado, tomou uma injeção mágica de testosterona ou coisa parecida. Ficou mais alto, mais forte, mais imponente... embora ainda de um jeito adorável, fofo, parecia um ursinho.

Na atual conjuntura, como eu vinha reparando com frequência nos jovens ainda em formação, o peso de Frank finalmente tinha começado a se equilibrar ao crescimento repentino. Tinha voltado a ser um cara grande, atarracado e com bochechas de bebê que davam vontade de apertar, só que maior e mais musculoso. Aparentemente, caiu da cama e veio nos encontrar, embora a noite estivesse apenas começando. O cabelo estava de pé como uma onda quebrando. Uma das barras da calça jeans estava enfiada na meia. Usava uma camisa de pijama de seda amarela estampada com águias e ursos, um detalhe que ele se esforçava para esconder com a capa roxa de pretor.

Uma coisa que não tinha mudado era sua postura; o corpo ligeiramente desajeitado, a testa franzida perplexa, como se ele estivesse pensando o tempo todo: *Era mesmo para eu estar aqui?*

A sensação era compreensível. Frank tinha subido de *probatio* para centurião e depois para pretor em tempo recorde. Desde Júlio César, nenhum oficial romano ascendera de forma tão rápida e brilhante. Mas essa não é uma comparação que eu compartilharia com ele, considerando o que aconteceu com Júlio.

Meu olhar foi capturado pela jovem ao lado de Frank: a pretora Reyna Avila Ramírez-Arellano... e então lembrei.

Uma bola de boliche de pânico se formou no meu coração e rolou até meu intestino delgado. Que bom que eu não estava carregando o caixão de Jason, ou teria deixado cair.

Como posso explicar?

Vocês já tiveram uma experiência tão dolorosa ou constrangedora que *literalmente* esqueceram que aconteceu? Sua mente desassocia, foge do incidente gritando *Não, não, não* e se recusa a reconhecer a lembrança novamente?

Esse era o meu caso com Reyna Avila Ramírez-Arellano.

Ah, sim, eu sabia quem ela era. Estava familiarizado com seu nome e sua reputação. Tinha total consciência de que estávamos destinados a encontrá-la no Acampamento Júpiter. A profecia que deciframos no Labirinto de Fogo me contou.

Mas meu confuso cérebro mortal se recusou a fazer a conexão mais importante: que essa Reyna era *aquela* Reyna, cujo rosto tinha sido mostrado a mim tanto tempo antes por certa irritante deusa do amor.

É ela!, meu cérebro gritou para mim quando parei na frente dela com minha glória de banhas e acne, apertando um vestido ensanguentado na barriga. *Ah, nossa, ela é linda!*

Agora você a reconhece?, respondi num grito mental. *Agora quer falar sobre ela? Não dá para esquecer de novo?*

Mas lembra o que Vênus disse?, insistiu meu cérebro. *Você deve ficar longe da Reyna, senão...*

Sim, eu lembro! Cala a boca!

Vocês têm conversas assim com a própria mente, não têm? É completamente normal, né?

Reyna era mesmo linda e imponente. Sua armadura de ouro imperial tinha um manto roxo. Medalhas militares cintilavam no peito. O rabo de cavalo escuro ficava pendurado no ombro como um chicote e os olhos de obsidiana eram tão penetrantes quanto os das águias que voavam em círculos acima de nós.

Consegui desviar o olhar. Meu rosto queimava de humilhação. Eu podia ouvir os deuses rindo depois que Vênus fez a declaração para mim, os avisos sombrios de que se eu ousasse...

PING! Num gesto de misericórdia, a manubalista da Lavínia escolheu aquele momento para engrenar mais um pouco, atraindo a atenção de todo mundo para a garota.

— Hã, e-então — gaguejou ela —, nós estávamos de guarda quando vi um rabecão passar voando pela grade da estrada...

Reyna ergueu a mão exigindo silêncio.

— Centurião Levesque. — O tom de Reyna era cauteloso e cansado, como se não fôssemos a primeira procissão abatida a levar um caixão até o acampamento. — Seu relatório, por favor.

Hazel olhou para os outros carregadores. Juntos, eles baixaram gentilmente o caixão.

— Pretores — disse Hazel —, nós salvamos esses viajantes nas fronteiras do acampamento. Essa é Meg.

— Oi. Tem um banheiro aqui? Preciso fazer xixi — disse Meg.

Hazel pareceu aflita.

— Hã, espere um segundo, Meg. E esse... — Ela hesitou, como se não conseguisse acreditar no que ia dizer. — Esse é Apolo.

A multidão murmurou, agitada. Captei trechos de conversas:

— *Ela disse...?*

— *Na verdade, não...*

— *Cara, óbvio que não...*

— *Batizado em homenagem...?*

— *Só nos sonhos dele...*

— Acalmem-se — ordenou Frank Zhang, cobrindo mais a camisa do pijama com o manto roxo.

Ele me observou, talvez procurando algum sinal de que eu fosse mesmo Apolo, o deus que ele sempre admirou. E piscou, como se o conceito tivesse provocado um curto-circuito no cérebro.

— Hazel, você pode... explicar isso? — pediu ele. — E, hum, o caixão?

Hazel fixou os olhos dourados em mim, me dando uma ordem silenciosa: *Conte para eles.*

Eu não sabia por onde começar.

Não era um grande orador, como Júlio ou Cícero. Não era contador de histórias feito Hermes. (Cara, aquele sujeito conta cada uma!) Como poderia explicar os tantos meses de experiências horríveis que me levaram a estar ali com Meg e com o corpo do nosso heroico amigo?

Olhei para o meu ukulele.

Pensei em Piper McLean a bordo do iate de Calígula... quando ela começou a cantar "Life of Illusion" no meio de uma gangue de mercenários insensíveis. Ela os deixou completamente indefesos, hipnotizados com a serenata sobre melancolia e arrependimento.

Eu não era encantador como Piper. Mas *era* músico, e Jason sem dúvida merecia um tributo.

Depois do que aconteceu com o eurínomo, o ukulele passou a me deixar nervoso, por isso comecei a canção a capela.

Nos primeiros compassos, minha voz falhou. Eu não tinha ideia do que estava fazendo. As palavras simplesmente brotaram das profundezas como as nuvens de detritos do túnel que Hazel fez desabar.

Cantei sobre a minha queda do Olimpo, sobre como fui parar em Nova York e fiquei preso a Meg McCaffrey. Cantei sobre o tempo que passamos no Acampamento Meio-Sangue, onde descobrimos a trama do Triunvirato para controlar os grandes oráculos e, consequentemente, o futuro do mundo. Cantei sobre a infância da Meg, seus anos terríveis de terrorismo psicológico no lar de Nero e que uma hora conseguimos expulsar o imperador do Bosque de Dodona. Cantei sobre nossa batalha contra Cômodo na Estação Intermediária em Indianápolis, sobre nossa jornada horrível pelo Labirinto de Fogo de Calígula para libertar a Sibila Eritreia.

Depois de cada verso, cantei um refrão sobre Jason: sua resistência final no iate de Calígula, enfrentando corajosamente a morte para que sobrevivêssemos e continuássemos com a missão. Tudo que passamos culminou no sacrifício de Jason. Tudo que poderia vir depois, se tivéssemos a sorte de derrotar o Triunvirato e Píton em Delfos, seria possível por causa *dele*.

A música não era nada sobre mim. (Eu sei. Eu também mal podia acreditar.) Era "A queda de Jason Grace". Nos últimos versos, cantei sobre o sonho de Jason para a Colina dos Templos, seu plano de acrescentar templos até que todos os deuses e deusas, por mais obscuros que fossem, tivessem sua devida homenagem.

Peguei o diorama com Meg, ergui-o para mostrar aos semideuses reunidos e o coloquei sobre o caixão de Jason como a bandeira de um soldado.

Não sei bem por quanto tempo cantei. Quando cheguei ao fim do último verso, o céu estava completamente escuro. Minha garganta estava quente e seca como um cartucho de arma usado.

As águias gigantescas tinham se aglomerado em telhados próximos. Olhavam para mim com uma espécie de respeito.

O rosto dos legionários estava coberto de lágrimas. Alguns fungavam, limpando o nariz. Outros se abraçavam e choravam em silêncio.

Percebi que eles não sofriam só por Jason. A música tinha libertado a dor coletiva pela batalha recente, pelas perdas, que, considerando o tamanho diminuto do grupo, deviam ter sido enormes. A música de Jason virou a música deles. Ao homenageá-lo, homenageávamos todos os mortos.

Nos degraus do *principia*, os pretores despertaram do seu sofrimento particular. Reyna respirou fundo, devastada. Trocou um olhar com Frank, que mal conseguia controlar o tremor do lábio. Os dois líderes pareceram chegar a um acordo silencioso.

— Vamos fazer um funeral de estado — anunciou Reyna.

— E vamos realizar o sonho de Jason — acrescentou Frank. — Aqueles tempos e... tudo que Ja... — A voz dele falhou ao pronunciar o nome do amigo. Ele precisou de cinco segundos para se recompor. — Tudo que ele imaginou. Vamos construir tudo em um fim de semana.

Senti o humor das pessoas mudar de forma tão palpável quanto o sol afastando uma frente fria, a dor virando determinação.

Alguns assentiram e murmuraram, concordando. Um grupo gritou: *Ave! Viva!* O resto das pessoas acompanhou o grito. Dardos martelavam escudos.

Ninguém hesitou diante da ideia de reconstruir a Colina dos Templos em um fim de semana. Uma tarefa assim teria sido impossível até para o corpo mais habilidoso de engenheiros. Mas aquela era uma legião romana.

— Apolo e Meg serão hóspedes do Acampamento Júpiter — disse Reyna. — Vamos providenciar um lugar para eles ficarem...

— E um banheiro? — pediu Meg, se contorcendo com os joelhos grudados.

Reyna conseguiu abrir um breve sorriso.

— Claro. Juntos, vamos chorar e homenagear nossos mortos. Depois, vamos discutir nosso plano de guerra.

Os legionários comemoraram e bateram nos escudos.

Eu ia dizer uma coisa eloquente, para agradecer a Reyna e Frank pela hospitalidade.

Mas toda a energia que me restara tinha sido gasta na música. O ferimento na minha barriga estava queimando. Minha cabeça girou no pescoço como um carrossel.

Caí de cara no chão e comi terra.

6
Velejando pra guerra ao norte
Com Shirley Temple e
Três cerejas. Tenham medo.

AH, OS SONHOS.

Queridos leitores, caso vocês já estejam cansados de ouvir sobre meus terríveis pesadelos proféticos, não posso culpá-los. Mas pensem em como *eu* me sentia ao vivenciá-los. Era como se a Pítia de Delfos ficasse me ligando sem querer a noite toda, murmurando versos de profecia que eu não pedi nem queria ouvir.

Vi uma frota de iates de luxo atravessando as ondas da costa da Califórnia sob o luar, cinquenta barcos em formação, com proas cintilantes e bandeirolas roxas balançando ao vento em torres de comunicação iluminadas. Os conveses estavam lotados de todos os tipos de monstro: Ciclopes, centauros selvagens, *pandai* orelhudos e *blemmyae* com a cabeça no peito. No convés posterior de cada iate, um grupo de criaturas parecia construir algo que parecia um barracão ou... ou algum tipo de arma de cerco.

Meu sonho focou na ponte do iate principal. A tripulação andava de um lado para outro, verificando monitores e ajustando instrumentos. Relaxando atrás deles, em poltronas idênticas com estofamento dourado, estavam duas das pessoas que eu mais detestava no mundo.

Na da esquerda reconheci o imperador Cômodo. A bermuda azul-clara exibia as panturrilhas bronzeadas e os pés descalços de unhas feitas. O moletom cinza dos Indianápolis Colts estava aberto, revelando o abdome perfeitamente esculpido. Ele era muito corajoso de usar roupas dos Colts, já que nós o humilháramos no estádio do time poucas semanas antes. (Claro que também nos humilhamos, mas prefiro ignorar essa parte.)

O rosto dele estava quase como eu lembrava: bonito de dar raiva, com perfil esculpido arrogante e cachos dourados caindo sobre a testa. Mas a pele ao redor dos olhos parecia ter sido lixada. As pupilas estavam enevoadas. Na última vez que nos encontramos, eu o ceguei com uma explosão de brilho divino, e era óbvio que ele ainda não tinha se recuperado. Essa foi a única coisa boa em vê-lo de novo.

Na outra poltrona estava Caio Júlio César Augusto Germânico, também conhecido como Calígula.

A raiva tingiu meu sonho de vermelho. Como Calígula podia relaxar daquele jeito, com seu traje ridículo de capitão — calça branca e mocassins, blazer azul por cima de uma camiseta listrada, o quepe inclinado em um ângulo jovial sobre o cabelo castanho —, quando poucos dias antes tinha matado Jason Grace? Como ousava tomar uma bebida geladinha e refrescante decorada com três cerejas ao marrasquino (*Três! Monstro!*) e sorrir com tamanha satisfação?

Calígula parecia humano, mas eu sabia que ele não merecia nem um pingo da minha compaixão. Queria estrangulá-lo. Mas só podia assistir e ficar furioso.

— Piloto! — gritou Calígula, com um ar preguiçoso. — Qual é nossa velocidade?

— Cinco nós, senhor — respondeu um dos mortais uniformizados. — Devo aumentar?

— Não, não. — Calígula pegou uma das cerejas e a botou na boca. Mastigou e sorriu, exibindo dentes vermelhos brilhantes. — Na verdade, vamos diminuir para quatro nós. A jornada faz parte da diversão!

— Sim, senhor!

Cômodo franziu a testa. Girou o gelo na bebida, que era transparente e cheia de bolhas, com xarope vermelho no fundo. Ele só tinha duas cerejas, sem dúvida porque Calígula nunca permitiria que Cômodo se igualasse a ele em nada.

— Não entendo por que estamos indo tão devagar — resmungou ele. — A essa altura, já devíamos estar lá.

Calígula riu.

— Caro amigo, é tudo uma questão de chegar no momento certo. Temos que conceder ao nosso aliado falecido uma oportunidade para atacar.

Cômodo estremeceu.

— Eu *odeio* nosso aliado falecido. Você tem certeza de que ele pode ser controlado...

— Nós já discutimos isso. — O tom de Calígula foi leve, tranquilo e agradavelmente homicida, como se dissesse: *Se me questionar de novo, vou controlar você com algumas gotas de cianeto na sua bebida.* — Você devia confiar mais em mim, Cômodo. Lembre-se de quem o ajudou na hora que mais precisava.

— Eu já agradeci várias vezes — afirmou Cômodo. — Além do mais, não foi culpa minha. Como eu ia saber que Apolo ainda tinha um pouco de poder divino? — Ele piscou com dor. — Ele venceu você e seu cavalo também.

Uma expressão de irritação surgiu rapidamente no rosto de Calígula.

— Sim, ora, em breve consertaremos as coisas. Unindo nossas tropas, temos força mais do que suficiente para suplantar a sofrida Décima Segunda Legião. E se eles forem teimosos demais para se renderem, sempre temos o Plano B. — Então gritou por cima do ombro: — Ei, Coro?

Um *pandos* veio correndo do convés posterior, as orelhas enormes e peludas balançando como dois tapetes. Segurava uma grande folha de papel, dobrada como um mapa ou uma lista de instruções.

— P-pois não, princeps?

— Relatório de progresso.

— Ah. — O rosto peludo e escuro de Coro tremeu. — Bom! Bom, lorde! Mais uma semana?

— Uma semana — repetiu Calígula.

— Bom, lorde, estas instruções... — Coro virou o papel de cabeça para baixo e franziu a testa. — Ainda estamos procurando todos os "buracos A" nas "peças de montagem 7". E não enviaram porcas suficientes. E as pilhas não são do tamanho padrão, então...

— Uma semana — repetiu Calígula, o tom ainda agradável. — Mas a lua sangrenta vai chegar em...

O *pandos* fez uma careta.

— Cinco dias?

— Então você consegue terminar o trabalho em cinco dias? Excelente! Continue.

Coro engoliu em seco e se afastou o mais rápido que seus pés peludos conseguiram.

Calígula sorriu para o outro imperador.

— Está vendo, Cômodo? Em pouco tempo o Acampamento Júpiter vai ser nosso. Com sorte, também vamos pôr as mãos nos livros sibilinos. E aí teremos poder de barganha de verdade. Quando for a hora de enfrentar Píton e dividir o mundo entre nós três, você vai se lembrar de quem o ajudou... e de quem não ajudou.

— Ah, vou lembrar, sim. Nero idiota. — Cômodo mexeu nos cubos de gelo na bebida. — Qual é mesmo o nome deste drinque? Shirley Temple?

— Não, este é o Roy Rogers — respondeu Calígula. — O meu é o Shirley Temple.

— E você tem certeza de que é isso que guerreiros modernos tomam antes de ir para a batalha?

— Absoluta. Agora aproveite a viagem, meu amigo. Você vai ter cinco dias inteiros para caprichar no bronzeado e recuperar a visão. E aí vamos ter uma bela carnificina na Bay Area!

A cena sumiu, e eu afundei numa escuridão fria.

Fui parar numa câmara de pedra mal iluminada cheia de mortos-vivos agitados, fedorentos e barulhentos. Alguns eram tão murchos quanto múmias egípcias. Outros pareciam quase vivos, exceto pelos ferimentos pavorosos e claramente mortais. Do outro lado da câmara, sentada entre duas colunas dilapidadas, havia... uma presença, envolta por uma névoa magenta. Ergueu a face esquelética, fixando os olhos roxos ardentes em mim, os mesmos olhos que me encararam através do ghoul possuído no túnel, e começou a rir.

O ferimento na minha barriga ardeu como pólvora.

Acordei gritando de dor. Estava tremendo e suando em um quarto que não reconhecia.

— Você também? — perguntou Meg.

Ela estava de pé ao lado da minha cama, de frente para uma janela aberta, remexendo numa jardineira. Os bolsos do cinto de jardinagem estavam lotados de bulbos, pacotes de sementes e ferramentas. Em uma das mãos enlameadas, ela segurava uma pá. Típico dos filhos de Deméter. É impossível levá-los para qualquer lugar sem que comecem a mexer na lama.

— O q-que está acontecendo?

Tentei me sentar, mas isso se provou um erro.

Minha barriga estava mesmo ardendo em agonia. Olhei para baixo e vi meu abdome exposto envolto em ataduras com cheiro de ervas e pomadas. Se os curandeiros do acampamento já tinham me tratado, por que eu ainda sentia tanta dor?

— Onde estamos? — gemi.

— No café.

Essa declaração parecia ridícula até para os padrões de Meg.

Nosso quarto não tinha balcão, nem máquina de *espresso*, nem barista, nem doces gostosos. Era um cubículo de paredes brancas com dois colchões, uma janela aberta entre eles e um alçapão no canto mais distante, o que me fez acreditar que estávamos num sótão. Era quase como uma cela, só que a janela não tinha grades e o colchão era de uma qualidade inferior. (Sim, foi isso que eu disse. Fiz uma pesquisa na prisão de Folson com Johnny Cash. É uma longa história.)

— O café fica lá embaixo — esclareceu Meg. — Aqui é o quarto extra do Bombilo.

Tinha lembranças de um barista de duas cabeças e avental verde fazer careta para a gente na Via Praetoria. Eu me perguntei por que ele seria gentil a ponto de nos oferecer abrigo e por que, dentre tantos lugares, a legião tinha decidido nos botar ali.

— Por que exatamente...?

— Erva lemuriana — respondeu Meg. — Bombilo tinha o suprimento mais próximo. Os curandeiros precisavam dela para seu ferimento.

Ela deu de ombros, como quem diz *Curandeiros, vai entender!*, e voltou a plantar bulbos de íris.

Eu cheirei minhas ataduras. Um dos odores que detectei foi mesmo de erva lemuriana. Era eficiente contra mortos-vivos, embora o Festival Lemuriano só acontecesse em junho e ainda estivéssemos em abril... Ah, não era tão surpreendente termos ido parar no café. Todos os anos, os comerciantes pareciam começar a temporada lemuriana mais cedo (*latte* com erva lemuriana, bolinhos de erva lemuriana), como se mal pudéssemos esperar para comemorar a época de exorcizar espíritos malignos comendo doces com gosto suave de feijão-de-lima e pó de túmulo. Hum, delícia.

Que outros cheiros eu sentia no bálsamo curativo... açafrão, mirra, pó de chifre de unicórnio? Ah, esses curandeiros romanos eram bons. Então por que eu não estava me sentindo melhor?

— Eles não queriam ficar transportando você de um lado para outro — disse Meg. — Por isso, acabamos ficando aqui. É bom. O banheiro fica lá embaixo. E tem café de graça.

— Você não toma café.

— Agora eu tomo.

Eu estremeci.

— Uma Meg cheia de cafeína. É tudo de que preciso. Quanto tempo fiquei apagado?

— Um dia e meio.

— *O quê?!*

— Você precisava descansar. Além do mais, você não é tão chato quando está inconsciente.

Eu não tinha energia para responder à altura. Esfreguei os olhos para limpar as remelas e me obriguei a me sentar, lutando contra a dor e a náusea.

Meg me olhou com preocupação, o que devia significar que minha aparência estava pior do que como eu me sentia.

— Como você está? — perguntou ela.

— Bem — menti. — O que você quis dizer antes, quando falou "você também"?

A expressão dela se fechou como a porta de um abrigo contra furacões.

— Pesadelos. Eu acordei gritando duas vezes. Você não chegou a acordar, mas... — Ela pegou terra com a pá. — Este lugar me lembra... você sabe.

Lamentei não ter pensado nisso antes. Depois de Meg ter passado a infância no Lar Imperial de Nero, cercada de criados que falavam latim e de guardas que usavam armadura romana, faixas roxas, toda a regalia do antigo império... é claro que o Acampamento Júpiter despertaria lembranças desagradáveis.

— Sinto muito — falei. — Você sonhou... alguma coisa que eu deveria saber?

— O de sempre. — O tom dela deixou claro que não queria que eu insistisse no assunto. — E você?

Pensei no meu sonho com os dois imperadores relaxando no iate que seguia em direção ao Acampamento Júpiter, bebendo drinques decorados com cerejas enquanto suas tropas se apressavam para montar armas secretas encomendadas na IKEA.

Nosso aliado falecido. Plano B. Cinco dias.

Vi os olhos roxos brilhantes em uma câmara cheia de mortos-vivos. Os mortos do *rei*.

— O de sempre — concordei. — Pode me ajudar a levantar?

Doeu ficar de pé, mas se eu tinha ficado deitado num colchão por um dia e meio, precisava me mover antes que meus músculos virassem tapioca. Além do mais, estava começando a perceber que sentia fome e sede e, nas palavras imortais de Meg McCaffrey, precisava fazer xixi. Os corpos humanos são irritantes mesmo.

Apoiei-me no parapeito da janela e olhei lá para fora. Abaixo, semideuses trabalhavam na Via Praetoria... carregando suprimentos, cumprindo tarefas, correndo entre os alojamentos e o refeitório. A mortalha de choque e dor havia sumido. Agora, todos pareciam ocupados e determinados. Ao sul, a Colina dos Templos estava a todo vapor. Armas de cerco tinham sido convertidas em guindastes e escavadeiras. Andaimes foram erigidos em mais de dez locais. Os sons de marteladas e pedras sendo cortadas ecoavam pelo vale. Da janela, consegui identificar pelo menos dez pequenos novos templos e dois templos grandes que não estavam lá quando chegamos, com vários outros em andamento.

— Uau — murmurei. — Esses romanos não brincam em serviço.

— Esta noite é o funeral do Jason — informou-me Meg. — Estão tentando terminar o trabalho antes.

A julgar pelo ângulo do sol, eram quase duas da tarde. Considerando o ritmo de trabalho deles até ali, eu achava que isso daria à legião tempo suficiente para terminar a Colina dos Templos e talvez até construir um ou dois estádios esportivos antes do jantar.

Jason ficaria tão orgulhoso. Eu queria que ele pudesse ver o que tinha inspirado.

Minha visão vacilou e escureceu. Achei que fosse desmaiar de novo. Então percebi que algo grande e escuro realmente tinha passado voando pela minha cara, direto pela janela aberta.

Eu me virei e vi um corvo pousado no meu colchão. Ele inflou as penas brilhantes e me observou com um olho preto. CUÁ!

— Meg, está vendo isso?

— Estou. — Ela nem ergueu o olhar dos bulbos de íris. — Oi, Frank. E aí?

O pássaro mudou de forma, crescendo e virando um homem corpulento, as penas virando roupas, e então Frank Zhang estava na nossa frente, o cabelo agora lavado e penteado, a camisa do pijama dando lugar à camiseta roxa do Acampamento Júpiter.

— Oi, Meg — disse ele, como se fosse completamente normal mudar de espécie durante uma conversa. — Tudo está dentro do cronograma. Eu só queria ver se Apolo tinha acordado e... obviamente, ele acordou. — Ele deu um aceno constrangido. — Quer dizer, você acordou. Porque, hã, estou sentado no seu colchão. É melhor eu me levantar.

Ele ficou de pé, puxou a camiseta e pareceu não saber onde enfiar as mãos. Houve uma época em que eu achava supernormal esse nervosismo dos mortais que eu encontrava, mas agora demorei um momento para perceber que Frank ainda estava embasbacado com minha presença. Talvez, por ser metamorfo, estivesse mais disposto do que a maioria a acreditar que, apesar da minha aparência mortal nada impressionante, eu ainda era o mesmo velho deus da arquearia por dentro.

Estão vendo? Eu falei que o Frank era adorável.

— Enfim, Meg e eu andamos conversando nesse último dia e meio, enquanto você estava desmaiado, quer dizer, se recuperando, dormindo, sabe. Tudo bem. Você precisava descansar. Espero que esteja melhor.

Apesar de me sentir péssimo, não pude conter um sorriso.

— Vocês foram muito gentis conosco, pretor Zhang. Obrigado.

— Hum, claro. É uma honra, sabe, considerando que você é... ou era...

— Ugh. Frank. — Meg deu as costas para a jardineira. — É só o Lester. Não o trate como se fosse extraordinário ou coisa assim.

— Ora, Meg — falei —, se Frank quer me tratar como se eu fosse extraordinário...

— Frank, conta logo para ele.

O pretor olhou para a gente apreensivo, como se para ter certeza de que o Show da Meg e do Apolo tinha acabado.

— Meg explicou a profecia que você recebeu no Labirinto de Fogo. *Apolo encara a morte na tumba de Tarquínio exceto se a passagem para o deus silencioso só for aberta pela nascida de Belona*, certo?

Eu estremeci. Não queria ser lembrado daquelas palavras, principalmente considerando meus sonhos e a sugestão de que eu enfrentaria a morte em breve. Já tinha passado por aquilo. Acabei com um buraco na barriga.

— É — falei desanimado. — Por acaso você descobriu o que os versos querem dizer e já resolveu toda essa situação? É isso?

— Hum, não exatamente — disse Frank. — Mas a profecia respondeu algumas perguntas sobre... bom, sobre o que anda acontecendo por aqui. Forneceu informação suficiente para Ella e Tyson trabalharem. Eles talvez tenham uma pista.

— Ella e Tyson... — repeti, remexendo meu cérebro mortal lento. — A harpia e o Ciclope que estavam trabalhando para reconstruir os livros sibilinos.

— Eles mesmos. Se você estiver se sentindo disposto, pensei em darmos um passeio até Nova Roma.

7

Uma bela caminhada na cidade
Feliz aniversário pro Lester
Tome dor embrulhada pra presente

EU NÃO ESTAVA me sentindo muito disposto.

Minha barriga doía horrores. Eu mal me aguentava de pé. Mesmo depois de usar o banheiro, tomar banho, trocar de roupa e tomar um *latte* com erva lemuriana e comer um bolinho de Bombilo, nosso anfitrião mal-humorado, eu não via como seria possível caminhar um quilômetro e meio até Nova Roma.

Eu não tinha desejo nenhum de descobrir mais sobre a profecia do Labirinto de Fogo. Não queria enfrentar mais desafios impossíveis, principalmente depois do meu sonho com aquela coisa na tumba. Eu nem queria ser humano. Mas, por ora, não tinha escolha.

O que os mortais dizem? *Engole o choro?* Engoli bem engolido.

Meg ficou no acampamento. Ela tinha combinado com Lavínia de alimentar os unicórnios e tinha medo de perder a hora se fosse a algum lugar. Considerando a reputação da Lavínia de sumir, acho que a preocupação da Meg era válida.

Frank me levou pelo portão principal. As sentinelas fizeram posição de sentido. Tiveram que se manter na pose por bastante tempo, pois eu estava praticamente me arrastando. Eu as vi me observando com apreensão, talvez porque estivessem com medo de eu engatar outra canção triste, ou talvez porque ainda não conseguiam acreditar que aquele adolescente maltrapilho já tinha sido o deus Apolo.

Fazia uma tarde perfeita na Califórnia: céu turquesa, grama dourada ondulando nas colinas, eucaliptos e cedros balançando na brisa quente. Isso deveria ter afastado qualquer pensamento sobre túneis escuros e mortos-vivos, mas eu não conseguia tirar o cheiro de pó de túmulo das narinas. Tomar o *latte* com erva lemuriana não ajudou.

Frank me acompanhou, se posicionando perto o bastante para eu poder me apoiar nele caso ficasse trêmulo, mas sem insistir em ajudar.

— E então, o que rola entre você e a Reyna? — perguntou ele, por fim.

Eu tropecei e senti novas pontadas de dor no abdome.

— O quê? Nada. O quê?

Frank tirou uma pena de corvo da capa. Eu me perguntei como isso funcionava — ficar com pedaços depois de mudar de forma. Ele alguma vez teria descartado uma pena e depois percebido, *Ops, esse era meu dedo mindinho?* Eu tinha ouvido boatos de que Frank podia até virar um enxame de abelhas. Até eu, um antigo deus que se transformava o tempo todo, não fazia ideia de como isso era possível.

— É que... quando viu a Reyna — continuou ele —, você ficou paralisado, tipo... sei lá, como se tivesse lembrado que devia dinheiro a ela.

Tive que reprimir uma gargalhada amarga. Quem me dera meu problema em relação a Reyna fosse tão simples.

O incidente voltou com a clareza de um vidro quebrado: Vênus me repreendendo, me avisando, me censurando como só ela podia fazer. *Você não vai botar sua cara divina feia e indigna perto dela, senão eu juro pelo Estige...*

E é claro que ela fez isso na sala do trono, na presença de todos os outros olimpianos, enquanto eles gargalhavam com crueldade e gritavam *Eita!*. Até meu pai riu. Ah, sim. Ele adorou cada minuto.

Eu estremeci.

— Não há *nada* entre a gente — falei com sinceridade. — Acho que nunca trocamos mais do que umas poucas palavras.

Frank observou meu rosto. Obviamente, percebeu que eu estava omitindo alguma coisa, mas não me pressionou.

— Entendi. Bom, você vai vê-la esta noite no funeral. Ela está tentando dormir agora.

Quase perguntei por que Reyna estaria dormindo no meio da tarde. Mas lembrei que Frank estava de pijama quando o encontramos, à noite... Foi mesmo dois dias antes?

— Vocês estão se revezando — comentei. — Para que um de vocês esteja sempre de plantão, certo?

— É o único jeito. Ainda estamos em alerta. Todos estão tensos. Desde a batalha, tem tanta coisa para fazer...

Ele disse a palavra *batalha* da mesma forma que Hazel, como se fosse um ponto único e terrível de virada na história.

Como todas as profecias com as quais Meg e eu nos deparamos na nossa aventura, a previsão sinistra da Profecia das Sombras sobre o Acampamento Júpiter permanecia impressa na minha mente:

> *Palavras forjadas da memória ardem*
> *Antes da nova lua no Monte do Diabo*
> *Um terrível desafio para o lorde jovem*
> *Até o Tibre se encher de corpos empilhados.*

Depois de ouvir isso, Leo Valdez atravessou o país no seu dragão de bronze, na esperança de avisar o acampamento. De acordo com Leo, ele chegou bem na hora do ataque, mas as consequências foram terríveis mesmo assim.

Frank devia ter notado minha expressão de sofrimento.

— Teria sido pior se não fosse por você — disse ele, o que só me causou ainda mais culpa. — Se não tivesse mandado o Leo vir aqui nos avisar. Um dia, do nada, ele chegou voando.

— Deve ter sido um baita choque, já que vocês achavam que ele estava morto.

Os olhos escuros de Frank cintilaram como se ainda fossem de um corvo.

— É. Estávamos com tanta raiva do Leo por ele ter nos deixado preocupados que fizemos uma fila para bater nele.

— Fizeram isso no Acampamento Meio-Sangue também. Mentes gregas pensam igual.

— Aham. — O olhar do Frank se desviou para o horizonte. — Nós tivemos um dia inteiro para nos preparar. Ajudou. Mas não foi suficiente. Eles vieram de lá. — Ele apontou para o norte, para Berkeley Hills. — Pareciam um enxame. É a única forma de descrever. Eu já lutei com mortos-vivos, mas isso... — Frank balançou a cabeça. — Hazel os chamou de zumbis. Minha avó os teria chamado de *jiangshi*. Os romanos têm muitas palavras para eles: *immortuos, lamia, nuntius*.

— *Mensageiro* — falei, traduzindo a última palavra.

Sempre me pareceu um termo estranho. Mensageiro de quem? Não de Hades. Ele odiava quando os cadáveres saíam vagando pelo mundo mortal, porque isso fazia com que parecesse um guardião relapso.

— Os gregos os chamam de *vrykolakai* — falei. — Normalmente, é bem raro encontrar um.

— Havia centenas — disse Frank. — Junto com dezenas daquelas outras coisas mortas-vivas, os eurínomos, agindo como pastores. Nós fomos para cima deles com tudo. Eles continuaram vindo. Imaginamos que ter um dragão que cospe fogo faria toda a diferença, mas Festus não pôde fazer muito. Os mortos-vivos não são tão inflamáveis quanto pensávamos.

Hades tinha me explicado isso uma vez, em uma das suas famosas e constrangedoras tentativas de bater papo, quando acabava revelando detalhes demais. Chamas não detinham mortos-vivos. Eles só passavam direto por elas, por mais crocantes que acabassem ficando. Era por isso que ele não usava o Flegetonte, o Rio de Fogo, como limite do reino. Mas água corrente, principalmente as águas escuras e mágicas do rio Estige, eram outra história...

Observei a corrente cintilante do Pequeno Tibre. De repente, um verso da Profecia das Sombras fez sentido para mim.

— *Até o Tibre se encher de corpos empilhados*. Vocês os barraram no rio.

Frank assentiu.

— Eles não gostam de água corrente. Foi lá que viramos a batalha. Mas sabe esse verso sobre "corpos empilhados"? Não significa o que você pensa.

— Então o que...?

— PAREM! — gritou uma voz bem na minha frente.

Eu estava tão absorto na história de Frank que não percebei como estávamos chegando perto da cidade. Só reparei na estátua na lateral da estrada quando ela gritou comigo.

Término, o deus dos limites, não havia mudado nada. Da cintura para cima, era um homem escultural com nariz grande, cabelo cacheado e expressão entediada (talvez por ter sido esculpido sem braços). Da cintura para baixo, ele era um bloco de mármore branco. Eu brincava que ele devia experimentar uma calça jeans skinny, porque o deixaria mais magro. Pelo jeito como me olhou agora, acho que ainda se lembrava dos insultos.

— Ora, ora — disse ele. — Quem temos aqui?

Eu suspirei.

— Término, a gente pode deixar isso para outra hora?

— Não! — berrou ele. — Não, a gente *não pode* deixar isso para outra hora. Eu preciso ver sua identificação.

Frank pigarreou.

— Hum, Término... — Ele bateu nas insígnias de pretor.

— Sim, pretor Frank Zhang. Você pode ir. Mas seu *amigo* aqui...

— Término — protestei —, você sabe muito bem quem eu sou.

— Identificação!

Uma sensação fria e gosmenta se instalou na minha barriga cheia de erva lemuriana sob as ataduras.

— Ah, você não pode estar querendo dizer...

— Identificação.

Eu queria protestar contra essa crueldade desnecessária. Mas não há como argumentar com burocratas, guardas de trânsito ou deuses das fronteiras. Resistir era inútil.

Com os ombros caídos em derrota, peguei a carteira de motorista provisória que Zeus me deu quando eu caí na Terra. Nome: Lester Papadopoulos. Idade: 16 anos. Estado: Nova York. Foto: Trágica.

— Me dá aqui — exigiu Término.

— Você não...

Eu me segurei antes que pudesse dizer *tem mãos*. Término tinha uma ilusão teimosa sobre seus membros fantasmas. Ergui a carteira de motorista. Frank se inclinou, curioso, mas me viu fazendo cara feia e recuou.

— Muito bem, *Lester* — disse Término. — É incomum receber um visitante mortal na nossa cidade, ao menos um visitante *extremamente* mortal, mas acho que podemos lhe dar permissão. Veio comprar uma toga nova? Uma calça jeans skinny, talvez?

Engoli minha amargura. Existe alguém mais vingativo do que um deus menor quando finalmente leva a melhor sobre um deus maior?

— Podemos passar? — perguntei.

— Alguma arma a declarar?

Em épocas melhores, eu teria respondido *Só minha personalidade arrasadora*. Mas eu já tinha passado do ponto de achar isso irônico. Porém, a pergunta me fez pensar no que tinha acontecido com meu ukulele, meu arco e minha aljava. Será que estavam embaixo do meu colchão? Se os romanos tivessem perdido minha aljava junto com minha profética e falante Flecha de Dodona, eu teria que lhes comprar um presente de agradecimento.

— Nada de armas — murmurei.

— Muito bem — disse Término. — Pode passar. E parece que seu aniversário está chegando, Lester. Parabéns.

— Eu... o quê?

— Vocês estão atrapalhando a fila! Próximo!

Não tinha ninguém atrás de nós, mas Término nos mandou para a cidade, gritando para um grupo inexistente de visitantes que parassem de empurrar e formassem uma fila única.

— Seu aniversário está chegando? — perguntou Frank conforme fomos andando. — Parabéns!

— Não deveria estar. — Olhei para minha habilitação. — Aqui diz 8 de abril. Não pode estar certo. Eu nasci no sétimo dia do sétimo mês. Claro que os meses eram diferentes naquela época. Hum, o mês de gamélion, talvez? Mas isso foi no inverno...

— E como os deuses comemoram? — continuou Frank. — Você tem dezessete anos agora? Ou 4.017? Vocês comem bolo?

Ele pareceu esperançoso sobre essa última parte, como se estivesse imaginando um bolo monstruoso com glacê dourado e dezessete velas romanas no topo.

Tentei calcular minha verdadeira data de nascimento. O esforço fez minha cabeça latejar. Mesmo quando eu tinha memória divina, odiava ficar acompanhando as datas: o antigo calendário lunar, o calendário juliano, o calendário gregoriano, ano bissexto, horário de verão. Ugh. Não dava para chamar todos os dias de *Dia do Apolo* e pronto?

Mas Zeus tinha designado uma nova data de nascimento para mim: 8 de abril. Por quê? Sete era meu número sagrado. A data não tinha nenhum sete. Nem a soma era divisível por sete. Por que Zeus marcaria meu aniversário para dali a quatro dias?

Eu parei de repente, como se minhas próprias pernas tivessem se transformado em mármore. No meu sonho, Calígula insistiu para que seus *pandai* terminassem o trabalho quando a lua sangrenta surgisse, em cinco dias. Se o que observei aconteceu na noite anterior... isso queria dizer que só faltavam quatro dias, o que queria dizer que o fatídico dia seria 8 de abril, aniversário do Lester.

— O que foi? — perguntou Frank. — Você ficou pálido de repente.

— Eu... eu acho que meu pai me deixou um aviso — falei. — Ou talvez uma ameaça? E Término acabou de me fazer perceber isso.

— Como seu aniversário pode ser uma ameaça?

— Sou mortal agora. Aniversários *sempre* são uma ameaça.

Lutei contra uma onda de ansiedade. Eu queria sair correndo dali, mas não havia para onde ir, só em frente, para Nova Roma, para colher mais informações indesejadas sobre minha desgraça iminente.

— Vai na frente, Frank Zhang — falei com desânimo, guardando a carteira de motorista. — Talvez Tyson e Ella tenham algumas respostas.

Nova Roma... a cidade mais provável na Terra de se encontrar deuses olimpianos disfarçados se esgueirando pelos cantos. (Seguida de perto por Nova York e Cozumel nas férias de primavera. Não nos julguem.)

Quando era deus, eu costumava ficar invisível e pairar acima dos telhados de telhas vermelhas ou andar pelas ruas da cidade como mortal, apreciando a vista, os sons e cheiros do nosso auge imperial.

Ali não era a mesma coisa que a Roma Antiga, claro. Tinham feito muitas melhorias. Para começar, não havia escravidão. A higiene pessoal era melhor. Subura, o quarteirão pobre com moradias caindo aos pedaços, também não existia mais.

Nova Roma também não era uma imitação triste estilo parque temático, como a Torre Eiffel de mentira no meio de Las Vegas. Era uma cidade viva onde o moderno e o antigo se misturavam. Ao andar pelo Fórum, ouvi conversas em mais de dez idiomas, incluindo latim. Uma banda de músicos estava fazendo uma improvisação com liras, violões e uma tábua de lavar roupa. Crianças brincavam nos chafarizes enquanto adultos observavam sentados debaixo de treliças com videiras fazendo sombra. Lares vagavam aqui e ali, se tornando mais visíveis nas sombras compridas da tarde. Todo tipo de gente se misturava e conversava: criaturas com uma cabeça, com duas cabeças, até cinocéfalos com cabeça de cachorro, que sorriam, arfavam e latiam para se fazerem entender.

Era uma Roma menor, mais gentil e melhor; a Roma que sempre achávamos que os mortais eram capazes de ter, mas nunca conseguiram. E, sim, claro que deuses visitavam o acampamento por nostalgia, para reviver os séculos maravilhosos em que os mortais nos adoravam livremente pelo império, perfumando o ar com sacrifícios queimados na fogueira.

Pode parecer patético para vocês, como um cruzeiro de shows de músicas antigas, com o objetivo de agradar fãs idosos de bandas ultrapassadas. Mas o que posso dizer? A nostalgia é uma doença que a imortalidade não pode curar.

Quando nos aproximamos do Senado, comecei a encontrar vestígios da batalha recente. Rachaduras no domo brilhavam com um adesivo prateado. As paredes de alguns prédios tinham sido remendadas com pressa. Assim como no acampamento, as ruas da cidade pareciam menos cheias do que eu lembrava, e nos momentos mais ruidosos (quando um cinocéfalo latia ou o martelo de um ferreiro batia numa peça de armadura), as pessoas próximas se encolhiam, como se cogitando se precisariam procurar um abrigo para se proteger.

Era uma cidade traumatizada se esforçando muito para voltar ao normal. E com base no que vi nos meus sonhos, Nova Roma estava prestes a sofrer um novo ataque em poucos dias.

— Quantas pessoas vocês perderam? — perguntei a Frank.

Eu estava com medo de ouvir números, mas me senti obrigado a perguntar.

Frank olhou ao redor para verificar se tinha mais alguém por perto. Estávamos subindo por uma das muitas ruas sinuosas de paralelepípedo, na direção dos bairros residenciais.

— É difícil ter um número exato — disse ele. — Da legião em si, pelo menos 25. É a quantidade que falta do registro. Nossa força máxima é... *era* de 250. Não que tenhamos sempre esse número no acampamento, mas mesmo assim. A batalha literalmente nos dizimou.

Senti como se um Lar tivesse me atravessado. A dizimação, a antiga punição para legiões ruins, era uma coisa horrível: um soldado a cada dez era morto, fosse ele culpado ou inocente.

— Sinto muito, Frank. Eu deveria...

Eu não sabia como terminar aquela frase. Deveria o quê? Eu não era mais um deus. Não podia mais estalar os dedos e fazer zumbis explodirem a mil quilômetros de distância. Eu nunca tinha apreciado adequadamente prazeres simples como esse.

Frank puxou o manto em volta dos ombros.

— As perdas civis foram maiores. Muitos dos legionários aposentados de Nova Roma foram ajudar. Eles sempre funcionaram como reserva. Sabe aquele verso da profecia que você mencionou, *Até o Tibre se encher de corpos empilhados*? Esses corpos foram levados, e não deu tempo de contar.

O ferimento na minha barriga começou a arder.

— Levados como?

— Alguns foram arrastados pelos mortos-vivos enquanto batiam em retirada. Tentamos recuperar todos, mas... — Ele mostrou a palma das mãos. — Alguns foram engolidos pelo chão. Nem Hazel conseguiu explicar. A maioria foi levada pela correnteza durante a luta no Pequeno Tibre. As náiades tentaram procurá-los e recuperá-los para nós. Mas não conseguiram.

Ele não expressou a face extremamente horrível dessa tragédia, mas imaginei que estivesse pensando nela. Os mortos não tinham simplesmente desaparecido. Eles voltariam... como inimigos.

Frank manteve o olhar nos paralelepípedos.

— Eu tento não ficar pensando nisso. Tenho que liderar, ser confiante, sabe? Mas hoje, por exemplo, quando vimos Término... Tem uma garota, Julia, que costuma ajudá-lo. Ela tem uns 7 anos. É um amor.

— Ela não estava lá hoje.

— Não — concordou Frank. — Ela está com uma família adotiva. Os pais morreram na luta.

Isso foi demais para mim. Apoiei a mão na parede mais próxima. Mais uma garotinha inocente que estava sofrendo, como Meg McCaffrey quando Nero matou o pai dela... Como Georgina, quando foi tirada das mães em Indianápolis. Esses três imperadores romanos monstruosos tinham destruído muitas vidas. Eu *tinha* que pôr um fim nisso.

Frank segurou meu braço com gentileza.

— Um pé na frente do outro. É a única forma de agir.

Eu tinha ido lá apoiar os romanos. Mas aquele romano é que estava me apoiando.

Nós passamos por cafés e lojas. Tentei me concentrar em qualquer coisa positiva. As videiras estavam floridas. As fontes ainda tinham água corrente. Os prédios naquele bairro estavam intactos.

— Pelo menos... pelo menos a cidade não pegou fogo — comentei.

Frank franziu a testa como se não visse motivo para otimismo.

— Como assim?

— O outro verso da profecia: *Palavras forjadas da memória ardem.* Faz referência ao trabalho de Ella e Tyson nos livros sibilinos, não é? Os livros devem estar em segurança, considerando que vocês impediram que a cidade pegasse fogo.

— Ah. — Frank fez um som que foi algo entre uma tosse e uma risada. — É, engraçado você comentar isso...

Ele parou na frente de uma livraria de aparência modesta. No toldo verde estava pintada a palavra libri. Havia estantes de livros usados de capa dura na calçada. Atrás da vitrine, um gato laranja enorme pegava sol em cima de uma pilha de dicionários.

— Os versos das profecias nem sempre significam o que você acha que significam.

Frank bateu à porta: três batidas curtas, duas longas e duas rápidas.

Imediatamente, a porta se abriu. Um Ciclope sorridente sem camisa surgiu na abertura.

— Entrem! — disse Tyson. — Estou fazendo uma tatuagem!

8

Tatuagem! Faça a sua!
De graça onde se vendem livros
E tem também um gato

MEU CONSELHO: nunca entre no estúdio de tatuagem de um Ciclope. O odor é inesquecível, como uma tina fervente de tinta e bolsas de couro. A pele de Ciclope é bem mais resistente do que a pele humana e exige agulhas superaquecidas para injetar a tinta, por isso o cheiro terrível de queimado.

Como eu sabia disso? Eu tinha um histórico extenso e ruim com Ciclopes.

Milênios antes, eu matei quatro dos Ciclopes favoritos do meu pai porque eles fizeram um raio que matou meu filho, Esculápio. (E porque eu não podia matar o verdadeiro assassino, que era... pois é, Zeus.) Foi assim que fui banido para a Terra como mortal da primeira vez. O fedor de Ciclope queimado trouxe de volta a lembrança daquela fúria maravilhosa.

Depois, encontrei Ciclopes incontáveis vezes ao longo dos anos: lutando ao lado deles na primeira guerra dos titãs (sempre com um pregador de roupas no nariz), tentando ensiná-los a como fazer um arco decente apesar de eles não terem percepção de profundidade, surpreendendo um no banheiro no Labirinto durante minha jornada com Meg e Grover. *Essa* imagem eu nunca vou conseguir apagar da mente.

Vejam bem, eu não tinha nada contra Tyson. Percy Jackson o chamava de irmão. Depois da última guerra contra Cronos, Zeus recompensou o Ciclope com o título de general e uma vara muito bonita.

Para um Ciclope, Tyson até que era tolerável. Ele não ocupava mais espaço do que um humano corpulento. Nunca tinha forjado um raio que tivesse matado alguém de quem eu gostava. O olho castanho grande e gentil e o sorriso largo o faziam parecer quase tão fofo quanto Frank. E o melhor de tudo: ele tinha se dedicado a ajudar a harpia Ella a reconstruir os livros sibilinos.

Reconstruir livros perdidos de profecia sempre é uma boa maneira de conquistar o coração de um deus da profecia.

Ainda assim, quando Tyson se virou para nos guiar pela livraria, tive que sufocar um gritinho de horror. Parecia que a obra completa de Charles Dickens estava sendo gravada nas costas dele. Do pescoço até metade das costas havia linhas e linhas de palavras em roxo, interrompida apenas por marcas esbranquiçadas de cicatrizes antigas.

Ao meu lado, Frank sussurrou:

— Não.

Percebi que eu estava à beira das lágrimas. Estava apavorado com a ideia de tantas tatuagens e das violências que o pobre Ciclope sofreu para ganhar aquelas cicatrizes. Eu queria chorar e dizer *Coitadinho!* ou mesmo dar um abraço no Ciclope sem camisa (o que seria uma experiência inédita para mim). Frank tentava me avisar para não fazer escândalo por causa das costas de Tyson.

Sequei os olhos e tentei me recompor.

No meio da livraria, Tyson parou e se virou para nós. Ele sorriu e abriu os braços orgulhoso.

— Estão vendo? Livros!

Ele não estava mentindo. Do caixa/balcão de informações no centro da loja, estantes irradiavam em todas as direções, lotadas com tomos de todos os tamanhos e formas. Duas escadas levavam a um mezanino com grade, também com livros de uma parede à outra. Poltronas macias ocupavam cada cantinho disponível. Janelas enormes ofereciam vista do aqueduto da cidade e das colinas ao longe. A luz do sol entrava como mel quente, fazendo a loja parecer confortável e tranquila.

Seria o lugar perfeito para se sentar e folhear um romance relaxante, exceto pelo odor irritante de óleo fervente e couro. Não havia equipamento de tatuagem visível, mas, perto da parede dos fundos, debaixo de uma placa que dizia

COLEÇÕES ESPECIAIS, um par de cortinas grossas de veludo parecia oferecer acesso a uma sala privada.

— Que legal — falei, tentando não fazer parecer uma pergunta.

— Livros! — repetiu Tyson. — Porque é uma livraria!

— Claro. — Eu assenti. — Essa loja, hum, é sua?

Tyson fez beicinho.

— Não. Mais ou menos. O dono morreu. Na batalha. Foi triste.

— Ah. — Eu não sabia o que dizer. — De qualquer modo, é bom ver você de novo, Tyson. Você não deve me reconhecer nessa forma, mas...

— Você é Apolo! — Ele riu. — Você está engraçado agora.

Frank cobriu a boca e tossiu, sem dúvida para esconder um sorriso.

— Tyson, a Ella está? Eu queria que Apolo ouvisse o que vocês descobriram.

— Ella está nos fundos. Estava fazendo uma tatuagem em mim! — Ele se inclinou na minha direção e baixou a voz. — A Ella é bonita. Mas *shhh*. Ela não gosta que eu fique falando isso o tempo todo. Fica sem graça. Aí eu fico sem graça também.

— Não vou falar nada — prometi. — Vá na frente, general Tyson.

— General. — Tyson riu mais um pouco. — Sim. Sou eu. Eu esmaguei umas cabeças na guerra!

Ele foi galopando como se estivesse montado num cavalinho de pau e passou direto pela cortina de veludo.

Parte de mim queria se virar, sair correndo e arrastar Frank para tomar outra xícara de café. Eu tinha medo do que poderíamos encontrar do outro lado da cortina.

Então uma coisa aos meus pés disse *Miau*.

O gato tinha me encontrado. O gato laranja enorme, que devia ter comido todos os outros gatos da livraria para chegar ao seu tamanho atual, esfregou a cabeça na minha perna.

— Está tocando em mim — reclamei.

— O nome dele é Aristófanes. — Frank sorriu. — Ele é bonzinho. Além do mais, você sabe a opinião dos romanos sobre os gatos.

— Sim, sim, não me lembre.

Eu nunca fui fã de felinos. Eram egoístas, arrogantes e se achavam os donos do mundo. Em outras palavras... Tudo bem, eu admito: não gostava da concorrência.

Mas, para os romanos, os gatos eram símbolo de liberdade e independência. Eles podiam vagar onde quisessem, mesmo dentro dos templos. Várias vezes ao longo dos séculos eu me deparei com meu altar fedendo a xixi de gato.

Miau, disse Aristófanes de novo. Os olhos sonolentos, verde-claros como polpa de limão, pareciam dizer *Você é meu agora... e pode ser que eu faça xixi em você depois.*

— Tenho que ir — falei para o gato. — Frank Zhang, vamos encontrar nossa harpia.

Como já desconfiava, a sala de coleções especiais tinha sido transformada em estúdio de tatuagem.

As estantes com rodinhas, repletas de livros com capa de couro, caixas de madeira de pergaminhos e tabuletas cuneiformes de argila, estavam agora encostadas na parede. Dominando o centro da sala havia uma cadeira preta de couro reclinada com braços dobráveis que cintilava sob uma lâmpada de LED. Ao lado dela havia uma estação de trabalho com quatro pistolas com agulhas de aço conectadas a mangueiras de tinta.

Eu nunca tinha feito uma tatuagem. Quando era deus, se queria tinta na pele, podia fazê-la surgir num piscar de olhos. Mas aquela sala me lembrou algo saído da cabeça de Hefesto, um experimento lunático em odontologia divina, talvez.

No canto mais afastado, uma escada levava a um mezanino similar ao da sala principal. Duas áreas de dormir tinham sido criadas ali: uma era um ninho de harpia feito de palha, tecido e papel picado; a outra, uma espécie de forte de papelão feito de caixas antigas de eletrodomésticos. Decidi que era melhor não perguntar.

Andando atrás da cadeira estava a própria Ella, murmurando como se estivesse no meio de uma discussão interna.

Aristófanes, que tinha nos seguido até os fundos da livraria, foi atrás da harpia, tentando esfregar a cabeça nas pernas de ave de Ella. De vez em quando, uma das penas cor de ferrugem se soltava e Aristófanes pulava em cima. Ella ignorou o gato completamente. Eles pareciam feitos um para o outro, saídos direto dos Campos Elísios.

— Fogo... — murmurou Ella. — Fogo com... alguma coisa, alguma coisa... alguma coisa, ponte. Duas vezes alguma coisa, alguma coisa... Hum.

A harpia parecia agitada, mas eu achava que esse era seu estado natural. Pelo pouco que sabia, Percy, Hazel e Frank encontraram Ella morando em Portland, na biblioteca principal do Oregon, sobrevivendo de restos de comida e fazendo ninho em romances descartados. Em algum momento, a harpia por acaso encontrou exemplares dos livros sibilinos, três volumes que todos achavam que tinham se perdido para sempre num incêndio perto do final do Império Romano. (Encontrar um exemplar seria como encontrar uma gravação inédita de Bessie Smith ou a primeira edição de um *Batman* de 1940 em perfeitas condições, só que mais... hum, *profetizante*.)

No entanto, com a memória fotográfica incoerente, Ella era agora a única fonte dessas antigas profecias. Percy, Hazel e Frank a levaram para o Acampamento Júpiter, onde poderia viver em segurança e, com sorte, recriar os livros perdidos com a ajuda de Tyson, seu dedicado namorado. (Ou será que o termo correto era "alma gêmea interespécie"?)

Fora isso, Ella era um enigma envolto em penas vermelhas e numa túnica de linho.

— Não, não, não. — Ela passou a mão pelos cachos ruivos abundantes, desgrenhando o cabelo de forma tão vigorosa que fiquei com medo de ela ter lacerações no couro cabeludo. — Não são palavras suficientes. "Palavras, palavras, palavras." *Hamlet*, ato dois, cena dois.

Ella parecia bem saudável para uma antiga harpia sem-teto. O rosto humanoide era anguloso, mas não esquelético. As penas dos braços eram bem cuidadas. O peso parecia adequado para uma ave, então ela devia estar ingerindo alpiste, ou tacos, ou o que quer que as harpias gostassem de comer em grandes quantidades. As garras em seus pés tinham marcado um caminho bem definido no ponto do carpete onde ela estava caminhando.

— Ella, olha! — anunciou Tyson. — Amigos!

A harpia franziu a testa, os olhos se desviando para Frank e para mim como se fôssemos incômodos menores — quadros pendurados tortos numa parede.

— Não. — As unhas longas bateram umas nas outras. — Tyson precisa de mais tatuagens.

— Tudo bem!

Tyson sorriu como se tivesse recebido uma notícia fantástica. Ele foi até a cadeira reclinável.

— Esperem! — Já era bem ruim *sentir o cheiro* das tatuagens. Se eu as visse sendo feitas, tinha certeza de que vomitaria em cima de Aristófanes. — Ella, antes de começar, você pode me explicar o que está acontecendo, por favor?

— "What's Going On" — disse Ella. — Marvin Gaye, 1971.

— Sim, eu sei. Eu ajudei a compor essa música.

— Não. — Ella balançou a cabeça. — Composta por Renaldo Benson, Al Cleveland e Marvin Gaye; inspirada num ato de brutalidade policial.

Frank abriu um sorrisinho.

— Não dá para discutir com a harpia.

— Não — concordou Ella. — Não dá.

A harpia se aproximou e me observou com mais atenção, farejando minha barriga com o curativo, cutucando meu peito. Suas penas brilhavam como ferrugem na chuva.

— Apolo — afirmou ela. — Mas está tudo errado. Corpo errado. *Os invasores de corpos*, dirigido por Don Siegel, 1956.

Enquanto isso, Tyson tinha inclinado a cadeira de tatuagem até deixá-la totalmente reta. Ele se deitou de bruços, as palavras roxas recentes ondulando nas costas musculosas e cheias de cicatrizes.

— Estou pronto! — anunciou ele.

O óbvio finalmente ficou claro para mim.

— *Palavras forjadas da memória ardem* — relembrei. — Você está reescrevendo os livros sibilinos no Tyson com agulhas quentes. Era isso que a profecia queria dizer.

— Isso. — Ella cutucou meus pneuzinhos como se avaliando se era uma boa superfície de escrita. — Hum. Não. Mole demais.

— Valeu — resmunguei.

Frank se remexeu, parecendo de repente envergonhado da sua própria superfície de escrita.

— Ella diz que esse é o único jeito de registrar as palavras na ordem certa — explicou o semideus romano. — Em pele viva.

Eu não deveria ter ficado surpreso. Nos meses anteriores, descobri profecias ouvindo as vozes insanas de árvores, tendo alucinações em uma caverna escura e correndo por um jogo de palavras cruzadas em chamas. Em comparação, organizar um manuscrito nas costas de um Ciclope parecia bem civilizado.

— Mas... até onde vocês chegaram? — perguntei.

— Até a primeira vértebra lombar — respondeu Ella.

Ela não parecia estar brincando.

De bruços no leito de tortura, Tyson balançou os pés com empolgação.

— ESTOU PRONTO! Ah, cara! Tatuagem faz cosquinha!

— Ella — tentei de novo —, o que quero dizer é o seguinte: você descobriu alguma coisa de *útil* em relação a... bom, sei lá, ameaças nos próximos quatro dias? Frank disse que você tinha uma pista.

— Isso, achei a tumba. — A harpia cutucou meus pneuzinhos de novo. — Morte, morte, morte. Muita morte.

9

Queridos amigos,
Estamos aqui reunidos
Porque Hera fede. Amém.

SE TEM COISA PIOR do que ouvir *Morte, morte, morte* é ouvir essas palavras enquanto alguém cutuca seus pneuzinhos.

— Você pode ser mais específica?

O que eu realmente queria perguntar: *Você pode fazer isso tudo sumir e parar de me cutucar?* Mas eu duvidava que qualquer um dos dois desejos fosse ser concedido.

— Referências cruzadas — disse Ella.

— Como?

— A tumba de Tarquínio. As palavras do Labirinto de Fogo. Frank me contou: *Apolo encara a morte na tumba de Tarquínio exceto se a passagem para o deus silencioso só for aberta pela nascida de Belona.*

— Eu sei a profecia — falei. — Eu meio que queria que as pessoas parassem de repetir. O que exatamente...?

— Eu fiz a referência cruzada de *Tarquínio* e *Belona* e *deus silencioso* no índice do Tyson.

Eu me virei para Frank, que parecia ser a única outra pessoa sã no local.

— Tyson tem um índice?

Frank deu de ombros.

— Ele não seria um bom livro de referência se não tivesse um índice.

— Na parte de trás da minha coxa! — exclamou Tyson, ainda balançando os pés com alegria, esperando para ser perfurado com agulhas quentes. — Quer ver?

— Não! Deuses, não. Então você fez a referência cruzada...

— Isso, isso — disse ela. — Não tem entrada nenhuma para *Belona* nem *deus silencioso*. Hum. — Ela bateu nas laterais da cabeça. — Preciso de mais palavras para isso. Mas *tumba de Tarquínio*. Isso. Encontrei um verso.

Ela foi até a cadeira de tatuagem, com Aristófanes trotando logo atrás, batendo nas asas. Ella bateu na omoplata de Tyson.

— Aqui.

Tyson riu.

— *Um gato selvagem perto de luzes que giram* — leu Ella em voz alta. — *A tumba de Tarquínio com cavalos que brilham. Para a porta abrir no ato, dois cinquenta e quatro.*

Miau, disse Aristófanes.

— Não, Aristófanes — disse Ella, a voz suave —, você não é um gato selvagem.

O animal ronronou como uma serra elétrica.

Esperei por mais profecias. A maior parte dos livros sibilinos era como livros de receitas, com instruções de sacrifícios para acalmar os deuses caso certas catástrofes acontecessem. Praga de gafanhotos destruindo sua plantação? Experimente o suflê de Ceres com pães de mel assados no altar dela por três dias. Terremoto destruindo a cidade? Quando Netuno voltar para casa esta noite, surpreenda-o com três touros negros cobertos de óleo sagrado e queimando em uma fogueira com ramos de alecrim!

Mas Ella parecia ter terminado.

— Frank — falei —, isso fez algum sentido para você?

Ele franziu a testa.

— Eu achei que *você* fosse entender.

Quando as pessoas perceberiam que não era por eu ser o deus da profecia que eu *entendia* as profecias? Eu também era o deus da poesia. Isso queria dizer que eu entendia as metáforas em *A terra devastada*, de T. S. Eliot? Não.

— Ella, esse trecho pode estar descrevendo um local?

— Isso, isso. E próximo, provavelmente. Mas só para entrar. Olhar. Encontrar as coisas certas e sair. Não para matar Tarquínio, o Soberbo. Ele está bem morto para poder ser morto. Para isso, hum... Preciso de mais palavras.

Frank Zhang mexeu na medalha de Coroa Mural no peito.

— Tarquínio, o Soberbo. O último rei de Roma. Ele era considerado um mito mesmo na época do Império Romano. A tumba dele nunca foi descoberta. Por que ele...?

Ele indicou o local ao redor.

— Estaria bem no nosso quintal? — concluí. — Provavelmente pelo mesmo motivo que o Monte Olimpo paira acima de Nova York e o Acampamento Júpiter fica na Bay Area.

— Faz sentido — admitiu Frank. — Ainda assim, se a tumba de um rei romano estivesse próxima do Acampamento Júpiter, por que só estamos descobrindo isso agora? Por que o ataque dos mortos-vivos?

Eu não tinha resposta. Estava tão obcecado por Calígula e Cômodo que não tinha pensado muito em Tarquínio, o Soberbo. Por mais cruel que pudesse ter sido, Tarquínio era peixe pequeno em comparação aos imperadores. Eu também não entendia por que um rei romano semilendário, bárbaro e aparentemente morto-vivo se uniria ao Triunvirato.

Uma lembrança distante fez cócegas na base do meu crânio... Não podia ser coincidência que Tarquínio se revelasse quando Ella e Tyson estavam reconstruindo os livros sibilinos.

Eu me lembrei do sonho com a entidade de olhos roxos e voz grave que possuiu o eurínomo no túnel. *Você dentre todo mundo deveria compreender o limite frágil entre a vida e a morte.*

O corte na minha barriga latejou. Pela primeira vez, só para variar, eu desejei poder encontrar uma tumba cujos ocupantes estivessem realmente mortos.

— Então, Ella — falei —, você sugere que encontremos essa tumba.

— Isso. Entre na tumba. *Tomb Raider* para PC, Playstation e Sega Saturn, 1996. *As tumbas de Atuan*, Ursula K. Le Guin, publicado em 1971.

Mal reparei nas informações estranhas desta vez. Se eu ficasse ali por mais tempo, provavelmente acabaria falando em *Ellaês* também, soltando referências aleatórias da Wikipédia no fim de cada frase. Eu precisava ir embora antes que isso acontecesse.

— Mas a gente só precisa entrar para olhar — falei. — Para encontrar...

— As coisas certas. Isso, isso.

— E depois?

— Voltar vivo. "Stayin' Alive", dos Bee Gees, segundo single, trilha sonora do filme *Os embalos de sábado à noite*, 1977.

— Certo. E... você tem certeza de que não tem mais informações no índice do Ciclope que poderiam ser... hã... úteis?

— Hum. — Ella olhou para Frank, se aproximou e farejou o rosto dele. — Graveto queimado. Alguma coisa. Não. Isso vem depois.

Frank não pareceria tanto um animal encurralado mesmo que tivesse virado um.

— Hã, Ella? Nós não falamos sobre o graveto queimado.

Isso me lembrou outro motivo para eu gostar do Frank Zhang. Ele também era membro do clube *Odeio Hera*. No caso de Frank, Hera tinha inexplicavelmente conectado a força vital dele a um pedacinho de madeira, que eu sabia que Frank agora carregava para todos os lados. Se a madeira pegasse fogo, Frank também pegaria. Era algo típico da Hera: *Eu te amo e você é meu herói especial. Aqui, pegue este graveto. Quando ele pegar fogo, você vai morrer, HA-HA-HA-HA-HA*. Eu detestava aquela mulher.

Ella eriçou as penas, oferecendo a Aristófanes vários novos alvos para brincar.

— Fogo com... alguma coisa, alguma coisa ponte. Duas vezes alguma coisa, alguma coisa... Hum, não. Isso vem depois. Preciso de mais palavras. Tyson precisa de uma tatuagem.

— Viva! — disse Tyson. — Você pode fazer um desenho do Arco-Íris? Ele é meu amigo! É um cavalo-marinho!

— Um arco-íris é feito de luz branca — falou Ella. — Em refração por gotas de água.

— E também é um cavalo-marinho! — disse Tyson.

— Aff — bufou ela.

Tive a sensação de que tinha acabado de testemunhar o mais perto que a harpia e o Ciclope chegaram de ter uma discussão.

— Vocês dois podem ir. — Ela fez sinal para irmos embora. — Voltem amanhã. Talvez em três dias. "Eight Days a Week", Beatles, lançamento no Reino Unido em 1964. Ainda não tenho certeza.

Eu estava prestes a protestar que só tínhamos quatro dias até os iates de Calígula chegarem e o Acampamento Júpiter ser massacrado novamente, mas Frank me impediu, segurando meu braço.

— É melhor irmos embora. Para deixá-la trabalhar. Está quase na hora da reunião do fim da tarde.

Depois da menção ao graveto, tive a sensação de que ele usaria qualquer desculpa, até mesmo do nível fauno, para sair daquela livraria.

Meu último vislumbre da sala de coleções especiais foi de Ella segurando a pistola de tatuagem, escrevendo nas costas de Tyson enquanto o Ciclope ria, dizendo "FAZ COSQUINHA!", e Aristófanes usava as pernas de couro áspero da harpia para afiar as unhas.

Algumas imagens, como tatuagens em Ciclopes, são permanentes quando queimadas no seu cérebro.

Frank me levou de volta ao acampamento o mais rápido que minha barriga ferida aguentou.

Eu queria perguntar sobre os comentários de Ella, mas Frank não estava muito falante. De vez em quando, sua mão ia até a lateral do cinto, onde havia uma bolsa de pano pendurada atrás da bainha da espada. Eu não tinha reparado naquilo antes, mas supus que era onde ele guardava o Suvenir Mortal Amaldiçoado por Hera™.

Ou talvez Frank estivesse com aquele ar sombrio porque sabia o que nos esperava na reunião.

A legião tinha se reunido para o cortejo fúnebre.

Liderando a coluna estava Hannibal, o elefante da legião, com um colete à prova de balas e flores pretas. Preso atrás dele havia um carrinho com o caixão de Jason, decorado em roxo e dourado. A Quinta Coorte, unidade original de Jason, serviu de guarda de honra e portadores de tochas dos dois lados do carrinho. Com eles, entre Hazel e Lavínia, estava Meg McCaffrey. Ela franziu a testa quando me viu e falou movendo apenas os lábios: *Você está atrasado*.

Frank correu até Reyna, que estava de pé ao lado de Hannibal.

A pretora sênior estava com a cara exausta e abatida, como se tivesse passado as últimas horas chorando e depois tivesse se recomposto da melhor maneira que pôde. Ao lado dela estava o porta-estandarte da legião, segurando a águia da Décima Segunda Legião.

Ficar perto da águia fez meus pelos se eriçarem. O ícone dourado exalava o poder de Júpiter. O ar em volta estalava com a eletricidade.

— Apolo. — O tom de Reyna foi formal, seus olhos como poços sem fundo. — Está preparado?

— Para...? — A pergunta morreu na minha garganta.

Todos me olhavam com expectativa. Queriam outra música?

Não. Claro. A legião não tinha sacerdote supremo, não tinha pontífice máximo. Seu antigo áugure, Octavian, um de meus descendentes, morreu na batalha contra Gaia. (E confesso que não fiquei muito triste, mas isso é outra história.) Jason seria a próxima escolha lógica para essa função, mas ele era nosso convidado de honra. Isso queria dizer que eu, como antigo deus, era a maior autoridade espiritual ali. Era esperado que eu conduzisse os ritos funerários.

Os romanos davam muita importância à etiqueta. Eu não poderia sair de fininho sem que isso fosse visto como um mau presságio. Além do mais, eu devia a Jason o meu melhor, mesmo que fosse uma triste versão Lester Papadopoulos do meu melhor.

Tentei lembrar a invocação romana correta.

Queridos amigos...? Não.

Por que esta noite é diferente...? Não.

A-há.

— Venham, amigos — falei. — Vamos escoltar nosso irmão para sua celebração final.

Acho que fiz direitinho. Ninguém pareceu escandalizado. Eu me virei e fui na frente para fora do forte, a legião inteira atrás em um silêncio sinistro.

Na estrada até a Colina dos Templos, tive alguns momentos de pânico. E se eu levasse a procissão na direção errada? E se acabasse no estacionamento de um supermercado em Oakland?

A águia dourada da Décima Segunda Legião pairava acima do meu ombro, carregando o ar de ozônio. Imaginei Júpiter falando em meio aos estalos e zumbidos, como uma voz por rádio de ondas curtas: *SUA CULPA. SUA PUNIÇÃO.*

Em janeiro, quando caí na Terra, essas palavras pareceram horrivelmente injustas. Agora, enquanto guiava Jason Grace para seu descanso final, eu *acreditei* nelas. Grande parte do que tinha acontecido *era* culpa minha. Grande parte jamais poderia ser consertada.

Jason tinha me feito fazer uma promessa: *Quando for deus de novo, lembre-se. Lembre-se de como é ser humano.*

Eu pretendia cumprir essa promessa se sobrevivesse por tempo suficiente. Mas, enquanto isso, havia formas mais urgentes de honrar o nome de Jason: protegendo o Acampamento Júpiter, derrotando o Triunvirato e, de acordo com Ella, descendo até a tumba de um rei morto-vivo.

As palavras da harpia vibravam na minha cabeça: *Um gato selvagem perto de luzes que giram. A tumba de Tarquínio com cavalos que brilham. Para a porta abrir no ato, dois cinquenta e quatro.*

Mesmo para uma profecia, aquilo parecia pura baboseira.

A Sibila de Cumas sempre foi vaga e verborrágica. Além disso, se recusava a aceitar sugestões editoriais. Tinha escrito nove volumes de livros sibilinos — sério, quem precisa de *nove livros* para terminar uma série? Eu me senti secretamente vingado quando ela só conseguiu vendê-los para os romanos após reduzi-los a uma trilogia. Os outros seis volumes foram direto para o fogo quando...

Eu parei.

Atrás de mim, a procissão parou junto.

— Apolo? — sussurrou Reyna.

Eu não devia parar. Estava conduzindo o funeral do Jason. Não podia me jogar no chão, me encolher e chorar. Isso estava proibido. Mas, pelos shorts de ginástica de Júpiter, por que meu cérebro insistia em se lembrar de fatos importantes em momentos tão inconvenientes?

Claro que Tarquínio estava ligado aos livros sibilinos. Claro que escolheria agora para se revelar e enviar um exército de mortos-vivos ao Acampamento Júpiter. E a própria Sibila de Cumas... Era possível...?

— Apolo — chamou Reyna, dessa vez com mais insistência.

— Estou bem — menti.

Um problema de cada vez. Jason Grace merecia minha total atenção. Afastei os pensamentos turbulentos e segui em frente.

Quando cheguei à Colina dos Templos, ficou óbvio para onde deveria ir. Na base do Templo de Júpiter havia uma pira de madeira elaborada. Em cada canto, um guarda de honra esperava com uma tocha acesa. O caixão de Jason queimaria na sombra do templo do nosso pai. Isso parecia amargamente apropriado.

As coortes da legião se abriram em um semicírculo em volta da pira, os Lares brilhando como velas de aniversário. A Quinta Coorte colocou o caixão de Jason na pira. Hannibal e o carrinho funerário foram levados dali.

Atrás da legião, próximos das luzes das tochas, *aurae*, espíritos do vento, se moviam, montando mesas dobráveis com toalhas pretas. Outros apareceram com jarras de bebidas, pilhas de pratos e cestos de comida. Nenhum funeral romano estaria completo sem uma última refeição para o falecido. Só depois que a comida fosse compartilhada pelos presentes é que os romanos saberiam que o espírito de Jason seguiria em segurança até o Mundo Inferior, imune a indignidades como se tornar um fantasma inquieto ou um zumbi.

Enquanto os legionários se acomodavam, Reyna e Frank se juntaram a mim na pira.

— Por um minuto fiquei preocupada — comentou Reyna. — O ferimento ainda está incomodando?

— Está melhor — falei, apesar de talvez estar tentando tranquilizar mais a mim mesmo do que a ela. Além do mais, por que ela ficava tão linda à luz do fogo?

— Vamos pedir aos curandeiros para olharem de novo — prometeu Frank. — Por que você parou?

— É que... eu me lembrei de uma coisa. Conto mais tarde. Vocês conseguiram avisar a família do Jason? Thalia?

Eles trocaram olhares frustrados.

— Nós tentamos, claro — disse Reyna. — Thalia é sua única parente viva. Mas, com os problemas de comunicação...

Assenti, nada surpreso. Uma das coisas mais irritantes que o Triunvirato fez foi acabar com todas as formas de comunicação mágica usadas pelos semideuses. As Mensagens de Íris falhavam. As cartas enviadas pelos espíritos do vento não chegavam. Até a tecnologia mortal, que os semideuses tentavam evitar porque atraía monstros, agora não funcionava. Eu não tinha ideia de como os imperadores conseguiram isso.

— Eu queria que pudéssemos esperar a Thalia — falei, vendo os últimos membros da Quinta Coorte descerem da pira.

— Eu também — concordou Reyna. — Mas...

— Eu sei.

Os ritos funerais romanos tinham que ser executados o mais rápido possível. A cremação era necessária para libertar o espírito de Jason. Permitiria que a comunidade passasse pelo luto e pela cura... ou pelo menos que voltasse nossa atenção para a próxima ameaça.

— Vamos começar — falei.

Reyna e Frank se juntaram à linha de frente.

Comecei a falar, os versos do ritual em latim saindo de mim. Cantarolei por instinto, pouco ciente do significado das palavras. Eu já tinha louvado Jason com minha canção. Aquilo foi bem pessoal. Essa cerimônia se tratava de uma formalidade necessária.

Em um canto da minha mente, me perguntei se era assim que os mortais se sentiam quando oravam para mim. Talvez suas devoções não passassem de um hábito, recitadas enquanto suas mentes vagavam para outros assuntos, desinteressados na minha glória. Achei a ideia estranhamente... compreensível. Agora que eu era mortal, por que não deveria praticar resistência não violenta contra os deuses também?

Terminei minha bênção.

Fiz sinal para as *aurae* distribuírem o banquete e colocarem a primeira porção no caixão de Jason, para que ele compartilhasse simbolicamente da última refeição com seus irmãos no mundo mortal. Quando isso acontecesse e a pira fosse acesa, a alma de Jason atravessaria o Estige... Era o que a tradição romana dizia.

Antes que as tochas pudessem acender a madeira da pira, um uivo de súplica ecoou ao longe. Uma onda de inquietação se espalhou pelos semideuses reunidos. Suas expressões não foram exatamente de preocupação, mas definitivamente de surpresa, como se eles não estivessem esperando mais convidados. Hannibal grunhiu e bateu os pés.

Nas extremidades do nosso grupo, lobos cinzentos surgiram da escuridão; dezenas de animais enormes, uivando pela morte de Jason, membro da matilha deles.

Diretamente atrás da pira, nos degraus do templo de Júpiter, uma loba enorme surgiu, o pelo prateado brilhando à luz das tochas.

Senti todos os membros da legião prenderem a respiração. Ninguém se ajoelhou. Ao ficar de frente para Lupa, a deusa loba, espírito guardião de Roma, ninguém se ajoelha ou exibe sinais de fraqueza. Nós ficamos respeitosamente de pé, firmes em nossos lugares, enquanto a matilha uivava ao nosso redor.

Por fim, Lupa fixou os olhos amarelos em mim. Com um repuxar dos lábios, ela me deu uma ordem simples: *Venha*.

Ela se virou e entrou na escuridão do templo.

Reyna se aproximou de mim.

— Parece que a deusa loba deseja uma conversa em particular. — Ela franziu a testa, parecendo preocupada. — Vamos começar o banquete. Pode ir. Tomara que Lupa não esteja com raiva. Nem com fome.

10

Cantem comigo:
Quem tem medo do lobo bom?
Eu. Eu tenho.

LUPA ESTAVA com raiva *e* com fome.

Eu não alegava ser fluente em lupino, mas tinha passado tempo suficiente perto da matilha da minha irmã para entender o básico. Os sentimentos eram os mais fáceis de interpretar. Lupa, como todos da sua espécie, falava em uma combinação de olhares, rosnados, tremores de orelha, posturas e feromônios. Era uma língua elegante, embora não muito adequada para pares de versos rimados. Acreditem, eu tentei. Nada rima com *grr-rrr-row-rrr*.

Lupa estava tremendo de fúria pela morte de Jason. As cetonas em seu hálito indicavam que ela não comia havia dias. A raiva a deixava faminta. A fome a deixava com raiva. E as narinas tremendo me disseram que eu era o mortal suculento mais próximo e conveniente.

Ainda assim, eu a segui até o templo enorme de Júpiter. Eu não tinha muita escolha.

Ladeando o pavilhão a céu aberto, colunas do tamanho de sequoias sustentavam o teto abobadado e dourado. O piso era um mosaico colorido de inscrições em latim: profecias, memoriais, avisos para louvar Júpiter ou enfrentar seus raios. No centro, atrás de um altar de mármore, havia uma estátua dourada enorme do meu pai: Jupiter Optimus Maximus com uma toga de seda roxa grande o suficiente para ser usada como vela de navio. Ele parecia severo, sábio e paternal, embora só fosse uma dessas três coisas na vida real.

Ao vê-lo acima de mim, o raio erguido, tive que lutar contra a vontade de me ajoelhar e começar a suplicar. Eu sabia que era só uma estátua, mas quem já sofreu um trauma vai entender. Não é preciso muito para deflagrar os antigos medos: um olhar, um som, uma situação familiar. Ou uma estátua dourada de quinze metros do seu agressor, isso também funciona.

Lupa parou na frente do altar. Uma neblina envolvia seu pelo como se ela estivesse exalando mercúrio.

É sua hora, disse ela.

Ou algo parecido. Os gestos da deusa transmitiam expectativa e urgência. Ela queria que eu fizesse alguma coisa. Seu odor me dizia que não tinha certeza de que eu era capaz.

Engoli em seco, o que por si só já queria dizer *Estou com medo* em lupino. Sem dúvida Lupa já sentia o cheiro do meu medo. Não era possível mentir na língua dela. Ameaçar, intimidar, bajular... sim. Mas não mentir descaradamente.

— Minha hora — falei. — De quê, exatamente?

Ela bateu os dentes com irritação. *De ser Apolo. A matilha precisa de você.*

Senti vontade de gritar: *Estou tentando ser Apolo! Não é tão fácil!*

Mas segurei minha linguagem corporal para que não transmitisse essa mensagem.

Falar cara a cara com qualquer deus é algo perigoso. Eu tinha perdido a prática. Era verdade que eu tinha me encontrado com Britomártis em Indianápolis, mas ela não contava. Aquela lá gostava demais de me torturar para tentar me matar. Mas com Lupa... eu tinha que tomar cuidado.

Mesmo quando eu era um deus, nunca consegui entender direito a deusa loba. Lupa não andava com os olimpianos. Nunca ia a jantares familiares durante a Saturnália. Ela nunca foi ao nosso grupo de leitura mensal, nem quando discutimos *Dança com lobos*.

— Tudo bem — cedi. — Sei o que você quer dizer. Os versos finais da Profecia das Sombras. Eu cheguei ao Tibre vivo etc. Agora, tenho que "começar a dançar". Imagino que isso envolva mais do que dançar e estalar os dedos, né?

O estômago de Lupa roncou. Quanto mais eu falava, mais suculentos parecia.

A matilha está fraca. Muitos morreram. Quando o inimigo cercar este lugar, você precisa demonstrar força. Precisa chamar ajuda.

Tentei sufocar outra exibição lupina de irritação. Lupa era uma deusa. Aquela era a cidade dela, o acampamento dela. Ela tinha uma matilha de lobos sobrenaturais sob seu comando. Por que *ela* não podia ajudar?

Mas é claro que eu sabia a resposta. Lobos não são lutadores de linha de frente. São caçadores que só atacam quando estão em número superior. Lupa esperava que os romanos resolvessem os próprios problemas. Que fossem autossuficientes ou morressem. Ela daria conselhos. Ensinaria, guiaria e avisaria. Mas não lutaria as batalhas deles. As *nossas* batalhas.

O que me fez questionar por que ela estava me dizendo para pedir ajuda. E ajuda *de quem*?

Minha expressão e minha linguagem corporal deviam ter transmitido a pergunta.

Ela balançou as orelhas. *Norte. Explore a tumba. Encontre as respostas. Esse é o primeiro passo.*

Do lado de fora, na base do templo, a pira funerária estalou e rugiu. Saía fumaça pela rotunda aberta, envolvendo a estátua de Júpiter. Eu esperava que, em algum lugar do Monte Olimpo, os seios da face divinos do meu pai estivessem sofrendo.

— Tarquínio, o Soberbo — falei. — Foi ele que mandou os mortos-vivos. Ele vai atacar novamente durante a lua sangrenta.

As narinas de Lupa tremeram em confirmação. *O fedor dele está em você. Tome cuidado com a tumba. Os imperadores foram tolos de confiar nele.*

Imperador era um conceito difícil de expressar em lupino. O termo para isso podia significar *lobo alfa* ou *líder de matilha* ou *submeta-se a mim agora antes que eu arranque seu pescoço*. Eu tinha quase certeza de que tinha interpretado o que Lupa quis dizer corretamente. Os feromônios dela transmitiam *perigo, nojo, apreensão, ultraje, mais perigo*.

Botei a mão sobre o curativo na barriga. Eu estava melhorando... não estava? Tinha sido besuntado com erva lemuriana e raspas de chifre de unicórnio suficientes para matar um mastodonte zumbi. Mas não gostei do olhar preocupado de Lupa nem da ideia de que o fedor de alguém estava em mim, principalmente o de um rei morto-vivo.

— Depois que eu explorar essa tumba e sair de lá vivo... o que acontece?

O caminho vai ficar mais claro. Para derrotar o grande silêncio. Então peça ajuda. Sem isso, toda a matilha vai morrer.

Eu não tinha tanta certeza de que havia compreendido essa parte.

— Derrotar o silêncio? Você está falando do deus silencioso? A passagem que Reyna teoricamente tem que abrir?

A resposta dela foi frustrantemente ambivalente. Poderia significar *Sim e não* ou *Mais ou menos* ou *Por que você é tão burro?*.

Olhei para o Grande Pai Dourado.

Zeus tinha me jogado no meio de toda aquela confusão. Tirou meu poder e me chutou para a Terra para libertar os oráculos, derrotar os imperadores e... Ah, espere! Ganhei um deus morto-vivo de bônus e um deus silencioso também! Eu esperava que a fuligem da pira funerária estivesse irritando Júpiter. Eu queria subir pelas pernas dele e escrever *ME LAVE!* com o dedo em seu peito.

Fechei os olhos. Não devia ser a coisa mais sábia a fazer quando se está cara a cara com um lobo gigante, mas havia ideias demais rodopiando na minha cabeça. Pensei nos livros sibilinos, nas várias recomendações que continham para afastar desastres. Considerei o que Lupa poderia estar querendo dizer com *grande silêncio*. E pedir ajuda.

Meus olhos se abriram.

— Ajuda. Ajuda divina. Você quer dizer que, se eu sobreviver à tumba e... e derrotar o troço silencioso, eu talvez consiga pedir ajuda *divina*?

Lupa soltou um rosnado do fundo do peito. *Finalmente entendeu. Isso vai ser o começo. O primeiro passo para voltar à sua matilha.*

Meu coração disparou como se estivesse rolando escada abaixo. A mensagem de Lupa parecia boa demais para ser verdade. Eu poderia fazer contato com os olimpianos, apesar das ordens de Zeus para me ignorarem enquanto eu fosse humano. Eu talvez pudesse até invocar a ajuda deles para salvar o Acampamento Júpiter. De repente, eu me senti *mesmo* melhor. Minha barriga não estava mais doendo. Meus nervos formigaram com uma sensação que eu não experimentava havia tanto tempo que quase não reconheci: esperança.

Cuidado. Lupa me trouxe de volta à realidade com um rosnado baixo. *O caminho é difícil. Você vai enfrentar mais sacrifícios. Morte. Sangue.*

— Não. — Encarei-a nos olhos, um sinal perigoso de desafio que me surpreendeu tanto quanto a ela. — Não, eu vou conseguir. Não vou permitir mais perdas. Tem que haver um jeito.

Consegui manter o contato visual por três segundos antes de afastar o olhar.

Lupa fungou, um som superior de *Claro que eu venci*, mas pensei detectar um toque de aprovação ressentida também. Percebi que Lupa apreciava minha coragem e determinação, mesmo não acreditando que eu seria capaz de fazer o que falei. Talvez *especialmente* porque não acreditava.

Volte para a festa, ordenou ela. *Diga a eles que você tem a minha bênção. Continue a agir com coragem. É assim que tudo começa.*

Observei as antigas profecias no mosaico do chão. Eu tinha perdido amigos para o Triunvirato. Tinha sofrido. Mas percebi que Lupa também. Seus filhos romanos foram dizimados. Ela carregava a dor da morte de todos eles. Mas tinha que demonstrar confiança, mesmo com sua matilha enfrentando a ameaça da extinção.

Era impossível mentir em lupino. Mas era possível blefar. Às vezes, era *necessário* blefar para manter a matilha unida. O que os mortais dizem? *Levanta, sacode a poeira, dá a volta por cima*? É uma filosofia bem lupina.

— Obrigado. — Ergui o rosto, mas Lupa já tinha ido embora. Não restava nada além da neblina prateada se misturando à fumaça da pira de Jason.

Contei a versão resumida para Reyna e Frank: eu recebi a bênção da deusa loba. Prometi contar mais no dia seguinte, quando tivesse tido tempo de entender tudo aquilo. Enquanto isso, confiei que a notícia sobre Lupa ter me dado orientação se espalharia pela legião. Seria suficiente por enquanto. Aqueles semideuses precisavam de todo o conforto que pudessem receber.

Enquanto a pira ardia, Frank e Hazel ficaram de mãos dadas, fazendo vigília enquanto Jason fazia sua última viagem. Fiquei sentado em uma toalha de piquenique funerário com Meg, que comeu tudo que havia por ali e ficou falando sem parar sobre sua tarde excelente cuidando de unicórnios com Lavínia. Meg se gabou que Lavínia até deixou que ela limpasse os estábulos.

— Ela passou a perna em você — observei.

Meg franziu a testa, a boca cheia de hambúrguer.

— Como assim?

— Deixa pra lá. O que você estava falando, era sobre cocô de unicórnio?

Tentei comer, mas, apesar da fome, a comida tinha gosto de poeira.

Quando as últimas brasas da pira se apagaram e os espíritos do vento levaram o que restava do banquete, nós seguimos os legionários de volta ao acampamento.

No quarto de hóspedes de Bombilo, me deitei no colchão e observei as rachaduras no teto. Imaginei que fossem as linhas de profecia tatuadas nas costas de um Ciclope. Se eu ficasse olhando por bastante tempo, talvez começassem a fazer sentido, ou pelo menos eu conseguiria encontrar o índice.

Meg jogou um sapato em mim.

— Você precisa descansar. Amanhã é a reunião do Senado.

Tirei o tênis vermelho de cano alto dela do meu peito.

— Você também não está dormindo.

— É, mas você vai ter que falar. Eles vão querer saber seu plano.

— Meu *plano*?

— É, tipo um discurso. Para inspirá-los e tal. Convencê-los do que fazer. Vão votar e tudo.

— Uma tarde nos estábulos dos unicórnios e você virou especialista nos procedimentos dos senadores romanos?

— A Lavínia me contou — disse Meg com arrogância.

Ela estava deitada no colchão, jogando o outro tênis no ar e o pegando de novo. Como ela conseguia isso sem os óculos eu não fazia ideia.

Sem os óculos estilo gatinho com pedrinhas brilhantes, o rosto dela parecia mais velho, os olhos mais escuros e sérios. Eu até a chamaria de madura se ela não tivesse voltado do dia nos estábulos usando uma camiseta verde com purpurina que dizia vnicornes imperant!

— E se eu não tiver um plano? — perguntei.

Eu esperava que Meg jogasse o outro sapato em mim. Mas ela só disse:

— Você tem.

— Tenho?

— Tem. Pode não ter organizado tudo ainda, mas vai estar com tudo pronto até amanhã.

Eu não sabia se ela estava me dando uma ordem, expressando sua fé em mim ou apenas subestimando amplamente os perigos que íamos enfrentar.

Continue a agir com coragem, dissera Lupa. *É assim que tudo começa.*

— Tudo bem — falei, hesitante. — Bom, para começar, eu estava pensando que podíamos...

— Não agora! Amanhã. Não quero spoilers.

Ah. *Essa* era a Meg que eu conhecia e tolerava.

— Qual é seu problema com spoilers? — perguntei.

— Eu odeio.

— Estou tentando discutir estratégias com v...

— Não.

— Falar sobre minhas ideias...

— Não. — Ela jogou o sapato de lado, botou um travesseiro em cima da cabeça e ordenou, com a voz abafada: — Vai dormir!

Eu não tinha chance contra uma ordem direta. O cansaço tomou conta de mim e minhas pálpebras se fecharam.

11

Sujeira e chiclete
Lavínia trouxe o bastante
Para o Senado inteiro

COMO SABER se é sonho ou pesadelo?

Se tiver um livro pegando fogo, deve ser pesadelo.

Eu me vi no salão do Senado romano; não a enorme e famosa câmara da república ou do império, mas o *antigo* salão do Senado do reino romano. As paredes de tijolos de barro tinham uma pintura mal-acabada branca e vermelha. O piso imundo estava coberto de palha. O fogo dos braseiros de ferro soltava fuligem e fumaça, escurecendo o teto de gesso.

Não havia mármore refinado ali. Tampouco seda exótica ou o tom roxo imperial. Era Roma em sua forma mais antiga e crua: apenas fome e maldade. Os guardas reais usavam armadura de couro curado por cima de túnicas suadas. As lanças de ferro preto tinham um polimento rudimentar, os elmos eram feitos de pele de lobo. Havia mulheres escravizadas ajoelhadas ao pé do trono, que era uma placa de pedra grosseiramente talhada e coberta de peles. Dos dois lados do aposento havia bancos rústicos de madeira: as bancadas dos senadores, que se sentavam ali mais como prisioneiros ou espectadores do que políticos poderosos. Naquela era, os senadores só tinham um poder: votar em um novo rei quando o antigo morria. Fora isso, deveriam aplaudir ou se calar, conforme requisitado.

No trono estava Lúcio Tarquínio Soberbo, o sétimo rei de Roma, assassino, conspirador e capataz de escravos, gente boa mesmo. O rosto dele era como porcelana úmida cortada com faca de carne: boca larga e com dentes brilhantes repuxada em uma careta torta; maçãs do rosto proeminentes demais; nariz quebrado e cicatrizado em um zigue-zague nada harmônico; pálpebras pesadas, expressão desconfiada e cabelo comprido e seco que parecia argila com respingos de chuva.

Alguns anos antes, quando assumiu o trono, Tarquínio foi elogiado por sua aparência viril e sua força física. Cegou os senadores com lisonjas e presentes, acomodou-se no trono do sogro e persuadiu o Senado a confirmá-lo como novo rei.

Quando o antigo rei entrou correndo para protestar que ainda estava, ora, bem vivinho, Tarquínio o pegou como se fosse um saco de nabos, o carregou para fora e o jogou na rua, onde a filha do antigo rei, esposa de Tarquínio, passou por cima do infeliz pai com a carruagem, sujando as rodas com o sangue dele.

Um adorável começo para um adorável reinado.

Então, Tarquínio carregava o peso dos anos. Estava corcunda e mais corpulento, como se todos os projetos de construção que ele obrigou seu povo a fazer tivessem sido empilhados sobre seus ombros. Usava a pele de um lobo como manto. Sua veste era de um rosa-escuro manchado, e era impossível saber se havia sido vermelha e depois respingada com água sanitária ou se havia sido branca e depois respingada com sangue.

Com exceção dos guardas, a única pessoa de pé na sala era uma idosa de frente para o trono. A capa de tom rosado e capuz, o porte robusto e as costas curvadas pareciam uma espécie de caricatura do próprio rei: a versão *Saturday Night Live* de Tarquínio. Ela carregava uma pilha de seis livros com capas de couro, cada um do tamanho de uma camisa dobrada e tão moles quanto.

O rei olhou com desprezo para ela.

— Você voltou. Por quê?

— Para oferecer o mesmo acordo de antes.

A voz da mulher era rouca, como se ela tivesse passado algum tempo gritando. Quando tirou o capuz, o cabelo grisalho grosso e o rosto abatido que foram revelados lhe deixavam ainda mais com cara de irmã gêmea de Tarquínio. Mas não. Era a Sibila de Cumas.

Ao vê-la de novo, meu coração se apertou. Ela já tinha sido uma jovem adorável: inteligente, determinada, apaixonada por seu trabalho profético. Queria mudar o mundo. Mas as coisas entre nós azedaram, e quem acabou mudando foi *ela*... por minha causa.

A aparência era só o começo da maldição que joguei nela. Ficaria muito, muito pior com o passar dos séculos. Como fui ter essa ideia? Como pude ser tão cruel? A culpa pelo que fiz ardeu mais do que qualquer arranhão de ghoul.

Tarquínio se mexeu no trono. Tentou dar uma risada, mas o som que saiu parecia mais com um berro assustado.

— Você deve ser louca, mulher. Seu preço original teria falido meu governo, e isso foi quando você tinha *nove* livros. Queimou três e agora volta me oferecendo apenas seis pelo mesmo preço exorbitante?

A mulher mostrou os livros, uma das mãos erguidas como se estivesse se preparando para fazer um juramento.

— Conhecimento é caro, rei de Roma. Quanto menos há, mais vale. Fique satisfeito por eu não cobrar o dobro.

— Ah, entendi! Eu deveria ficar *agradecido*, então.

O rei olhou para a plateia cativa de senadores buscando apoio. Essa era a deixa para que rissem e debochassem da mulher. Ninguém fez isso. Eles pareciam ter mais medo da Sibila do que do rei.

— Não espero gratidão de gente como você — disparou Sibila. — Mas você deveria agir pelo próprio bem e pelo do reino. Ofereço conhecimento do futuro... como escapar de desastres, convocar a ajuda dos deuses, fazer de Roma um grande império. Todo esse conhecimento está aqui. Pelo menos... ainda restam seis volumes.

— Ridículo! — exclamou o rei. — Eu deveria mandar executá-la por desrespeito!

— Se ao menos isso fosse possível. — A voz da Sibila soou amarga e calma, como uma manhã no Ártico. — Você recusa minha proposta, então?

— Sou o alto sacerdote, além de rei! — gritou Tarquínio. — Só *eu* decido como agradar os deuses! Não preciso...

A Sibila pegou os três livros de cima da pilha e os jogou casualmente no braseiro mais próximo. Os livros foram consumidos pelo fogo no mesmo instante, como se tivessem sido escritos com querosene em folhas de papel de arroz. Com um único rugido alto, sumiram.

Os guardas apertaram as lanças. Os senadores murmuraram e se mexeram nos bancos. Talvez sentissem o que *eu* estava sentindo: um suspiro cósmico de angústia, o exalar do destino com tantos volumes de conhecimentos proféticos sumindo do mundo, lançando uma sombra no futuro, jogando gerações na escuridão.

Como a Sibila pôde fazer aquilo? Por quê?

Talvez fosse seu modo de se vingar de mim. Eu a criticara por escrever tantos volumes, por não me deixar supervisionar seu trabalho. Mas quando ela escreveu os livros sibilinos, eu estava com raiva por outros motivos. Minha maldição já tinha sido proferida. Nosso relacionamento não tinha mais jeito. Ao queimar os próprios livros, ela cuspia nas minhas críticas, no dom profético que eu tinha lhe oferecido e no preço extremamente alto que ela pagou para ser minha sibila.

Ou talvez sua motivação fosse algo além de amargura. Talvez tivesse motivo para desafiar Tarquínio daquele jeito e executar uma pena tão alta pela teimosia dele.

— Última chance — disse ela para o rei. — Ofereço três livros de profecia pelo mesmo preço de antes.

— Pelo mesmo... — O rei engasgou com a raiva.

Vi quanto ele queria recusar. Queria gritar obscenidades para a Sibila e mandar que os guardas a empalassem ali mesmo.

Mas os senadores dele, agitados, não paravam de sussurrar. Os guardas estavam pálidos de medo. As mulheres escravizadas se esforçavam ao máximo para se esconder atrás da bancada do trono.

Os romanos eram um povo supersticioso.

Tarquínio sabia disso.

Como alto sacerdote, ele era responsável por argumentar com os deuses para proteger seus súditos. Em *nenhuma* circunstância deveria deixar os deuses com raiva. Aquela idosa estava lhe oferecendo conhecimento profético que ajudaria o reino. As pessoas na sala do trono *sentiam* o poder dela, a proximidade do divino.

Se Tarquínio permitisse que ela queimasse os últimos livros, se recusasse a proposta dela... talvez não fosse a Sibila que os guardas empalariam.

— E então? — perguntou a Sibila, segurando os três volumes que restavam junto às chamas.

Tarquínio engoliu a raiva. Entre dentes, espremeu as palavras:

— Eu aceito sua proposta.

— Que bom — disse a Sibila, sem qualquer sinal de alívio ou decepção no rosto. — Que o pagamento seja levado para o Pomério. Quando eu receber, você terá os livros.

A Sibila desapareceu em um brilho de luz azul. Meu sonho se dissolveu com ela.

— Vista seu lençol.

Meg jogou uma toga na minha cara, nem de perto o melhor jeito de ser acordado.

Pisquei, meio grogue, o cheiro de fumaça, palha mofada e romanos suados ainda no nariz.

— Uma toga? Mas não sou senador.

— Você é honorário, porque já foi um deus, ou sei lá o quê. — Meg fez beicinho. — *Eu* não posso usar um lençol.

Uma imagem horrível me ocorreu: Meg com uma toga nas cores do semáforo, sementes de plantas caindo das dobras do tecido. Ela teria que se virar com a camiseta de unicórnio purpurinada.

Bombilo me lançou seu habitual olhar mal-encarado de bom-dia quando desci para usar o banheiro do café. Eu me lavei e troquei as ataduras com um kit que os curandeiros tiveram o cuidado de deixar no nosso quarto. O arranhão do ghoul não parecia pior, mas ainda estava inchado e vermelho. Ainda ardia. Era normal, né? Tentei me convencer de que sim. Como dizem por aí, médicos deuses são os piores pacientes deuses.

Eu me vesti, tentando lembrar como amarrar uma toga, e refleti sobre as coisas que aprendi com meu sonho. Número um: fui uma pessoa horrível que arruinou vidas. Número dois: não havia uma única coisa ruim que eu tivesse feito nos últimos quatro mil anos que *não* voltaria para me morder no *clunis*, e eu estava começando a achar que merecia.

A Sibila de Cumas. Ah, Apolo, o que você tinha na *cabeça*?

Infelizmente, eu sabia o que tinha na cabeça: uma bela jovem com quem eu queria ficar, embora ela fosse minha Sibila. Mas ela foi mais inteligente do que eu, que, sendo um péssimo perdedor, a amaldiçoei.

Não era surpresa que eu estivesse, então, pagando o preço: procurando o rei romano do mal para quem ela vendeu os livros sibilinos. Se Tarquínio ainda estava se agarrando a uma terrível existência pós-morte, a Sibila de Cumas também poderia estar viva? Estremeci só de pensar em como ela estaria depois de tantos séculos e em quanto seu ódio por mim teria crescido.

Uma coisa de cada vez: eu tinha que contar ao Senado meu plano maravilhoso para endireitar as coisas e salvar todos nós. Eu tinha um plano maravilhoso? O mais chocante era que talvez sim. Ou pelo menos o começo de um plano maravilhoso. O sumário maravilhoso de um plano.

Quando estávamos saindo, Meg e eu pegamos *lattes* com erva lemuriana e dois muffins de mirtilo, porque claramente Meg precisava de mais açúcar e cafeína, e nos juntamos à procissão desfalcada de semideuses indo para a cidade.

Quando chegamos ao Senado, todos estavam tomando seus lugares. Nos dois lados da tribuna, os pretores Reyna e Frank usavam seus melhores trajes dourados e roxos. A primeira fila de bancos estava ocupada pelos dez senadores do acampamento, cada um usando uma toga branca com bordados roxos, junto com os veteranos mais antigos, as pessoas com dificuldades de acesso, Ella e Tyson. Ella estava agitada, se esforçando para não encostar no senador da esquerda. Tyson sorriu para o Lar à sua direita, balançando os dedos dentro da caixa torácica vaporosa do fantasma.

Atrás deles, o semicírculo de arquibancadas estava lotado de legionários, Lares, veteranos aposentados e outros cidadãos de Nova Roma. Eu não via um salão cheio assim desde a Segunda Turnê Americana de Charles Dickens em 1867. (Grande show. Ainda tenho a camiseta autografada numa moldura no meu quarto no Palácio do Sol.)

Pensei que deveria me sentar na frente, por ser portador honorário de roupa de cama, mas não havia espaço. Então, vi Lavínia (valeu, cabelo rosa) acenando para nós na fila de trás. Ela deu batidinhas no banco ao seu lado, indicando que tinha guardado nossos lugares. Que gesto atencioso. Ou talvez ela quisesse alguma coisa.

Quando Meg e eu nos sentamos cada um de um lado dela, Lavínia cumprimentou Meg com o soquinho supersecreto da Irmandade dos Unicórnios, se virou e me cutucou com o cotovelo magro.

— Então você é mesmo Apolo! Deve conhecer a minha mãe.

— Eu... o quê?

As sobrancelhas dela estavam ainda mais desconcertantes. As raízes escuras tinham começado a crescer embaixo da tinta rosa, fazendo com que o resto parecesse pairar meio descentralizado, como se os fios cor-de-rosa fossem flutuar para longe do rosto dela.

— Minha mãe — repetiu, estourando uma bola de chiclete. — Terpsícore.

— A... a Musa da dança. Está me perguntando se ela é sua mãe ou se eu a conheço?

— Claro que ela é minha mãe.

— Claro que eu a conheço.

— Que bom! — Lavínia batucou nos joelhos, como se para provar que tinha ritmo de dançarina, apesar de tão estabanada. — Quero saber os podres dela!

— Podres?

— Eu não a conheço.

— Ah. Hã...

Ao longo dos séculos, tive muitas conversas com semideuses que queriam saber mais sobre seus pais deuses ausentes. Essas conversas raramente iam bem. Tentei conjurar uma imagem de Terpsícore, mas minhas lembranças do Olimpo ficavam cada vez mais confusas. Eu me lembrava vagamente da Musa brincando em um dos parques do Monte Olimpo, jogando pétalas de rosas no caminho enquanto rodopiava e fazia piruetas. Para falar a verdade, Terpsícore nunca foi minha favorita das Nove Musas. Ela tirava os holofotes de mim, a quem pertenciam por direito.

— Ela tinha a mesma cor de cabelo que você — arrisquei dizer.

— Rosa?

— Não... eu me referi ao castanho. Muito inquieta, acho, que nem você. Só ficava feliz quando em movimento, mas...

Minha voz morreu. O que eu poderia dizer que não fosse soar cruel? Terpsícore era graciosa, tinha postura e não parecia uma girafa desengonçada? Lavínia tinha certeza de que não havia qualquer engano sobre sua maternidade? Porque eu não conseguia acreditar que elas tinham parentesco.

— Mas o quê? — insistiu ela.

— Nada. Está difícil lembrar.

Na tribuna, Reyna pedia silêncio.

— Pessoal, por favor, ocupem seus lugares! Temos que começar. Dakota, você pode chegar um pouco para o lado para abrir espaço... Obrigada.

Lavínia me olhou com ceticismo.

— É o podre mais sem graça do mundo. Se não pode me falar da minha mãe, ao menos me conte o que está rolando entre você e a senhorita pretora ali.

Eu me encolhi. O banco de repente pareceu bem mais duro embaixo do meu *clunis*.

— Não tem nada para contar.

— Ah, por favor. E esses seus olhares furtivos para Reyna desde que chegou aqui? Eu reparei. Meg também reparou.

— Eu reparei — confirmou Meg.

— Até Frank Zhang reparou.

Lavínia levantou a palma das mãos como se tivesse acabado de oferecer a maior prova de obviedade do mundo.

Reyna começou a falar com a plateia.

— Senadores, convidados, convocamos esta reunião de emergência para discutir...

— Sinceramente — sussurrei para Lavínia —, é constrangedor. Você não entenderia.

Ela tentou segurar o riso.

— Constrangedor é contar para o rabino que Daniella Bernstein vai ser sua acompanhante na sua festa de bat mitzvah. Ou contar para o seu pai que o único tipo de dança que você quer fazer é sapateado, encerrando assim a tradição da família Asimov. Eu sei bem o que é constrangedor.

Reyna continuou:

— Diante do sacrifício final de Jason Grace e da nossa recente batalha contra os mortos-vivos, temos que encarar com muita seriedade a ameaça...

— Espere — sussurrei para Lavínia, assimilando as palavras dela. — Seu pai é Sergei Asimov? O dançarino? O... — Parei antes de dizer *o astro do balé russo lindo de morrer*, mas a julgar pelo revirar dos olhos de Lavínia, ela sabia o que eu estava pensando.

— É, é — disse ela. — Pare de tentar mudar de assunto. Você vai contar...

— Lavínia Asimov! — chamou Reyna, da Tribuna. — Quer dizer alguma coisa?

Todos os olhares se voltaram para nós. Alguns legionários deram risadinhas, como se não fosse a primeira vez que chamavam a atenção de Lavínia durante uma reunião do Senado.

Ela olhou de um lado para outro e apontou para si mesma, como se não soubesse com qual das muitas Lavínias Asimov Reyna poderia estar falando.

— Não, senhora. Tudo bem aqui.

Reyna não ficou muito contente ao ser chamada de *senhora*.

— Reparei também que está mascando chiclete. Trouxe o suficiente para o Senado todo?

— Er, quer dizer... — Lavínia tirou vários pacotes de chiclete dos bolsos. Olhou para a multidão e fez uma estimativa rápida. — Talvez?

Reyna olhou para o alto, como se perguntando aos deuses *Por que eu tenho que ser a única adulta no salão?*.

— Vou supor — disse a pretora — que você só estava tentando chamar atenção para o convidado sentado ao seu lado, que tem informações importantes a compartilhar. Lester Papadopoulos, levante-se e fale com o Senado!

12

Agora eu tenho um plano
De bolar um plano sobre
O plano do meu plano.

NORMALMENTE, quando vou me apresentar, eu espero nos bastidores. Quando sou anunciado e a plateia entra em frenesi, eu pulo das cortinas, o holofote me encontra e TA-DA! Eu sou UM DEUS!

A apresentação de Reyna não inspirou aplausos enlouquecidos. *Lester Papadopoulos, levante-se e fale com o Senado* foi tão empolgante quanto *Agora vamos ver um PowerPoint sobre advérbios.*

Quando pisei no corredor, Lavínia colocou o pé na minha frente e eu tropecei. Olhei com raiva para ela, que fez carinha inocente, como se seu pé estivesse ali por acaso. Se bem que, considerando o tamanho das pernas dela, era possível.

Todos ficaram olhando enquanto eu andava pela multidão, tentando não tropeçar na toga.

— Com licença. Desculpe. Com licença.

Quando cheguei à tribuna, a plateia estava tomada por um misto de tédio e impaciência. Sem dúvida, todos estariam olhando o celular... caso semideuses pudessem usar smartphones sem correr o risco de sofrer ataques de monstros. Por isso eles não tinham alternativa a não ser olhar para mim. Eu os encantara dois dias antes com um tributo musical fantástico a Jason Grace, mas o que vinha fazendo por eles ultimamente? Só os Lares não pareceram incomodados em esperar. Aguentariam ficar sentados em bancos duros por uma eternidade.

Da fila de trás, Meg acenou para mim. A expressão dela estava menos para *Ei, você vai se sair superbem* e mais para *Anda logo*. Olhei para Tyson, que sorria para mim da primeira fila. Quando é preciso se concentrar no Ciclope da plateia em busca de apoio moral, é certo que a experiência vai ser um horror.

— Bom... Oi.

Ótimo começo. Eu esperava que outra explosão de inspiração pudesse trazer uma nova música. Nada aconteceu. Eu havia deixado o ukulele no quarto, com a certeza de que, se o trouxesse para a cidade, Término o teria confiscado como arma.

— Tenho uma notícia ruim — falei. — E mais outra. Qual vocês querem ouvir primeiro?

A plateia trocou olhares apreensivos.

— Começa com a notícia ruim. É sempre melhor! — gritou Lavínia.

— Ei — repreendeu Frank. — Um pouco de decoro não faz mal, sabe?

Restaurada a solenidade na reunião do Senado, Frank fez sinal para que eu continuasse.

— Os imperadores Cômodo e Calígula juntaram forças — falei. Descrevi o que vi no meu sonho. — Eles estão vindo para cá neste momento com uma frota de cinquenta iates, todos equipados com uma espécie de nova arma terrível. Vão chegar aqui na lua sangrenta. Que, pelo que eu soube, é em três dias, 8 de abril, que por acaso é também o dia do aniversário de Lester Papadopoulos.

— Feliz aniversário! — disse Tyson.

— Obrigado. Além disso, não sei bem o que é uma lua sangrenta.

Alguém levantou a mão na segunda fila.

— Pode falar, Ida — disse Reyna, e acrescentou, para mim: — Centuriã do Segundo Coorte, legado de Luna.

— Sério?

Minha intenção não foi falar com um tom de incredulidade, mas Luna, uma titã, era encarregada da Lua antes que minha irmã Ártemis assumisse o cargo. Até onde eu sabia, Luna tinha sumido milênios antes. Se bem que eu achava que não havia mais nada de Hélio, o titã do Sol, até descobrir que Medeia estava coletando pedaços da consciência dele para aquecer o Labirinto de Fogo. Aqueles titãs eram como minhas espinhas. Toda hora aparece uma.

A centuriã se levantou de cara feia.

— Sim, sério. Uma lua sangrenta é uma lua cheia que fica vermelha por causa de um eclipse lunar total. É um péssimo momento para lutar contra mortos-vivos. Eles ficam mais poderosos nessas noites.

— Na verdade... — Ella se levantou, mexendo nas garras dos dedos. — Na verdade, a cor é causada pela dispersão de luz refletida do nascer e do pôr do sol da Terra. Uma verdadeira lua sangrenta se refere a quatro eclipses lunares seguidos. O próximo é no dia 8 de abril, isso mesmo. *Almanaque do Velho Fazendeiro.* Suplemento com o calendário das fases lunares.

Ela desabou de volta no banco, deixando a plateia num silêncio atordoado. Nada é tão desconcertante quanto uma criatura sobrenatural dando explicações científicas.

— Obrigada, Ida e Ella — disse Reyna. — Lester, você tinha mais alguma coisa a acrescentar?

O tom dela sugeria que não haveria problema algum se eu não tivesse, considerando que eu já havia compartilhado informações suficientes para causar um pânico generalizado no acampamento.

— Infelizmente, tenho — falei. — Os imperadores se aliaram a Tarquínio, o Orgulhoso.

Os Lares presentes oscilaram e piscaram.

— Impossível! — gritou um.

— Horrível! — gritou outro.

— Vamos todos morrer! — gritou um terceiro, aparentemente esquecendo que já estava morto.

— Pessoal, calma — pediu Frank. — Deixem Apolo falar.

Seu estilo de liderança era menos formal do que o da Reyna, mas pareceu inspirar o mesmo respeito. A plateia se acalmou e esperou que eu continuasse.

— Tarquínio é agora uma criatura morta-viva — expliquei. — A tumba dele é aqui perto. Ele foi responsável pelo ataque que vocês rechaçaram na lua nova...

— Que também não é uma época nada boa para lutar contra mortos-vivos — observou Ida.

— E ele vai atacar de novo na lua sangrenta, em sintonia com o ataque dos imperadores.

Fiz de tudo para explicar o que vi nos sonhos e o que Frank e eu havíamos discutido com Ella. Não mencionei a referência ao graveto maldito de Frank, em parte porque não entendi, em parte porque Frank me lançava aquele seu olhar suplicante de ursinho de pelúcia.

— Como foi Tarquínio quem comprou originalmente os livros sibilinos — resumi —, em uma lógica meio distorcida, faz sentido ele reaparecer agora, quando o Acampamento Júpiter está tentando reconstruir essas profecias. Tarquínio acabaria... *invocado* pelo que Ella está fazendo.

— Enraivecido — sugeriu Ella. — Enfurecido. Homicida.

Ao olhar para a harpia, pensei na Sibila de Cumas e na maldição terrível que joguei nela. Pensei em como Ella poderia sofrer só porque a coagimos a entrar no negócio das profecias. Lupa tinha me avisado: *Você vai enfrentar mais sacrifícios. Morte. Sangue.*

Afastei aquela ideia na marra.

— Enfim, Tarquínio já era bem monstruoso quando estava vivo. Os romanos o desprezavam tanto que acabaram com a monarquia para sempre. Mesmo séculos depois, os imperadores nunca ousaram se chamar de reis. Tarquínio morreu no exílio. A tumba dele nunca foi localizada.

— E, agora, está aqui — disse Reyna.

Não era uma pergunta. Ela tinha aceitado que uma tumba romana antiga podia aparecer no norte da Califórnia, onde não tinha por que estar. Os deuses se moviam. Os acampamentos dos semideuses se moviam. Foi questão de azar o lar de um morto-vivo maligno resolver ser nosso vizinho. Nós precisávamos de zoneamento de gramados mitológicos mais rigorosos.

Na primeira fila, ao lado da Hazel, um senador se levantou para falar. Ele tinha cabelo escuro encaracolado, olhos azuis um pouco juntos demais e uma mancha de nascença vermelha no lábio superior.

— Então, resumindo: em três dias, vamos enfrentar uma invasão de dois imperadores malignos, seus exércitos e cinquenta barcos com armas que não entendemos, além de outra onda de mortos-vivos como a que quase nos destruiu da última vez, quando estávamos bem mais fortes. Se essa é a notícia ruim, qual é a notícia ruim?

— Imagino que estejamos caminhando para isso, Dakota. — Reyna se virou para mim. — Certo, Lester?

— A outra notícia ruim é que eu tenho um plano, mas vai ser difícil, talvez impossível de executar, e algumas partes do plano não estão exatamente... dignas de serem chamadas de plano ainda.

Dakota esfregou as mãos.

— Bom, estou animado. Vamos ouvir!

Ele se recostou, tirou uma garrafinha de dentro da toga e tomou um gole. Suspeitei de que fosse filho de Baco e, a julgar pelo cheiro que se espalhou pelo Senado, de que sua bebida preferida fosse Tang de frutas.

Respirei fundo.

— Bom. Os livros sibilinos são basicamente receitas de emergência, certo? Sacrifícios. Orações rituais. Algumas elaboradas para acalmar a ira dos deuses. Outras para chamar ajuda divina contra inimigos. Eu acredito... Tenho quase certeza... de que se conseguirmos encontrar a receita certa para o nosso problema e segui-la à risca, acho que consigo chamar ajuda do Monte Olimpo.

Ninguém riu nem me chamou de maluco. Deuses não costumam interferir em questões de semideuses, mas em raras ocasiões isso acontecia. A ideia não era completamente absurda. Por outro lado, ninguém pareceu ter certeza absoluta de que eu conseguiria fazer aquilo.

Outro senador levantou a mão.

— Hã, sou o senador Larry, Terceiro Coorte, filho de Mercúrio. Com *ajuda*, você quer dizer... batalhões de deuses vindo para cá de carruagem, ou está mais para uns deuses nos dando as bênçãos, tipo, *Ei, boa sorte com isso aí, legião?!*

Uma antiga reação defensiva aflorou. Eu queria argumentar que nós, deuses, nunca deixaríamos nossos seguidores desesperados sem amparo dessa maneira. Mas claro que deixávamos. O tempo todo.

— Boa pergunta, senador Larry — admiti. — Provavelmente, seria algo entre esses extremos. Mas tenho confiança de que seria ajuda de verdade, capaz de virar o jogo. Pode ser a única forma de salvar Nova Roma. E eu tenho que acreditar que Zeus, quer dizer, Júpiter, não botou meu suposto aniversário para 8 de abril à toa. Só pode ser um ponto de virada, o dia em que eu finalmente...

Minha voz falhou. Não contei o outro lado daquele raciocínio: que 8 de abril talvez fosse o dia em que eu começaria a me provar digno de me juntar novamente aos deuses ou meu último aniversário, o dia em que eu pegaria fogo de uma vez por todas.

Mais murmúrios na multidão. Muitas expressões sérias. Mas não detectei pânico. Nem os Lares gritaram *Vamos todos morrer!*. Os semideuses reunidos eram romanos, afinal. Estavam acostumados a enfrentar grandes apuros, poucas chances e inimigos fortes.

— Tudo bem. — Hazel Levesque falou pela primeira vez. — E como vamos encontrar a receita certa? Por onde começamos?

Apreciei o tom de confiança dela. Era como se estivesse perguntando se podia ajudar com algo completamente factível, tipo carregar sacolas de compras ou empalar ghouls com espetos de quartzo.

— O primeiro passo — falei — é encontrar e explorar a tumba de Tarquínio...

— E matá-lo! — gritou um dos Lares.

— Não, Marcus Apulius! — repreendeu um dos companheiros dele. — Tarquínio está tão morto quanto a gente!

— Ué, vamos fazer o quê, então? — resmungou Marcus Apulius. — Pedir com gentileza que ele deixe a gente em paz? Estamos falando de Tarquínio, o Orgulhoso! Ele é um maníaco!

— O primeiro passo — falei — é só *explorar* a tumba e, ah, encontrar as coisas certas, como a Ella disse.

— Isso — concordou a harpia. — A Ella disse isso.

— Tenho que supor — prossegui — que, se nos sairmos bem nisso e sobrevivermos a essa etapa, acabaremos descobrindo como proceder. Agora, a única coisa que posso afirmar é que o próximo passo vai ser encontrar um deus silencioso, o que quer que isso signifique.

Frank se sentou na beirada da cadeira de pretor.

— Mas você não conhece todos os deuses, Apolo? Afinal, você *é* um deus. Ou *era*. Existe um deus do silêncio?

Suspirei.

— Frank, eu mal consigo conhecer direito a minha *família* de deuses. Há centenas de deuses menores. Não me lembro de nenhum deus silencioso. Claro que, se *houver*, duvido que seríamos amigos, considerando que sou o deus da música.

Frank ficou desanimado, o que me deixou arrependido. Eu não pretendia descontar minhas frustrações em uma das poucas pessoas que ainda me chamavam de Apolo sem um pingo de ironia.

— Vamos cuidar de uma coisa de cada vez — sugeriu Reyna. — Primeiro, a tumba de Tarquínio. Temos uma pista sobre a localização, não temos, Ella?

— Isso, isso. — A harpia fechou os olhos e recitou: — *Um gato selvagem perto de luzes que giram. A tumba de Tarquínio com cavalos que brilham. Para a porta abrir no ato, dois cinquenta e quatro.*

— Isso é uma profecia! — exclamou Tyson. — Tenho nas minhas costas! — O Ciclope se levantou e arrancou a camisa tão rápido que eu só pude crer que ele devia estar mesmo esperando uma desculpa para fazer isso. — Estão vendo?

A plateia toda chegou para a frente, embora fosse impossível ler as tatuagens de qualquer distância.

— Também tenho um cavalo-marinho em cima do rim — anunciou ele com orgulho. — Não é fofo?

Hazel desviou o olhar como se pudesse desmaiar bem ali de constrangimento.

— Tyson, você pode...? Sei que é um cavalo-marinho adorável, mas... pode vestir a camisa, por favor? Ninguém aqui sabe o que esses versos *significam*?

Os romanos fizeram um momento de silêncio pela morte da clareza que todas as profecias simbolizavam.

Lavínia soltou uma risada debochada.

— É sério? Ninguém entendeu?

— Lavínia — disse Reyna, a voz tensa —, você está sugerindo...

— Que sei onde fica a tumba? — Lavínia abriu as mãos. — Ora, *Um gato selvagem perto de luzes que giram. A tumba de Tarquínio com cavalos que brilham.* Tem uma rua chamada Gato Selvagem lá nas colinas. — Ela apontou para o norte. — E *cavalos que brilham, luzes que giram*? É o carrossel do parque Tilden, não é?

— Ahhhh.

Vários Lares assentiram, como se passassem todo o tempo livre andando nos carrosséis da região.

Frank se mexeu no assento.

— Você acha que a tumba de um rei romano do mal fica debaixo de um carrossel?

— Ei, eu não escrevi a profecia — retrucou Lavínia. — Além do mais, faz tanto sentido quanto qualquer outra coisa que enfrentamos.

Disso ninguém discordou. Os semideuses comem coisas estranhas no café, no almoço e no jantar. Estão acostumados a muitas maluquices.

— Tudo bem — disse Reyna. — Temos um objetivo. Precisamos de uma missão. Uma missão *curta*, claro, considerando que o tempo é bastante limitado. Além disso, temos que designar uma equipe de heróis que seja aprovada pelo Senado.

— Nós. — Meg se levantou. — Tem que ser Lester e eu.

Eu engoli em seco.

— Ela está certa — falei, o que contou como meu ato heroico do dia. — Isso faz parte da minha missão maior de recuperar meu lugar entre os deuses. Eu trouxe esse problema para a porta de vocês. Preciso consertar as coisas. Por favor, não tentem me convencer a não ir.

Esperei desesperadamente, em vão, que alguém tentasse me convencer a não ir. Hazel Levesque se levantou.

— Eu também vou. É necessária a presença de uma centuriã para liderar a missão. Se esse lugar é subterrâneo, bom, essa é minha especialidade.

O tom dela também dizia *Eu tenho contas a acertar.*

E não haveria nenhum problema nisso, só que lembrei como Hazel tinha trazido abaixo aquele túnel que pegamos até o acampamento. Tive um vislumbre apavorante de um carrossel desabando na minha cabeça.

— São três pessoas — disse Reyna. — O número correto para uma missão. Agora...

— Duas e meia — interrompeu Meg.

Reyna franziu a testa.

— Como assim?

— Lester é meu servo. Nós somos uma equipe. Ele não deveria contar como um participante completo.

— Ah, para com isso! — protestei.

— Então podemos levar mais uma pessoa — propôs Meg.

Frank se empertigou.

— Eu adoraria...

— Se você não tivesse deveres de Pretor a cumprir — completou Reyna, olhando para ele com cara de *Você não vai me deixar sozinha, cara.* — Enquanto a equipe estiver fora, o resto de nós tem que preparar as defesas do vale. Tem muito a ser feito.

— Certo. — Frank suspirou. — Tem mais alguém...?

POP!

O som foi tão alto que metade dos Lares se desintegrou de susto. Vários senadores se enfiaram debaixo do banco.

Na fileira de trás, Lavínia estava com uma bola de chiclete rosa estourada na cara. Ela rapidamente soltou o chiclete e o enfiou de volta na boca.

— Lavínia — disse Reyna. — Perfeito. Obrigada por se voluntariar.

— Eu... Mas...

— Convoco a votação do Senado! — disse Reyna. — Vamos enviar Hazel, Lester, Meg e Lavínia numa missão para encontrar a tumba de Tarquínio?

A medida passou com unanimidade.

Recebemos aprovação total do Senado para procurar uma tumba debaixo de um carrossel e enfrentar o pior rei da história romana, que por acaso também era um lorde zumbi.

Meu dia só melhorava.

13

Desastre romântico
Sou um perigo para meninos e meninas
Quer sair comigo?

— MASCAR CHICLETE AGORA É CRIME.

Lavínia jogou do telhado um pedaço de seu sanduíche, que foi imediatamente capturado por uma gaivota.

Para nosso piquenique de almoço, ela me levou com Hazel e Meg ao lugar aonde mais gostava de ir para pensar: o telhado da torre do sino da Universidade de Nova Roma, cuja entrada descobriu sozinha. As pessoas não eram encorajadas a subir lá, mas também não era estritamente proibido; o tipo de espaço que Lavínia aparentemente mais gostava de habitar.

Ela explicou que gostava de ficar ali por ser logo acima do Jardim dos Faunos, aonde Reyna mais gostava de ir para pensar. Não era o caso no momento, mas, sempre que Reyna estava lá, Lavínia podia olhar para a pretora, trinta metros abaixo, e se gabar: *Ha-ha, meu lugar de pensar é mais alto do que o seu lugar de pensar.*

Ali, sentado nas telhas de argila vermelha precariamente inclinadas, com uma focaccia pela metade no colo, eu via a cidade e o vale espalhados lá embaixo; tudo que tínhamos a perder na invasão futura. Depois, ficavam as planícies de Oakland e a Baía de São Francisco, que em poucos dias estaria pontilhada de luxuosos iates bélicos de Calígula.

— Sinceramente. — Lavínia jogou outro pedaço de queijo quente para as gaivotas. — Se os legionários saíssem para fazer uma porcaria de uma *caminhada* de vez em quando, saberiam da existência da rua Gato Selvagem.

Eu assenti, embora desconfiasse de que a maioria dos legionários, que passavam boa parte do tempo marchando com armaduras pesadas, não veria muita graça em fazer caminhadas. Mas Lavínia parecia conhecer cada estradinha, trilha e túnel secreto num raio de trinta quilômetros do Acampamento Júpiter... porque, imagino eu, nunca se sabe quando será preciso dar uma escapada para ir a um encontro com uma Cicuta ou uma Beladona bonitinha.

Do meu outro lado, Hazel ignorou o wrap vegetariano e resmungou:

— Não acredito que Frank... Se oferecer como voluntário... Está péssimo depois das maluquices na batalha...

Ali perto, depois de ter massacrado seu almoço, Meg começou a dar estrelas para ajudar na digestão. Cada vez que ela encostava no chão e recuperava o equilíbrio em cima das telhas frouxas, meu coração subia um pouco mais pela garganta.

— Meg, você poderia não fazer isso, *por favor*? — pedi.

— É divertido. — Ela fixou o olhar no horizonte e anunciou: — Eu quero um unicórnio. — E deu outra estrela.

Lavínia murmurou para o nada:

— Você estourou uma bola de chiclete, vai ser perfeita para a missão!

— Por que eu tenho que gostar de um cara que flerta com a morte? — refletiu Hazel.

— Meg — supliquei —, você vai cair.

— Um unicórnio pequeno serve — disse Meg. — Não é justo terem tantos aqui e eu não poder ficar com *nenhum*.

Continuamos esse quarteto desarmônico até uma águia gigante descer do céu, pegar o resto do queijo quente da mão de Lavínia e sair voando, deixando para trás um bando de gaivotas irritadas.

— Típico. — Lavínia limpou as mãos na calça. — Não posso nem comer um sanduíche em paz.

Enfiei o resto da focaccia na boca caso a águia resolvesse voltar em busca de mais.

— Bom — disse Hazel, suspirando —, pelo menos temos a tarde de folga para fazer planos. — Ela deu metade do wrap vegetariano para Lavínia.

Lavínia piscou, aparentemente sem saber como reagir ao gesto de gentileza.

— Eu... Hã, obrigada. Mas o que tem para planejar? Vamos até o carrossel, encontramos a tumba, tentamos não morrer.

Engoli o último pedaço, torcendo para que a comida empurrasse meu coração de volta para o local certo.

— Talvez a gente possa se concentrar na parte de *não morrer*. Por exemplo, por que esperar até de noite? Não seria mais seguro ir durante o dia?

— É sempre escuro no subterrâneo — disse Hazel. — Além do mais, durante o dia, vai ter muita criança no carrossel. Não quero que nenhuma se machuque. À noite, o local vai estar deserto.

Meg desabou do nosso lado, o cabelo parecendo um arbusto desgrenhado.

— E aí, Hazel, consegue fazer outras coisas bacanas debaixo da terra? Ouvi dizer que você consegue atrair diamantes e rubis.

Hazel franziu a testa.

— Quem disse?

— Lavínia, por exemplo — disse Meg.

— Ai, meus deuses! — disse Lavínia. — Valeu, hein, Meg!

Hazel olhou para o céu como se desejando que uma águia gigante descesse e a levasse embora.

— Eu consigo atrair metais preciosos, sim. Riquezas da terra. É uma coisa de Plutão. Mas não se pode gastar as coisas que eu atraio, Meg.

Eu me reclinei nas telhas.

— Porque são amaldiçoadas? Acho que me lembro de ouvir alguma coisa sobre uma maldição... e não foi Lavínia quem me contou nem nada — acrescentei depressa.

Hazel mexeu no wrap vegetariano.

— Não é bem uma *maldição* hoje em dia. Antigamente, eu não conseguia controlar. Diamantes, moedas de ouro, coisas assim brotavam do chão sempre que eu ficava nervosa.

— Legal — disse Meg.

— Não era, não — garantiu Hazel. — Se alguém pegasse os tesouros e tentasse gastá-los... coisas horríveis aconteciam.

— Ah. E agora? — perguntou Meg.

— Desde que conheci Frank... — Hazel hesitou. — Muito tempo atrás, Plutão me disse que um descendente de Poseidon acabaria com a minha maldição.

É complicado, mas Frank *é* descendente de Poseidon por parte de mãe. Quando começamos a namorar... Ele é uma *boa pessoa*, sabe? Não estou dizendo que eu precisava de um rapaz para resolver meus problemas...

— Um *rapaz?* — questionou Meg.

A pálpebra direita de Hazel teve um espasmo.

— Desculpa. Eu cresci nos anos 1930. Às vezes, escorrego no vocabulário. Não estou dizendo que eu precisava de um *cara* para resolver meus problemas. Mas é que Frank tinha sua maldição própria para resolver e me entendia. Nós nos ajudamos em momentos ruins, conversando, reaprendendo a ser feliz. Ele me faz sentir...

— Amada? — sugeri.

Lavínia me encarou e murmurou: *Que fofo*.

Hazel dobrou as pernas.

— Não sei por que estou contando isso tudo. Mas, sim. Agora, controlo meus poderes bem melhor. Não surgem pedras preciosas do nada quando me chateio. Mesmo assim, essas pedras não devem ser usadas. Acho... Minha intuição diz que Plutão não gostaria disso. Não quero descobrir o que aconteceria se alguém tentasse.

Meg fez beicinho.

— Então você não pode me dar nem um diamante pequenininho? Só para eu brincar?

— Meg... — repreendi.

— Um rubi?

— Meg.

— Deixa pra lá. — Meg franziu a testa e ficou estudando sua camiseta de unicórnio, sem dúvida pensando em como ficaria legal decorada com vários milhões de dólares em pedras preciosas. — Eu só quero lutar.

— Você provavelmente vai realizar seu desejo — disse Hazel. — Mas não esqueça que esta noite a ideia é explorar e obter informações. Vamos precisar ser furtivos.

— Isso mesmo, Meg — falei. — Porque, se você lembra bem, *Apolo encara a morte na tumba de Tarquínio*. Se tenho que encarar a morte, prefiro fazer isso escondido nas sombras e fugir sem a morte nunca saber que estive lá.

Meg se irritou, como se eu tivesse sugerido uma regra injusta no pique-pega.

— Tudo bem. Acho que consigo ser furtiva.

— Que bom — disse Hazel. — E, Lavínia, nada de chiclete.

— Me dá algum crédito. Eu tenho movimentos bem sorrateiros. — Ela balançou os pés. — Filha de Terpsícore, sabe.

— Hum — respondeu Hazel. — Tudo bem. Peguem seus suprimentos e descansem. Vamos nos encontrar no Campo de Marte ao pôr do sol.

Descansar deveria ter sido uma tarefa fácil.

Meg foi explorar o acampamento (leia-se: ver os unicórnios de novo), deixando o quarto no segundo andar do café só para mim. Fiquei deitado no colchão, apreciando o silêncio, olhando para as íris de Meg recém-plantadas, que floresciam no vaso da janela. Ainda assim, não consegui dormir.

O ferimento na minha barriga latejava. Minha cabeça zumbia.

Pensei em Hazel Levesque, que deu a Frank os créditos por acabar com sua maldição. Todo mundo merecia alguém que pudesse acabar com maldições por meio do amor. Mas esse não era meu destino. Até meus maiores romances *provocaram* maldições, e não o contrário.

Dafne. Jacinto.

E, mais tarde, sim, a Sibila de Cumas.

Eu me lembrava do dia em que nos sentamos na praia, o Mediterrâneo esparramado na nossa frente como uma folha de vidro azul. Atrás de nós, na colina onde ficava a caverna da Sibila, as oliveiras tostavam e as cigarras zumbiam no calor do verão do sul da Itália. Ao longe estava o monte Vesúvio, enevoado e roxo.

Conjurar uma imagem da Sibila era mais difícil; não a mulher corcunda e desgrenhada que vi na sala do trono de Tarquínio, mas a linda jovem naquela praia, séculos antes, quando Cumas ainda era uma colônia grega.

Eu amava tudo nela: o sol se refletindo em seu cabelo, o brilho malicioso nos olhos, o sorriso fácil. Ela não parecia se importar por eu ser um deus, apesar de precisar abrir mão de tudo para ser meu Oráculo: da família, do futuro, até mesmo do nome. Depois do juramento a mim, passou a ser conhecida apenas como Sibila, a voz de Apolo.

Mas isso não foi suficiente para mim. Eu estava apaixonado. Convenci-me de que era amor, o verdadeiro romance que apagaria todos os meus erros anteriores. Eu queria que Sibila fosse minha parceira por toda a eternidade. Com o passar daquela tarde, tentei convencê-la e supliquei.

— Você poderia ser muito mais do que minha sacerdotisa — pedi. — Case comigo!

Ela riu.

— Você não pode estar falando sério.

— Estou! Peça qualquer coisa em troca e será sua.

Ela enrolou uma mecha de cachos castanhos no dedo.

— Tudo que eu sempre quis foi ser Sibila, guiar as pessoas desta terra para um futuro melhor. Você já me deu isso. Então, *ha-ha*, o jogo virou.

— Mas... mas você só tem uma vida! Se fosse imortal, poderia guiar os humanos para uma vida melhor eternamente, ao meu lado!

Ela me olhou de soslaio.

— Apolo, por favor. Você enjoaria de mim depois de uma semana.

— Nunca!

— Então está dizendo — ela pegou dois punhados de areia — que, se eu desejasse essa quantidade de grãos de areia nas minhas mãos em anos de vida, você me daria.

— Está feito! — declarei. Na mesma hora, senti parte do meu poder fluindo para a força vital dela. — E agora, meu amor...

— Opa, opa! — Ela largou a areia, levantou-se e começou a recuar como se de repente eu tivesse ficado radioativo. — Foi hipotético, seu galanteador! Eu não aceitei...

— O que está feito está feito! — Eu me levantei. — Um desejo não pode ser retirado. Agora você precisa honrar sua parte do acordo.

Os olhos dela se arregalaram de pânico.

— Eu... Eu não posso. Não quero!

Eu ri, achando que ela só estava nervosa. Abri os braços.

— Não tenha medo.

— *É claro* que estou com medo! — Ela recuou ainda mais. — Nada de bom acontece com seus amantes! Eu só queria ser sua Sibila, e agora você estragou tudo!

Meu sorriso desmoronou. Senti meu ardor esfriando, ficando tempestuoso.

— Não me irrite, Sibila. Estou lhe oferecendo o universo. Já lhe dei vida quase imortal. Você não pode recusar o pagamento.

— *Pagamento?* — Ela cerrou os punhos. — Como ousa pensar em mim como uma *transação*?

Eu franzi a testa. A tarde não estava se desenrolando como eu tinha planejado.

— Eu não quis dizer... Obviamente, eu não estava...

— Bom, *lorde* Apolo — rosnou ela —, se isso é uma transação, vou adiar o pagamento até sua parte do acordo estar completa. Você mesmo disse: vida *quase* imortal. Vou viver até os grãos de areia acabarem, não é? Volte a me procurar no final desse período. Se ainda me quiser, serei sua.

Meus ombros despencaram. De repente, todas as coisas que eu amava em Sibila se tornaram características que eu odiava: a atitude determinada, a insubordinação, a beleza irritante e inalcançável. Principalmente a beleza.

— Muito bem. — Minha voz ficou inacreditavelmente fria para um deus do Sol. — Quer discutir as letras miúdas do seu *contrato*? Eu prometi vida, não juventude. Você pode ter seus séculos de existência. Vai continuar sendo minha Sibila. Não posso retirar essas coisas depois de concedidas. Mas você vai envelhecer. Vai murchar. Não vai *conseguir* morrer.

— Eu prefiro isso! — As palavras ditas eram desafiadoras, mas a voz falhou de medo.

— Ótimo! — respondi com rispidez.

— Ótimo! — gritou ela.

Sumi em uma coluna de chamas depois de ter conseguido deixar as coisas bem estranhas mesmo.

Ao longo dos séculos, Sibila murchou, como disse que aconteceria. A forma física durou mais do que a de qualquer mortal comum, mas a dor que lhe causei, o sofrimento duradouro... Mesmo que tivesse arrependimentos, eu não poderia retirar minha maldição precipitada da mesma forma que ela não poderia retirar seu desejo. Finalmente, próximo ao fim do Império Romano, ouvi rumores de que o corpo de Sibila tinha apodrecido completamente, e mesmo assim ela não morria. As cuidadoras mantinham sua força vital, um leve sussurro de voz, em um pote de vidro.

Supus que o pote houvesse se perdido um tempo depois. Que os grãos de areia de Sibila tivessem finalmente acabado. Mas e se eu estivesse errado? Se ela ainda estivesse viva, eu duvidava de que usaria o sussurro de voz que restava para enaltecer Apolo nas redes sociais.

Eu merecia o ódio dela. Enfim entendi isso.

Ah, Jason Grace... Eu prometi a você que me lembraria de como era ser humano. Mas por que a vergonha humana tinha que doer tanto? Por que não havia um botão de desligar?

E, ao pensar em Sibila, eu não podia deixar de considerar a *outra* jovem com uma maldição: Reyna Avila Ramírez-Arellano.

Fui pego totalmente de surpresa no dia em que entrei na sala do trono no Monte Olimpo, elegantemente atrasado para nossa reunião, como sempre, e encontrei Vênus estudando a imagem luminosa de uma jovem que flutuava sobre a palma de sua mão. A expressão da deusa estava cansada e perturbada... algo que eu não via com frequência.

— Quem é essa? — perguntei, com ingenuidade. — Ela é linda.

Foi o gatilho de que Vênus precisava para soltar toda a sua fúria. Ela me contou o destino de Reyna: nenhum semideus seria capaz de curar o coração dela. Mas isso NÃO queria dizer que eu era a resposta para o problema de Reyna. Pelo contrário. Na frente de todo o conjunto de deuses, Vênus anunciou que eu era indigno. Um desastre. Eu havia arruinado todos os relacionamentos que vivi e deveria manter minha fuça divina longe de Reyna, senão Vênus me amaldiçoaria com mais azar no amor do que eu já tinha.

A gargalhada debochada dos outros deuses ainda ecoava nos meus ouvidos.

Se não fosse aquele encontro, eu talvez nem soubesse que Reyna existia. Eu certamente não a cobiçava. Mas sempre queremos o que não podemos ter. Quando Vênus declarou que Reyna era proibida, eu passei a ficar fascinado por ela.

Por que Vênus foi tão enfática? O que o destino de Reyna significava?

Acho que agora entendo tudo. Como Lester Papadopoulos, eu não tinha mais uma *fuça divina*. Eu não era mortal, nem deus nem semideus. Vênus por acaso sabia que isso aconteceria um dia? Será que havia me mostrado Reyna e me avisado para ficar longe dela sabendo perfeitamente bem que eu acabaria ficando obcecado?

Vênus era uma deusa ardilosa. Fazia jogos dentro de jogos. Se meu destino fosse me tornar o verdadeiro amor de Reyna, acabar com a maldição dela como Frank fez com Hazel, será que Vênus permitiria?

Mas, ao mesmo tempo, eu *era* um desastre no amor. Tinha estragado todos os meus relacionamentos. Só gerei destruição e sofrimento para os rapazes e moças que amei. Como poderia acreditar que seria bom para a pretora?

Fiquei deitado no colchão, os pensamentos girando na cabeça até o fim da tarde. Acabei desistindo da ideia de descansar. Peguei meus suprimentos — a aljava, o arco, o ukulele e a mochila — e saí. Eu precisava de orientação e só conseguia pensar em um jeito de conseguir.

14

Flecha relutante
Conceda-me uma dádiva:
Permissão pra pular fora

EU TINHA O Campo de Marte todo para mim.

Como não havia nenhum jogo de guerra marcado para aquela noite, eu podia brincar no campo quanto quisesse, admirando os destroços de carruagens, ameias quebradas, poços fumegantes e trincheiras cheias de espetos afiados. Outra caminhada romântica ao pôr do sol desperdiçada por não ter com quem compartilhar.

Subi em uma antiga torre de cerco e me sentei virado para as colinas do norte. Respirei fundo, enfiei a mão na aljava e peguei a Flecha de Dodona. Eu tinha passado vários dias sem falar com meu projétil perspicaz irritante, o que eu considerava uma vitória, mas, que os deuses me ajudassem, não consegui pensar em ninguém a quem recorrer.

— Preciso de ajuda.

A flecha permaneceu em silêncio, talvez surpresa pela minha admissão. Ou talvez eu tivesse pegado a flecha errada e estivesse falando com um objeto inanimado. Finalmente, a haste tremeu na minha mão. A voz ressoou na minha mente como um diapasão tespiense: *TUAS PALAVRAS SÃO VERDADEIRAS. MAS EM QUE SENTIDO FALAS?*

O tom pareceu menos desdenhoso que o habitual. Isso me assustou.

— Eu... Eu tenho que demonstrar força — falei. — De acordo com Lupa, tenho que salvar a situação, senão a matilha, Nova Roma, vai morrer. Mas como eu *faço* isso?

Contei para a flecha tudo que tinha acontecido nos dias anteriores: meu encontro com os eurínomos, meus sonhos com os imperadores e com Tarquínio, minha conversa com Lupa, nossa missão do Senado romano. Para minha surpresa, foi bom desabafar sobre meus problemas. Considerando que a flecha não tinha ouvidos, até que era uma boa ouvinte. Não parecia entediada, chocada ou repugnada porque não tinha rosto.

— Eu cheguei ao Tibre vivo — resumi —, como a profecia disse. Agora, como eu "começo a dançar"? Esse corpo mortal tem um botão "reiniciar"?

A flecha zumbiu: *PENSAREI SOBRE ISSO.*

— Só isso? Nenhum conselho? Nenhum comentário mordaz?

DÁ-ME TEMPO PARA CONSIDERAR, Ó IMPACIENTE LESTER.

— Mas eu não *tenho* tempo! Vamos sair para a tumba de Tarquínio em... — Olhei para oeste, onde o sol começava a descer atrás das colinas — basicamente, agora!

A JORNADA ATÉ A TUMBA NÃO VAI SER TEU DESAFIO FINAL. A NÃO SER QUE TU SEJAS MUITO RUIM MESMO.

— Isso é para me animar?

NÃO LUTES COM O REI, disse a flecha. *ESCUTA O QUE TU NECESSITAS E METE O PÉ.*

— Você acabou de usar a expressão "meter o pé"?

TENTO FALAR ABERTAMENTE CONTIGO, CONCEDER-TE UMA DÁDIVA, E TU AINDA RECLAMAS.

— Agradeço uma boa dádiva como qualquer um agradeceria. Mas, se quero contribuir com essa missão e não só ficar escondido num canto, preciso saber como — minha voz falhou — como ser *eu* de novo.

A vibração na flecha foi quase como um ronronado de gato, tentando acalmar um humano perturbado. *TENS CERTEZA DE QUE ESSA É TUA VONTADE?*

— Como assim? — perguntei. — Esse é o objetivo! Tudo que estou fazendo é pra...

— Você está falando com a flecha? — perguntou uma voz abaixo de mim.

Na base da torre de cerco estava Frank Zhang com o elefante Hannibal ao lado, batendo a pata na lama com impaciência.

Eu estava tão distraído que deixei um elefante me pegar de surpresa.

— Oi — gemi, a voz ainda carregada de emoção. — Eu só estava... Esta flecha dá conselhos proféticos. Ela fala. Na minha cabeça.

O abençoado Frank conseguiu não esboçar qualquer reação.

— Tudo bem. Posso ir embora se...

— Não, não. — Enfiei a flecha de volta na aljava. — Ela precisa de tempo para pensar. O que trouxe você aqui?

— Vim trazer o elefante para passear. — Frank apontou para Hannibal, caso eu não soubesse a qual elefante ele se referia. — Ele fica agitado quando não temos jogos de guerra. Bobby era o cuidador do elefante, mas...

Frank deu de ombros, impassível. Entendi o que ele queria dizer: Bobby foi outra casualidade da batalha. Morto... ou coisa pior.

Hannibal deu um grunhido grave. Passou a tromba em volta de um aríete, levantou-o e começou a batê-lo no chão como se fosse um pilão.

Isso me lembrou minha amiga elefante Lívia na Estação Intermediária de Indianápolis. Ela também estava sofrendo a perda do companheiro nos jogos brutais de Cômodo. Se sobrevivêssemos à batalha que viria, talvez eu devesse tentar apresentar Lívia a Hannibal. Eles formariam um casal fofo.

Dei um tapa mental no meu próprio rosto. O que eu estava pensando? Já tinha preocupações demais para ficar bancando o cupido entre paquidermes.

Saí de onde estava, tomando o cuidado de proteger a barriga com curativo.

Frank me observou, talvez estivesse preocupado com a rigidez dos meus movimentos.

— Pronto para sua missão? — perguntou.

— Alguém já respondeu *sim* para essa pergunta?

— Tem razão.

— E o que vocês vão fazer enquanto estivermos fora?

Frank passou a mão pelo cabelo curto.

— Tudo que pudermos. Fortalecer as defesas do vale. Manter Ella e Tyson trabalhando nos livros sibilinos. Enviar águias para vigiar a costa. Manter a legião fazendo exercícios para que não tenham tempo de se preocupar com o que vai acontecer. Mas o principal? Estar com as tropas, garantir que tudo vai ficar bem.

Mentir para eles, em outras palavras, pensei, embora fosse um gesto amargo e cruel.

Hannibal enfiou o aríete em um buraco. Bateu no tronco velho como quem diz *Pronto, amiguinho. Pode começar a crescer de novo.*

Até o elefante estava terrivelmente otimista.

— Não sei como você consegue — admiti. — Se manter positivo depois de tudo que aconteceu.

Frank chutou um pedaço de pedra.

— Qual é a alternativa?

— Colapso nervoso? — sugeri. — Fugir? Mas até que sou novo nessa coisa de *mortalidade*.

— Ah, bom. Não posso dizer que essas ideias não passaram pela minha cabeça, só que não se pode fazer isso quando se é pretor. — Ele franziu a testa. — Mas estou preocupado com Reyna. Ela está carregando o peso há mais tempo do que eu. *Anos* a mais. Todo esse esforço... Sei lá. Eu só queria poder ajudar mais.

Relembrei o aviso de Vênus: *Você não vai chegar com essa fuça divina indigna perto dela.* Eu não sabia qual ideia era mais apavorante: a de que eu poderia tornar a vida da Reyna pior ou a de que poderia ser responsável por alguma melhora.

Frank aparentemente interpretou errado minha expressão de preocupação.

— Ei, você vai ficar bem. Hazel vai te proteger. Ela é uma semideusa poderosa.

Eu assenti, tentando engolir o amargor na boca. Estava cansado de ser protegido pelos outros. Se consultei a flecha foi justamente para tentar entender como poderia voltar ao trabalho de proteger os *outros*. Isso era tão fácil com meus poderes divinos.

Será que era mesmo?, outra parte do meu cérebro perguntou. *Você protegeu a Sibila? Jacinto ou Dafne? Ou seu próprio filho, Esculápio? Devo continuar?*

Cala a boca, eu, pensei.

— Hazel parece mais preocupada com *você* — comentei. — Ela mencionou que você fez algumas maluquices na última batalha.

Frank se mexeu como se tentasse tirar um cubo de gelo de dentro da camisa.

— Não foi bem assim. Eu só fiz o que tinha que fazer.

— E seu graveto? — Apontei para a bolsinha pendurada no cinto. — Você não está preocupado com o que a Ella disse...? Sobre fogo e pontes?

Frank abriu um sorrisinho seco.

— Como assim, preocupado, eu?

Ele enfiou a mão na bolsinha e tirou casualmente o elemento do qual sua vida dependia: um pedaço de madeira queimada do tamanho de um controle remoto. Jogou-o para o alto e pegou, o que quase me causou um ataque de pânico. Foi quase como se tivesse arrancado o coração ainda batendo e começado a fazer malabarismos.

Até o Hannibal parecia incomodado. O elefante se mexeu e balançou a cabeça enorme.

— Esse pedaço de madeira não deveria estar no cofre do *principia*? — perguntei. — Ou coberto de retardante de chamas mágico, pelo menos?

— A bolsinha é à prova de fogo. Presente do Leo. Hazel carregou pra mim por um tempo. Conversamos sobre outras formas de mantê-lo protegido. Mas, sinceramente, eu meio que aprendi a aceitar o perigo. Prefiro carregar o graveto comigo. Sabe como é quando se trata de profecias. Quanto mais tentamos evitar, mais fracassamos.

Taí uma verdade. Ainda assim, havia uma linha tênue entre aceitar o destino e provocá-lo.

— Estou supondo que Hazel ache você descuidado.

— Essa conversa nunca acaba. — Ele guardou o graveto na bolsa. — Eu juro que *não* gosto de flertar com a morte. É que... não posso deixar o medo me frear. Cada vez que lidero a legião numa batalha, tenho que botar tudo em jogo, me comprometer cem por cento com a batalha. Nós todos. É o único jeito de vencer.

— Essa é uma coisa bem *Marte* de se dizer — comentei. — Apesar das minhas muitas diferenças com Marte, isso foi um elogio.

Frank assentiu.

— Sabe, eu estava bem aqui quando Marte apareceu no campo de batalha no ano passado e me disse que eu era filho dele. Parece que faz tanto tempo. — Ele me observou rapidamente. — Não acredito que eu achava...

— Que eu era seu pai? Mas somos tão parecidos.

Ele riu.

— Só se cuida, tá? Acho que não aguento um mundo sem Apolo.

O tom dele foi tão genuíno que fiquei com os olhos marejados. Tinha começado a aceitar que ninguém queria Apolo de volta, nem meus companheiros deuses, nem os semideuses, talvez nem mesmo minha flecha falante. Mas Frank Zhang ainda acreditava em mim.

Antes que pudesse fazer algo constrangedor, como abraçar, chorar ou começar a acreditar que eu era um indivíduo digno, vi meus três parceiros de missão se aproximarem.

Lavínia usava uma camiseta roxa do acampamento e um short jeans velho por cima de uma legging prateada. Os tênis tinham cadarços cor-de-rosa com glitter que combinavam com o cabelo da menina e sem dúvida a ajudavam com os movimentos furtivos. A manubalista estava pendurada no ombro.

Hazel estava um pouco mais ninja com o jeans preto, o casaco de zíper também preto e a espada enorme de cavalaria presa no cinto. Lembrei que ela preferia a espata porque às vezes lutava a cavalo, montada em Arion, o garanhão imortal. Infelizmente, eu duvidava que Hazel fosse convocar Arion para nossa missão do dia. Um cavalo mágico não seria muito útil para entrar escondido em uma tumba subterrânea.

Quanto a Meg, era a mesma Meg de sempre. Os tênis vermelhos de cano alto e a legging amarela em um conflito épico com a nova camiseta de unicórnio, que ela parecia determinada a usar até se desfazer. Ela tinha colocado curativos adesivos nas bochechas, como guerreiros e jogadores de futebol às vezes fazem. Talvez achasse que isso lhe daria um visual "militar", embora os curativos tivessem estampas da Dora, a Aventureira.

— Para que isso? — perguntei.

— Afastam a luz dos meus olhos.

— Vai anoitecer daqui a pouco. Nós vamos para debaixo da terra.

— Me deixam assustadora.

— Nem perto disso.

— Cala a boca — ordenou ela, e obviamente eu tive que calar.

Hazel tocou no cotovelo do Frank.

— Posso falar com você um segundo?

Não era uma pergunta. Ela o levou para longe, seguida por Hannibal, que pelo visto tinha concluído que a conversa particular entre eles precisava de um elefante.

— Ei. — Lavínia se virou para Meg e para mim. — Pode ser que a gente acabe esperando um bom tempo. Quando aqueles dois começam a querer um cuidar do outro... Eu juro, se eles pudessem envolver o outro com pedacinhos de isopor, eles envolveriam.

Ela falou com certo tom de crítica e certo tom de melancolia, como se desejasse ter uma namorada superprotetora que *a* envolvesse com pedacinhos de isopor. Eu entendia bem.

Hazel e Frank tiveram uma conversa tensa. Eu não conseguia ouvir o que diziam, mas imaginei algo mais ou menos assim:

Estou preocupada com você.

Não, eu *estou preocupado com* você.

Mas eu *estou* mais *preocupada.*

Não, eu *estou mais preocupado.*

Enquanto isso, Hannibal ficou batendo o pé no chão e grunhindo como se estivesse se divertindo.

Finalmente, Hazel tocou o braço de Frank, como se tivesse medo de que ele fosse se dissolver em fumaça. Depois, voltou até nós.

— Tudo bem — anunciou ela, a expressão obstinada. — Vamos procurar essa tumba antes que eu mude de ideia.

15

Carrossel de pesadelo
Pode deixar seus filhos andarem
Eles vão ficar ótimos

— **QUE BELA NOITE** para uma caminhada — disse Lavínia.

O mais triste era que eu acho que ela estava falando sério.

Àquela altura, já estávamos andando em Berkeley Hills havia mais de uma hora. Apesar do tempo fresco, eu estava pingando de suor e sem fôlego. Por que as colinas tinham que ser inclinadas? E Lavínia não queria saber de ficar nos vales. Ah, não. Ela queria conquistar todos os cumes, sem qualquer motivo aparente. Que nem tolos, fomos atrás dela.

Atravessamos o limite do Acampamento Júpiter tranquilamente. Término nem apareceu para checar nosso passaporte. Até aquele momento, não tínhamos sido abordados por ghouls e nem por faunos pedindo esmola.

O ambiente era bem agradável. A trilha serpenteava em meio a sálvia e louro aromáticos. À esquerda, uma neblina prateada cobria a Baía de São Francisco. À frente, as colinas formavam um arquipélago de escuridão no oceano de luzes das cidades. Parques regionais e reservas naturais mantinham a área praticamente selvagem, explicou Lavínia.

— Só tomem cuidado com os pumas — disse ela. — Tem muitos nessas colinas.

— Nós vamos enfrentar mortos-vivos — falei — e você está preocupada com pumas?

Lavínia me lançou um olhar que dizia *Cara*.

Ela estava certa, claro. Com a minha sorte, eu provavelmente iria até ali, lutaria com monstros e imperadores do mal e acabaria morto por um gato gigante.

— Falta muito? — perguntei.

— De novo, não — disse Lavínia. — Você nem está carregando um caixão desta vez. Estamos na metade do caminho.

— Metade. E a gente não podia ter vindo de carro, águia gigante ou elefante?

Hazel me deu um tapinha no ombro.

— Relaxa, Apolo. Chegar sorrateiramente a pé chama menos atenção. Além do mais, essa missão é fácil. A maioria das minhas é do tipo *Vá para o Alasca e lute com literalmente tudo que tiver no caminho* ou *Veleje metade do mundo e passe meses vomitando*. Esta é só *Suba aquela colina e olhe um carrossel*.

— Um carrossel *infestado de zumbis* — corrigi. — E já subimos várias colinas.

Hazel olhou para Meg.

— Ele sempre reclama assim?

— Ele reclamava bem mais.

Hazel assobiou de leve.

— Eu sei — concordou Meg. — Um bebezão.

— Como é que é? — exclamei.

— *Shh* — disse Lavínia antes de fazer e estourar uma bola rosa enorme. — Furtivamente, lembra?

Continuamos pela trilha por mais uma hora, mais ou menos. Assim que passamos por um lago prateado entre as colinas, não pude deixar de pensar que era o tipo de lugar que minha irmã amaria. Ah, como eu queria que ela aparecesse com as Caçadoras!

Apesar das nossas diferenças, Ártemis me entendia. Bom, está bem, ela me tolerava. Na maior parte do tempo. Tudo bem, *às vezes*. Eu desejava ver seu rosto lindo e irritante de novo. Veja quão patético e solitário eu estava.

Meg andava alguns metros à minha frente, ao lado de Lavínia, para compartilharem chiclete e conversarem sobre unicórnios. Hazel ia ao meu lado, embora eu tivesse a sensação de que ela só queria mesmo era ter certeza de que eu não ia cair.

— Você não está com uma cara muito boa — observou ela.

— Como você sabe? Pelo suor? A respiração ofegante?

Na escuridão, os olhos dourados de Hazel lembravam os de uma coruja: extremamente alerta, pronta para voar ou atacar, o que fosse necessário.

— Como está o ferimento na barriga?

— Melhor — falei, embora tivesse cada vez mais dificuldade de convencer a mim mesmo.

Hazel arrumou o rabo de cavalo, mas era uma batalha perdida. O cabelo era tão comprido, tão cacheado e volumoso que ficava fugindo do elástico.

— Chega de cortes, tá? Tem mais alguma coisa que você pode me contar sobre Tarquínio? As fraquezas? Os pontos cegos? O que o irrita?

— Não ensinam história romana como parte do treinamento da legião?

— Bom, sim. Mas posso ter me desligado durante as aulas. Eu estudava numa escola católica em Nova Orleans nos anos 1930. Tenho muita experiência em me desligar dos professores.

— Nossa, entendo. Sócrates. Muito inteligente e tal, mas seus grupos de discussão... não eram lá muito cativantes.

— Mas e Tarquínio?

— Certo. Ele era louco por poder. Arrogante. Violento. Matava qualquer um que ficasse em seu caminho.

— Como os imperadores.

— Mas sem o refinamento deles. Tarquínio também era obcecado por projetos arquitetônicos. Ele começou o Templo de Júpiter. O esgoto principal de Roma também.

— Queria entrar para a história.

— Os súditos acabaram ficando tão cansados dos impostos e do trabalho forçado que se rebelaram.

— Eles não gostavam de cavar um esgoto? Não consigo imaginar por quê.

Passou pela minha cabeça que Hazel não estava tão interessada nas minhas informações, e sim em me distrair das minhas preocupações. Achei legal da parte dela, mas tive dificuldade de retribuir o sorriso. Ficava pensando na voz de Tarquínio falando através do ghoul no túnel. Ele sabia o nome de Hazel. Prometeu a ela um lugar especial em sua horda de mortos-vivos.

— Tarquínio é ardiloso — falei. — Como qualquer verdadeiro psicopata, sempre foi bom em manipular pessoas. Quanto a fraquezas, não sei. A implacabilidade, talvez. Mesmo depois que foi expulso de Roma, nunca parou de tentar recuperar a coroa. Ficava reunindo novos aliados, atacando a cidade várias e várias vezes, mesmo quando estava claro que ele não tinha força para vencer.

— Ao que parece, ele ainda não desistiu. — Hazel tirou um galho de eucalipto do caminho. — Bom, vamos seguir o plano: entrar rapidamente, investigar, sair. Pelo menos Frank está em segurança no acampamento.

— Você valoriza a vida dele mais que a sua?

— Não. Bom...

— Pode parar no *não*.

Hazel deu de ombros.

— É que Frank parece estar *procurando* perigo atualmente. Ele não te contou o que fez na Batalha da Lua Nova, né?

— Ele disse que a batalha virou no Pequeno Tibre. Que zumbis não gostam de água corrente.

— *Frank* virou a maré da batalha quase sozinho. Os semideuses estavam caindo em volta dele. Ele continuou lutando, se transformou em uma cobra gigante, em dragão, em hipopótamo. — Ela estremeceu. — Ele é um hipopótamo *apavorante*. Quando Reyna e eu conseguimos levar reforços, o inimigo já estava recuando. Frank não teve medo. Eu só... — A voz dela ficou mais tensa. — Não quero perdê-lo. Principalmente depois do que aconteceu com Jason.

Tentei comparar Frank Zhang da história de Hazel, um hipopótamo destemido, uma máquina de matar, com o pretor tranquilo e fofo que dormia de pijama amarelo com estampa de águias e ursos. Lembrei de como jogou, casualmente, o pedaço de madeira para cima. Ele me garantiu que não gostava de flertar com a morte. Mas Jason Grace também não gostava.

— Eu não pretendo perder mais ninguém — falei para Hazel.

Controlei-me antes de fazer uma promessa.

A deusa do rio Estige havia me esfolado por causa dos meus juramentos não cumpridos. Ela tinha me avisado que todo mundo ao redor pagaria pelos meus crimes. Lupa também previu mais sangue e sacrifício. Como eu poderia prometer a Hazel que qualquer um de nós ficaria bem?

Lavínia e Meg pararam tão abruptamente que quase topei com elas.

— Está vendo? — Lavínia apontou por uma abertura nas árvores. — Estamos quase chegando.

No vale abaixo, um estacionamento vazio e uma área de piquenique ocupavam uma clareira nas sequoias. Na extremidade da campina, silencioso e imóvel, havia um carrossel com todas as luzes acesas.

— Por que está ligado? — questionei.

— Pode ser que tenha alguém em casa — disse Hazel.

— Eu gosto de carrosséis — disse Meg, e seguiu para o caminho.

O carrossel tinha um domo marrom que parecia um chapéu de safári gigante. Por trás de uma barricada de grades azul-petróleo e amarelas, o brinquedo ardia com centenas de luzes. Os animais pintados lançavam sombras longas e distorcidas na grama. Os cavalos pareciam paralisados de pânico, os olhos enlouquecidos, as pernas da frente chutando. Uma zebra tinha a cabeça erguida como se em sofrimento. Um galo gigante ostentava a crista vermelha e esticava as garras. Havia até um cavalo-marinho como o amigo de Tyson, Arco-Íris, mas parecia estar rosnando. Que tipo de pai ou mãe deixaria o filho andar em criaturas tão horrorosas? Talvez Zeus, pensei.

Nós nos aproximamos com cautela, mas nada pareceu uma ameaça, nem vivo nem morto. O local estava vazio, apenas inexplicavelmente iluminado.

As espadas reluzentes de Meg fizeram a grama bruxulear aos pés dela. Lavínia empunhou a manubalista engatilhada e pronta. Com o cabelo rosa e os membros compridos, ela era quem tinha mais chance de se esgueirar até os animais do carrossel e se camuflar entre eles, mas decidi não compartilhar essa observação, pois certamente acabaria levando um tiro. Hazel deixou a espada na bainha. Mesmo de mãos vazias, irradiava um aspecto mais ameaçador do que qualquer um de nós.

Eu me perguntei se deveria pegar meu arco. Mas olhei para baixo e percebi que instintivamente tinha preparado meu ukulele de combate. Certo. Eu poderia providenciar uma canção alegre se nos víssemos no meio de uma batalha. Isso contava como heroísmo?

— Tem alguma coisa errada — murmurou Lavínia.

— Jura?

Meg se agachou. Botou uma das espadas no chão e tocou na grama com a ponta dos dedos. Sua mão gerou uma ondulação no gramado, como uma pedra caindo na água.

— Tem algo errado com o solo aqui — disse ela. — As raízes não querem ir fundo.

Hazel arqueou as sobrancelhas.

— Você fala com plantas.

— Não é bem falar — respondeu Meg. — Mas, sim. Nem as árvores gostam daqui. Elas estão tentando crescer para longe daquele carrossel o mais rápido possível.

— O que, considerando que são árvores, não é muito rápido — observei.

Hazel observou os arredores.

— Vamos ver o que consigo descobrir.

Ela se ajoelhou na beirada da base do carrossel e encostou a palma da mão no concreto. Não vimos nenhuma ondulação, nada ressoando nem tremendo, mas depois de contar até três, Hazel afastou a mão. Cambaleou para trás e quase caiu em cima de Lavínia.

— Deuses. — O corpo todo dela tremia. — Tem... Tem um complexo *enorme* de túneis aí embaixo.

Minha boca ficou seca.

— Parte do Labirinto?

— Não. Acho que não. Parece isolado. A estrutura é antiga, mas... mas não está aqui há muito tempo. Sei que não faz sentido.

— Faz, se a tumba foi realocada — falei.

— Ou voltou a crescer — sugeriu Meg. — Como uma árvore podada. Ou um esporo de fungo.

— Que nojo — disse Lavínia.

Hazel abraçou os cotovelos.

— O local está cheio de morte. Eu sou filha de Plutão. Já estive no Mundo Inferior. Mas isso é pior, não sei dizer como.

— Não morri de amores por isso — murmurou Lavínia.

Olhei para o meu ukulele, desejando ter levado um instrumento maior atrás do qual pudesse me esconder. Um contrabaixo, talvez.

— Como a gente vai entrar?

Eu esperava que a resposta fosse *Droga, não dá*.

— Por ali. — Hazel apontou para uma parte do concreto diferente do resto.

Nós a seguimos até lá. Ela passou os dedos pela superfície escura, deixando marcas prateadas reluzentes que contornavam uma placa retangular do tamanho de um caixão. Ah, por que eu tinha que fazer logo essa analogia?

Ela posicionou a mão no meio do retângulo.

— Acho que tenho que escrever alguma coisa aqui. Uma combinação, talvez?

— *Para a porta abrir no ato* — relembrou Lavínia —, *dois cinquenta e quatro*.

— Espere! — Lutei contra uma onda de pânico. — Tem várias formas de escrever "dois cinquenta e quatro".

Hazel assentiu.

— Algarismos romanos, então?

— Sim. Mas dois cinco quatro seria escrito de um jeito diferente em algarismos romanos do que duzentos e cinquenta e quatro, que é diferente de dois e cinquenta e quatro.

— Qual desses, então? — perguntou Meg.

Tentei pensar.

— Tarquínio teria um motivo para escolher esse número. E seria algo sobre ele mesmo.

Lavínia estourou uma pequena bola de chiclete, discretamente.

— Tipo usar o aniversário como senha?

— Exatamente — falei. — Mas ele não usaria o aniversário. Não nesta tumba. Talvez a data de morte? Só que não pode ser isso. Ninguém tem certeza de quando ele morreu, porque estava em exílio e foi enterrado secretamente, mas deve ter sido por volta de 495 a.C., não 254.

— Sistema errado de datas — disse Meg.

Nós todos olhamos para ela.

— O que foi? — perguntou ela. — Fui criada no palácio de um imperador do mal. Nós datávamos tudo a partir da fundação de Roma. AUC. *Ab urbe condita*, certo?

— Meus deuses! — exclamei. — Boa, Meg. E 254 AUC seria… Vejamos… 500 a.C. É bem perto de 495.

Os dedos de Hazel continuaram pairando hesitantes sobre o concreto.

— Perto o suficiente para corrermos o risco?

— Sim — falei, tentando canalizar meu nível Frank Zhang de confiança. — Escreva como data: duzentos e cinquenta e quatro. *C-C-L-I-V.*

Hazel fez isso. Os números brilharam em prateado. A placa de pedra inteira se dissipou em fumaça, revelando degraus que levavam à escuridão.

— Muito bem — disse Hazel. — Tenho a sensação de que a próxima parte vai ser mais difícil. Venham comigo. Pisem só onde eu pisar. E *não* façam nenhum barulho.

16

Conheçam o novo Tarquínio
É igual ao velho, mas
Com bem menos carne

ENTÃO... nada de melodias alegres no ukulele.

Tudo bem.

Segui silenciosamente Hazel pelos degraus da tumba-carrossel.

Enquanto descíamos, me perguntei por que Tarquínio tinha escolhido morar embaixo de um carrossel. Ele tinha visto a esposa atropelar o próprio pai com uma carruagem. Talvez gostasse de ter um anel infinito de cavalos e monstros circulando acima de seu local de descanso, protegendo a tumba com suas expressões ferozes, mesmo que na maior parte do tempo fossem cavalgados por criancinhas mortais. (Que, de certa forma, eu achava igualmente ferozes.) Tarquínio tinha um senso de humor brutal. Ele gostava de destruir famílias, de transformar a alegria delas em sofrimento. Era o tipo de pessoa que usaria crianças como escudo sem pensar duas vezes. Sem dúvida achava divertido colocar a tumba embaixo de um brinquedo de criança luminoso e colorido.

Meus joelhos tremeram de pavor. Precisei me lembrar de que havia um motivo para eu estar adentrando o covil daquele assassino. Não lembrava bem que motivo era esse no momento, mas tinha que haver um.

Os degraus terminavam em um longo corredor, as paredes de calcário decoradas com fileiras de máscaras mortuárias de gesso. A princípio, não achei isso estranho. A maioria dos romanos ricos tinha uma coleção de máscaras mortuárias em homenagem aos ancestrais. Mas aí, reparei nas expressões das máscaras.

Como os animais do carrossel, os rostos de gesso estavam paralisados em expressões de pânico, sofrimento, fúria e pavor. Não eram tributos. Eram troféus.

Olhei para Meg e Lavínia atrás de mim. Meg estava na base da escada, impedindo uma possível retirada. O sorriso do unicórnio cintilante em sua camiseta era tenebroso.

Lavínia me encarou como quem diz *Sim, essas máscaras são bizarras. Continue andando.*

Seguimos Hazel pelo corredor, os estalos e ruídos das nossas armas ecoando no teto abobadado. Eu tinha certeza de que o Laboratório de Sismologia de Berkeley, a vários quilômetros de distância, captaria meus batimentos no sismógrafo e dispararia avisos de terremoto.

O túnel se dividiu várias vezes, mas Hazel sempre parecia saber a direção que deveríamos tomar. De tempos em tempos ela parava, olhava para nós e apontava com urgência para alguma parte do piso, nos lembrando de não nos afastar dos passos dela. Eu não sabia o que aconteceria se eu desse um passo em falso, mas não tinha a menor vontade de ter minha máscara mortuária acrescentada à coleção de Tarquínio.

Depois do que pareceram horas, comecei a ouvir água gotejando em algum lugar à frente. O túnel se abriu para um salão circular como uma cisterna enorme, o piso se restringindo a um caminho estreito de pedra acima de uma piscina escura e funda. Na parede mais distante havia seis cestas de vime penduradas parecendo armadilhas de lagosta, cada uma com uma abertura circular no fundo do tamanho certo para... Ah, deuses. Cada cesta era do tamanho certo para ser encaixada na cabeça de uma pessoa.

Deixei escapar um gemido.

Hazel olhou para trás e perguntou, sem emitir som: *O que foi?*

Uma história quase esquecida surgiu na agitação do meu cérebro: Tarquínio executou um de seus inimigos o afogando em uma piscina sagrada... amarrando as mãos do homem, colocando uma cesta de vime sobre a cabeça dele e acrescentando pedras lentamente até que o homem não conseguisse mais manter a cabeça acima da superfície.

Aparentemente, Tarquínio ainda apreciava essa forma de entretenimento.

Balancei a cabeça. *Você não vai querer saber.*

Hazel, sábia como era, acreditou na minha palavra. E seguiu adiante.

Pouco antes de chegarmos à câmara seguinte, Hazel levantou a mão em alerta. Nós paramos. Segui o olhar dela e vi dois guardas esqueletos do outro lado do salão, ladeando um arco de pedra com entalhes elaborados. Os guardas estavam um de frente para o outro e usavam elmos de guerra fechados, talvez o único motivo para ainda não terem nos visto. Se fizéssemos qualquer ruído, se eles olhassem na nossa direção por algum motivo, seríamos descobertos.

Uns vinte metros nos separavam deles. O piso da câmara estava coberto de ossos humanos envelhecidos. Não tinha como nos aproximarmos sorrateiramente. Eles eram guerreiros esqueleto, a força especial do Mundo Inferior. E eu tinha zero vontade de lutar contra eles. Estremeci, me perguntando quem teriam sido antes dos eurínomos os destruírem até os ossos.

Encarei Hazel e apontei para o caminho pelo qual tínhamos vindo. *Bater em retirada?*

Ela balançou a cabeça. *Espera.*

Hazel fechou os olhos. Uma gota de suor escorreu por seu rosto.

Os dois guardas se enrijeceram em posição de sentido. Viraram-se de costas para nós e passaram marchando pelo arco, lado a lado, a caminho da escuridão.

O chiclete da Lavínia quase caiu da boca.

— Como você fez isso? — sussurrou ela.

Hazel levou um dedo aos lábios e fez sinal para irmos atrás dela.

A câmara estava vazia agora, exceto pelos ossos espalhados no chão. Talvez os guerreiros esqueleto tivessem ido até ali buscar partes extras. Na parede em frente, acima do arco, havia uma sacada com uma escadaria de cada lado. A grade era feita de esqueletos humanos retorcidos e trançados, o que não me apavorou nadinha. Havia duas portas na sacada. Exceto pelo arco principal por onde os esqueletos tinham marchado, aquelas portas pareciam ser as únicas saídas da câmara.

Hazel nos levou pela escadaria da esquerda. E, por motivos que só ela sabia, cruzou a sacada e entrou na porta da direita. Nós a seguimos.

No final de um corredor curto, uns cinco metros à frente, a luz do fogo iluminava outra sacada com grade feita de ossos, idêntica àquela que tínhamos acabado de atravessar. Eu não conseguia ver o que havia na câmara abaixo, mas sabia que não estava vazia. Uma voz grave ecoava... uma voz familiar.

Meg moveu os pulsos, transformando as espadas de volta em anéis... não por estarmos fora de perigo, mas porque ela entendeu que qualquer brilho poderia revelar nossa presença. Lavínia tirou um pedaço de pano do bolso de trás e cobriu a manubalista. Hazel me olhou com uma expressão de aviso que era completamente desnecessária.

Eu sabia o que havia à frente. Tarquínio, o Soberbo, estava falando.

Eu me agachei atrás da grade de esqueleto da sacada e espiei a sala do trono, torcendo desesperadamente para nenhum dos mortos-vivos erguer o olhar e nos ver. Ou sentir nosso cheiro. Ah, odor corporal humano, por que você tinha que ser tão pungente depois de várias horas de caminhada?

Na parede mais distante, entre dois pilares de pedra enormes, havia um sarcófago entalhado com imagens de monstros e animais selvagens em baixo-relevo, bem parecidas com as criaturas no carrossel do parque Tilden. Reclinada sobre a tampa do sarcófago estava a coisa que um dia tinha sido Tarquínio. Sua toga não era lavada havia milhares de anos, eram apenas trapos mofados. O corpo tinha murchado até virar um esqueleto negro. Havia pedaços de musgo grudados no maxilar e no crânio, deixando-o com uma barba e um penteado grotescos. Filetes de névoa roxa cintilante saíam da caixa torácica e envolviam as juntas, enrolando-se no pescoço e entrando no crânio, iluminando as órbitas com um tom intenso de magenta.

O que quer que aquela luz roxa fosse, parecia ser a responsável por manter Tarquínio de pé. Não devia ser sua alma. Se é que Tarquínio tinha uma. Era mais provável que fosse pura ambição e ódio, uma recusa teimosa de desistir, independentemente do tempo que estivesse morto.

O rei parecia estar dando uma bronca nos dois guardas esqueletos que Hazel tinha manipulado.

— Por acaso eu chamei vocês aqui? — indagou o rei. — Não, não chamei. Então, o que estão fazendo?

Os esqueletos se entreolharam, como se fazendo a mesma pergunta.

— Voltem aos seus postos!

Os guardas saíram marchando da câmara.

Isso deixou três eurínomos e seis zumbis andando pela sala, mas eu tinha a sensação de que talvez houvesse mais logo abaixo da sacada. Para piorar, os zumbis, ou *vrykolakai*, como vocês preferirem chamar, eram antigos legionários romanos. A maioria ainda estava vestida para batalha, com armaduras amassadas e roupas rasgadas, a pele inchada, os lábios azuis, ferimentos abertos no peito e nos membros.

A dor na minha barriga ficou quase intolerável. As palavras da profecia do Labirinto de Fogo se repetiam na minha mente: *Apolo encara a morte. Apolo encara a morte.*

Ao meu lado, Lavínia começou a tremer e seus olhos ficaram cheios de lágrimas. O olhar dela estava grudado em um dos legionários mortos: um jovem com cabelo castanho comprido com o lado esquerdo do rosto muito queimado. Um amigo, talvez. Hazel apertou o ombro de Lavínia, talvez para consolá-la, talvez para lembrá-la de ficar em silêncio. Meg se ajoelhou do meu outro lado, os óculos cintilando. Desejei desesperadamente ter um marcador permanente para pintar as pedrinhas de seus óculos.

Ela parecia estar contando os inimigos, calculando a rapidez com que conseguiria derrotá-los. Eu tinha muita confiança na habilidade da Meg com as espadas, pelo menos quando não estava exausta de entortar eucaliptos, mas também sabia que aqueles inimigos eram muitos e poderosos demais.

Toquei no joelho dela, chamando sua atenção. Balancei a cabeça e bati na orelha, lembrando a ela que estávamos ali para espionar, não lutar.

Meg mostrou a língua.

Como vocês podem ver, a gente se entendia muito bem.

Abaixo, Tarquínio resmungou alguma coisa sobre a dificuldade de encontrar bons funcionários.

— Alguém viu o Célio? Onde ele está? CÉLIO!

Um momento depois, um eurínomo surgiu de um túnel lateral. Ele se ajoelhou na frente do rei e gritou:

— COMER CARNE! AGOOOORA!

Tarquínio sibilou.

— Célio, já conversamos sobre isso. Controle-se!

Célio deu um tapa na própria cara.

— Sim, majestade. — A voz dele tinha se transformado, adquirindo um sotaque britânico comedido. — Sinto muito. Tudo está saindo conforme o planejado. A frota deve chegar em três dias, bem a tempo do nascimento da lua sangrenta.

— Muito bem. E nossas tropas?

— COMER CARNE! — Célio bateu na própria cara de novo. — Mil desculpas, majestade. Sim, está tudo pronto. Os romanos não desconfiam de nada. Quando se virarem para o litoral para esperarem os imperadores, vamos atacar!

— Ótimo. É essencial tomarmos a cidade primeiro. Quando os imperadores chegarem, já quero estar no controle! Eles podem botar fogo no resto da Bay Area se quiserem, mas a cidade é minha.

Meg apertou os punhos até ficarem da cor da grade feita de ossos. Depois das nossas experiências com as dríades afetadas pelo calor no sul da Califórnia, ela ficou um pouco sensível quando megalomaníacos do mal ameaçavam começar um incêndio florestal.

Olhei para ela com minha expressão mais séria de *Fica calma*, mas ela não parecia estar prestando atenção.

Na câmara, Tarquínio dizia:

— E o silencioso?

— Ele está bem protegido, majestade — prometeu Célio.

— Hum... Dobre o rebanho mesmo assim. Temos que garantir.

— Mas os romanos não têm como saber sobre Sutro...

— Silêncio! — ordenou Tarquínio.

Célio choramingou.

— Sim, majestade. CARNE! Sinto muito, majestade. MUITA CARNE!

Tarquínio ergueu o crânio roxo reluzente na direção da sacada. Rezei para que ele não tivesse reparado na gente. Lavínia parou de mascar o chiclete. Hazel parecia profundamente concentrada, talvez torcendo com todas as forças para que o rei morto-vivo olhasse para o outro lado.

Após dez segundos, Tarquínio riu.

— Bom, Célio, parece que você vai poder comer carne antes do que imaginávamos.

— Senhor?

— Temos intrusos. — Tarquínio ergueu a voz. — Desçam, vocês quatro! E conheçam seu novo rei!

17

Meg, não ouse... MEG!
Ou você podia nos fazer morrer
Ah, claro, isso também pode ser

EU ESPERAVA que houvesse quatro outros intrusos escondidos em algum lugar daquela sacada. Certamente Tarquínio estaria falando com eles e não conosco.

Hazel fez sinal com o polegar na direção da saída, o sinal universal para *HORA DE METER O PÉ!* Lavínia começou a engatinhar até lá. Eu estava prestes a segui-la quando Meg estragou tudo.

Ela se levantou, ereta (bom, tão ereta quando Meg consegue), conjurou as espadas e pulou por cima da grade.

— MEEEEEEEEGAH! — gritei, meio grito de guerra, meio *Por Hades, o que você está fazendo?*.

Num instante, eu estava de pé, o arco armado, disparando uma flecha atrás da outra. Hazel murmurou um palavrão que uma dama dos anos 1930 não deveria conhecer, empunhou a espada de cavalaria e pulou no meio da confusão, para que Meg não precisasse lutar sozinha. Lavínia se levantou, brigando para descobrir a manubalista, mas o pano parecia ter ficado preso.

Mais mortos-vivos foram para cima de Meg embaixo da sacada. As espadas gêmeas giraram e brilharam, cortando membros e cabeças, reduzindo zumbis a poeira. Hazel decapitou Célio e se virou para enfrentar mais dois eurínomos.

O falecido antigo legionário com o rosto queimado teria enfiado uma espada nas costas de Hazel, mas Lavínia libertou a besta bem na hora. O dardo de ouro imperial acertou o zumbi entre as omoplatas, fazendo-o implodir em uma pilha de armadura e roupas.

— Foi mal, Bobby! — disse Lavínia, com um soluço.

Fiz uma nota mental de nunca contar a Hannibal como seu antigo treinador morreu de vez.

Continuei disparando até só restar a Flecha de Dodona na aljava. Em retrospecto, percebi que tinha disparado doze flechas em trinta segundos, todas certeiras. Meus dedos estavam soltando fumaça. Eu não disparava uma saraivada daquelas desde que era um deus.

Isso deveria ter me alegrado, mas qualquer sensação de satisfação foi interrompida pela gargalhada de Tarquínio. Quando Hazel e Meg golpearam seus últimos capangas, ele se levantou do sofá de sarcófago e nos aplaudiu. Nada parece mais macabro do que o aplauso lento e irônico de um esqueleto.

— Adorável! — disse ele. — Ah, isso foi ótimo! Vocês vão ser os membros mais valiosos da minha equipe!

Meg atacou.

O rei não tocou nela, mas, com um movimento da mão, uma força invisível arremessou Meg na parede mais distante. Suas espadas caíram no chão.

Um som gutural escapou da minha garganta. Pulei a amurada e escorreguei em um dos cabos das minhas flechas usadas (que são tão traiçoeiros quanto cascas de banana). Caí de bunda no chão. Não foi minha entrada mais heroica. Enquanto isso, Hazel correu até Tarquínio. Ela foi jogada longe por outra explosão de força invisível.

A risada profunda do tirano ressoou pela câmara. Dos corredores dos dois lados do sarcófago, o som de pés correndo e armaduras estalando ecoou, ficando cada vez mais próximo. Na sacada, Lavínia girava furiosamente a manivela da manubalista. Se eu conseguisse ganhar uns vinte minutos, ela talvez conseguisse dar um segundo disparo.

— Bom, Apolo — disse Tarquínio, filetes roxos de névoa escorrendo pelas órbitas até a boca. Eca. — Parece que nós dois não envelhecemos bem.

Meu coração disparou. Procurei flechas que pudesse usar, mas só encontrei quatro cabos quebrados. Fiquei meio tentado a disparar a Flecha de Dodona, mas não podia correr o risco de dar a Tarquínio uma arma com conhecimento profético. Flechas falantes podem ser torturadas? Eu não queria descobrir.

Meg se levantou com dificuldade. Parecia não estar ferida, mas sim mal-humorada, como ficava sempre que era jogada em paredes. Imaginei que estivesse pensando a mesma coisa que eu: a situação era bem familiar, parecida demais com o iate de Calígula, quando Meg e Jason foram aprisionados por *venti*. Eu não podia deixar que aquela situação se repetisse. Estava cansado de monarcas malignos nos jogando para lá e para cá como bonecos de pano.

Hazel se levantou, coberta da cabeça aos pés de pó de zumbi. Isso não podia fazer bem para seus pulmões. Comecei a imaginar se podíamos convencer Justitia, a deusa romana da justiça, a abrir uma ação judicial coletiva em nosso nome contra Tarquínio por condições insalubres de tumba.

— Pessoal, para trás — disse Hazel.

Foi a mesma coisa que ela disse no túnel que levava ao acampamento, pouco antes de transformar o eurínomo em arte no teto.

Tarquínio apenas riu.

— Ah, Hazel Levesque, seus truques inteligentes com pedras não vão funcionar aqui. Este é meu território! Meus reforços vão chegar a qualquer momento. Vai ser mais fácil se vocês não resistirem. Ouvi dizer que é menos sofrido morrer assim.

Acima de mim, Lavínia continuava engrenando o canhão manual.

Meg ergueu as espadas.

— Lutar ou fugir, pessoal?

Pela raiva com que ela olhava para Tarquínio, eu tinha certeza de que sabia o que ela escolheria.

— Ah, criança... — disse Tarquínio. — Você pode tentar fugir, mas em pouco tempo vai estar lutando ao meu lado com essas suas espadas maravilhosas. Quanto a Apolo... ele não vai a lugar algum.

Ele dobrou os dedos. Apesar da distância entre nós dois, minha barriga entrou em convulsão, como se espetos quentes perfurassem meu peito e minha virilha. Eu gritei. Meus olhos se encheram de lágrimas.

— Pare! — Lavínia pulou da varanda e caiu ao meu lado. — O que você está fazendo com ele?

Meg atacou o rei morto-vivo de novo, talvez esperando pegá-lo desprevenido. Sem nem olhar para ela, Tarquínio a jogou longe com outra explosão de força. Hazel estava tensa como uma coluna de calcário, os olhos fixos na parede atrás do rei. Pequenas rachaduras começaram a se espalhar na pedra.

— Ora, Lavínia, estou chamando Apolo de volta para casa! — Ele sorriu, a única expressão facial que era capaz de fazer, considerando que não tinha rosto. — O pobre Lester acabaria me procurando de qualquer jeito quando o veneno chegasse ao cérebro. Mas tê-lo aqui tão rápido... é um prazer especial!

Ele fechou o punho ossudo. Minha dor triplicou. Gemi e balbuciei. Minha visão foi tomada por vermelho. Como era possível sentir tanta dor e não morrer?

— Deixa ele em paz! — gritou Meg.

Dos túneis dos dois lados de Tarquínio, mais zumbis começaram a entrar na sala.

— Corram — ofeguei. — Fujam daqui.

Eu agora entendia os versos do Labirinto de Fogo: eu encararia a morte na tumba de Tarquínio, ou um destino *pior* do que a morte. Mas não permitiria que meus amigos também morressem.

Teimosamente, irritantemente, eles se recusaram a ir embora.

— Apolo é *meu* servo agora, Meg McCaffrey — disse Tarquínio. — Você não deveria lamentar por ele. Ele é terrível com as pessoas que ama. Pode perguntar à Sibila.

O rei me olhou enquanto eu me contorcia como um inseto preso em um quadro de cortiça.

— Espero que a Sibila dure o suficiente para vê-lo humilhado. Pode ser o que finalmente vai destruí-la. E quando aqueles imperadores trapalhões chegarem, eles vão ver o verdadeiro horror de um rei romano!

Hazel urrou. A parede atrás de Tarquínio desabou, levando junto metade do teto. O rei e suas tropas desapareceram debaixo de uma avalanche de pedras do tamanho de tanques de guerra.

Minha dor diminuiu ao nível insuportável. Lavínia e Meg me levantaram, linhas arroxeadas subindo pelos meus braços. Isso não podia ser um bom sinal.

Hazel se aproximou, mancando. As córneas dela tinham ficado de um tom nada saudável de cinza.

— Nós temos que ir.

Lavínia olhou para a pilha de destroços.

— Mas ele não...?

— Não está morto — afirmou Hazel, com uma decepção amarga. — Sinto-o se mexendo lá embaixo, tentando... — Ela tremeu. — Não importa. Mais mortos-vivos virão. Vamos!

Era mais fácil falar do que fazer.

Hazel saiu mancando, respirando com dificuldade e nos levando por outros túneis. Meg protegeu nossa retaguarda, fazendo picadinho dos zumbis que apareciam pelo caminho. Lavínia teve que carregar boa parte do meu peso, mas ela era inesperadamente forte, assim como inesperadamente ágil. Parecia não ter dificuldade para carregar minha carcaça lamentável pela tumba.

Eu estava apenas semiconsciente dos meus arredores. Meu arco batia no ukulele, fazendo soar um acorde aberto perturbador em perfeita sincronia com meu cérebro abalado.

O que tinha acontecido?

Depois daquele lindo momento de heroísmo divino com meu arco, eu sofri um revés feio e talvez mortal com o ferimento na barriga. Agora, tinha que admitir que *não* estava melhorando. Tarquínio falou sobre o veneno seguindo lentamente até meu cérebro. Apesar de todos os esforços dos curandeiros do acampamento, eu estava me transformando em uma das criaturas do rei. Ao enfrentá-lo, parecia que tinha acelerado o processo.

Isso deveria ter me apavorado. O fato de que eu conseguia pensar no assunto com tanto distanciamento era preocupante por si só. A parte médica da minha mente decidiu que eu devia estar entrando em choque. Ou possivelmente só, sabe como é, morrendo.

Hazel parou numa bifurcação.

— Eu... não tenho certeza.

— Como assim? — perguntou Meg.

As córneas da Hazel ainda estavam da cor de argila molhada.

— Não consigo entender. Deveria haver uma saída aqui. Estamos perto da superfície, mas... Sinto muito, pessoal.

Meg retraiu as espadas.

— Tudo bem. Fica vigiando.

— O que você vai fazer? — perguntou Lavínia.

Meg tocou na parede mais próxima. O teto começou a rachar. Tive uma visão de todos nós sendo soterrados como Tarquínio, presos debaixo de várias toneladas de pedra... o que, no meu estado mental, parecia um jeito engraçado de morrer. Mas o que aconteceu foi que dezenas de raízes de árvores penetraram nas rachaduras, separando as pedras. Mesmo sendo um deus antigo acostumado com magia, achei aquilo fascinante. As raízes espiralavam e se entrelaçavam, empurrando a terra para o lado, permitindo que o luar penetrasse no túnel. Em instantes, estávamos na base de uma rampa suave de pedra (ou de raízes?) com apoios para as mãos e para os pés.

Meg farejou o ar acima.

— Pelo cheiro, está seguro. Vamos.

Enquanto Hazel montava guarda, Meg e Lavínia me ajudaram a subir pela rampa. Meg puxou. Lavínia empurrou. Foi muito indigno, mas a ideia da manubalista parcialmente engrenada da Lavínia balançando em algum lugar perto do meu traseiro delicado me deu o incentivo de que eu precisava para seguir em frente.

Saímos na base de uma sequoia no meio da floresta. Não estávamos perto do carrossel. Meg deu a mão para Hazel e tocou no tronco da árvore. A rampa desapareceu sob a grama.

Hazel cambaleou.

— Onde estamos?

— Por aqui — anunciou Lavínia.

Ela carregou meu peso de novo, apesar dos meus protestos dizendo que estava bem. Sério, eu só estava morrendo um pouco, normal. Nós nos arrastamos por uma trilha no meio de sequoias enormes. Eu não conseguia ver as estrelas nem detectar qualquer ponto de referência. Não tinha ideia da direção que estávamos tomando, mas Lavínia parecia ter certeza.

— Como você sabe onde estamos? — perguntei.

— Já falei — disse ela. — Eu gosto de explorar.

Ela deve gostar muito da Carvalho Venenoso, pensei pela milionésima vez. Mas também me perguntei se Lavínia simplesmente se sentia mais à vontade na natureza do que no acampamento. Ela e a minha irmã se dariam muito bem.

— Alguma de vocês está ferida? — perguntei. — Algum morto-vivo arranhou vocês?

As garotas balançaram a cabeça.

— E você? — Meg franziu a testa e apontou para minha barriga. — Achei que estivesse melhorando.

— Acho que eu estava sendo otimista demais.

Eu queria repreendê-la por pular para o combate e quase nos matar, mas não tinha energia para isso. Além do mais, pelo jeito como ela estava me olhando, fiquei com a sensação de que a fachada mal-humorada poderia desabar e virar lágrimas mais rápido do que o teto tinha desabado em Tarquínio.

Hazel me olhou com cautela.

— Você deveria estar curado. Não entendo.

— Lavínia, você tem um chiclete? — pedi.

— Sério?

Ela revirou os bolsos e me deu um.

— Você é uma influência muito forte — falei.

Com dedos pesados, consegui abrir o chiclete e enfiar na boca. O sabor era doce demais. Tinha *gosto* rosa. Ainda assim, era melhor do que o gosto de veneno azedo de morto-vivo na minha língua. Eu mastiguei, feliz de ter algo em que me concentrar além da lembrança dos dedos de esqueleto de Tarquínio se fechando e enfiando foices de fogo nos meus intestinos. E o que ele falou sobre a Sibila...? Não. Eu não era capaz de pensar nisso agora.

Depois de algumas centenas de metros de caminhada tortuosa, nós chegamos a um riacho.

— Estamos perto — disse Lavínia.

Hazel olhou para trás.

— Sinto uns doze esqueletos atrás de nós, se aproximando rápido.

Eu não via nem ouvia nada, mas acreditei nela.

— Vão. Vocês vão se deslocar mais rápido sem mim.

— Nem pensar — disse Meg.

— Aqui, segura o Apolo. — Lavínia me ofereceu para Meg como se eu fosse uma sacola de compras. — Atravessem o riacho, subam aquela colina. De lá, vocês vão ver o Acampamento Júpiter.

Meg ajeitou os óculos sujos.

— E você?

— Eu vou distraí-los.

Lavínia bateu na manubalista.

— Essa é uma péssima ideia — falei.

— É a minha especialidade — respondeu Lavínia.

Eu não sabia se ela queria dizer *distrair os inimigos* ou *ter péssimas ideias*.

— Ela está certa — decidiu Hazel. — Tome cuidado, legionária. Nos vemos no acampamento.

Lavínia assentiu e correu para a floresta.

— Tem certeza de que isso foi inteligente? — perguntei a Hazel.

— Não — admitiu ela. — Mas o que quer que a Lavínia faça, ela sempre consegue voltar ilesa. Agora, vamos levar você para casa.

18

Na cozinha com o Pranjal
Morugem e chifre de unicórnio
Zumbi cozido no molho

CASA. Que palavra maravilhosa.

Eu não tinha ideia do que significava, mas soava bem.

Em algum lugar na trilha de volta ao acampamento, minha mente devia ter se separado do meu corpo. Não me lembro de desmaiar. Não me lembro de chegar ao vale. Mas, em algum momento, minha consciência se foi como um balão de hélio fujão.

Eu sonhei com casas. Eu já tinha tido uma?

Delos era meu local de nascimento, mas só porque minha mãe, Leto, se refugiou lá quando estava grávida para fugir da fúria de Hera. A ilha serviu como santuário de emergência para minha irmã e para mim, mas nunca senti que era minha *casa*, assim como o banco de trás de um táxi não seria o lar de uma criança que nasceu a caminho do hospital.

O Monte Olimpo? Eu tinha um palácio lá. Visitava nas férias. Mas sempre parecia mais o lugar onde meu pai morava com minha madrasta.

O Palácio do Sol? Era a antiga casa de Hélio. Eu só redecorei.

Até Delfos, lar do meu maior oráculo, foi originalmente de Píton. Não importava o esforço, era *impossível* tirar o cheiro de pele de cobra velha de uma caverna vulcânica.

Era triste dizer, mas nos meus mais de quatro mil anos, as vezes em que me senti mais em casa foram nos meses anteriores: no Acampamento Meio-Sangue, dividindo o chalé com meus filhos semideuses; na Estação Intermediária com Emma, Jo, Georgina, Leo e Calipso, todos nós sentados em volta da mesa de jantar cortando legumes da horta para o jantar; na Cisterna de Palm Springs com Meg, Grover, Mellie, o treinador Hedge e uma variedade de dríades de cactos; e agora, no Acampamento Júpiter, onde os romanos tensos e abalados, apesar dos muitos problemas, apesar de eu levar infelicidade e desastre aonde quer que fosse, me receberam com respeito, um quarto no sótão do café e uns lençóis lindos para vestir.

Esses lugares eram casas. Se eu merecia fazer parte delas... essa já era outra história.

Eu queria me prender a essas lembranças boas. Comecei a desconfiar de que talvez estivesse morrendo, quem sabe em coma no chão da floresta com veneno de morto-vivo se espalhando pelas minhas veias. Queria que meus últimos pensamentos fossem felizes. Mas meu cérebro tinha outros planos.

Eu me vi na caverna de Delfos.

Ali perto, se arrastando pela escuridão, envolta em fumaça laranja e amarela, estava a forma familiar de Píton, como o maior e mais rançoso dragão-de-komodo do mundo. O cheiro era opressivo e azedo, uma pressão física que comprimia meus pulmões e fazia minhas narinas arderem. Seus olhos brilharam em meio ao vapor sulfuroso como faróis.

— Você acha que importa. — A voz explosiva de Píton fez meus dentes baterem. — Essas pequenas vitórias. Acha que levam a alguma coisa?

Eu não conseguia falar. Minha boca ainda estava com gosto de chiclete. Fiquei agradecido pela doçura exagerada, um lembrete de que um mundo existia fora daquela caverna dos horrores.

Píton se aproximou. Eu queria pegar o arco, mas meus braços estavam paralisados.

— Foram todas em vão — disse ele. — As mortes que você provocou, as mortes que *vai* provocar, elas não importam. Mesmo que vença todas as batalhas, ainda assim vai perder a guerra. Como sempre, você não entende o que de fato está em jogo. Se me enfrentar, você vai morrer.

Ele abriu a bocarra, os lábios reptilianos repuxados por cima de dentes brilhantes.

— AH!

Abri os olhos, meu corpo inteiro tremendo.

— Ah, que bom — disse uma voz. — Você acordou.

Eu estava deitado no chão dentro de uma estrutura de madeira que parecia... ah, um estábulo. Os cheiros de feno e bosta de cavalo chegaram às minhas narinas. Um cobertor de aniagem pinicava minhas costas. Havia dois rostos desconhecidos me olhando. Um era de um jovem bonito com cabelo preto sedoso, testa larga e pardo.

O outro era de um unicórnio. O focinho brilhava com muco. Os olhos azuis arregalados, grandes e fixos me encaravam como se eu fosse um saco saboroso de aveia. Na ponta do chifre havia um ralador de queijo com manivela.

— AH! — gritei de novo.

— Calma, seu bobo — disse Meg em algum lugar à esquerda. — Você está seguro.

Eu não conseguia vê-la. Minha visão periférica ainda estava borrada e rosada. Apontei com fraqueza para o unicórnio.

— Ralador de queijo.

— Sim — disse o jovem adorável. — É o jeito mais fácil de jogar uma dose de raspas de chifre direto no ferimento. Buster não se importa. Não é, Buster?

O unicórnio Buster continuou me encarando. Eu não sabia se ele estava vivo ou se era só um unicórnio de mentira que tinham deixado ali.

— Meu nome é Pranjal — disse o jovem. — Curandeiro-chefe da legião. Cuidei do seu ferimento quando você chegou ao acampamento, mas não chegamos a ser apresentados, porque você estava inconsciente. Sou filho de Esculápio. Acho que isso faz de você meu avô.

Eu gemi.

— Por favor, não me chame de vovô. Já estou me sentindo péssimo. Estão... estão todas bem? Lavínia? Hazel?

Meg se aproximou. Os óculos dela estavam limpos, o cabelo lavado e as roupas estavam diferentes, o que queria dizer que eu devia ter ficado um bom tempo apagado.

— Estamos todas bem. Lavínia voltou logo depois de nós. Mas você quase morreu. — Ela pareceu irritada, como se minha morte pudesse ser um grande inconveniente. — Você devia ter contado que o ferimento estava piorando.

— Eu achei... achei que ia cicatrizar.

Pranjal franziu a testa.

— Sim, bom, *deveria*. Você teve um médico excelente, modéstia à parte. Nós temos experiência com infecção de morto-vivo. Costuma ser curável se iniciarmos o tratamento em até 24 horas.

— Mas *você*... — disse Meg, me olhando de cara feia. — Você não está respondendo ao tratamento.

— Não é *minha* culpa!

— Pode ser seu lado divino — refletiu Pranjal. — Eu nunca tive um paciente que já foi imortal. Isso talvez o torne resistente à cura de semideus ou mais suscetível a arranhões de morto-vivo. Não sei.

Eu me apoiei nos cotovelos. Estava com o peito nu. Meu ferimento estava com um curativo novo e eu não tinha como saber como estava a aparência, mas a dor tinha diminuído bastante. Filetes de infecção rosa ainda se espalhavam a partir da minha barriga, subindo pelo peito e descendo pelos braços, mas a cor estava de um lilás bem claro.

— O que você fez obviamente ajudou — falei.

— Vamos ver. — A testa franzida do Pranjal não foi muito animadora. — Eu tentei uma mistura especial, uma espécie de equivalente mágico a um antibiótico de amplo espectro. Exigiu uma variedade especial de *Stellaria media*, morugem mágica, que não cresce no norte da Califórnia.

— Agora cresce — declarou Meg.

— Sim — concordou Pranjal com um sorriso. — Eu talvez precise segurar a Meg aqui. Ela é bem útil no crescimento de plantas medicinais.

Meg corou.

Buster ainda não tinha se mexido nem piscado. Eu imaginava que Pranjal de tempos em tempos botasse uma colher embaixo da narina do unicórnio, para ter certeza de que ele ainda estava respirando.

— De qualquer modo — continuou Pranjal —, o unguento que usei não é uma cura. Só vai desacelerar sua... sua condição.

Minha condição. Que eufemismo maravilhoso para alguém que estava virando um cadáver ambulante.

— E se eu quiser uma cura? — perguntei. — O que, aliás, eu quero.

— Isso vai exigir uma cura mais poderosa do que sou capaz de fazer — confessou ele. — Cura do nível *divino*.

Senti vontade de chorar. Concluí que Pranjal precisava melhorar no trato com pacientes, talvez oferecendo curas milagrosas e imediatas que não exigissem intervenção divina.

— Nós podemos tentar mais raspas de chifre de unicórnio — sugeriu Meg. — É divertido. Quer dizer, pode dar certo.

Entre a ansiedade da Meg para usar o ralador de queijo e o olhar faminto de Buster, eu estava começando a me sentir um prato de macarrão.

— Você não tem conhecimento de algum deus de cura disponível, tem?

— Na verdade — disse Pranjal —, se estiver disposto, você devia se vestir e ir com Meg até o *principia*. Reyna e Frank estão ansiosos para falar com você.

Meg ficou com pena de mim.

Antes de encontrarmos os pretores, ela me levou de volta ao café do Bombilo, para que eu tomasse banho e trocasse de roupa. Depois, paramos no refeitório da legião para comer. A julgar pelo ângulo do sol e pelo lugar quase vazio, achei que era final da tarde, entre o almoço e o jantar, o que significava que fiquei inconsciente por quase um dia inteiro.

Em dois dias seria 8 de abril... a lua sangrenta, o aniversário do Lester, o dia em que dois imperadores do mal e um rei morto-vivo atacariam o Acampamento Júpiter. O lado bom era que estavam servindo palitinhos de peixe empanado.

Quando acabei a refeição (eis um segredo culinário que descobri: ketchup melhora mesmo batata frita e palitos de peixe empanado), Meg me acompanhou pela Via Praetoria até o quartel-general da legião.

A maioria dos romanos parecia ter saído para fazer o que os romanos faziam no final da tarde: marchar, cavar trincheiras, jogar *Fortiusnitius*... eu não fazia ideia. Os poucos legionários por quem passamos me encararam, interrompendo as conversas de repente. Acho que a história da nossa aventura na tumba de Tarquínio tinha se espalhado. Talvez tivessem ouvido falar do meu probleminha de estar virando zumbi e estivessem esperando que eu começasse a gritar exigindo cérebros.

Aquele pensamento me fez estremecer. O ferimento na minha barriga parecia estar melhorando. Eu conseguia andar sem fazer careta. O sol estava brilhando. Eu tinha feito uma boa refeição. Como ainda podia estar envenenado?

A negação é algo poderoso.

Infelizmente, eu desconfiava que Pranjal estivesse certo. Ele só tinha desacelerado a infecção. Minha condição estava além de qualquer coisa que curandeiros do acampamento, gregos ou romanos, pudessem resolver. Eu precisava de ajuda divina, uma coisa que Zeus tinha proibido expressamente os outros deuses de me darem.

Os guardas do *praetorium* nos deixaram entrar imediatamente. Lá dentro, Reyna e Frank estavam sentados a uma mesa comprida cheia de mapas, livros, adagas e um pote grande de jujubas. Junto à parede dos fundos, na frente de uma cortina roxa, estava a águia dourada da legião, vibrando de energia. Ficar tão perto dela fez os pelos dos meus braços se eriçarem. Eu não sabia como os pretores aguentavam trabalhar com aquela coisa ali. Eles não leram os artigos médicos sobre os efeitos da longa exposição a estandartes romanos eletromagnéticos?

Frank parecia pronto para a batalha, de armadura completa. Reyna parecia ter acabado de acordar. Ela estava com o manto roxo jogado de qualquer jeito sobre uma camiseta grande demais dizendo PUERTO RICO FUERTE, que fiquei imaginando se era seu pijama... mas isso não era da minha conta. O lado esquerdo do cabelo escuro estava um amontoado adorável de partes amassadas que me fez imaginar se ela dormia apoiada daquele lado... e, novamente, isso não era da minha conta.

Havia dois autômatos que eu não tinha visto antes encolhidos no tapete aos pés dela; eram dois galgos, um dourado e um prateado. Os dois ergueram a cabeça quando me viram, farejaram o ar e rosnaram, como quem diz *Ei, mãe, esse cara tem cheiro de zumbi. A gente pode matar ele?*

Reyna os mandou ficar quietos. Tirou algumas jujubas do pote e as jogou para os cachorros. Eu não sabia bem por que galgos metálicos gostariam de bala, mas eles comeram as jujubas e voltaram a se deitar no tapete.

— Hã, cachorros bonitos — falei. — Por que não os vi antes?

— Aurum e Argentum estavam fora, em uma busca — disse Reyna, em um tom que desencorajava perguntas. — Como está seu ferimento?

— Meu ferimento está ótimo. Já eu, nem tanto.

— Ele está melhor do que antes — insistiu Meg. — Ralei raspas de chifre de unicórnio no corte dele. Foi legal.

— Pranjal ajudou — falei.

Frank apontou para os dois assentos para visitantes.

— Fiquem à vontade.

À vontade era um termo relativo. Os bancos dobráveis de três pernas não pareciam confortáveis como as cadeiras dos pretores. Também me lembravam o banco de três pés do oráculo de Delfos, que me lembrou Rachel Elizabeth Dare no Acampamento Meio-Sangue, que estava esperando não tão pacientemente que eu restaurasse seus poderes de profecia. Pensar nela me lembrou a caverna de Delfos, que me lembrou Píton, que me lembrou meu pesadelo e o medo que eu tinha de morrer. Odeio fluxos de consciência.

Quando nos sentamos, Reyna abriu um pergaminho na mesa.

— Nós estamos trabalhando com Ella e Tyson desde ontem para tentar decifrar mais alguns versos da profecia.

— Fizemos progresso — acrescentou Frank. — *Talvez* tenhamos encontrado a receita sobre a qual você falou na reunião do Senado, o ritual que pode conjurar ajuda divina para salvar o acampamento.

— Isso é uma boa notícia, não é? — Meg esticou a mão para o pote de jujubas, mas desistiu da ideia quando Aurum e Argentum começaram a rosnar.

— Talvez. — Reyna trocou um olhar preocupado com Frank. — A questão é que, se a gente estiver interpretando direito... o ritual requer um sacrifício.

Os palitinhos de peixe começaram a lutar com as batatas fritas no meu estômago.

— Não pode ser — falei. — Nós deuses nunca pediríamos que os mortais sacrificassem um de vocês. Paramos com isso séculos atrás! Ou milênios atrás, não lembro bem. Mas tenho *certeza* de que paramos!

Frank agarrou os braços da cadeira.

— É, essa é a questão. Não é a morte de um mortal.

— Não. — Reyna grudou o olhar em mim. — Parece que esse ritual exige a morte de um deus.

19

Ó, livro, qual é o meu destino?
Qual é o segredo da vida?
Ver Apêndice F

POR QUE todo mundo estava me olhando?

Eu não podia fazer nada se era o único (ex-)deus ali.

Reyna se inclinou por cima do pergaminho e passou os dedos na superfície.

— Frank copiou essas linhas das costas do Tyson. Como você já deve imaginar, parecem mais um manual de instruções do que uma profecia...

Eu estava à beira de um ataque de pânico. Queria arrancar o pergaminho da Reyna e ler a má notícia. Meu nome era mencionado? *Eu* ser oferecido em sacrifício não poderia satisfazer os deuses, poderia? Se os olimpianos começassem a sacrificar uns aos outros, isso abriria um precedente horrível.

Meg encarou o pote de jujubas enquanto os galgos olhavam para ela.

— Qual deus morre?

— Bom, essa linha especificamente... — Reyna apertou os olhos e empurrou o pergaminho para Frank. — Que palavra é essa?

Frank ficou constrangido.

— *Estilhaçado*. Desculpa, eu estava escrevendo rápido.

— Não, não. Tudo bem. Sua caligrafia é melhor do que a minha...

— Vocês podem só me contar o que diz aí? — supliquei.

— Certo, desculpa — disse Reyna. — Bom, não é exatamente poesia, como o soneto que você descobriu em Indianápolis...

— Reyna!

— Tudo bem, tudo bem. Diz: *O que deve ser feito no dia de maior necessidade: reunir os ingredientes para uma oferenda do tipo seis (ver Apêndice B)...*

— Estamos ferrados — choraminguei. — Nunca vamos conseguir reunir esses... o que quer que forem.

— Essa parte é fácil — garantiu Frank. — Ella tem a lista de ingredientes. Disse que só tem coisas comuns.

Ele fez sinal para Reyna continuar.

— *Acrescentar o último suspiro do deus que não fala quando sua alma for libertada* — leu Reyna em voz alta — *e vidro estilhaçado. Em seguida, a oração de conjuração de deidade única (ver Apêndice C) deve ser murmurada no arco-íris*. — Ela respirou fundo. — Nós ainda não temos o texto da oração, mas Ella está confiante de que vai conseguir transcrevê-lo antes de a batalha começar, agora que ela sabe o que procurar no Apêndice C.

Frank me olhou, esperando minha reação.

— O resto faz algum sentido para você?

Fiquei tão aliviado que quase caí do banco de três pernas.

— Vocês me deixaram tenso. Eu achei... Bom, já fui chamado de muitas coisas, mas nunca de *o deus que não fala*. Parece que temos que encontrar o tal deus silencioso, de quem falamos antes, e, hã...

— Matá-lo? — perguntou Reyna. — Como matar um deus poderia agradar aos deuses?

Eu não tinha uma resposta. Por outro lado, muitas profecias pareciam ilógicas até acontecerem. Só em retrospecto é que pareciam óbvias.

— Talvez, se a gente soubesse de que deus estamos falando... — Bati com o punho no joelho. — Tenho a sensação de que eu deveria saber, mas está enterrado bem fundo. Uma lembrança obscura. Vocês já olharam a biblioteca, procuraram no Google, essas coisas?

— Claro que sim — disse Frank. — Não há nada sobre um deus romano ou grego do silêncio.

Romano ou grego. Eu tinha certeza de que alguma peça estava faltando... tipo parte do meu cérebro. *Último suspiro. Sua alma for libertada.* Parecia mesmo a instrução para um sacrifício.

— Preciso pensar. Quanto ao resto das instruções: *vidro estilhaçado* parece um pedido estranho, mas acho que dá para encontrar com facilidade.

— A gente pode quebrar o pote de jujuba — sugeriu Meg.

Reyna e Frank a ignoraram educadamente.

— E a parte sobre a *deidade única*? — perguntou Frank. — Acho que isso quer dizer que não vamos receber um grupo de deuses descendo numa carruagem?

— Provavelmente não — concordei.

Mas minha pulsação acelerou. A possibilidade de poder falar com pelo menos *um* colega olimpiano depois de tanto tempo, de chamar ajuda divina de primeira qualidade, de peso, criada solta em fazendas da região... Achei a ideia ao mesmo tempo empolgante e apavorante. Eu poderia escolher que deus chamaria ou isso seria pré-determinado pela oração?

— Ainda assim, um deus pode fazer toda diferença.

Meg deu de ombros.

— Depende do deus.

— Isso magoou — falei.

— E a última parte? — perguntou Reyna. — *A oração deve ser murmurada no arco-íris.*

— Mensagem de Íris — falei, feliz de poder responder uma pergunta, pelo menos. — É uma coisa grega, um jeito de suplicar a Íris, deusa do arco-íris, para levar uma mensagem... nesse caso, uma oração até o Monte Olimpo. A fórmula é bem simples.

— Mas... — Frank franziu a testa. — Percy me contou sobre as mensagens de Íris. Não estão funcionando, não é? Desde que toda a nossa comunicação ficou silenciosa.

Comunicação, pensei. *Silenciosa. O deus silencioso.*

Senti como se tivesse caído no fundo de uma piscina muito fria.

— Ai, sou tão burro.

Meg riu, mas resistiu a emitir os muitos comentários sarcásticos que certamente enchiam sua mente. Eu, por minha vez, resisti à vontade de derrubá-la do banco.

— Esse deus silencioso, seja lá quem for... E se *ele* for o motivo para as nossas comunicações não funcionarem? E se o Triunvirato estiver controlando o poder dele para nos impedir de falar uns com os outros, para não deixar que a gente peça ajuda divina?

Reyna cruzou os braços e cobriu a palavra FUERTE da camiseta.

— Você está dizendo que esse deus silencioso está alinhado com o Triunvirato? Que temos que matá-lo para abrir nossos meios de comunicação? E aí poderíamos enviar uma mensagem de Íris, fazer o ritual e receber ajuda divina? Ainda estou empacada na parte de que temos que *matar um deus*.

Pensei na Sibila Eritreia, que salvamos da prisão no Labirinto de Fogo.

— Talvez esse deus esteja sendo manipulado. Ele pode ter sido capturado ou... não sei, coagido de alguma forma.

— Então precisamos matá-lo para libertá-lo? — perguntou Frank. — Tenho que concordar com a Reyna. Parece um pouco demais.

— Só tem um jeito de descobrir — disse Meg. — A gente vai até aquele lugar, o tal Sutro. Posso dar jujuba para os cachorros?

Sem esperar permissão, ela pegou o pote de jujubas e o abriu.

Aurum e Argentum, depois de ouvirem as palavras mágicas *jujuba* e *cachorros*, não rosnaram nem fizeram picadinho de Meg. Eles se levantaram, foram até o lado dela e ficaram sentados olhando para Meg, os olhos de pedra enviando a mensagem *Por favor, por favor, por favor*.

Meg deu uma jujuba para cada um e comeu duas. Duas para os cachorros, duas para ela. Meg tinha evitado uma crise diplomática.

— Meg está certa. Sutro é o local que o capanga do Tarquínio mencionou — comentei. — Supostamente, vamos encontrar o deus silencioso lá.

— Monte Sutro? — perguntou Reyna. — Ou a Torre Sutro? Ele disse qual?

Frank ergueu uma das sobrancelhas.

— Não é o mesmo lugar? Eu só chamo aquela área de Colina Sutro.

— Na verdade, a maior colina é o monte Sutro — disse Reyna. — A antena gigante fica numa colina diferente. É a Torre Sutro. Só sei disso porque Aurum e Argentum gostam de passear lá.

Os galgos viraram a cabeça ao ouvirem a palavra *passear*, mas voltaram a observar a mão de Meg dentro do pote de jujubas. Tentei imaginar Reyna passeando com os cachorros por diversão. Perguntei-me se Lavínia sabia que esse era o passatempo dela. Talvez Lavínia se dedicasse tanto a explorar a região só para tentar superar sua pretora, da mesma forma que seu local preferido para pensar era o que ficava acima do de Reyna.

Mas então decidi que tentar fazer uma análise psicológica da minha amiga de cabelo rosa, praticante de sapateado e portadora de manubalista era uma guerra perdida.

— Esse tal Sutro fica aqui perto? — Meg estava traçando lentamente todas as jujubas verdes, o que estava deixando os dedos dela verdes de um jeito diferente.

— Fica do outro lado da baía, em São Francisco — disse Reyna. — A torre é enorme. Dá para ver de toda a Bay Area.

— Que lugar estranho para deixar alguém preso — comentou Frank. — Mas não é mais estranho do que embaixo de um carrossel.

Tentei lembrar se eu já tinha ido à Torre Sutro ou em algum dos outros vários lugares chamados Sutro em São Francisco. Nada me veio à mente, mas as instruções nos livros sibilinos me deixaram nervoso. O último suspiro de um deus não era um ingrediente que a maioria dos templos romanos antigos guardava na despensa. E libertar a alma de um deus era *mesmo* uma coisa que os romanos não deviam fazer sem a supervisão de adultos.

Se o deus silencioso fosse parte do esquema de controle do Triunvirato, por que Tarquínio teria acesso a ele? O que Tarquínio quis dizer com "dobrar a guarda" para proteger o local do deus? E o que ele disse sobre a Sibila: *Espero que a Sibila dure o suficiente para vê-lo humilhado. Pode ser o que finalmente vai quebrá-la.* Ele só estava tentando me provocar? Se a Sibila de Cumas realmente estava viva, prisioneira de Tarquínio, eu tinha a obrigação de ajudá-la.

Ajudá-la, repetiu a parte cínica da minha mente. *Como você ajudou no passado?*

— Seja lá onde o deus silencioso estiver — falei —, o lugar vai estar cheio de guardas, principalmente agora. Tarquínio sabe que vamos tentar localizar o esconderijo.

— E nós temos que fazer o ritual no dia 8 de abril — disse Reyna. — *O dia de maior necessidade.*

Frank grunhiu.

— Que bom que não temos mais nada marcado para esse dia. Tipo sermos invadidos por dois exércitos, por exemplo.

— Pelos deuses, Meg — disse Reyna. — Você vai passar mal. Nunca vou conseguir tirar tanto açúcar das engrenagens do Aurum e do Argentum.

— Tudo bem. — Meg botou o pote de jujubas de volta na mesa, mas não sem antes pegar mais um punhado para si e seus cúmplices caninos. — Então temos que esperar até depois de amanhã? O que a gente faz até lá?

— Ah, a gente tem muita coisa para fazer — prometeu Frank. — Planejar. Construir defesas. Jogos de guerra amanhã, o dia todo. Nós temos que debater com a legião todos os cenários possíveis. Além disso...

A voz dele falhou, como se ele tivesse percebido que estava prestes a revelar algo em voz alta que era melhor guardar para si. Sua mão foi na direção da bolsinha onde ele guardava o graveto queimado.

Perguntei-me se ele tinha recebido alguma informação adicional de Ella e Tyson... talvez mais divagações sobre pontes, fogo etc. etc. etc. Se sim, Frank não queria compartilhar.

— Além disso — recomeçou ele —, vocês precisam descansar para a missão. Vão ter que sair para ir a Sutro bem cedo no aniversário do Lester.

— A gente pode não chamar assim? — pedi.

— E quem são "vocês"? — perguntou Reyna. — A gente talvez precise de outra votação no Senado para decidir quem vai na missão.

— Que nada — disse Frank. — A gente pode até falar com os senadores, mas isso é claramente uma extensão da primeira missão, não é? Além disso, em situações de guerra, você e eu temos total poder executivo.

Reyna olhou para o colega.

— Ora, Frank Zhang. Você andou estudando o manual dos pretores.

— Um pouco, talvez. — Frank limpou a garganta. — Mas a gente sabe quem tem que ir: Apolo, Meg e você. A passagem para o deus silencioso tem que ser aberta pela filha de Belona.

— Mas... — Reyna olhou para todos ao redor da mesa. — Não posso sair no dia de uma batalha importante. O poder de Belona tem tudo a ver com a força dos números. Eu preciso liderar as tropas.

— E você vai — prometeu Frank. — Assim que voltar de São Francisco. Até lá, eu protejo o acampamento. Deixa comigo.

Reyna hesitou, mas pensei ter visto um brilho nos olhos dela.

— Tem certeza, Frank? Quer dizer, sim, claro que você consegue. Eu sei que consegue, mas...

— Vou ficar bem. — Frank sorriu com sinceridade. — Apolo e Meg precisam de você nessa missão. Vai lá.

Por que Reyna parecia tão empolgada? O trabalho dela devia ser bem difícil para, mesmo depois de carregar o peso da liderança por tanto tempo, ela estava ansiosa para viver uma aventura do outro lado da baía e matar um deus.

— É... talvez seja melhor mesmo... — disse ela, com relutância obviamente fingida.

— Combinado, então. — Frank se virou para Meg e para mim. — Vão descansar. Amanhã vai ser um dia agitado. Vamos precisar da sua ajuda com os jogos de guerra. Tenho uma função especial em mente para os dois.

20

Bola de hamster da morte
Me poupe do seu destino em chamas
Não estou sentindo

AH, CARA, uma função especial!

A expectativa estava me matando. Ou talvez fosse o veneno nas minhas veias.

Assim que voltei para o sótão do café, eu me deitei na cama.

Meg bufou.

— Ainda está claro lá fora. Você dormiu o dia todo.

— Não virar zumbi é cansativo.

— Eu sei! — disse ela com rispidez. — Desculpa!

Olhei para cima, surpreso com o tom dela. Meg chutou um copo de papel velho de *latte*. Sentou-se na cama dela e olhou de cara feia para o chão.

— Meg?

Na jardineira da janela, íris cresceram com tanta velocidade que as flores se abriram como milhos de pipoca. Alguns minutos antes, Meg estava me insultando alegremente e devorando jujubas. Agora… estava *chorando*?

— Meg. — Eu me sentei e tentei não fazer uma careta. — Meg, você não é responsável por eu ter me machucado.

Ela girou o anel da mão direita e o da esquerda, como se tivessem ficado pequenos demais para seus dedos.

— Eu só achei… que se ele morresse… — Ela limpou o nariz. — Seria como nas histórias. Você mata o mestre e pode libertar as pessoas que ele transformou.

Demorei um momento para entender. Eu tinha certeza de que a dinâmica que ela estava descrevendo se aplicava a vampiros, não a zumbis, mas entendi aonde queria chegar.

— Você está falando de Tarquínio — falei. — Você pulou na sala do trono porque... queria me salvar?

— Dã — murmurou ela, sem qualquer entusiasmo.

Botei a mão sobre o curativo no meu abdome. Fiquei com tanta raiva de Meg por ser descuidada na tumba. Supus que ela só estivesse sendo impulsiva, reagindo aos planos de Tarquínio de deixar a Bay Area pegar fogo. Mas ela entrou naquela batalha por *mim*... com a esperança de poder matar Tarquínio e desfazer minha maldição. Isso foi *antes* de eu perceber como minha condição estava ruim. Meg devia estar mais preocupada do que revelou, ou estava com uma intuição muito boa.

E isso tirava toda a graça de criticá-la.

— Ah, Meg. — Eu balancei a cabeça. — Foi um ato louco e sem sentido e amo você por isso. Mas não se culpe. O remédio do Pranjal me fez ganhar tempo. E você também, claro, com sua habilidade de ralar queijo e a morugem mágica. Você fez tudo que podia. Quando conjurarmos ajuda divina, posso pedir cura completa. Tenho certeza de que vou ficar novinho em folha. Ou pelo menos tão novinho quanto o Lester pode ficar.

Meg inclinou a cabeça, deixando os óculos tortos praticamente na horizontal.

— Como pode ter certeza? Esse deus vai nos conceder três desejos, por acaso?

Eu pensei nisso. Quando meus seguidores chamavam, eu aparecia e concedia três desejos? Ha-ha, não. Talvez *um* desejo, e se esse desejo fosse uma coisa que eu já queria que acontecesse. E se esse ritual só me permitisse chamar um deus, qual seria, supondo que eu poderia escolher? Talvez meu filho Esculápio pudesse me curar, mas ele não poderia lutar contra as forças dos imperadores romanos e as hordas de mortos-vivos. Marte talvez nos concedesse sucesso no campo de batalha, mas olharia para o meu ferimento e diria algo como *Nossa, que droga. Morra com bravura!*.

Aqui estava eu, com linhas arroxeadas descendo pelo braço, dizendo para Meg não se preocupar.

— Não tenho, Meg — confessei. — Você está certa. Eu não tenho como saber que tudo vai ficar bem. Mas *posso* prometer que não vou desistir. Já chegamos tão longe. Não vou deixar um arranhão na barriga nos impedir de derrotar o Triunvirato.

O nariz dela estava escorrendo tanto que teria deixado o unicórnio Buster orgulhoso. Ela fungou e limpou o lábio superior com o nó do dedo.

— Não quero perder outra pessoa.

Minha mente não estava funcionando direito. Tive dificuldade de entender o fato de que, ao dizer "outra pessoa", Meg estava se referindo a *mim*.

Pensei em uma das lembranças mais antigas dela, que testemunhei nos meus sonhos: Meg observando o corpo sem vida do pai nos degraus da Grand Central Station enquanto Nero, o homem que o assassinou, a abraçava e prometia que ia cuidar dela.

Eu me lembrei de como ela me traiu no Bosque de Dodona por medo do Besta, o lado sombrio de Nero, e como ela se sentiu péssima depois, quando nos reencontramos em Indianápolis. Ela pegou toda a raiva, culpa e frustração e projetou em Calígula (o que, para ser sincero, era uma ótima ideia). Meg, sem conseguir atacar Nero, quis matar Calígula. E quando quem morreu foi Jason, ela ficou arrasada.

Agora, fora todas as lembranças ruins que a atmosfera romana do Acampamento Júpiter podia ter deflagrado nela, Meg estava enfrentando a perspectiva de me perder. Em um momento de choque, como se diante de um unicórnio me encarando de perto, eu percebi que, apesar de todo o trabalho que Meg me dava e do jeito como ficava me dando ordens, ela gostava de mim. Nos três meses anteriores, eu fui seu único amigo constante, assim como ela foi a minha.

A única pessoa que talvez tivesse chegado perto foi Pêssego, o seguidor espírito de árvore frutífera de Meg, e não o víamos desde Indianápolis. No começo, concluí que Pêssego fosse temperamental e só aparecia quando dava na telha, como a maioria das criaturas sobrenaturais. Mas, se ele *tivesse* tentado nos seguir até Palm Springs, onde até os cactos estavam com dificuldade de sobreviver... Eu não confiava na chance de sobrevivência de um pessegueiro lá, e menos ainda no Labirinto de Fogo.

Meg não mencionou Pêssego sequer uma vez desde que entramos no Labirinto. Agora, eu percebia que a ausência do companheiro também devia ser um peso, junto com todas as suas outras preocupações.

Que amigo horrível eu fui.

— Vem cá. — Eu abri os braços. — Por favor.

Meg hesitou. Ainda fungando, ela se levantou do colchão e veio andando na minha direção. Caiu no meu abraço como se eu fosse uma almofada confortável. Grunhi, surpreso com o quanto ela era dura e pesada. Ela cheirava a casca de maçã e lama, mas não me importei. Nem com isso nem com o nariz escorrendo e as lágrimas encharcando meu ombro.

Eu sempre me perguntei como seria ter irmãos mais novos. Às vezes, eu tratava Ártemis como uma, porque nasci alguns minutos antes, mas fazia isso só para irritá-la. Com Meg, eu sentia que isso era verdade. Eu tinha alguém que dependia de mim, que precisava de mim por perto por mais que irritássemos um ao outro. Pensei em Hazel e Frank e em suas maldições. Eu achava que esse tipo de amor podia surgir de tipos variados de relacionamento.

— Pronto. — Meg se afastou, secando as bochechas furiosamente. — Chega. Vai dormir. Vou... Vou procurar o jantar, sei lá.

Por muito tempo depois que ela saiu, fiquei deitado na cama encarando o teto.

Ouvi música vinda do café: os sons tranquilizadores do piano de Horace Silver, pontuados pelo chiado da máquina de *espresso*, acompanhando Bombilo cantando com suas duas cabeças. Depois de passar alguns dias com esses ruídos, eu os achava reconfortantes, até mesmo familiares. Acabei pegando no sono, torcendo para ter sonhos calorosos e fofos com Meg e eu saltitando por campos ensolarados com nossos amigos elefante, unicórnio e galgos de metal.

Mas acabei dando de cara com os imperadores de novo.

Da minha lista de lugares em que menos queria estar, o iate do Calígula ficava no topo, junto com a tumba de Tarquínio, o eterno abismo do Caos e a fábrica de queijos Limburger em Liège, na Bélgica, para onde as meias fedidas de academia iam para se sentirem em casa.

Cômodo estava relaxado numa espreguiçadeira no convés, com uma folha de alumínio refletindo o sol diretamente no rosto dele. Os olhos machucados estavam cobertos por óculos escuros. Ele usava apenas uma sunguinha e Crocs cor-de-rosa. Podem ter certeza de que não reparei na forma como o bronzeador fazia seu corpo musculoso brilhar.

Calígula estava ali usando seu uniforme de capitão: blazer branco, calça escura e uma camiseta listrada, tudo muito bem passado. O rosto cruel estava quase angelical ao admirar o dispositivo que agora ocupava todo o convés de popa. O morteiro era do tamanho de uma jacuzzi, o canhão de ferro escuro com sessenta centímetros de espessura e diâmetro amplo o suficiente para acomodar um carro. No cano, uma esfera verde enorme brilhava como uma bola de hamster radioativa gigante.

Os *pandai* corriam pelo convés, as orelhas enormes balançando, as mãos peludas se movendo em velocidade sobrenatural conectando cabos e lubrificando engrenagens na base da arma. Alguns dos *pandai* eram jovens o suficiente para terem o pelo branco, o que fez meu coração doer, pois me lembrei da breve amizade com Clave, o jovem aspirante a músico que perdeu a vida no Labirinto de Fogo.

— É maravilhoso! — Calígula abriu um sorriso largo enquanto contornava o morteiro. — Está pronto para testes?

— Sim, lorde! — disse o *pandos* Coro. — É claro que as esferas de fogo grego são muito, muito caras, então...

— VAI LOGO! — gritou Calígula.

Coro soltou um berro e saiu correndo até o painel de controle.

Fogo grego. Eu odiava isso, e eu era um deus do sol que andava numa carruagem em chamas. Viscoso, verde e impossível de apagar, o fogo grego era terrível. Um copo queimaria um prédio inteiro, e aquela esfera brilhante tinha mais do que eu já tinha visto reunido num mesmo lugar.

— Cômodo? — chamou Calígula. — Acho que você vai querer ver isso.

— Estou prestando atenção — respondeu Cômodo, virando o rosto para pegar melhor o sol.

Calígula suspirou.

— Coro, pode prosseguir.

O *pandos* anunciou as instruções em seu próprio idioma. Os outros *pandai* giraram manivelas e botões, erguendo lentamente o morteiro até apontá-lo para o mar. Coro verificou o painel de controle duas vezes e gritou:

— *Ūnus, duo, trēs!*

Fazendo um *bum* poderoso, o morteiro disparou. O barco inteiro tremeu com o coice. A bola de hamster gigante disparou para cima até se transformar numa bola de gude verde no céu e despencou na direção do horizonte. O céu ardeu em esmeralda. Um momento depois, um vento quente sacudiu o barco trazendo um cheiro de sal queimado e peixe cozido. Ao longe, um gêiser de fogo verde agitou o mar fervente.

— Ah, que lindo. — Calígula sorriu para Coro. — E você tem um míssil para cada barco?

— Sim, lorde. Como instruído.

— O alcance?

— Depois que passarmos pela ilha Treasure, vamos poder apontar todas as armas para o Acampamento Júpiter, meu lorde. Nenhuma defesa mágica pode segurar uma saraivada tão gigantesca. Aniquilação total!

— Ótimo — disse Calígula. — Meu tipo favorito.

— Lembre-se, Calígula — disse Cômodo da espreguiçadeira, sem nem ter se virado para ver a explosão —, primeiro vamos tentar um ataque por terra. Talvez eles sejam sábios e se rendam! Nós queremos Nova Roma intacta e a harpia e o Ciclope vivos, se possível.

— Sim, sim — respondeu Calígula. — Se possível.

Ele pareceu saborear as palavras como uma linda mentira. Seus olhos cintilaram no pôr do sol artificial verde.

— De qualquer modo, vai ser divertido.

Acordei sozinho, o sol queimando meu rosto. Por um segundo, achei que estivesse em uma espreguiçadeira me bronzeando ao lado de Cômodo. Mas, não. Os dias em que Cômodo e eu andávamos juntos tinham ficado para trás.

Eu me sentei, grogue, desorientado e desidratado. Por que ainda estava claro lá fora?

Mas percebi, a julgar pelo ângulo do raio de sol entrando no quarto, que devia ser meio-dia. Dormi a noite inteira e metade do dia. E ainda me sentia exausto.

Apertei delicadamente o curativo na barriga. Fiquei horrorizado de sentir o ferimento dolorido de novo. As linhas roxas tinham escurecido. Isso só podia significar uma coisa: era hora de usar mangas compridas. Não importava o que acontecesse nas vinte e quatro horas seguintes, não deixaria Meg mais preocupada. Eu seria corajoso até o momento final.

Uau. Quem era esse novo Apolo?

Depois que troquei de roupa e saí trôpego do café de Bombilo, vi que a maior parte da legião tinha se reunido no refeitório para o almoço. Como sempre, estava borbulhando de atividade. Semideuses, agrupados por coorte, estavam recostados em sofás em volta de mesas baixas enquanto *aurae* voavam com pratos de comida e jarras de bebida. Flâmulas de jogos de guerra e estandartes de coortes farfalhavam nas vigas de cedro do teto. Quando terminaram de comer, os presentes se levantaram cautelosamente e andaram encolhidos para não serem decapitados por um prato de frios voador. Exceto os Lares, claro. Eles não se importavam com quais iguarias voavam por suas fuças ectoplásmicas.

Vi Frank na mesa dos pretores, absorto numa conversa com Hazel e o restante dos centuriões. Reyna não estava por perto; talvez estivesse cochilando ou se preparando para os jogos de guerra da tarde. Considerando o que íamos enfrentar no dia seguinte, Frank parecia incrivelmente relaxado. Enquanto conversava com os oficiais, ele até abriu um sorriso, o que pareceu deixar os outros mais tranquilos.

Como seria simples destruir a confiança frágil deles, pensei, só descrevendo a frota de iates que vi no sonho. Ainda não, decidi. Não fazia sentido estragar a refeição.

— Ei, Lester! — gritou Lavínia do outro lado do refeitório, acenando para mim como se eu fosse um garçom.

Eu me juntei a ela e Meg na mesa da Quinta Coorte. Uma das *aurae* me ofereceu um cálice de água e deixou uma jarra na mesa. Aparentemente, minha sede era bem óbvia.

Lavínia se inclinou para a frente, as sobrancelhas arqueadas como arco-íris rosa e castanhos.

— Então é verdade?

Franzi a testa para Meg, imaginando qual das muitas histórias constrangedoras a meu respeito ela teria contado. Minha amiga estava ocupada demais engolindo uma fileira de cachorros-quentes para prestar atenção na conversa.

— O que é verdade? — perguntei.

— Os sapatos.

— Sapatos?

Lavínia ergueu as mãos.

— Os sapatos de dança de Terpsícore! Meg estava nos contando o que aconteceu nos iates do Calígula. Ela disse que você e a tal Piper viram um par de sapatos de Terpsícore!

— Ah. — Eu tinha me esquecido completamente disso e do fato de que tinha contado para Meg. Estranho, mas os outros eventos no barco do Calígula, como ser capturado, ver Jason ser morto na nossa frente, quase não escapar vivos, fez com que eu esquecesse a coleção de calçados do imperador.

— Meg, de todas as coisas que você poderia ter escolhido para contar, você contou sobre *isso*? — falei.

— Não foi ideia minha. — De alguma forma, Meg conseguiu falar com metade de um cachorro-quente na boca. — Lavínia gosta de sapatos.

— Bom, o que você achou que eu fosse perguntar? — perguntou Lavínia. — Você me conta que o imperador tem um barco cheio de sapatos, claro que vou questionar se você viu algum de dança! Então é verdade, Lester?

— Quer dizer... é. Nós vimos um par de...

— Uau. — Lavínia se recostou, cruzou os braços e me olhou de cara feia. — *Uau*. Você esperou até agora para me contar isso? Sabe como esses sapatos são raros? Como são importantes... — Ela pareceu engasgar com a própria indignação. — Uau.

Ao redor da mesa, os colegas de Lavínia exibiram uma variedade de reações. Alguns reviraram os olhos, alguns deram sorrisinhos, alguns continuaram comendo como se nada que Lavínia fizesse pudesse surpreendê-los.

Um garoto mais velho com cabelo castanho desgrenhado ousou me defender.

— Lavínia, Apolo está com outras coisas na cabeça.

— Ah, pelos deuses, Thomas! — bradou Lavínia. — É claro que você não entenderia! Você nunca tira essas botas!

Thomas franziu a testa para seus coturnos.

— O que que tem meus sapatos? São confortáveis.

— Aff. — Lavínia se virou para Meg. — Temos que pensar num jeito de subir naquele barco e resgatar os sapatos.

— Nem pensar. — Meg lambeu uma gota de molho do polegar. — É perigoso demais.

— Mas...

— Lavínia — interrompi. — Você *não pode*.

Ela devia ter ouvido o medo e a urgência presentes na minha voz. Nos dias anteriores, eu desenvolvi um carinho estranho pela garota. Não queria vê-la ir para o abate, principalmente depois do meu sonho com aqueles morteiros carregados com fogo grego.

Ela mexeu o pingente de Estrela de Davi para lá e para cá.

— Você tem alguma informação nova? Manda.

Antes que eu pudesse responder, um prato de comida veio voando para as minhas mãos. As *aurae* decidiram que eu precisava de nuggets de frango e batata frita. Muita. Ou isso ou elas tinham ouvido a palavra *manda* como uma ordem.

Um momento depois, Hazel e o outro centurião da Quinta Coorte se juntaram a nós, um jovem de cabelo escuro e manchas vermelhas estranhas em volta da boca. Ah, sim. Dakota, filho de Baco.

— O que está havendo? — perguntou Dakota.

— Lester tem novidades.

Lavínia me encarou com expectativa, como se eu pudesse estar escondendo o paradeiro do tutu mágico de Terpsícore (que, para deixar registrado, eu não via tinha séculos).

Respirei fundo. Eu não sabia se era o momento certo para contar sobre meu sonho. Deveria relatar para os pretores primeiro. Mas Hazel assentiu como quem diz *Pode falar*. Decidi que isso bastava.

Descrevi o que vi: um morteiro top de linha da IKEA, totalmente montado, disparando uma bola de hamster gigante de morte verde flamejante que explodiu no oceano Pacífico. Expliquei que, aparentemente, os imperadores tinham cinquenta morteiros daqueles, um em cada navio, o que seria capaz de obliterar o Acampamento Júpiter assim que chegassem à baía.

O rosto do Dakota ficou tão vermelho quanto a boca.

— Preciso de mais Tang.

O fato de que nenhum cálice voou na mão dele me disse que as *aurae* discordavam.

Lavínia parecia ter levado um tapa com uma das sapatilhas de balé da mãe. Meg continuou devorando cachorros-quentes como se pudessem ser os últimos que comeria na vida.

Hazel mordeu o lábio, pensativa, talvez tentando extrair alguma boa notícia daquilo. Ela pareceu achar isso mais difícil do que fazer diamantes brotarem do chão.

— Olha, pessoal, nós sabíamos que os imperadores estavam montando armas secretas. Pelo menos agora sabemos que armas são essas. Vou passar essa informação para os pretores, mas isso não muda nada. Vocês todos se saíram muito bem nos treinos matinais — ela hesitou, mas decidiu generosamente não acrescentar *exceto Apolo, que dormiu o tempo todo* —, e hoje à tarde um dos nossos jogos de guerra vai ser sobre subir a bordo de barcos inimigos. Vamos estar preparados.

Pelas expressões na mesa, percebi que a Quinta Coorte não ficou tranquilizada. Os romanos nunca foram conhecidos pela destreza naval. Na última vez que verifiquei, a "marinha" do Acampamento Júpiter consistia de uns trirremes velhos que eles só usavam para batalhas navais encenadas no Coliseu e um barco a remo que ficava atracado em Alameda. Treinar como invadir barcos inimigos seria menos praticar um plano de batalha factível e mais manter os legionários ocupados para que não pensassem no fim iminente.

Thomas esfregou a testa.

— Eu odeio a minha vida.

— Controle-se, legionário! — disse Hazel. — Foi com isso que a gente se comprometeu. Defender o legado de Roma.

— De seus próprios imperadores — comentou Thomas arrasado.

— Lamento dizer, mas a maior ameaça ao império quase sempre eram os próprios imperadores — observei.

Ninguém protestou.

Na mesa dos oficiais, Frank Zhang se levantou. Por todo o salão, jarras e pratos pararam no ar, esperando respeitosamente.

— Legionários! — anunciou Frank, abrindo um sorriso confiante. — As atividades recomeçarão no Campo de Marte em vinte minutos. Treinem como se sua vida dependesse disso, porque depende mesmo!

21

Estão vendo isso, crianças?
É assim que não se faz.
Alguma pergunta? Estão liberados.

— COMO ESTÁ O FERIMENTO? — perguntou Hazel.

Eu sabia que a intenção dela era boa, mas estava ficando cansado daquela pergunta, e ainda mais cansado do ferimento.

Saímos lado a lado pelos portões principais, na direção do Campo de Marte. Logo à frente, Meg dava estrelinhas pelo caminho. Como ela fazia isso sem regurgitar os quatro cachorros-quentes que havia comido, eu não tinha ideia.

— Ah, você sabe — falei, numa tentativa horrenda de parecer animado. — Considerando tudo, estou bem.

Meu antigo eu imortal teria gargalhado. *Bem? Está de brincadeira?*

Nos últimos meses, eu havia reduzido drasticamente minhas expectativas. A essa altura, *bem* significava *ainda capaz de andar e respirar*.

— Eu deveria ter percebido antes — disse Hazel. — Sua aura de morte está ficando cada vez mais forte...

— Será que dá para a gente não falar da minha aura de morte?

— Foi mal, é só que... Queria que Nico estivesse aqui. Talvez ele soubesse como resolver isso.

Eu não teria me importado se o meio-irmão de Hazel desse as caras. Nico di Angelo, filho de Hades, teria sido bem útil na nossa batalha contra Nero no Acampamento Meio-Sangue. E é claro que o namorado dele, meu filho Will

Solace, era um excelente curandeiro. Ainda assim, eu supunha que eles não conseguiriam ter feito muito mais que Pranjal. Se Will e Nico estivessem aqui, seriam só mais duas pessoas para me causar preocupação — mais duas pessoas que amo me observando com cautela, tentando calcular quanto tempo eu teria até me transformar de vez em zumbi.

— Agradeço a preocupação, mas... O que a Lavínia está fazendo?

A uns cem metros, Lavínia e Don, o fauno, estavam parados numa ponte acima do Pequeno Tibre — situado *bem longe* do Campo de Marte —, tendo o que parecia uma discussão séria. Talvez eu não devesse ter chamado a atenção de Hazel para isso. Por outro lado, se Lavínia queria passar despercebida, deveria ter escolhido outra cor de cabelo — tipo verde-camuflagem, por exemplo — e se controlado nos gestos.

— Não sei. — A expressão de Hazel me lembrou a de uma mãe cansada que encontra o filho pequeno tentando entrar na exposição dos primatas pela décima vez. — Lavínia!

Ela olhou para nós. Ergueu a mão, como se dissesse *Só um minuto*, então voltou a discutir com Don.

— Será que sou jovem demais para ter úlceras? — Hazel se perguntou em voz alta.

Eu vinha encontrando poucas brechas para piadas, levando em conta tudo que estava acontecendo, mas aquele comentário me fez rir.

Quando nos aproximamos do Campo de Marte, vi legionários se organizando em coortes, se espalhando pelas diferentes atividades que aconteciam em pontos variados do descampado. Um grupo estava cavando trincheiras defensivas. Outro se reunira na margem de um lago artificial que não existia no dia anterior, esperando para invadir dois barcos improvisados que não tinham nenhuma semelhança com os iates de Calígula. Um terceiro grupo descia um morro escorregando nos escudos.

Hazel suspirou.

— Esses são os meus delinquentes. Se você me dá licença, tenho que ensiná-los a matar ghouls.

Ela saiu dando uma corridinha, me deixando sozinho com a minha companheira fazedora de estrelinhas.

— Então, aonde vamos? — perguntei para Meg. — Frank disse que a gente tinha, hum, trabalhos especiais?

— Aham. — Meg apontou para o extremo do campo, onde a Quinta Coorte esperava junto a alguns alvos. — Você vai dar aula de arco e flecha.

Fiquei encarando Meg sem entender.

— Eu vou fazer *o quê*?

— Frank deu a aula da manhã, já que você não acordou por *nada*. Agora é a sua vez.

— Mas... Eu não posso ensinar arco e flecha sendo Lester, especialmente nesse estado! Além disso, os romanos nunca utilizam arco e flechas em combate. Eles se acham bons demais para armas de projétil!

— Melhor pensar diferente se a gente quer mesmo derrotar os imperadores — disse Meg. — Tipo eu. Estou armando os unicórnios.

— Você está... Espera, o quê?

— Até mais.

Meg saiu saltitando pelo campo em direção a um picadeiro grande onde a Primeira Coorte e uma manada de unicórnios se encaravam, desconfiados. Eu não conseguia imaginar como Meg planejava armar aquelas criaturas tão pacíficas, ou quem lhe dera permissão para tentar, mas tive uma terrível visão repentina dos romanos e dos unicórnios se enfrentando com grandes raladores de queijo. Decidi cuidar da minha própria vida.

Com um suspiro, me virei para os alvos e fui falar com meus novos pupilos.

A única coisa mais assustadora que ser ruim no tiro com arco foi descobrir que de repente eu era bom de novo. Isso pode não parecer um problema, mas desde que me tornei mortal já tinha vivido alguns rompantes de poder divino. Toda vez que isso acontecia, porém, meus poderes logo evaporavam, me deixando ainda mais amargo e desiludido que antes.

Claro, eu tinha atirado bem na tumba de Tarquínio, mas isso não significava que eu poderia repetir o feito. Se eu tentasse demonstrar as técnicas de tiro corretas na frente de uma coorte inteira e acabasse atingindo um dos unicórnios de Meg na bunda, ia morrer de vergonha muito antes de o veneno zumbi acabar comigo.

— Certo, vamos lá, pessoal — falei. — Acho que podemos começar.

Dakota revirava a aljava manchada, tentando encontrar uma flecha que não estivesse torta. Aparentemente ele achou que seria uma ótima ideia guardar o equipamento de arco e flecha na sauna. Thomas e outro legionário (Marcus?) duelavam com os arcos como se fossem espadas. O porta-estandarte da legião, Jacob, puxava a corda do arco com a ponta da flecha diretamente no nível dos olhos, o que explicava por que seu olho esquerdo estava com um curativo desde a aula da manhã. Ele parecia ansioso para acabar com a própria visão de vez.

— Vamos lá, pessoal! — gritou Lavínia, que se aproximara sem ser notada apesar do atraso (um dos seus superpoderes) e decidiu que me ajudaria a reunir a tropa. — Apolo talvez saiba uma coisinha ou outra!

Enfim eu tinha chegado ao fundo do poço: o maior elogio que eu poderia receber de um mortal era que eu talvez soubesse "uma coisinha ou outra".

Limpei a garganta. Já tinha enfrentado plateias muito maiores. Por que estava tão nervoso? Ah, verdade. Porque eu era um adolescente de dezesseis anos terrivelmente incompetente.

— Então... Vamos falar de mira. — Minha voz afinou, é claro. — Pés afastados. Puxem bem a corda. Então localizem o alvo com o olho dominante. Ou, no caso de Jacob, com o olho que estiver bom. Mirem pelo marcador de visão, se tiver.

— Eu não tenho um marcador de visão — disse Marcus.

— É essa coisinha redonda aqui. — Lavínia mostrou a ele.

— Então eu tenho um marcador de visão — corrigiu-se Marcus.

— Então soltem a flecha — falei. — Assim.

Eu atingi o alvo mais próximo, e depois o próximo, e o próximo depois deste, atirando sem parar, em um tipo de transe.

Foi só depois de vinte flechadas que percebi que tinha acertado todos os alvos em cheio, duas flechas em cada, o mais distante a duzentos metros. Mamão com açúcar para Apolo. Para Lester, quase impossível.

Os legionários ficaram olhando para mim, de queixo caído.

— É para a gente fazer *isso*? — questionou Dakota.

Lavínia me deu um soquinho no ombro.

— Viu, gente? Eu falei que Apolo não era tão ruim assim!

Tive que concordar. Eu me sentia estranhamente não *tão* ruim mesmo.

A exibição de pontaria não drenou minha energia. Também não parecia as explosões repentinas de poder divino que haviam me acometido anteriormente. Fiquei tentado a pedir outra aljava para ver se conseguiria continuar atirando com a mesma eficiência, mas fiquei com medo de abusar da sorte.

— Então... — engasguei. — Eu, hum, não espero que vocês consigam atirar tão bem assim de início. Só estava demonstrando o que é possível fazer com bastante treino. Vamos tentar?

Fiquei aliviado por tirar o foco de mim mesmo. Organizei a coorte em uma linha de tiro e fui de um em um, oferecendo conselhos. Apesar das flechas tortas, Dakota não foi tão mal. Até acertou o alvo algumas vezes. Jacob conseguiu não arrancar o outro olho. A maior parte das flechas de Marcus acabou fincada no chão de terra, ricocheteando em pedras e nas trincheiras, o que fez com que a Quarta Coorte, que estava cavando, gritasse em nossa direção pedindo cuidado.

Depois de uma hora de frustração com o arco comum, Lavínia desistiu e pegou sua manubalista. O primeiro dardo derrubou o alvo dos cinquenta metros.

— Por que você insiste em usar essa monstruosidade lerda? — perguntei. — Se é tão hiperativa, um arco normal não te daria mais uma satisfação mais imediata?

Ela deu de ombros.

— Talvez, mas a manubalista tem presença. Aliás — ela se inclinou na minha direção, com o rosto sério —, tenho que falar com você.

— Isso não me parece boa coisa.

— Não, não é. Eu...

Ao longe, uma corneta soou.

— Certo, pessoal! — chamou Dakota. — Hora de mudar de atividade! Bom trabalho em equipe!

Lavínia me deu outro soquinho no braço.

— Até mais, Lester.

A Quinta Coorte largou as armas e correu para a próxima atividade, me deixando para recolher as flechas todas sozinho. Cretinos.

Passei o restante da tarde na estação de arco e flechas, treinando uma coorte de cada vez. Conforme as horas se passavam, tanto a tarefa de atirar quanto a de ensinar foram ficando menos assustadoras para mim. Quando estava terminando os trabalhos com o último grupo, a Primeira Coorte, estava convencido de que minha habilidade no arco e flecha havia mesmo melhorado definitivamente.

Eu não sabia o motivo. Ainda não conseguia atirar com a qualidade divina, mas sem dúvida estava melhor que o semideus arqueiro médio ou um medalhista olímpico. Estava começando a "dançar". Considerei pegar a Flecha de Dodona para esfregar meu sucesso na cara dela. *Viu o que consigo fazer?* Mas isso poderia acabar dando azar. Além disso, saber que eu estava morrendo com veneno zumbi às vésperas de uma imensa batalha meio que era um banho de água fria na minha habilidade de atirar perfeitamente de novo.

Os romanos ficaram devidamente impressionados. Alguns até aprenderam um pouco, por exemplo, a atirar sem se cegar ou atingir o colega ao lado. Ainda assim, dava para ver que eles estavam mais animados com as outras atividades. Entreouvi um bocado de sussurros sobre os unicórnios e a técnica de matar ghouls supersecreta de Hazel. Larry da Terceira Coorte tinha se divertido tanto invadindo os barcos que declarou que queria ser pirata quando crescesse. Suspeitei de que a maioria dos legionários tinha gostado mais de cavar trincheiras do que da minha aula.

Já era noite quando a corneta final tocou e as coortes voltaram para o acampamento. Eu estava exausto e faminto. Fiquei me perguntando se é assim que professores mortais se sentem depois de um dia inteiro dando aulas. Se for, não entendo como eles conseguem. Espero que sejam recompensados com grandes quantias de ouro, diamantes e especiarias raras.

Pelo menos as coortes pareciam de bom humor. Se o objetivo dos pretores era desviar a atenção das tropas dos seus medos e dar uma animada antes da batalha, nossa tarde havia sido um sucesso. Se o objetivo era treinar a legião para efetivamente repelir nossos inimigos… então eu estava menos que esperançoso. Além disso, todos tinham passado o dia cuidadosamente evitando comentar a pior coisa do ataque do dia seguinte. Os romanos teriam que enfrentar seus antigos camaradas voltando como zumbis sob o comando de Tarquínio. Eu vi como foi difícil para Lavínia abater Bobby na tumba. Eu me perguntei se o ânimo da legião se manteria em alta depois que eles enfrentassem o mesmo dilema moral cinquenta ou sessenta vezes.

Eu estava pegando a Via Principalis, rumo ao salão de refeições, quando uma voz chamou:

— Psiu!

Escondidos no beco entre o café de Bombilo e a oficina de bigas estavam Lavínia e Don. O fauno usava, eu juro, um sobretudo por cima da camiseta tie-dye, como se isso fosse fazê-lo parecer menos suspeito. Lavínia estava com um boné preto cobrindo o cabelo cor-de-rosa.

— Vem cá! — sussurrou ela.

— Mas o jantar...

— A gente precisa de você.

— Vocês vão me roubar?

Ela foi até mim, agarrou meu braço e me puxou para o beco escuro.

— Não se preocupe, cara! — falou Don. — Ninguém está te roubando. Mas, tipo, se você tiver algum trocado...

— Cala a boca, Don — interrompeu Lavinia.

— Eu vou calar a boca — concordou ele.

— Lester — disse Lavínia. — Você precisa vir com a gente.

— Lavínia, eu estou cansado. Com fome. E não tenho trocado. Será que não dá para esperar...?

— Não. Porque amanhã pode ser que todo mundo morra, e isso é importante. A gente vai sair escondido.

— Sair escondido?

— Sim — disse Don. — É quando você sai. E faz isso escondido.

— Por quê? — exigi saber.

— Você vai ver.

O tom de Lavínia era assustador, como se ela não pudesse explicar como o meu caixão era e eu tivesse que admirá-lo com meus próprios olhos.

— E se a gente for pego?

— Ah! — Don se animou. — Eu sei a resposta! Sendo uma primeira ofensa, o castigo é limpar as latrinas por um mês. Mas a parada é que, se todo mundo morrer amanhã, isso não vai fazer diferença!

Com essas boas notícias, Lavínia e Don seguraram minhas mãos e me puxaram pela escuridão.

22

Eu canto sobre plantas mortas
E arbustos heroicos
Muito inspirador mesmo

SAIR ESCONDIDO de um acampamento militar romano não deveria ter sido tão fácil.

Depois de passarmos em segurança por um buraco na cerca, descermos por um fosso, atravessarmos um túnel, passarmos pelos piquetes e fugirmos das torres de sentinela do acampamento, Don explicou com todo o prazer como ele tinha realizado a façanha.

— Cara, este lugar foi feito para manter exércitos do lado de fora. Não para manter legionários do lado de dentro ou impedir, sabe, um ou outro fauno bem-intencionado que só quer uma refeição quentinha. Sabendo o horário das patrulhas e mudando o local de entrada com alguma regularidade, é fácil.

— Isso parece impressionantemente engenhoso para um fauno — observei.

Don abriu um sorrisão.

— Ei, camarada. Relaxar não é moleza.

— A gente tem um longo caminho pela frente — comentou Lavínia. — Melhor ir andando.

Tentei não reclamar. Outra caminhada noturna com Lavínia não estava nos meus planos para a noite. Mas eu tinha que admitir que estava curioso. Sobre o que será que ela e Don estavam discutindo antes? Por que será que ela queria falar comigo mais cedo? E aonde estávamos indo? Com seus olhos cinzentos e o boné escuro cobrindo o cabelo, Lavínia parecia preocupada e determinada, menos uma girafa desajeitada e mais uma gazela tensa. Eu já tinha visto o pai dela, Sergei Asimov, se apresentar uma vez no Balé de Moscou. Ele fazia exatamente a mesma cara antes de começar um *grand jeté*.

Eu queria perguntar a Lavínia o que estava havendo, mas a postura dela deixava claro que não estava a fim de conversa. Pelo menos não por enquanto. Caminhamos em silêncio até sairmos do vale e chegarmos às ruas de Berkeley.

Já devia passar de meia-noite quando chegamos ao People's Park.

Eu não visitava o lugar desde 1969, quando dei uma passada para ouvir umas músicas hippies e conferir a moda *flower power*, mas acabei no meio de uma manifestação. Os policiais munidos de gás lacrimogêneo, espingardas e cassetetes não foram nada *chuchu beleza*. Precisei de todo o meu controle celestial para não revelar minha forma divina e transformar todo mundo num raio de dez quilômetros em cinzas.

Agora, décadas depois, o parque caindo aos pedaços ainda parecia sofrer com as consequências do evento. No gramado ressecado e marrom havia roupas largadas e placas de papelão com dizeres rabiscados como ESPAÇO VERDE NÃO É LUGAR DE DORMIR e SALVEM NOSSO PARQUE. Vários tocos de árvores estavam decorados com vasos de plantinhas e cordões de contas, como santuários para guerreiros caídos. Lixeiras transbordavam. Moradores de rua dormiam em bancos ou reviravam carrinhos de mercado que continham suas posses materiais.

No extremo da praça, ocupando um palco alto de compensado, estava o maior grupo de dríades e faunos que eu já tinha visto. Para mim fez todo o sentido que faunos habitassem o People's Park. Eles podiam ficar de preguiça, pedir esmolas, comer comida das lixeiras e passar totalmente despercebidos. As dríades me surpreenderam mais. Havia pelo menos umas vinte e cinco ali. Algumas, eu imaginei, eram os espíritos dos eucaliptos e das sequoias locais, mas a maioria, considerando como estavam abatidas, devia ser composta por dríades dos sofridos arbustos, gramas e ervas-daninhas do parque. (Sem julgamento às dríades das ervas-daninhas. Eu já conheci algumas belas dríades de capim.)

Os faunos e dríades estavam sentados em um círculo amplo, como se preparando-se para uma sessão de cantoria ao redor de uma fogueira invisível. Tive a sensação de que estavam esperando por nós — por *mim* — para começar a música.

Eu já estava nervoso o bastante. Então vi um rosto familiar e quase senti meu coração infectado por maldição zumbi sair pela boca.

— *Pêssego?*

O *karpos* bebê demoníaco de Meg mostrou as presas e respondeu:

— Pêssego!

Suas asas de galhos tinham perdido algumas folhas. Seu cabelo cacheado verde estava seco e amarronzado nas pontas, e os olhos brilhantes pareciam mais apagados do que eu me lembrava. Ele devia ter passado por muitas dificuldades para nos encontrar no Norte da Califórnia, mas seu rosnado continuava assustador a ponto de me fazer temer pelo controle da minha bexiga.

— Onde você *esteve*? — exigi saber.

— Pêssego!

Eu me senti um idiota por perguntar. É claro que ele estava em *pêssego*, provavelmente porque *pêssego*, *pêssego* e *pêssego* também.

— A Meg sabe que você está aqui? Como você...?

Lavínia segurou meu ombro.

— Ei, Apolo? A gente não tem muito tempo. Pêssego nos contou o que viu no sul da Califórnia, mas chegou aqui tarde demais para ajudar. Ele estragou as asas tentando chegar aqui o mais rápido possível. Ele quer que você conte para o grupo em primeira mão o que aconteceu por lá.

Observei as expressões do grupo. Os espíritos da natureza estavam assustados, apreensivos, raivosos — mas pareciam sobretudo cansados de sentir raiva. Eu já tinha visto aquele olhar em muitas dríades nos dias recentes da civilização humana. Havia um limite para a quantidade de poluição que uma planta média é capaz de respirar, beber e mergulhar os galhos antes de perder a esperança.

Agora Lavínia queria que eu destruísse seus espíritos de vez ao contar o que havia acontecido com seus companheiros em Los Angeles e qual era a destruição feroz que os aguardava. Em outras palavras, ela queria que eu fosse morto por um bando de arbustos irritados.

Engoli em seco.

— Hum...

— Aqui. Isso vai ajudar.

Lavínia tirou a mochila do ombro. Eu não tinha prestado muita atenção ao volume da mochila, porque ela sempre carregava uma tonelada de equipamento, mas quando Lavínia abriu o zíper, a última coisa que esperava vê-la tirar dali era meu ukulele — recém-polido e com cordas novas.

— Como...? — perguntei quando ela colocou o instrumento nas minhas mãos.

— Roubei do seu quarto — disse ela, como se fosse óbvio que era isso que amigos faziam. — Você estava dormindo fazia séculos. Eu levei para uma amiga que conserta instrumentos. Marilyn, filha de Euterpe. Sabe, a Musa da Música.

— Eu... eu conheço Euterpe. É claro. A especialidade dela é flautas, não ukuleles. Mas os trastes da escala estão perfeitos agora. Marilyn deve ser... Eu estou tão... — Percebi que não estava falando coisa com coisa. — Obrigado.

Lavínia grudou os olhos em mim, ordenando em silêncio que eu recompensasse seu esforço. Ela deu um passo para trás e se sentou junto aos espíritos da natureza.

Comecei a tocar. Lavínia tinha razão: o instrumento ajudava. Não que ele me escondesse — como já descobri, não é possível se esconder atrás de um ukulele, mas dava mais confiança à minha voz. Depois de alguns soturnos acordes menores, comecei a cantar "A queda de Jason Grace", como eu havia feito assim que chegamos ao Acampamento Júpiter. A música logo se transformou, porém. Como todo bom artista, adaptei o material ao público.

Cantei sobre os incêndios florestais e as secas que arrasaram o sul da Califórnia. Cantei sobre os bravos cactos e sátiros da Cisterna em Palm Springs, que lutaram bravamente para encontrar a fonte da destruição. Cantei sobre as dríades Agave e Jade, ambas gravemente feridas no Labirinto de Fogo, e como Jade havia morrido nos braços de Aloe Vera. Acrescentei algumas estrofes esperançosas sobre Meg e o renascimento das dríades guerreiras Melíades, sobre como havíamos destruído o Labirinto de Fogo e dado à vegetação da região pelo menos alguma chance de se regenerar. Mas eu não podia esconder os perigos que nos aguardavam. Descrevi o que tinha visto nos meus sonhos: os iates chegando com suas armas ardentes, a devastação infernal que tomaria toda a Bay Area.

Depois de tocar o último acorde, ergui os olhos. Lágrimas verdes reluziam nos olhos das dríades. Faunos soluçavam descontroladamente.

Pêssego se virou para os outros e rosnou:

— Pêssego!

Desta vez, eu tive quase certeza de que entendi o significado: *Viu? Eu falei pra vocês!*

Don fungou, secando os olhos com o que parecia uma embalagem usada de burrito.

— É verdade, então. Está acontecendo. Que Fauno nos proteja...

Lavínia também secava algumas lágrimas.

— Obrigada, Apolo.

Como se eu tivesse feito algum favor. Então por que eu me sentia como se tivesse acabado de puxar as raízes de cada um daqueles espíritos da natureza? Eu havia passado tanto tempo me preocupando com o destino de Nova Roma e do Acampamento Júpiter, dos Oráculos, dos meus amigos, e o meu. Mas esses capins e lodoeiros mereciam viver tanto quanto nós. Eles também estavam enfrentando a morte. Estavam apavorados. Se os imperadores disparassem as armas, eles não teriam chance. Os mortais sem-teto com seus carrinhos de supermercado no People's Park também seriam destruídos, junto com os legionários. A vida deles não valia menos do que quaisquer outras.

Os mortais talvez não entendessem o desastre. Atribuiriam a incêndios florestais fora de controle ou a qualquer outra causa que seus cérebros fossem capazes de compreender. Mas eu saberia a verdade: se aquela imensa, estranha e bela parte da costa da Califórnia queimasse, seria porque eu falhei em impedir meus inimigos.

— Certo, pessoal — continuou Lavínia, depois de um momento para se recompor. — Vocês ouviram. Os imperadores estarão aqui amanhã de noite.

— Mas então não temos tempo nenhum — disse uma dríade sequoia. — Se eles fizerem com a Bay Area o que fizeram em Los Angeles...

Senti o medo atravessar o grupo como um vento frio.

— A legião vai enfrentá-los, não vai? — perguntou um fauno, nervoso. — Quer dizer, eles podem ganhar.

— Que isso, Reginald — retrucou uma dríade. — Você quer mesmo depender de mortais para nos proteger? Quando foi que *isso* já funcionou?

Os outros resmungaram, concordando.

— Para ser justa — interrompeu Lavínia —, Frank e Reyna estão se esforçando. Vão mandar uma equipe pequena de soldados para interceptar os navios. Michael Kahale e alguns outros semideuses escolhidos a dedo. Mas eu não estou otimista.

— Eu não soube de nada disso — falei. — Como você descobriu?

Ela ergueu as sobrancelhas cor-de-rosa como se dissesse: *Por favor*.

— E é claro que o Lester aqui vai tentar invocar ajuda divina com algum ritual supersecreto, mas...

Ela nem precisou completar. Também não estava otimista em relação a isso.

— Então, o que vocês vão fazer? — perguntei. — O que vocês *podem* fazer?

Não era minha intenção criticar. Eu só não conseguia imaginar nenhuma opção.

A expressão de pânico dos faunos parecia indicar o plano deles: comprar passagens de ônibus para Portland, no Oregon, imediatamente. Mas isso não ajudaria as dríades. Elas literalmente estavam enraizadas a seus solos nativos. Talvez pudessem entrar em uma hibernação profunda, como as dríades do sul fizeram. Mas isso seria o suficiente para que sobrevivessem a uma tempestade de fogo? Eu já tinha ouvido histórias sobre certas espécies de plantas que germinaram e voltaram a crescer depois de incêndios devastadores, mas duvidava de que a maioria tivesse essa habilidade.

Para ser sincero, eu não sabia muito sobre o ciclo de vida das dríades, ou como elas se protegiam de desastres climáticos. Talvez se, nos últimos séculos, eu tivesse passado mais tempo conversando com elas e menos perseguindo-as...

Nossa, eu era outra pessoa *mesmo*.

— Temos muito a discutir — disse uma das dríades.

— Pêssego — concordou Pêssego, me encarando com uma mensagem clara: *Fora*.

Eu tinha tantas perguntas para ele: por que tinha desaparecido por tanto tempo? Por que estava aqui, e não com Meg?

Eu suspeitava de que não receberia qualquer resposta naquela noite. Pelo menos nada além de rosnados, mordidas e a palavra *pêssego*. Pensei no que a dríade dissera sobre não confiar nos humanos para resolver problemas de espíritos da natureza. Aparentemente, isso também incluía a mim. A mensagem estava entregue. Agora eu podia me retirar.

Meu coração já estava pesado, e Meg não estava num momento psicológico dos mais estáveis... Não sabia como poderia dar a notícia de que seu demoniozinho que mal tinha largado as fraldas havia se transformado num pêssego selvagem.

— Vamos levar você de volta para o acampamento — disse Lavínia. — Você tem um dia complicado pela frente.

Deixamos Don lá com os outros espíritos da natureza, todos mergulhados em conversas sérias sobre a crise, e voltamos pela Telegraph Avenue.

Depois de alguns quarteirões, reuni coragem para perguntar:

— O que eles vão fazer?

Lavínia levou um susto, como se por um instante tivesse esquecido a minha presença.

— Você quer dizer o que *vocês* vão fazer. Porque eu vou com eles.

Senti um nó na garganta.

— Lavínia, você está me assustando. O que está planejando fazer?

— Eu tentei deixar pra lá — resmungou ela. Na luz dos postes, os fios de cabelo cor-de-rosa que escapavam do boné pareciam flutuar ao redor da cabeça dela como algodão-doce. — Depois do que vimos na tumba, Bobby e os outros, depois que você descreveu o que vamos enfrentar amanhã...

— Lavínia, por favor...

— Eu não consigo entrar na formação como um bom soldado. Ficar lado a lado e escudo com escudo com os outros, marchando para a morte que nem todo mundo? Isso não vai ajudar ninguém.

— Mas...

— É melhor não perguntar. — O rosnado dela foi quase tão assustador quanto o de Pêssego. — E é *definitivamente* melhor você não falar nada com ninguém sobre o que aconteceu hoje à noite. Agora vamos.

Ela ignorou minhas perguntas durante o restante do trajeto de volta. Parecia ter uma nuvem escura com cheiro de chiclete flutuando acima da cabeça. Conseguiu me fazer passar com segurança pelas sentinelas, pelo buraco no muro e de volta ao café antes de sumir na noite sem nem se despedir.

Talvez eu devesse tê-la impedido. Acionado o alarme. Tê-la jogado na prisão. Mas qual teria sido a vantagem? Minha impressão era de que Lavínia nunca se sentira confortável na legião. Afinal, ela passava a maior parte do tempo procurando passagens secretas e trilhas escondidas para sair do vale. Enfim havia conseguido.

Tive uma sensação ruim de que nunca mais a veria. Ela estaria no próximo ônibus para Portland com mais algumas dúzias de faunos, e por mais que eu quisesse ficar com raiva disso, só conseguia sentir tristeza. No lugar dela, será que eu teria feito diferente?

Quando voltei para o nosso quarto, Meg estava desmaiada, roncando, os óculos pendurados na ponta dos dedos, os lençóis emaranhados aos seus pés. Tentei cobri-la como pude. Se estava tendo pesadelos com o amigo espírito do pêssego conspirando com as dríades locais, eu não sabia dizer. No dia seguinte, eu teria que resolver o que contar a ela. No momento, só ia deixá-la dormir.

Fui me deitar, com a certeza de que passaria a noite inteira me revirando na cama.

Mas apaguei imediatamente.

Quando acordei, o sol da manhã batia no meu rosto. A cama de Meg estava vazia. Percebi que tinha dormido como um defunto — sem sonhos, sem visões. Isso não me reconfortou. Quando os pesadelos sumiam, isso normalmente significava que tinha algo se aproximando — algo ainda pior.

Eu me vesti e peguei meus equipamentos, tentando não pensar em como estava cansado e como minha barriga doía. Então peguei um muffin e um café com Bombilo e saí para encontrar meus amigos. Naquele dia, de um jeito ou de outro, o destino de Nova Roma seria decidido.

23

Na minha picape
Com os meus cães e minhas armas
E esse idiota do Lester

REYNA E MEG estavam esperando por mim nos portões principais do acampamento, embora a pretora estivesse quase irreconhecível. No lugar do uniforme, usava tênis de corrida azuis e calça skinny, uma camiseta de manga comprida cor de cobre e um suéter marrom-avermelhado. Com o cabelo trançado para trás e um leve toque de maquiagem no rosto, ela poderia ter passado despercebida entre os milhares de estudantes da Bay Area. Supus que era o objetivo.

— O que foi? — questionou ela.

Percebi que estava encarando.

— Nada.

Meg bufou. Estava com as roupas de sempre: vestido verde, leggings amarelas e tênis de cano alto vermelho, para se misturar aos milhares de estudantes do primário da região; a única diferença era que tinha doze anos, estava carregando o cinto de jardinagem, e tinha prendido um broche na gola do vestido com um desenho de uma cabeça de unicórnio na frente de dois ossos cruzados. Eu fiquei me perguntando se ela havia comprado aquilo na loja de lembrancinhas de Nova Roma ou se de alguma maneira tinha mandado fazer. As duas possibilidades me assustavam.

Reyna ergueu as mãos.

— Eu *tenho* roupas civis, Apolo. Mesmo com a Névoa ajudando a encobrir as coisas, andar por São Francisco com uma armadura completa de legionário atrai alguns olhares curiosos.

— Não, claro. Você está ótima. Quer dizer, bem. — Por que minhas mãos estavam suando? — Quer dizer, vamos então?

Reyna enfiou dois dedos na boca e deu um assobio tão alto que limpou minhas trompas de eustáquio. Do forte, seus dois greyhounds de metal foram correndo, latindo como pequenas armas de fogo.

— Ah, que ótimo — falei, tentando suprimir meu instinto de entrar-em-pânico-e-fugir. — Seus cachorros vão também.

Reyna deu um sorrisinho.

— Bem, eles ficariam chateados se eu fosse para São Francisco de carro sem eles.

— De carro?

Eu estava prestes a perguntar *que carro?* quando ouvi uma buzina na direção da cidade. Um Chevrolet 4x4 vermelho caindo aos pedaços veio roncando por uma estrada em geral reservada para legionários em marcha e elefantes.

No volante estava Hazel Levesque, com Frank Zhang no banco do carona.

O veículo mal havia parado, e Aurum e Argentum já pulavam na caçamba da picape, as línguas de metal penduradas e os rabos balançando.

Hazel saiu da cabine.

— Tanque cheio, pretora.

— Obrigada, centuriã. — Reyna sorriu. — Como estão as aulas de direção?

— Ótimas! Eu nem atropelei o Término desta vez.

— Isso que é progresso — concordou Reyna.

Frank saiu do lado do passageiro.

— É, Hazel logo vai estar pronta para dirigir em estradas comuns.

Eu tinha muitas perguntas: onde eles guardavam a picape? Havia um posto de gasolina em Nova Roma? Por que eu tinha andado tanto se havia um carro disponível?

Meg foi mais rápida e fez a pergunta mais importante:

— Posso ir na caçamba com os cachorros?

— Não, senhora — respondeu Reyna. — Você vai na cabine, com o cinto de segurança afivelado.

— Poxa. — Meg saiu correndo para brincar com os cachorros.

Frank deu um abraço de urso em Reyna (sem se transformar em urso).

— Toma cuidado, hein?

Reyna pareceu não saber como lidar com aquela demonstração de afeto, ficando com os braços rígidos e então dando uns tapinhas sem jeito nas costas do companheiro pretor.

— Você também — disse ela. — Alguma notícia da força-tarefa?

— Eles saíram antes do nascer do sol — respondeu Frank. — Kahale estava animado, mas...

Ele deu de ombros, como se dissesse que os deuses já tinham iniciado sua missão secreta anti-iate. O que, enquanto ex-deus, posso te dizer que não era nada tranquilizador.

Reyna olhou para Hazel.

— E os piquetes antizumbi?

— Prontos — disse Hazel. — Se as hordas de Tarquínio vierem da mesma direção que da outra vez, vão ter algumas surpresas bem desagradáveis. Também coloquei armadilhas em outras entradas da cidade. Com sorte vamos conseguir segurá-los antes de chegarmos ao combate mano a mano, então...

Ela hesitou, como se não quisesse terminar a frase. Acho que entendi. *Então não vamos precisar olhar na cara deles.* Se a legião *tivesse* que enfrentar uma onda de camaradas mortos-vivos, seria bem melhor destruí-los de longe, sem passar pela dor de reconhecer antigos amigos.

— Eu só queria... — Hazel balançou a cabeça. — Bem, ainda estou com medo de Tarquínio ter outros planos. Eu deveria conseguir prever, mas...

Ela deu tapinhas na testa como se tentasse reiniciar o próprio cérebro. Eu sabia como era.

— Você já fez muita coisa — disse Frank. — Se inventarem alguma surpresa, a gente se adapta.

Reyna concordou.

— Certo, então estamos indo. Não se esqueçam de recarregar as catapultas.

— Claro — disse Frank.

— E verifiquem de novo com o contramestre como estão as barricadas incendiárias.

— Claro.

— E... — Reyna se calou. — Vocês sabem o que estão fazendo. Foi mal.

Frank sorriu.

— Só tragam o que quer que a gente vá precisar para invocar aquela ajuda divina. Vamos manter o acampamento em segurança até vocês voltarem.

Hazel observou as roupas de Reyna com preocupação.

— A sua espada está na picape, mas não quer levar um escudo ou algo assim?

— Não, estou com a capa. Vai me proteger da maior parte das armas.

Reyna passou os dedos pela gola do suéter, que no mesmo instante se transformou na sua capa roxa.

O sorriso de Frank desapareceu.

— A *minha* capa também faz isso?

— Até mais, pessoal! — Reyna sentou-se no banco do motorista.

— Espera, a *minha* capa também me protege de armas? — gritou Frank atrás de nós. — A minha também vira um suéter?

Quando partimos, vi Frank Zhang pelo espelho retrovisor, estudando atentamente a costura da capa.

Nosso primeiro desafio do dia: manobrar na Bay Bridge.

Sair do Acampamento Júpiter não foi problema. Uma estradinha escondida cruzava o vale e subia as colinas, até chegar às ruas residenciais de East Oakland. Dali pegamos a rodovia 24 até virar a interestadual 580. Foi aí que a diversão começou de verdade.

A população que ia para o trabalho aparentemente não ficara sabendo que estávamos numa missão vital para salvar a cidade. Teimosas, as pessoas se recusavam a sair do nosso caminho. Talvez tivesse sido melhor pegar o transporte público, mas duvido que permitissem autômatos caninos assassinos no trem.

Reyna tamborilava no volante, cantarolando a letra de Tego Calderón que tocava no CD player antiquíssimo da picape. Eu gostava de reggaeton tanto quanto qualquer deus grego, mas talvez não fosse a música que eu escolheria para me acalmar na manhã de uma missão. Achei um pouco animadinha demais para meus nervos pré-combate.

Sentada entre nós, Meg revirava as sementes no seu cinto de jardinagem. Durante nosso combate na tumba, segundo ela havia nos contado, vários pacotes tinham aberto, e as sementes, se misturado. Agora ela tentava identificar o que era o quê. Isso significava que de vez em quando ela pegava uma semente e a encarava até que a planta explodisse em sua forma madura — dente-de-leão, tomate, berinjela, girassol. Agora o carro cheirava ao setor de jardinagem de uma loja.

Eu não havia contado a Meg que vira Pêssego. Não sabia nem por onde começar uma conversa dessa. *Ei, você sabia que seu* karpos *está organizando reuniões clandestinas com faunos e capins no People's Park?*

Quanto mais eu esperava, mais difícil ficava contar a ela. Concluí que não era uma boa ideia distrair Meg durante uma missão importante. Também queria honrar o pedido de Lavínia de não comentar nada. Verdade, eu não a vira de manhã antes de sairmos, mas talvez seus planos não fossem tão nefastos quanto eu imaginava. Talvez ela não estivesse a caminho do Oregon àquela altura.

No fundo, eu não falava por covardia. Tinha medo de enfurecer as duas jovens perigosas que viajavam comigo: uma poderia me estraçalhar com uma dupla de greyhounds de metal, e a outra poderia fazer brotar repolho no meu nariz.

Enquanto nos aproximávamos centímetro por centímetro da ponte, Reyna tamborilava no ritmo de "El que sabe, sabe". *Quem sabe sabe.* Eu tinha setenta e cinco por cento de certeza de que não havia uma mensagem oculta na escolha musical dela.

— Quando a gente chegar lá, vamos ter que estacionar na base do monte e subir a pé. A área em volta da Torre Sutro é particular.

— Vocês decidiram que a torre em si é o nosso alvo — falei —, não o monte Sutro atrás dela?

— Não dá para ter certeza, é claro. Mas eu verifiquei a lista de pontos problemáticos da Thalia, e a torre estava lá.

Esperei que ela explicasse melhor.

— A lista de *que* da Thalia?

Reyna piscou, confusa.

— Não te contei sobre isso? Então, Thalia e as Caçadoras de Ártemis, sabe, elas mantêm uma lista atualizada de lugares em que houve atividade monstruosa anormal, coisas que não conseguem explicar. A Torre Sutro é um desses lugares. Thalia me mandou a lista de locais na Bay Area para que o Acampamento Júpiter pudesse acompanhar.

— São quantos lugares problemáticos? — perguntou Meg. — A gente pode visitar todos?

Reyna deu um cutucão nela de brincadeira.

— Gostei da animação, Matadora, mas são dezenas só na cidade de São Francisco. A gente, quer dizer, a legião tenta ficar de olho em todos, mas é difícil. Principalmente nos últimos tempos...

Com as batalhas, pensei. *Com as mortes*.

Eu me perguntei por que Reyna hesitou levemente ao dizer "a gente" e depois explicou que se referia à legião. Fiquei pensando de que outro grupo Reyna Avila Ramírez-Arellano se sentia parte. Nunca, jamais, a imaginaria em roupas civis, dirigindo uma picape velha, levando os greyhounds de metal para passear. E ela mantinha contato com Thalia Grace, a tenente da minha irmã, líder das Caçadoras de Ártemis. Eu odiava como isso me deixava com ciúmes.

— De onde você conhece Thalia? — Tentei parecer casual, mas, julgando pela careta que Meg fez para mim, falhei terrivelmente.

Reyna pareceu não notar. Ela trocou de pista, tentando furar o trânsito pesado. Na parte de trás, Aurum e Argentum latiram com alegria, animados com a aventura.

— Lutei ao lado de Thalia em Porto Rico, contra Órion — disse ela. — As Amazonas e as Caçadoras perderam muitas boas mulheres. Esse tipo de coisa, de experiência partilhada... É, bem, a gente manteve contato.

— Como? Todas as linhas de comunicação pararam de funcionar.

— Por carta.

— Carta... — Eu meio que me lembrava disso, da época dos pergaminhos e selos de cera. — Quer dizer quando se escreve alguma coisa à mão, no papel, coloca num envelope, cola um selo e...

— E manda pelo correio, isso. Quer dizer, podem passar semanas ou meses entre uma carta e outra, mas Thalia é uma boa correspondente.

Tentei imaginar isso. Muitas formas de descrever Thalia Grace me passaram pela cabeça. Mas nem de longe *correspondente*.

— Para onde você manda as cartas, *sério*? — perguntei. — As Caçadoras nunca ficam muito tempo no mesmo lugar.

— Elas têm uma caixa postal no Wyoming e... Por que a gente está falando disso?

Meg apertou uma semente com a ponta dos dedos. Um gerânio explodiu num botão.

— Era isso que seus cachorros estavam fazendo? Procurando Thalia?

Não entendi como ela fez essa ligação, mas Reyna assentiu.

— Logo depois que vocês chegaram — disse Reyna —, eu mandei uma carta para Thalia sobre... vocês sabem, Jason. Eu sabia que era improvável que ela recebesse a mensagem a tempo, então mandei Aurum e Argentum procurarem também, caso as Caçadoras estivessem por perto. Mas não tive sorte.

Imaginei o que aconteceria se Thalia recebesse a carta de Reyna. Será que ela iria a galope para o Acampamento Júpiter à frente das Caçadoras, pronta para nos ajudar na batalha contra os imperadores e a horda de mortos-vivos de Tarquínio? Ou centraria sua ira em mim? Thalia já havia salvado minha pele uma vez, em Indianápolis. Como agradecimento, fiz o irmão dela ser morto em Santa Barbara. Seria muito difícil alguém se opor caso a flecha perdida de uma Caçadora acertasse meu coração durante a batalha. Tremi, agradecido pela lentidão do serviço postal americano.

Conseguimos passar da Treasure Island, a âncora da Bay Bridge, a meio caminho entre Oakland e São Francisco. Pensei na frota do Calígula, que passaria por essa ilha mais tarde naquele dia, pronta para desembarcar suas tropas, e, se necessário, seu arsenal de bombas de fogo grego na East Bay, que seria pega de surpresa. Minha gratidão pela lentidão do serviço postal americano foi substituída pela raiva.

— Então — comecei, tentando de novo soar casual —, você e Thalia estão, hum...?

Reyna ergueu a sobrancelha.

— Tendo uma relação *amorosa*? — completou ela.

— Bem, eu só... Quer dizer... Hum...

Nossa, que desenvoltura, Apolo. Já mencionei que um dia fui o deus da poesia?

Reyna revirou os olhos.

— Se eu ganhasse um denário a cada vez que me fazem essa pergunta... Sem levar em conta que Thalia é uma Caçadora, o que significa que jurou se manter celibatária... Por que uma grande amizade sempre tem que se transformar em romance? Thalia é uma ótima amiga. Por que eu me arriscaria a estragar isso?

— Hum...

— Foi uma pergunta retórica — interrompeu Reyna. — Não precisa responder.

— Eu sei o que *retórico* significa. — Tentei guardar na memória para no futuro confirmar o significado com Sócrates. Aí lembrei que Sócrates estava morto. — Só achei que...

— Eu amo essa música — interrompeu Meg. — Aumenta o volume!

Era bem improvável que Meg tivesse qualquer interesse em Tego Calderón, mas sua interrupção pode ter salvado minha vida. Reyna aumentou o volume, interrompendo aquela conversa casual que poderia levar à morte.

Permanecemos em silêncio pelo resto da viagem até chegarmos à cidade, ouvindo Tego Calderón cantar "Punto y Aparte" e os greyhounds de Reyna latirem alegremente como balas de uma semiautomática atirando no Ano-novo.

24

Enfiei minha divina fuça
Onde não devo e...
Vênus, eu te odeio

PARA UMA ÁREA TÃO POPULOSA, São Francisco tinha um número surpreendente de espacinhos repletos de natureza. Estacionamos em uma rua sem saída na base da colina da torre. À direita, um descampado cheio de mato e pedras oferecia uma vista multimilionária para a cidade. À esquerda, a encosta era tão cheia de árvores que quase dava para usar os troncos de eucaliptos para escalar.

Do cume da colina, a uns quatrocentos metros acima de nós, a Torre Sutro se erguia em meio à névoa, as vigas e colunas vermelhas e brancas formando um tripé enorme que me trazia a lembrança desconfortável do assento do Oráculo de Delfos. Ou da estrutura de uma pira funerária.

— Tem uma estação de transmissão na base. — Reyna apontou para o topo da colina. — Talvez a gente tenha que lidar com guardas assassinos, cercas, arame farpado, essas coisas. Além de sei lá o que Tarquínio vai ter inventado para nós.

— Maneiro — disse Meg. — Vamos nessa!

Não foi preciso pedir duas vezes aos greyhounds. Eles saíram correndo encosta acima, atravessando o mato rasteiro. Meg os seguiu, obviamente determinada a rasgar as roupas na maior quantidade de galhos e arbustos possível.

Reyna deve ter notado minha expressão sofrida ao contemplar a subida.

— Não se preocupe — disse ela. — A gente pode ir devagar. Aurum e Argentum sabem que é para me esperar lá em cima.

— Mas e a Meg?

Imaginei minha jovem amiga se jogando sozinha na estação de transmissão cheia de guardas, zumbis e outras surpresinhas "maneiras".

— Verdade — concordou Reyna. — Vamos acelerar um pouquinho então.

Eu me esforcei ao máximo, o que exigiu muitos bofes para fora, suor e intervalos encostado em troncos de árvore para descansar. Minha habilidade no arco podia ter melhorado. Minha música tinha melhorado. Mas meu condicionamento físico ainda era cem por cento Lester.

Pelo menos Reyna não perguntou como estava o ferimento. A resposta seria *um pouco pior que horrendo.*

Quando me vesti de manhã, tinha evitado olhar para minha barriga, mas não dava para ignorar a dor latejante, ou as veias roxas infeccionadas que estavam chegando aos meus pulsos e ao pescoço, que nem meu casaco com capuz conseguia esconder. De vez em quando minha visão ficava embaçada, deixando o mundo com um tom doentio de roxo, e eu ouvia um sussurro distante na mente... A voz de Tarquínio, me chamando para retornar à sua tumba. Por enquanto a voz era só irritante, mas eu tinha a sensação de que ficaria cada vez mais forte, até eu não conseguir mais ignorá-la... ou deixar de obedecê-la.

Falei para mim mesmo que só precisava segurar as pontas até aquela noite. Então poderia invocar ajuda divina e me curar. Ou morreria na batalha. Àquela altura, qualquer opção era melhor que uma transformação lenta e dolorosa em zumbi.

Reyna caminhava ao meu lado, usando a espada embainhada para cutucar o solo, como se esperasse encontrar minas terrestres. À frente, através da folhagem densa, eu não via sinal de Meg ou dos cães, mas conseguia ouvi-los passando pelo mato e pisando em galhos. Se havia sentinelas esperando por nós no topo, eles não seriam pegos de surpresa.

— Então — começou Reyna, aparentemente considerando que Meg estava longe para escutar. — Vai me contar?

Meu coração ficou tão acelerado que parecia bater no ritmo uma banda marcial.

— Contar o quê?

Ela ergueu as sobrancelhas, tipo, *Sério?*.

— Desde que você chegou ao acampamento, está agindo todo estranho. Fica me encarando como se fosse *eu* que estivesse infectada. E não me olha nos olhos. Fica gaguejando. Todo sem jeito. Eu percebo essas coisas, sabe.

— Ah.

Subi mais alguns passos. Talvez, se eu me concentrasse na subida, Reyna deixaria o assunto pra lá.

— Olha — continuou ela. — Eu não mordo. Seja lá qual o problema, prefiro que isso não esteja na sua cabeça, nem na minha, durante a batalha.

Engoli em seco, desejando um pouco do chiclete de Lavínia para cortar o sabor de veneno e terror.

Reyna tinha razão. Se eu morresse hoje, ou se virasse zumbi, ou se de alguma maneira conseguisse sobreviver, preferia enfrentar meu destino com a consciência limpa e sem segredos. Para começo de conversa, eu deveria contar a Meg sobre meu encontro com Pêssego. Também deveria falar para ela que não a odiava. Que, na verdade, gostava bastante dela. Tudo bem, eu a amava. Ela era a irmãzinha malcriada que nunca tive.

Quanto a Reyna... Eu não sabia se era ou não a resposta para o seu destino. Vênus talvez me amaldiçoasse por ser sincero com a pretora, mas eu tinha que dizer a Reyna o que estava me incomodando. Era improvável que eu tivesse outra oportunidade.

— É sobre Vênus.

Reyna ficou séria. Foi a vez dela de encarar a encosta e torcer para a conversa acabar.

— Entendi.

— Ela me contou...

— A profeciazinha dela. — Reyna cuspiu as palavras como se fossem sementes intragáveis. — Nenhum mortal ou semideus vai curar meu coração.

— Eu não queria me meter — esclareci. — Foi só que...

— Ah, eu acredito. Vênus adora uma fofoca. Duvido que tenha alguém no Acampamento Júpiter que não saiba o que ela me disse em Charleston.

— Eu... Sério?

Reyna quebrou um galho seco de um arbusto e o jogou longe no mato.

— Eu saí para aquela missão com Jason faz o quê, dois anos? Vênus olhou para minha cara e decidiu... sei lá, que eu era errada. Que precisava de uma cura romântica. Que seja. Não fazia nem um dia desde que eu tinha voltado para o acampamento e os disse me disse já tinham começado. Ninguém admitia que sabia, mas todo mundo sabia. Os olhares... *Pobre Reyna*. As sugestões inocentes sobre quem eu deveria namorar.

Ela não parecia ter raiva. Era mais um peso, um cansaço. Eu me lembrei da preocupação de Frank Zhang com a pretora, com o fardo da liderança que pesava sobre ela e com o que poderia fazer para ajudá-la. Pelo visto, muitos legionários queriam ajudá-la. Mas nem toda essa ajuda tinha sido útil ou bem-vinda.

— A questão — continuou ela — é que eu *não sou errada*.

— É claro que não.

— Então por que você anda tão ansioso? O que Vênus tem a ver com isso? Por favor, não me diga que está com pena.

— Não, não. Nada disso.

À frente, eu ouvia Meg atravessando o matagal. De vez em quando ela dizia um "E aí?", de um jeito bem casual, como se estivesse passando por um conhecido na rua. Imaginei que estava cumprimentando as dríades locais. Era isso ou os guardas que teoricamente estávamos procurando eram bem ruins no que faziam.

— Sabe... — comecei, tropeçando nas palavras. — Na época em que eu era um deus, Vênus me deu uma advertência. Sobre você.

Aurum e Argentum surgiram entre os arbustos para verificar como estava a mamãe, os sorrisos cheios de dentes brilhando como armadilhas para ursos recém-polidas. Ah, que ótimo. Uma plateia.

Reyna deu um tapinha na cabeça de Aurum, sem prestar atenção.

— Pode falar, Lester.

— Hum... — A banda marcial no meu coração estava aumentando o ritmo. — Bem, eu entrei na sala do trono um dia, e Vênus estava olhando um holograma seu, e eu perguntei, totalmente sem pretensão, veja bem, eu só perguntei: "Quem é essa?" E ela me contou... o seu destino, acho. A história toda sobre curar seu coração. Então ela, tipo... acabou comigo. Ela proibiu que eu me aproximasse de você. Disse que, se eu tentasse conquistar você, me amaldiçoaria para sempre. Totalmente desnecessário, sabe. E uma vergonha, inclusive.

A expressão de Reyna permaneceu firme e plácida como se esculpida em mármore.

— *Conquistar*? Isso ainda existe? As pessoas ainda *conquistam* as outras?

— Eu... Eu sei lá. Mas eu fiquei longe. Você sabe que eu fiquei longe. Não que eu tivesse agido diferente sem esse aviso. Eu nem sabia quem você era.

Ela pulou um tronco caído e me estendeu a mão, ajuda que recusei. Não estava gostando nada do jeito que os greyhounds estavam olhando para mim.

— Então, em outras palavras... o quê? Você está com medo de que Vênus vá te matar por invadir meu espaço pessoal? Acho que eu não me preocuparia muito com isso, Lester. Você não é mais um deus. Obviamente não está tentando me conquistar. Somos companheiros de missão.

Ela precisava colocar o dedo bem nessa ferida?

— Sim — falei. — Mas eu estava pensando...

Por que era tão difícil? Eu já tinha declarado meu amor a outras mulheres. E homens. E deuses. E ninfas. E uma ou outra estátua atraente antes que eu percebesse que era uma estátua. Por que então as veias do meu pescoço pareciam prestes a explodir?

— Eu pensei que... talvez pudesse ajudar... — continuei — ... talvez fosse o destino que... Bem, sabe, eu não sou mais um deus, como você disse. E Vênus foi bem específica quando falou que eu deixasse minha *fuça divina* longe de você. Mas Vênus... Quer dizer, os planos dela são sempre tão mirabolantes. Ela pode ter feito uma psicologia reversa, digamos assim. Se era para nós... Hum... Para eu ajudar você.

Reyna parou. Seus cachorros inclinaram a cabeça de metal, talvez tentando compreender o humor da dona. Então me encararam, os olhos brilhantes frios e acusadores.

— Lester. — Reyna suspirou. — Mas de que Tártaro você está falando? Não estou com paciência para charadas.

— Estou falando que talvez eu seja a resposta — falei de uma vez. — Para curar seu coração. Eu poderia... sabe, ser seu namorado. Como Lester. Se você quisesse. Eu e você. Sabe, tipo... então.

Eu tinha certeza absoluta de que, no topo do Monte Olimpo, os outros olimpianos estavam gravando tudo pelo celular, só esperando para postar no Euterpe-Tube.

Reyna me encarou por tanto tempo que a banda marcial no meu sistema circulatório poderia tocar uma estrofe inteira do hino nacional. Seus olhos estavam sombrios e perigosos. Sua expressão, impossível de interpretar, como a superfície de um explosivo.

Ela ia me matar.

Não. Ela ia mandar os *cachorros* me matarem. Quando Meg chegasse para me resgatar, já seria tarde demais. Ou pior: Meg ia ajudar Reyna a enterrar meus restos mortais, e ninguém saberia de nada.

Quando voltassem ao acampamento, os romanos perguntariam: *O que houve com Apolo?*

Quem?, Reyna retrucaria. *Ah, aquele cara? Sabe que não sei? Acho que se perdeu.*

Ah, que pena! Seria a resposta dos romanos, fim.

A boca de Reyna se apertou, sua expressão se fechando. Ela se inclinou, apoiando as mãos nos joelhos. Seu corpo inteiro começou a tremer. Ah, meus deuses, o que foi que eu fiz?

Talvez eu devesse acalmá-la, abraçá-la. Talvez eu devesse fugir correndo. Por que eu era tão ruim com relacionamentos?

Reyna soltou um guincho, e então um ganido prolongado. Eu tinha *mesmo* ficado magoada!

Então ela se ergueu, lágrimas escorrendo pelo rosto, e explodiu numa gargalhada. O som me fazia pensar em água correndo por um riacho seco havia tempos. Depois que começou, ela simplesmente não conseguia parar de rir. Ela se abaixou, ficou de pé de novo, se apoiou numa árvore, olhou para os cães como se eles entendessem a piada.

— Ah... meus... deuses! — guinchou ela, conseguindo segurar a risada por tempo o bastante para me encarar por entre as lágrimas, como se quisesse se certificar de que eu estava mesmo ali e de que ela havia ouvido corretamente minhas palavras. — Você. E eu? HA-HA-HA-HA-HA-HA-HA-HA-HA.

Aurum e Argentum pareciam tão confusos quanto eu. Trocaram um olhar, depois se voltaram para mim, como se dissessem: *O que você fez com a nossa mãe? Se estragou ela, vamos te matar.*

A risada de Reyna saiu rolando pela colina.

Depois de superado meu choque inicial, minhas orelhas começaram a arder. Durante os últimos meses eu havia sido humilhado mais de uma vez. Mas rirem de mim... na minha cara... quando eu nem estava tentando fazer piada... era um novo nível de fundo do poço.

— Eu não estou entendendo do que...

— HA-HA-HA-HA-HA-HA!

— Eu não estava dizendo que...

— HA-HA-HA-HA-HA-HA! Para, por favor. Você vai me matar!

— Ela não falou literalmente! — gritei, para deixar bem claro para os cachorros.

— E você pensou... — Reyna não parecia saber para que apontar: para mim, para si mesma, para o céu. — Sério? Espere. Meus cachorros teriam te atacado se você estivesse mentindo. Ah. Minha nossa. HA-HA-HA-HA-HA-HA!

— Então a resposta é *não*, né. — Bufei. — Tudo bem. Entendi. Já pode parar...

A risada se transformou num guincho asmático enquanto ela secava as lágrimas dos olhos.

— Apolo. Quando você era um deus... — Ela tentou recuperar o fôlego. — Tipo, quando você tinha seus poderes e era todo bonitão e tal...

— Não precisa dizer mais nada. Naturalmente, você teria...

— A resposta seria um *NÃO* bem grande, robusto e redondo.

Fiquei de boca aberta.

— Estou *atônito*!

— E como Lester... Quer dizer, você é fofo e meio bobo, e bem legal às vezes...

— Bobo? Legal? Às vezes?

— Mas nossa. Ainda assim. Um belo *NÃO*. Ha-ha-ha-ha-ha-ha!

Um mortal menor teria se desfeito em cinzas ali mesmo, a autoestima implodindo na mesma hora.

Naquele momento, enquanto me rejeitava de todas as formas possíveis, Reyna nunca tinha parecido tão linda ou desejável. Engraçado como as coisas são.

Meg surgiu entre os arbustos.

— Pessoal, não tem ninguém lá em cima, mas...

Ela parou, observando a cena, então olhou para os greyhounds em busca de explicação.

Nem nos pergunte, suas expressões metálicas pareciam dizer. *Nunca vimos a mamãe assim.*

— Qual foi a piada? — perguntou Meg, com um sorrisinho surgindo no canto dos lábios, como se ela quisesse rir também. No caso, a piada era eu.

— Nada.

Reyna respirou fundo por um momento, mas explodiu em risadinhas outra vez um segundo depois. Reyna Avila Ramírez-Arellano, filha de Belona, temida pretora da Décima Segunda Legião, dando risadinhas.

Por fim ela conseguiu reunir algum autocontrole. Seus olhos brilhavam, bem-humorados. O rosto estava corado como um tomate. Seu sorriso fazia com que ela parecesse outra pessoa, uma pessoa *feliz*.

— Obrigada, Lester — disse ela. — Eu precisava disso. Agora vamos achar esse deus silencioso, pode ser?

Ela seguiu à frente, apertando a lateral da barriga como se ainda estivesse sentindo dor depois de tanto rir.

Foi bem naquele momento que eu decidi que, se voltasse a ser um deus, iria mudar a ordem da minha lista de vingança. Vênus tinha acabado de ser promovida ao primeiro lugar.

25

Paralisado e aterrorizado
Como um deus diante de faróis
Por que a pressa?

A SEGURANÇA MORTAL não foi um problema.

Não tinha ninguém lá.

A estação de transmissão ficava em um grande descampado cheio de pedras e mato, na base da Torre Sutro. O prédio compacto e marrom tinha várias antenas parabólicas brancas pontilhando o telhado como sapos depois de uma chuva de verão. A porta estava escancarada. As luzes, apagadas. O estacionamento em frente, vazio.

— Tem alguma coisa errada — murmurou Reyna. — Tarquínio não disse que iam dobrar a segurança?

— Dobrar o *rebanho* — corrigiu Meg. — Mas não tem nenhuma ovelha nem nada assim.

Essa ideia me fez estremecer. Durante milênios eu já tinha visto muitos rebanhos de ovelhas guardiãs. Elas tendiam a ser venenosas e/ou carnívoras, e fediam a agasalho mofado.

— Apolo, alguma ideia? — perguntou Reyna.

Pelo menos ela já conseguia olhar para mim sem gargalhar, mas eu não tinha autoconfiança o bastante para falar. Só balancei a cabeça inutilmente. Eu era ótimo nisso.

— Será que a gente está no lugar errado? — questionou Meg.

Reyna mordeu o lábio.

— Definitivamente tem alguma coisa *errada* aqui. Deixa eu dar uma olhada na estação. Aurum e Argentum podem fazer uma verificação rápida. Se a gente encontrar algum mortal, eu digo que estava fazendo uma trilha e me perdi. Vocês esperam aqui. Protejam a saída. Se ouvirem latidos, significa que tivemos algum problema.

Ela atravessou o descampado num passo apressado, com Aurum e Argentum em seu encalço, e entrou no prédio.

Meg me lançou um olhar intrigado por cima dos óculos de gatinho.

— Por que ela estava rindo tanto? O que você fez?

— Não foi minha intenção. Além disso, não é crime fazer alguém rir.

— Você pediu para namorar com ela, não pediu?

— Eu... O quê? Não. Mais ou menos. Sim.

— Que idiotice.

Era humilhante ter minha vida amorosa criticada por uma garotinha usando um broche de unicórnio com ossos cruzados.

— Você não entenderia.

Meg deu uma risada debochada.

Pelo visto, eu estava sendo a fonte de diversão de todos.

Observei a torre que se erguia à nossa frente. Na lateral da coluna mais próxima, um túnel vertical circundado por aros de metal protegia uma série de degraus, por onde era possível subir — se não tivesse amor à vida — até as primeiras vigas, das quais surgiam mais antenas de TV e celular. Dali, os degraus continuavam até alcançar um cobertor de neblina baixa que engolia a metade superior da torre. Na bruma branca, um vulto negro em forma de V flutuava, desaparecia e voltava — algum tipo de ave.

Tive um calafrio, lembrando das estriges que nos atacaram no Labirinto de Fogo, mas estriges só caçavam à noite. Aquela forma escura tinha que ser outra coisa, talvez um gavião à procura de ratos. Segundo a lei das médias, de vez em quando eu deveria encontrar alguma criatura que não queria me matar, certo?

Ainda assim, a forma misteriosa me enchia de pavor. Isso me lembrava das muitas experiências de quase morte que tinha passado com Meg McCaffrey e da promessa que eu tinha feito a mim mesmo de ser honesto com ela, nos bons e velhos tempos de dez minutos atrás, antes de Reyna destruir minha autoestima.

— Meg — comecei. — Ontem à noite...

— Você viu o Pêssego. Eu sei.

Naquele tom ela poderia estar falando sobre o clima. Seu olhar permaneceu na porta da estação de transmissão.

— Você sabe — repeti.

— Ele já está por aqui faz uns dias.

— Você o viu?

— Só senti. Ele tem seus motivos para não se aproximar. Não gosta dos romanos. Está bolando um plano para ajudar os espíritos da natureza daqui.

— E... se esse plano for ajudar os espíritos a fugir?

Na luz cinzenta e difusa da neblina, até os óculos de Meg pareceram um par de parabólicas.

— Você acha que é isso que ele quer? Ou que os espíritos da natureza querem?

Eu me lembrei das expressões temerosas dos faunos no People's Park, da raiva e do cansaço das dríades.

— Não sei. Mas Lavínia...

— É, ela foi com eles. — Meg deu de ombros. — Os centuriões perceberam que ela não estava na chamada matinal. Estão tentando não dar muita atenção. Desanima o pessoal.

Fiquei encarando minha jovem companheira, que aparentemente tinha aprendido algumas coisas sobre Fofoca Avançada com Lavínia.

— Reyna sabe disso?

— Que Lavínia foi embora? Óbvio. Para onde Lavínia foi? Não. Eu também não sei, para ser sincera. Não sei o que ela, Pêssego e os outros estão planejando, mas, seja o que for, não tem muito que a gente possa fazer agora. Temos outras preocupações no momento.

Cruzei os braços.

— Bem, eu fico feliz que a gente tenha conversado sobre isso, assim me sinto bem mais leve por todas as coisas que você já sabia. Eu também ia dizer que você é muito importante para mim e que eu talvez até ame você como uma irmã mais nova, mas...

— Também já sei disso. — Ela abriu um sorriso torto para mim, provando que Nero deveria mesmo tê-la levado ao dentista quando era mais nova. — Tudo bem. Você ficou bem menos irritante também.

— Hum.

— Olha, Reyna está vindo.

Assim terminou nosso carinhoso momento familiar, quando a pretora ressurgiu da estação com uma expressão preocupada, os greyhounds correndo felizes ao redor dela, como se estivessem prestes a ganhar umas jujubas.

— Está tudo vazio — anunciou Reyna. — Parece que saíram com pressa. Eu diria que alguém evacuou o prédio, talvez com uma ameaça de bomba ou algo assim.

Franzi a testa.

— Nesse caso, não era para ter veículos de emergência aqui?

— A Névoa — sugeriu Meg. — Pode ter feito os mortais verem alguma coisa que os tirou daqui. Limpando o local antes...

Eu estava prestes a perguntar: *Antes do quê?* Mas não queria saber a resposta. Meg tinha razão, é claro. A Névoa era uma força estranha. Às vezes manipulava mentes mortais depois de um evento sobrenatural, como uma espécie de controle de danos. Outras vezes, operava antes de uma catástrofe, expulsando os mortais que poderiam acabar sendo danos colaterais — como ondas num lago avisando dos primeiros passos de um dragão.

— Bem... — começou Reyna. — Se isso é verdade, significa que estamos no lugar certo. E só consigo imaginar mais uma direção para explorar. — Seus olhos seguiram as vigas da Torre Sutro até o ponto onde eram engolidas pela neblina. — Quem quer subir primeiro?

Querer não teve nada a ver com isso. Eu fui obrigado.

A desculpa foi que Reyna poderia me ajudar se eu começasse a ficar nervoso na escada. O motivo real provavelmente era me impedir de fugir se ficasse com medo. Meg foi por último, para que tivesse tempo, suponho eu, de selecionar as sementes apropriadas no seu cinto de jardinagem para jogar nos nossos inimigos enquanto eles comiam minha cara e Reyna me empurrava para cima.

Aurum e Argentum, como não podiam subir, ficaram no descampado para proteger nossa saída, aqueles preguiçosos sem polegares opositores. Se a gente acabasse sendo jogado lá de cima, os cães estariam lá para latir animadamente para nossos corpos. Isso me reconfortou bastante.

Os degraus eram frios e escorregadios. As costelas de metal em volta do túnel me davam a sensação de estar subindo por uma mola gigantesca. Imaginei que fossem algum tipo de proteção, mas não me passaram nenhuma segurança. Se eu escorregasse, as grades seriam só mais um obstáculo para me machucar durante a queda.

Depois de alguns minutos, meus braços e pernas tremiam. Meus dedos perdiam a força. O primeiro nível de vigas não parecia se aproximar. Olhei para baixo e percebi que mal tínhamos passado do nível das parabólicas no telhado da estação.

O vento frio me fazia balançar na gaiola de metal, atravessando meu casaco e sacudindo as flechas na aljava. Não importava onde os guardas de Tarquínio estivessem, se me pegassem naquela escada, meu arco e meu ukulele não serviriam de nada. Pelo menos um rebanho de ovelhas assassinas não conseguiria subir os degraus.

Enquanto isso, na neblina acima de nós, mais vultos escuros voavam — definitivamente algum tipo de ave. Eu me forcei a lembrar que não poderiam ser estriges. Ainda assim, uma sensação de perigo embrulhava meu estômago.

E se...?

Pare com isso, Apolo, briguei comigo mesmo. *Não tem nada que você possa fazer além de continuar a subir.*

Eu me concentrei em subir um perigoso e escorregadio degrau de cada vez. A sola dos meus sapatos guinchava no metal.

Lá embaixo, Meg perguntou:

— Vocês estão sentindo cheiro de rosas?

Eu me perguntei se ela estava tentando me fazer rir.

— Rosas? Mas por quê, em nome dos doze deuses, eu sentiria cheiro de *rosas* aqui em cima?

— Só estou sentindo o cheiro dos sapatos de Lester — comentou Reyna. — Acho que ele pisou em alguma coisa.

— Numa poça bem grande de vergonha — resmunguei.

— Estou sentindo cheiro de rosas — insistiu Meg. — Mas tá bom. Vamos nessa.

Foi o que eu fiz, já que não tinha outra opção.

Por fim, chegamos ao primeiro nível de vigas. Uma passarela corria pela extensão das vigas mestras, nos permitindo uns minutos de descanso. Só estávamos uns vinte metros acima da estação de transmissão, mas parecia muito mais. Lá embaixo víamos uma extensão infinita de quarteirões urbanos, subindo e contornando morros sempre que necessário, as ruas fazendo curvas e voltas que me lembravam o alfabeto tailandês. (A deusa Nang Kwak tentou me ensinar o idioma deles uma vez, durante um delicioso jantar com macarrão apimentado, mas fui um péssimo aluno.)

No estacionamento, Aurum e Argentum olhavam para nós lá em cima e balançavam os rabos, como se esperassem que fizéssemos alguma coisa. A parte maldosa de mim quis atirar uma flecha no topo da colina mais próxima e gritar *Pega!*, mas duvidava de que Reyna fosse gostar.

— É legal aqui em cima — concluiu Meg, e fez uma estrelinha, porque gostava de me causar taquicardia.

Eu avaliei as passarelas que formavam um triângulo, torcendo para ver algo além de cabos, caixas de luz e equipamento de satélite — de preferência algo com a mensagem: APERTE ESTE BOTÃO PARA COMPLETAR A MISSÃO E RECOLHER A RECOMPENSA.

É claro que não, resmunguei sozinho. *Tarquínio não seria legal a ponto de colocar o que queremos logo no primeiro nível.*

— Definitivamente nada de deus silencioso aqui — disse Reyna.

— Que ótimo.

Ela sorriu, claramente ainda de bom humor, dada a minha gafe anterior na mencionada poça de vergonha.

— Também não estou vendo porta nenhuma. A profecia não dizia que eu tinha que abrir uma porta?

— Pode ser uma porta metafórica — especulei. — Mas você tem razão, não tem nada para nós aqui.

Meg apontou para o próximo nível de vigas — vinte metros acima, quase invisível na neblina.

— O cheiro de rosas está mais forte aqui em cima — disse ela. — É melhor a gente continuar subindo.

Farejei o ar. Só senti o leve aroma de eucaliptos vindo da mata abaixo de nós, do meu suor esfriando na pele e o fedor amargo de antisséptico e infecção subindo do meu abdome enfaixado.

— Oba — falei. — Mais subida.

Dessa vez, Reyna saiu na frente. Não havia mais o túnel de metal em torno dos degraus que levavam ao segundo nível, só os degraus na coluna, como se os construtores tivessem pensado: *Ora, se você já chegou até aqui, deve ser doido mesmo, então nada de equipamentos de segurança!* Agora que a proteção não estava mais lá, eu percebi que ela havia, sim, me oferecido algum apoio psicológico. Pelo menos daquele jeito eu podia fingir que estava dentro de uma estrutura segura, não escalando sem nenhum equipamento uma torre gigantesca que nem um lunático.

Não entrava na minha cabeça que Tarquínio tivesse colocado algo tão importante quanto esse seu deus silencioso no topo de uma torre de rádio, ou por que ele havia se aliado aos imperadores para começo de conversa, ou por que o cheiro de rosas poderia significar que estávamos nos aproximando do nosso objetivo, ou por que aqueles pássaros negros ficavam sobrevoando a neblina. Não estavam com frio? Não tinham mais o que fazer?

Ainda assim, eu não tinha dúvida de que a gente precisava escalar aquele tripé gigantesco. Parecia a coisa certa a se fazer, e com isso quero dizer que passava uma sensação apavorante de estar se fazendo o que não devia. Tive uma premonição de que tudo logo faria *sentido* para mim, e quando isso acontecesse eu não ficaria nada feliz.

Era como se eu estivesse parado no escuro, encarando luzinhas desconectadas ao longe, me perguntando o que poderiam ser. No momento em que eu percebesse, *Ah, olha, são os faróis de um caminhão enorme vindo em alta velocidade na minha direção!*, já seria tarde demais.

Já estávamos na metade do caminho para o segundo patamar de vigas quando uma sombra raivosa surgiu da neblina, passando de raspão pelo meu ombro. O vento causado pelas asas quase me derrubou da escada.

— Eita! — Meg agarrou meu tornozelo esquerdo, o que não ajudou em nada o meu equilíbrio. — O que foi isso?

Tive um vislumbre da ave que desaparecia de novo na neblina: asas negras lustrosas, bico negro, olhos negros.

Senti um soluço ficar preso na garganta no momento em que os faróis do caminhão ficaram bem claros para mim.

— Um corvo.

— *Um corvo?* — Reyna me olhou com a testa franzida. — Aquele troço era *gigante*!

É verdade, a criatura que quase me derrubou devia ter uma envergadura de uns seis metros. Foi então que ouvimos vários crocitos raivosos na neblina, um som que não deixava dúvida.

— Corvos, no plural — corrigi. — Corvos *gigantes*.

Meia dúzia surgiu numa espiral, os olhos negros famintos dançando sobre nós como lasers de mira, avaliando nossos corpos macios e deliciosos em busca de pontos fracos.

— É um rebanho de corvos — disse Meg, meio incrédula, meio fascinada. — Eles é que são os guardas? São tão bonitos!

Eu gemi, desejando estar em qualquer outro lugar — tipo na cama, embaixo de um cobertor quentinho e grosso. Fiquei tentado a comentar que o coletivo de corvos não era aquele. Quis gritar que os guardas de Tarquínio deveriam ser desqualificados com base nesse detalhe técnico. Mas apostava que Tarquínio não se importaria com essas minúcias. Os corvos eu sabia que certamente não ligavam. Eles nos matariam de qualquer maneira, não importa quanto Meg achasse-os lindos.

— Estão aqui por causa de Corônis — falei, chateado. — É culpa minha.

— Quem é Corônis? — indagou Reyna.

— É uma longa história — respondi, e então gritei para os corvos: — Pessoal, eu já pedi desculpas um milhão de vezes!

Os corvos crocitaram de volta, raivosos. Mais de uma dúzia surgiu da neblina e começou a voar em círculos acima de nós.

— Eles vão acabar com a gente — falei. — Temos que voltar. Para a primeira plataforma.

— A segunda está mais perto — disse Reyna. — Vamos continuar subindo!

— Eles podem estar só observando a gente — comentou Meg. — Talvez nem ataquem.

Ela não deveria ter dito isso.

Corvos são criaturas do contra. Eu sei porque fui eu quem os criou assim. Então, foi só Meg expressar alguma esperança de que não nos atacassem, que eles fizeram exatamente isso.

26

Eu queria cantar um
Clássico para vocês agora. Obrigado.
Por favor parem de me bicar.

EM RETROSPECTO, eu deveria ter dado bicos de esponja aos corvos — lindas esponjinhas macias incapazes de perfurar alguém. Aproveitando o embalo, deveria ter colocado umas garras de isopor também.

Mas nãããão. Deixei que tivessem bicos serrilhados como facas e garras que mais parecem ganchos de carne. O que eu tinha na cabeça?

Meg gritou quando um dos pássaros mergulhou na sua direção, arranhando seu braço.

Outro atacou as pernas de Reyna. A pretora tentou chutá-lo, mas o calcanhar errou o corvo e acertou o meu nariz.

— AAAAAAIEEEEEÊ! — gritei, a cara inteira doendo.

— Foi mal!

Reyna tentou subir mais, mas os corvos giravam ao nosso redor, nos bicando, arranhando e arrancando pedaços das nossas roupas. O frenesi me lembrou do meu show de despedida em Tessalônica, lá para 235 a.C. (Eu gostava de fazer shows de despedida a cada dez anos, mais ou menos, só para deixar meus fãs atentos.) Dioniso tinha aparecido com sua horda inteira de ménades loucas por souvenirs. Definitivamente *não* era uma boa lembrança.

— Lester, quem é Corônis? — berrou Reyna, puxando a espada. — Por que você estava pedindo desculpa para os corvos?

— Porque eu os criei!

Meu nariz quebrado me fazia soar como se estivesse me afogando em calda.

Os corvos crocitaram, revoltados. Um deles mergulhou, as garras por pouco errando meu olho esquerdo. Reyna girou a espada a esmo, tentando manter o bando longe.

— Ué, e não dá para *des*criar? — perguntou Meg.

Os corvos não gostaram nada dessa ideia. Um deles atacou Meg. Ela jogou uma semente para ele — que, sendo um corvo, instintivamente pegou no ar. A semente explodiu em uma abóbora de tamanho real no seu bico. O corvo, de repente com todo o peso do Halloween na cabeça, despencou até o chão.

— Certo, não foi exatamente uma *criação* minha — confessei. — Só os transformei no que são agora. E não, não consigo desfazer isso.

Mais gritos raivosos das aves, embora por um momento elas se mantivessem distantes, desconfiadas da menina com uma espada e da outra com sementes gostosas que explodiam.

Tarquínio tinha escolhido os guardas perfeitos para me manter longe do seu deus silencioso. Corvos me *odiavam*. Provavelmente trabalhavam de graça, sem direito a plano de saúde ou vale-refeição, apenas torcendo para ter uma chance de me destruir.

Eu suspeitava de que a única razão para ainda estarmos vivos era que os pássaros estavam decidindo quem entre eles teria a honra de me matar.

Cada crocito raivoso era uma exigência das minhas partes mais saborosas: *Eu fico com o fígado!*

Não, eu fico com o fígado!

Ora, então eu quero os rins!

Corvos são tão gananciosos quanto do contra. Infelizmente, a gente não poderia contar que a discussão deles duraria muito tempo. Estaríamos mortos assim que eles descobrissem quem bicaria primeiro.

Reyna tentou acertar um que estava se aproximando demais. Deu uma olhada para a passarela nas vigas acima de nós, talvez calculando se teria tempo de chegar lá caso guardasse a espada. Julgando pela expressão frustrada, a conclusão foi *não*.

— Lester, eu preciso de informação — disse ela. — Me diga como derrotar essas coisas.

— Sei lá! — choraminguei. — Olha, antigamente, corvos eram gentis e brancos, que nem as pombas, tá? Mas eles fofocavam *demais*. Uma vez eu estava saindo com uma menina chamada Corônis. Os corvos descobriram que ela estava me traindo e me contaram. Eu fiquei tão nervoso que convenci Ártemis a matar Corônis em meu lugar, depois puni os corvos por serem linguarudos e os transformei em pássaros pretos.

Reyna me encarou como se estivesse considerando me dar outro chute no nariz.

— Essa história é bizarra de todas as formas possíveis e imagináveis.

— Tudo errado mesmo — concordou Meg. — Você mandou a sua irmã matar uma garota que estava te traindo?

— Bem, eu...

— E aí puniu os pássaros que te contaram — completou Reyna — tornando-os pretos, como se preto fosse uma coisa ruim e branco uma coisa boa?

— Falando desse jeito, não parece mesmo correto — protestei. — Mas foi só o que aconteceu quando minha maldição torrou os pássaros. Também transformei os corvos em pássaros carnívoros e raivosos.

— Ah, então tudo bem — rosnou Reyna.

— Se a gente deixasse os pássaros comerem você — perguntou Meg —, será que eles deixariam nós duas em paz?

— Eu... *O quê?* — Fiquei com medo de que Meg não estivesse brincando. Seu semblante não dizia *estou de brincadeira*. Dizia *estou falando sério sobre deixar esses pássaros comerem você*. — Olha, eu estava irritado! Tudo bem, descontei nos pássaros, mas depois de uns séculos me acalmei. Me desculpei. Mas aí eles meio que já *gostavam* de ser carnívoros e raivosos! Quanto a Corônis... Quer dizer, pelo menos eu salvei o bebê que ela estava esperando quando Ártemis a matou. Ele se tornou Esculápio, deus da medicina!

— Você mandou matar sua namorada *grávida*?

Reyna deu outro chute na minha cara. Consegui desviar, porque tinha bastante prática em me acovardar, mas doeu saber que dessa vez ela não estava mirando em um corvo. Ah, não. Ela queria *mesmo* arrancar os meus dentes.

— Você é ridículo — concordou Meg.

— Podemos conversar sobre isso depois? — pedi. — Talvez nunca? Eu era um *deus* na época! Não sabia o que estava fazendo!

Alguns meses atrás, uma frase como essa não teria feito sentido para mim. Agora, parecia muito verdade. A sensação era de que Meg tinha me dado seus óculos fundo de garrafa cobertos de pedrinhas e, para o meu horror, eles corrigiram minha visão. Eu não gostava de como tudo parecia pequeno e desprezível e mesquinho sob a visão perfeita, mágica e horrenda de Meg. Acima de tudo, eu não gostava de como *eu* parecia — não só o Lester do presente, mas o deus anteriormente conhecido como Apolo.

Reyna trocou olhares com Meg. Elas pareceram chegar a um acordo silencioso de que o plano de ação mais prático seria sobreviver aos corvos para me matarem com as próprias mãos mais tarde.

— A gente vai morrer se ficar aqui. — Reyna girou a espada para afastar outro pássaro carnívoro animado. — Não vamos conseguir desviar deles e subir ao mesmo tempo. Alguma ideia?

Os corvos tinham; se chamava *ataque total*.

Eles deram um rasante: bicando, arranhando, crocitando, furiosos.

— Desculpa! — gritei, abanando as mãos futilmente para afastar os pássaros. — Desculpa!

Os corvos não aceitaram minhas desculpas. Garras rasgaram as pernas da calça. Um bico se prendeu à minha aljava e quase me derrubou da escada, deixando meus pés pendurados por um segundo assustador.

Reyna continuava brandindo a espada. Meg xingava e jogava sementes como se fossem lembrancinhas na pior festa de aniversário de todos os tempos. Um corvo gigante sumiu, girando em queda livre, coberto de narcisos. Outro caiu que nem uma pedra, o estômago distendido com algo do formato de uma abobrinha imensa.

Minhas mãos perdiam as forças. Sangue pingava do nariz, mas eu não conseguia parar um segundo sequer para limpar.

Reyna tinha razão. Se a gente não se mexesse, ia morrer. E não dava para se mexer.

Olhei para as vigas acima de nós. Se ao menos conseguíssemos chegar lá, poderíamos ficar de pé e usar os braços. Teríamos alguma chance de, sei lá, *lutar*.

No final da passarela, em frente à próxima coluna, havia uma caixa retangular grande parecida com um contêiner. Fiquei surpreso por não ter notado aquilo antes, mas comparada à torre, a caixa parecia pequena e insignificante, só outro pedaço de metal vermelho. Eu não tinha ideia do que aquilo estava fazendo ali (um armário de ferramentas? depósito?), mas, se conseguíssemos entrar, poderíamos usá-la como abrigo.

— Ali! — gritei.

Reyna seguiu meu olhar.

— Se conseguirmos chegar lá... Precisamos de tempo. Apolo, o que afasta corvos? Não tem alguma coisa que eles odeiem?

— Mais que *eu*?

— Eles não gostam muito de narcisos — observou Meg quando outra ave coberta de flores desabou em queda livre.

— Precisamos de algo que afaste *todos eles* — disse Reyna, girando a espada de novo. — Algo que eles odeiem mais que Apolo. — Seus olhos começaram a brilhar. — Apolo, cante para eles!

Ela bem que poderia ter me dado outro chute na cara.

— Minha voz não é *tão* ruim assim!

— Mas você é... *era* o deus da música, não? Se pode conquistar o público, deve conseguir afastar também. Cante alguma coisa que esses pássaros vão odiar!

Ótimo. Não bastava Reyna ter rido da minha cara e quebrado meu nariz, agora eu seria objeto de repulsa.

Ainda assim... Fiquei mexido com o tom que ela usou ao dizer que eu *era* um deus. Não pareceu um insulto. Ela disse aquilo quase como um elogio — como se soubesse que deidade horrível eu havia sido, mas acreditasse que eu poderia ser capaz de me tornar alguém melhor, mais útil, talvez até merecedor de perdão.

— Certo — falei. — Certo, me deixa pensar.

Os corvos não tinham intenção de me deixar fazer isso. Eles crocitavam e voavam em uma confusão de penas negras e garras afiadas. Reyna e Meg se esforçaram ao máximo para afastá-los, mas não conseguiam me proteger completamente. Levei uma bicada no pescoço, por pouco não foi na carótida. Garras cortaram minha bochecha, sem dúvida criando umas listras de sangue.

Eu não podia pensar na dor.

Queria cantar por Reyna, para provar que eu tinha mesmo mudado. Eu não era mais o deus que tinha mandado matar Corônis e criado os corvos, ou amaldiçoado a Sibila de Eritreia, ou todas as outras coisas egoístas que fiz com a mesma hesitação de quem decide que calda colocar na ambrosia.

Era hora de ser útil. Eu precisava ser repulsivo pelas minhas amigas!

Repassei milênios de memórias de concertos, tentando lembrar algum número musical que tivesse sido totalmente péssimo. Nada. Não conseguia pensar em nenhum. E os pássaros continuavam atacando...

Pássaros atacando.

Lá no fundo, uma ideia surgiu.

Ocorreu-me uma história que meus filhos Austin e Kayla tinham me contado na época em que eu estava no Acampamento Meio-Sangue. Estávamos em volta da fogueira, rindo do péssimo gosto musical de Chiron. Eles disseram que, alguns anos antes, Percy Jackson tinha afastado um bando de pássaros assassinos de Estinfália simplesmente tocando o que Chiron tinha no aparelho de som.

O que é que ele tinha tocado? Qual era a música favorita do...?

— "VOLARE"! — berrei.

Meg olhou para mim, um gerânio aleatório preso no cabelo.

— Quem?

— É uma música que Dean Martin cantava — expliquei. — Pode ser inaceitável para aves. Não tenho certeza.

— Bem, então *tenta*! — gritou Reyna.

Os corvos puxavam e arranhavam furiosamente a capa da pretora, incapazes de perfurar o tecido mágico, mas a parte da frente de seu corpo estava desprotegida. Toda vez que ela girava a espada, uma ave atacava seu peito e seus braços. A camiseta de manga comprida logo se tornaria uma regata.

Eu me concentrei para encarnar o astro da pior forma possível. Imaginei que estava num palco de Las Vegas, com uma fileira de taças de martíni vazias no piano atrás de mim. Eu num terno de veludo. Tinha acabado de fumar um maço de cigarros. À minha frente, uma multidão cheia de fãs calorosos e sem ritmo.

— *VOOO-LAAAAA-REEEE!* — gritei, modulando a voz para adicionar umas vinte sílabas à palavra. — Ô! Ô!

A resposta dos corvos foi imediata. Eles se afastaram como se de repente tivéssemos nos transformado em lanchinhos vegetarianos. Alguns se jogaram nas colunas de metal, fazendo a torre inteira estremecer.

— Continue! — berrou Meg.

Dita como uma ordem, sua palavra me forçou a obedecer. Com o perdão de Domenico Modugno, que escreveu a música, dei a "Volare" o tratamento completo de Dean Martin.

Aquela já tinha sido uma canção tão adorável e obscura. Originalmente, Modugno a batizara de "Nel blu, dipinto di blu", que, tudo bem, era um nome péssimo. Como a "One Headlight" dos Wallflowers deveria obviamente ter sido batizada de "Me and Cinderella". E a "The A-Team" do Ed Sheeran claramente "Too Cold for Angels to Fly". Caramba, pessoal, vocês estão estragando a brincadeira.

De qualquer forma, "Nel blu, dipinto di blu" poderia ter caído no esquecimento se Dean Martin não a tivesse regravado, mudando o título para "Volare", acrescentando mil violinos e um coro, transformando-a num clássico dos cantores de baile inconvenientes.

Eu não tinha segundas vozes. Só a minha, mas me esforcei ao máximo para ser péssimo. Mesmo quando eu era um deus e podia falar qualquer idioma que quisesse, nunca consegui cantar bem em italiano. Sempre misturava com latim, e acabava parecendo Júlio César com sinusite. Meu nariz recém-quebrado só completava o horror.

Berrei e me esgoelei, fechando os olhos e me agarrando à escada enquanto os corvos voavam ao meu redor, crocitando horrorizados com aquele cover terrível. Lá embaixo, os greyhounds de Reyna uivavam como se tivessem acabado de ficar órfãos.

Fiquei tão entretido no assassinato de "Volare" que nem percebi que os corvos tinham se calado. Até Meg gritar:

— APOLO, CHEGA!

Parei no meio do refrão. Quando abri os olhos, os corvos tinham desaparecido. De algum lugar da neblina, seus crocitos indignados iam ficando cada vez mais distantes enquanto o bando buscava alguma presa mais silenciosa e menos terrível.

— Meus ouvidos — reclamou Reyna. — Deuses, meus ouvidos nunca vão se recuperar.

— Os corvos vão voltar — avisei. Minha garganta parecia a boca de uma betoneira. — Assim que conseguirem comprar fones antirruído, vão voltar. Vamos subir logo! Não tenho mais Dean Martin no repertório.

27

Quer brincar de que deus é?
A letra é H. Quer me matar.
(Minha madrasta não.)

ASSIM QUE CHEGUEI à passarela, agarrei o corrimão. Não sabia bem se eram minhas pernas que tremiam ou a torre inteira que se balançava. Eu me senti de volta ao trirreme dos prazeres de Poseidon — aquela puxada por baleias-azuis. *Ah, é uma viagem tranquila*, ele tinha prometido. *Você vai adorar.*

Lá embaixo, São Francisco se estendia em uma mistura confusa de tons cinza e verdes, as bordas cobertas de neblina. Senti uma pontada de nostalgia pelos meus dias na carruagem do Sol. Ah, São Francisco! Sempre que eu via aquela linda cidade lá embaixo, sabia que minha jornada diária estava quase acabando. Eu podia finalmente estacionar a carruagem no Palácio do Sol, passar uma noite relaxante e deixar as outras forças que controlam noite e dia fazerem todo o trabalho por mim. (Sinto muito, Havaí, eu te amo, mas não vou fazer hora extra só para o sol nascer aí.)

Os corvos tinham sumido de vista. Isso não significava nada. Um cobertor de bruma ainda tapava o topo da torre. As aves assassinas poderiam voltar a qualquer minuto. Não era justo que pássaros com envergadura de seis metros conseguissem ser tão silenciosos.

No fim da passarela estava o contêiner. O cheiro de rosas estava tão forte que até eu conseguia sentir, e parecia vir do contêiner. Dei um passo para a frente e na mesma hora tropecei.

— Ei, cuidado.

Reyna agarrou meu braço.

Uma onda de energia atravessou meu corpo, fazendo minhas pernas se firmarem. Talvez tenha sido coisa da minha cabeça. Ou talvez só tenha ficado surpreso por Reyna ter feito contato físico comigo sem que isso envolvesse chutar a minha cara.

— Estou bem — falei.

Uma habilidade divina que não havia me abandonado era a de mentir.

— Você precisa de cuidados médicos — disse Reyna. — Sua cara está um horror.

— Valeu.

— Eu trouxe algumas coisas comigo — anunciou Meg.

Ela começou a mexer no cinto de jardinagem. Fiquei apavorado com a ideia de que ela fosse querer fazer um curativo no meu rosto com uma flor de buganvília, mas, em vez disso, Meg puxou um rolo de esparadrapo, gaze e antisséptico. Acho que ela havia aprendido mais no tempo que passou com Pranjal do que só a usar o ralador de queijo.

Ela cuidou do meu rosto, depois começou a procurar cortes profundos em Reyna e em mim. Havia muitos. Nós três parecíamos sobreviventes do massacre da serra elétrica. Poderíamos passar a tarde toda fazendo curativos, mas não tínhamos tanto tempo disponível.

Meg encarou o contêiner, ainda com um gerânio teimoso preso ao cabelo. As tiras do vestido rasgado se agitavam ao redor do seu corpo como algas marinhas.

— O que é aquela coisa? — perguntou ela. — O que está fazendo aqui em cima, e por que tem cheiro de rosas?

Ótimas perguntas.

Julgar escala e distância na torre era difícil. Escondido entre as colunas, o contêiner parecia próximo e pequeno, mas provavelmente estava a, tipo, um quarteirão de distância de nós, e devia ser maior que o trailer de Marlon Brando no set de *O poderoso chefão*. (Nossa, de onde essa lembrança tinha vindo? Bons tempos.) Instalar aquela caixa de metal vermelha gigantesca devia ter dado um trabalhão. Por outro lado, o Triunvirato tinha dinheiro suficiente para comprar cinquenta iates de luxo, então provavelmente poderia pagar por alguns helicópteros de carga.

A pergunta principal era: *por quê?*

Das laterais do contêiner saíam cabos brilhantes acobreados e dourados, cruzando a torre e as vigas como fios de aterramento, conectando-se a parabólicas, painéis solares e baterias. Será que havia alguma estação de monitoramento lá dentro? A estufa de rosas mais cara do mundo? Ou talvez o esquema mais elaborado de todos os tempos para roubar sinal de TV.

A extremidade mais próxima do contêiner tinha portas de carga, os trincos verticais presos por correntes pesadas. O que quer que houvesse lá dentro era para permanecer ali.

— Alguma ideia? — perguntou Reyna.

— Tentar entrar no contêiner — respondi. — É uma péssima ideia, mas é a única que tenho.

— Pois é. — Reyna deu uma olhada na neblina acima de nós. — Vamos logo, antes que os corvos voltem para um bis.

Meg conjurou as espadas e foi à frente na passarela, mas depois de uns seis metros parou abruptamente, como se tivesse batido em uma parede invisível.

Ela se virou para nós.

— Pessoal, sou... eu ou... estranho?

Eu achei que o chute na cara tinha feito meu cérebro entrar em curto-circuito.

— O que foi, Meg?

— Eu falei... estranho, tipo... frio e...

Dei uma olhada para Reyna.

— Você ouviu o que ela disse?

— Só metade das palavras. Por que as *nossas* vozes não foram afetadas?

Avaliei o pequeno espaço de passarela que nos separava de Meg. Um pensamento desconfortável surgiu na minha mente.

— Meg, dê um passo na minha direção, por favor.

— Por que... quer...?

— Só faça isso, por favor.

Ela obedeceu.

— Então vocês também sentiram uma coisa esquisita? Tipo, meio frio? — Ela franziu a testa. — Espera aí... Melhorou agora.

— Você estava pulando umas palavras — comentou Reyna.

— Estava?

As duas me olharam em busca de explicação. Infelizmente, eu achava que sabia o que era — ou pelo menos estava começando a entender. O caminhão metafórico com os faróis metafóricos estava cada vez mais metaforicamente perto de me atropelar.

— Me esperem aqui um segundo — falei. — Quero testar um negócio.

Dei alguns passos na direção do contêiner. Quando cheguei ao ponto em que Meg estivera antes, logo senti a diferença: era como se tivesse entrado num frigorífico.

Mais alguns passos e eu não ouvia mais o vento, nem o estalar dos cabos metálicos na torre, nem meus batimentos. Estalei os dedos. Nenhum som.

Senti o pânico crescer no peito. Silêncio absoluto — o pior pesadelo para um deus da música.

Virei-me para Reyna e Meg e tentei gritar:

— Estão me ouvindo agora?

Nada. Minhas cordas vocais vibraram, mas as ondas sonoras pareciam morrer antes de sair da minha boca.

Meg disse algo, mas não ouvi. Reyna abriu os braços.

Fiz um gesto para que elas esperassem. Então respirei fundo e me forcei a continuar andando na direção do contêiner. Parei de frente para as portas.

O cheiro de rosas definitivamente estava vindo dali. As correntes grossas em volta dos trincos eram de ouro imperial — havia ali o bastante do metal mágico e raro para comprar um palácio de respeito no Monte Olimpo. Mesmo na minha forma mortal, conseguia sentir o poder que irradiava do contêiner. Não só o silêncio pesado, mas a aura fria e incômoda de proteções e maldições lançadas nas portas e nas paredes de metal. Para nos manter longe. Para manter algo preso lá dentro.

Na porta da esquerda, pintada em tinta branca, havia uma única palavra em árabe:

ةيردنكسإلا

Meu árabe estava ainda mais enferrujado que meu italiano Dean Martin, mas eu tinha quase certeza de que era o nome de uma cidade. ALEXANDRIA. Alexandria, Egito.

Quase caí de joelhos. Minha visão ficou borrada. Talvez eu tenha soluçado, mas não ouvi.

Devagar, segurando o corrimão para me apoiar, voltei trôpego para as minhas amigas. Só soube que tinha saído da zona do silêncio quando me ouvi resmungando:

— Não, não, não, não.

Meg me segurou antes que eu caísse lá de cima.

— Qual o problema? O que houve?

— Acho que entendi — falei. — O deus silencioso.

— Quem é? — perguntou Reyna.

— Não sei.

Reyna piscou, confusa.

— Mas você acabou de falar...

— Acho que *entendi*. Lembrar quem é exatamente... é mais difícil. Tenho quase certeza de que estamos lidando com um deus ptolemaico, da época em que os gregos dominavam o Egito.

Meg voltou a encarar o contêiner.

— Então tem um deus naquela caixa.

Estremeci, me lembrando da malsucedida franquia de fast-food que Hermes tentou abrir no Monte Olimpo. Ainda bem que Deus-na-Caixinha não foi pra frente.

— Sim, Meg. Suspeito que seja um deus menor híbrido greco-egípcio, o que provavelmente é o motivo pelo qual ele não estava nos arquivos do Acampamento Júpiter.

— Se ele é tão menor — disse Reyna —, por que você está tão assustado?

Minha antiga arrogância olimpiana voltou por um momento. *Mortais*. Nunca entendem nada.

— Os deuses ptolemaicos são *horríveis* — expliquei. — Imprevisíveis, temperamentais, perigosos, inseguros...

— Ah, tipo um deus comum — interrompeu Meg.

— Te odeio — falei.

— Achei que me amasse.

— Eu sou multitarefa. Rosas eram o símbolo desse deus. Eu... eu não lembro por quê. Uma ligação com Vênus? Ele era o responsável pelos segredos. Antigamente, se os líderes penduravam uma rosa no teto durante uma conferência, isso significava que todos naquela conversa juravam segredo. Eles chamavam isso de *sub rosa*, sob a rosa.

— Então você sabe disso tudo — comentou Reyna —, mas não lembra o nome do deus?

— Eu... Ele... — Um rosnado frustrado cresceu na minha garganta. — Eu *quase* lembrei. Eu *devia* saber. Mas não penso nesse deus faz milênios. Ele é *muito* obscuro. É como me pedir para me lembrar do nome de um backing vocal com quem trabalhei na Renascença. Talvez, se você não tivesse me dado um chute na cara...

— Depois daquela história da Corônis? — interrompeu Reyna. — Você mereceu.

— Mereceu mesmo — concordou Meg.

Suspirei.

— Vocês duas são péssimas influências uma para a outra.

Sem tirar os olhos de mim, Reyna e Meg trocaram um *high-five*.

— Tá bom — resmunguei. — Talvez a Flecha de Dodona possa ajudar a refrescar minha memória. Pelo menos ela me insulta em linguagem floreada e shakespeariana.

Peguei a flecha na aljava.

— Ó, profético míssil, preciso de seu conselho!

Silêncio.

Eu me perguntei se a flecha havia adormecido por conta da atmosfera mágica em torno do contêiner. Então percebi que havia uma explicação mais simples. Devolvi a flecha à aljava e peguei outra.

— Você pegou a flecha errada, não pegou? — adivinhou Meg.

— Não! Você não entende o meu processo de pensamento. Vou voltar para a esfera do silêncio agora.

— Mas...

Saí pisando duro antes que Meg continuasse.

Foi só quando estava envolto pelo silêncio e pelo frio que me ocorreu que talvez seria difícil ter uma conversa com a flecha se eu estava impossibilitado de falar.

Não importava. Eu era orgulhoso demais para recuar. Se não conseguisse me comunicar telepaticamente com a flecha, simplesmente fingiria ter uma conversa inteligente enquanto Reyna e Meg observavam.

— Ó, profético míssil! — tentei de novo. Minhas cordas vocais vibraram, mas não houve som, uma sensação perturbadora que só posso comparar a se afogar. — Necessito de seu conselho!

CONGRATULAÇÕES, disse a flecha. Sua voz ressoou na minha cabeça — uma sensação mais palpável que auditiva —, fazendo meus olhos estremecerem.

— Obrigado. Espera aí. Está me parabenizando pelo quê?

TU ENCONTRASTE TEU CAMINHO. AO MENOS O PRINCÍPIO DE TEU CAMINHO. SUPUS QUE TAL SERIA O CASO NO DEVIDO TEMPO. CONGRATULAÇÕES, PORTANTO.

— Ah. — Eu encarei a ponta da flecha, esperando o insulto. Fiquei tão surpreso que só conseguir gaguejar: — O-Obrigado.

CERTAMENTE NÃO É PROBLEMA ALGUM.

— A gente acabou de ter uma conversa educada?

SIM, respondeu a flecha. *FATO ESTRANHÍSSIMO. PORÉM, DE QUE "PROCESSO DE PENSAMENTO" ESTAVAS FALANDO COM TUAS MOÇOILAS? NÃO TENS PROCESSO ALGUM. SÓ TE ENROLAS.*

— Aí, sim — resmunguei. — Por favor, preciso que você refresque minha memória. Esse deus silencioso... É aquele cara do Egito, não é?

MUITO BEM PENSADO, SENHOR, disse a flecha. *SERÁ FACÍLIMO AGORA QUE REDUZISTE AS POSSIBILIDADES A TODOS OS CARAS DO EGITO.*

— Você entendeu. Tinha aquele cara... Aquele deus ptolemaico. O esquisitão. Era um deus do silêncio e dos segredos. Mas não exatamente. Se você me disser o nome, acho que o resto das minhas lembranças vão voltar.

SERÁ MINHA SABEDORIA TÃO FACILMENTE COMPRADA? ESPERAS GANHAR O NOME DO DEUS SEM QUALQUER ESFORÇO DE TUA PARTE?

— Você acha que escalar a Torre Sutro foi fácil? — reclamei. — Que eu gostei de ser atacado por corvos, levar um chute na cara e ser forçado a cantar que nem o Dean Martin?

FOI DIVERTIDO.

Posso ter gritado algumas palavras de baixo calão, mas a esfera de silêncio as censurou, então vocês terão que usar a imaginação.

— Tá bom — falei. — Pode pelo menos me dar uma dica?

CERTAMENTE. O NOME QUE PROCURAS COMEÇA COM H.

— Hefesto... Hermes... Hera... Tem muitos deuses com nomes começados com H!

— *HERA? ESTÁS FALANDO SÉRIO?*

— Só estou chutando. H, hum...

— *PENSE NO TEU MÉDICO FAVORITO.*

— Eu. Espera. Meu filho Esculápio.

O suspiro da flecha fez meu esqueleto inteiro tremelicar.

TEU MÉDICO MORTAL FAVORITO.

— Doutor Korvo. Doutor Destino. Doutor House. Doutor... Ah, você quer dizer Hipócrates. Mas ele não é um deus ptolemaico.

ESTÁS ME TORTURANDO, reclamou a flecha. *HIPÓCRATES É TUA DICA. O NOME QUE BUSCAS É SIMILAR. PRECISAS SOMENTE SUBSTITUIR UMA LETRA.*

— Que letra?

Eu estava me sentindo petulante, mas eu nunca tinha gostado muito de jogos de palavras, mesmo antes da experiência horrenda no Labirinto de Fogo.

DAREI-TE UMA ÚLTIMA DICA, disse a flecha. *PENSE NO TEU IRMÃO MARX FAVORITO.*

— Irmãos Marx? Como é que você *conhece* os irmãos Marx? Eles eram da década de 1930! Quer dizer, sim, é claro que eu adorava os dois. Eles trouxeram alegria a uma época bem complicada, mas... Espera. O que tocava a harpa. Harpo. Eu sempre achei as músicas dele uma graça e...

O silêncio ficou mais pesado e mais frio ao meu redor.

Harpo, pensei. *Hipócrates. Junte os nomes e você tem...*

— Harpócrates — falei. — Flecha, por favor, me diga que essa não é a resposta. Por favor, me diga que não é ele que está dentro daquele contêiner.

A flecha não respondeu, o que considerei uma confirmação dos meus piores temores.

Voltei minha amiga shakespeariana para a aljava e me arrastei até Reyna e Meg de novo.

Meg estava com a testa franzida.

— Não gostei da sua cara.

— Nem eu — concordou Reyna. — O que você descobriu?

Eu encarei a neblina, desejando que tivéssemos que lidar com algo tão simples quanto corvos gigantes assassinos. Como eu suspeitava, o nome do deus havia trazido minhas memórias de volta — e eram memórias ruins e amargas.

— Sei que deus estamos enfrentando. A boa notícia é que ele não é tão poderoso assim. Para um deus. É bem obscuro mesmo. Sub-sub-celebridade.

Reyna cruzou os braços.

— E qual é a má notícia?

— Ah... Bem. — Eu pigarreei. — Harpócrates não gosta muito de mim. Ele pode ter... hum, jurado que ia me vaporizar um dia.

28

*Quem não precisa
de ajuda às vezes para
comer concreto?*

— VAPORIZAR — repetiu Reyna.

— Isso.

— O que você fez para ele? — perguntou Meg.

Tentei parecer ofendido.

— Nada! Posso ter feito uma ou outra brincadeira, mas ele era um deus *muito* menor. Com uma aparência bem boba. Posso ter feito algumas piadinhas com ele na frente dos outros Olimpianos.

Reyna franziu a testa.

— Então você fez bullying com ele.

— Não! Quer dizer... Eu posso ter escrito *me chute* em letras brilhantes nas costas da toga dele. E acho que talvez tenha sido exagerado amarrar e prender o cara nos estábulos com cavalos de fogo...

— AH, PELOS DEUSES! — exclamou Meg. — Você é péssimo!

Lutei contra o ímpeto de me defender. Queria gritar: *Bem, pelo menos eu não o matei como fiz com a minha namorada grávida Corônis!* Mas não seria um argumento muito bom. Repensando meus encontros com Harpócrates, percebi que eu tinha *mesmo* sido um babaca. Se alguém tivesse tratado a mim, Lester, do jeito que tratei aquele pobre deus ptolemaico, eu teria vontade de me enfiar num buraco e morrer. E, sendo bem sincero, na época em que eu era um deus, também tinha sofrido bullying... só que do meu pai. Eu deveria ter sido mais empático.

Eu não pensava em Harpócrates em éons. Nunca dei muita importância a todas as maldades que fiz com ele. Imagino que isso só piorava a situação. Eu tinha ignorado as consequências dos nossos encontros, mas duvido que ele tenha agido da mesma forma.

Os corvos de Corônis... Harpócrates...

Não era coincidência que ambos estivessem me assombrando como os Fantasmas das Saturnálias Passadas. Tarquínio havia orquestrado tudo isso pensando em *mim*. Estava me forçando a confrontar meus piores momentos. Mesmo que eu sobrevivesse aos desafios, meus amigos veriam exatamente o ser detestável que eu era. A vergonha pesaria sobre meus ombros e minaria minhas forças — da mesma maneira que Tarquínio colocava pedras na cesta em torno da cabeça de seus inimigos até que a carga fosse demais. O prisioneiro desabava e se afogava em uma piscina rasa, e Tarquínio exclamava: *Eu não o matei. Ele simplesmente não era forte o bastante.*

Respirei fundo.

— Certo, eu fiz bullying com ele. Percebo isso agora. Vou entrar naquele contêiner e pedir desculpas. E torcer para Harpócrates não me vaporizar.

Reyna não parecia animada com meu plano. Ela dobrou a manga, revelando um relógio preto simples no pulso. Deu uma olhada na hora, talvez se perguntando quanto tempo levaria para que eu fosse vaporizado e elas voltassem para o acampamento.

— Digamos que a gente consiga passar pelas portas, o que vamos enfrentar? Conte mais sobre Harpócrates.

Tentei criar uma imagem mental do deus.

— Ele tem a aparência de uma criança. Talvez de uns dez anos?

— Você fez bullying com um menino de dez anos — resmungou Meg.

— Ele *parece* um menino de dez anos. Não falei que ele realmente tinha essa idade. Ele tem a cabeça raspada com um rabo de cavalo na lateral.

— É um negócio egípcio? — perguntou Reyna.

— Sim, para crianças. Harpócrates era originalmente uma encarnação do deus Hórus: Harpa-Khruti, Hórus, o menino. De qualquer maneira, quando Alexandre, o Grande invadiu o Egito, os gregos encontraram várias estátuas do deus e não sabiam o que significavam. Em geral ele era representado com o dedo sobre os lábios.

Eu demonstrei.

— Tipo, *silêncio* — disse Meg.

— Foi exatamente o que os gregos pensaram. Mas o gesto não tinha nada a ver com *shh*. Só simbolizava o hieróglifo para *criança*. De qualquer maneira, os gregos decidiram que aquele devia ser o deus do silêncio e dos segredos. Mudaram o nome dele para Harpócrates. Construíram alguns santuários, começaram a rezar para ele, e pronto, ele virou um deus híbrido greco-egípcio.

Meg bufou.

— Não pode ser tão fácil assim criar um deus novo.

— Nunca subestime o poder de milhares de mentes humanas acreditando na mesma coisa. São capazes de transformar a realidade. Às vezes para a melhor, às vezes não.

Reyna encarou as portas.

— E agora Harpócrates está aqui. Você acha que ele é poderoso o bastante para causar todos os nossos problemas de comunicação?

— Não deveria ser. Não entendo como...

— Aqueles cabos. — Meg apontou. — Estão conectando o contêiner à torre. Talvez eles estejam aumentando o sinal dele? Talvez seja por isso que ele está aqui em cima.

Reyna assentiu, impressionada.

— Meg, da próxima vez que eu precisar instalar um videogame vou te chamar. Talvez a gente possa só cortar os cabos e não abrir o contêiner?

Eu adorei a ideia, o que era uma bela indicação de que aquilo não funcionaria.

— Não vai ser o suficiente — constatei. — A filha de Belona tem que abrir a porta para o deus silencioso, certo? E para nosso ritual de invocação funcionar, precisamos do último suspiro do deus depois que a... hum, alma dele for libertada.

Falar da receita sibilina na segurança da sala dos pretores era uma coisa. Falar dela na Torre Sutro, encarando o imenso contêiner vermelho do deus era outra bem diferente.

Tive uma profunda sensação de desconforto que nada tinha a ver com o frio, com a proximidade da esfera de silêncio ou mesmo com o veneno de zumbi circulando nas minhas veias. Alguns minutos antes eu havia admitido ter feito bullying com Harpócrates. Tinha decidido pedir desculpas. E para quê? Só para depois matá-lo por causa de uma profecia? Outra pedra foi jogada na cesta invisível em volta da minha cabeça.

Meg devia estar sentindo algo semelhante. Ela fez sua melhor careta de *Não--quero-fazer-isso* e começou a remexer no vestido rasgado.

— A gente não precisa mesmo... Sabe? Precisa? Quer dizer, mesmo se esse tal de Harpo estiver trabalhando para os imperadores...

— Eu não acho que esteja. — Reyna indicou as correntes no trinco com a cabeça. — Parece que ele foi *sequestrado*. É um prisioneiro.

— Isso só piora as coisas — reclamou Meg.

De onde eu estava, conseguia ver a palavra em árabe dizendo *Alexandria* na porta do contêiner. Imaginei o Triunvirato arrancando Harpócrates de algum templo enterrado no deserto egípcio, enfiando o deus naquela caixa e enviando-o para os Estados Unidos como se fosse uma encomenda. Os imperadores consideravam Harpócrates apenas outro brinquedinho divertido e perigoso, como os monstros treinados e lacaios humanoides.

E por que não deixar o rei Tarquínio ser seu guardião? Os imperadores podiam se aliar ao tirano morto-vivo, pelo menos temporariamente, para facilitar um pouco a invasão ao Acampamento Júpiter. Podiam deixar Tarquínio criar a armadilha mais cruel em que conseguisse pensar para mim. Se eu matasse Harpócrates ou ele me matasse, que diferença faria para o Triunvirato no fim das contas? Eles se divertiriam de qualquer maneira — só mais uma luta de gladiadores para interromper a monotonia de suas vidas imortais.

Senti uma pontada de dor no corte no meu pescoço. Percebi que estava trincando os dentes de tanta raiva.

— Tem que ter outro jeito — falei. — A profecia não *pode* significar que a gente precisa matar Harpócrates. Vamos conversar com ele. Pensar em outra solução.

— Como a gente vai fazer isso se ele irradia silêncio? — perguntou Reyna.

— Essa é... essa é uma boa pergunta — admiti. — Vamos começar pelo começo. Temos que abrir aquelas portas. Vocês conseguem cortar as correntes?

Meg pareceu chocada.

— Com as minhas *espadas*?

— Bem, achei que seria melhor do que com os dentes, mas pode ficar à vontade.

— Gente — disse Reyna. — Lâminas de ouro imperial em correntes de ouro imperial? A gente pode até conseguir cortar, mas ficaríamos aqui o dia inteiro. Não temos tanto tempo. Pensei em outra coisa. Força divina.

Ela me encarou.

— Mas eu não tenho força divina nenhuma! — protestei.

— Você recuperou sua habilidade com o arco — argumentou ela. — Você recuperou sua habilidade musical.

— Aquela música da Valéria não vale — comentou Meg.

— "Volare" — corrigi.

— Preste atenção — continuou Reyna. — Talvez eu possa aumentar sua força. Acho que deve ser por isso que estou aqui.

Pensei no choque de energia que senti quando Reyna tocou meu braço. Não havia sido atração física nem um aviso de Vênus. Eu pensei em algo que ela havia falado para Frank antes de sairmos do acampamento.

— O poder de Belona — falei. — Tem alguma coisa a ver com ser mais forte em grupo?

Reyna assentiu.

— Eu consigo amplificar as habilidades dos outros. Quanto maior o grupo, melhor, mas mesmo com três pessoas... Pode ser o suficiente para aumentar seu poder e você conseguir abrir as portas.

— Mas isso conta? — perguntou Meg. — Quer dizer, se a própria Reyna não abrir a porta, será que a gente não vai estar trapaceando a profecia?

Reyna deu de ombros.

— Profecias nunca significam o que a gente acha que significam, certo? Se Apolo conseguir abrir a porta graças à minha ajuda, então ainda sou responsável por isso, não acha?

— Além disso... — Apontei para o horizonte. Ainda tínhamos algumas horas de luz do sol, mas a lua cheia estava se erguendo, imensa e branca, sobre as colinas de Marin County. Logo ela ficaria vermelha como sangue, e eu temia que o mesmo acontecesse com nossos amigos. — O tempo está acabando. Se der para trapacear, vamos trapacear.

Percebi que essas seriam péssimas últimas palavras. Ainda assim, Reyna e Meg me seguiram até o silêncio frio.

Quando chegamos às portas, Reyna segurou a mão de Meg, se virou para mim e perguntou, em silêncio:

— *Pronto?*

Então colocou a outra mão no meu ombro.

Senti uma onda de poder me atravessar. Dei uma risada de alegria sem som. Eu me senti tão poderoso quanto na floresta do Acampamento Meio-Sangue, quando havia enviado um dos guarda-costas bárbaros de Nero para fazer órbita na Terra. O poder de Reyna era incrível! Se eu conseguisse convencê-la a ficar atrás de mim enquanto eu fosse mortal, com a mão no meu ombro e uma corrente de uns vinte ou trinta semideuses atrás de mim, aposto que não haveria nada que eu não conseguiria fazer!

Agarrei algumas correntes e as rasguei como papel. Depois mais outras, e outras. O ouro imperial se desfazia silenciosamente nos meus punhos. Os trincos de metal pareciam moles como pãezinhos quando os arranquei.

Só sobraram as maçanetas.

O poder talvez tivesse me subido à cabeça. Abri um sorriso convencido para Reyna e Meg, pronto para aceitar seus elogios silenciosos.

Em vez disso, a cara delas era como se eu tivesse dobrado as duas ao meio também.

Meg estava trêmula, o rosto esverdeado como uma ervilha. Os olhos de Reyna estavam semicerrados de dor. As veias nas suas têmporas pulsavam como raios. Minha onda de energia estava acabando com elas.

— *Acabe logo com isso* — disse Reyna, sem fazer barulho. Seus olhos acrescentaram um pedido desesperado: *Antes que a gente desmaie.*

Humilde e envergonhado, agarrei as maçanetas. Minhas amigas me trouxeram até aqui. Se Harpócrates realmente estava dentro daquele contêiner, eu me certificaria de que toda a sua raiva recaísse em mim, não em Reyna ou em Meg.

Abri as portas de uma vez e entrei.

29

*Já ouviu a expressão
"silêncio ensurdecedor"?
É real mesmo*

NA MESMA HORA caí de quatro sob o peso do poder de Harpócrates.

O silêncio me cercou como titânio líquido. O cheiro enjoativo de rosas quase me fez vomitar.

Eu havia me esquecido de como o deus se comunicava — com explosões de imagens mentais, opressivas e silenciosas. Na época em que eu ainda era imortal, achava isso irritante. Agora, como humano, percebi que talvez destruísse meu cérebro. No momento, ele só me mandava uma mensagem sem parar: *VOCÊ? ODEIO!*

Atrás de mim, Reyna estava de joelhos, com as mãos tampando as orelhas e gritando sem emitir sons. Meg estava toda encolhida ao seu lado, chutando o ar como se tentasse afastar um cobertor pesado.

Um momento antes, eu estava partindo barras de metal como se fossem feitas de papel. Agora eu mal conseguia erguer a cabeça para encarar Harpócrates.

O deus flutuava de pernas cruzadas nos fundos do contêiner.

Ainda era do tamanho de uma criança de dez anos, ainda usava aquela roupinha ridícula de toga e coroa faraônica em formato de pino de boliche, como muitos deuses ptolemaicos confusos que não conseguiam decidir se eram egípcios ou greco-romanos. O rabo de cavalo lateral tinha sido trançado. E, é claro, ele ainda estava com um dedo erguido na frente da boca, parecendo o bibliotecário mais frustrado e irritado do mundo: *SSSHHH!*

Ele não conseguia evitar. Eu lembrava que Harpócrates precisava de muita força de vontade para manter a mão abaixada. Assim que ele parasse de se concentrar, o dedinho voltava para o lugar. Antigamente, eu achava isso hilário. Agora, nem tanto.

Os séculos não haviam sido gentis com ele. Sua pele estava enrugada e flácida. Antes dourada e bronzeada, agora tinha uma cor de porcelana nada saudável. Seus olhos fundos ardiam com raiva e desgosto.

Grilhões de ouro imperial estavam presos aos pulsos e tornozelos do deus, conectados a uma teia de correntes e cabos — alguns se prendiam a complexos painéis de controle, outros passavam por buracos nas paredes do contêiner para seguir até a estrutura da torre. Aquilo tudo parecia feito para colher o poder de Harpócrates e amplificá-lo, espalhando seu silêncio mágico pelo mundo inteiro. Essa era a fonte de todos os nossos problemas de comunicação: um deus menor triste, irritado e esquecido.

Levei um instante para entender por que ele permanecia aprisionado. Mesmo com seu poder sendo drenado, uma deidade menor deveria ser capaz de quebrar aquelas correntes. Harpócrates parecia estar sozinho, sem guardas.

Foi então que percebi. Flutuando ao lado do deus, tão enrolados nas correntes que era difícil distingui-los da confusão geral de maquinário e cabos, estavam dois objetos que eu não via em séculos: machados cerimoniais idênticos, cada um de um metro e meio de altura, com a lâmina curvada e um feixe de varas de madeira em torno do cabo.

Fasces. O maior símbolo do poderio romano.

Só de olhar para aquilo senti meu estômago revirar em nós e laçarotes. Antigamente, oficiais romanos poderosos nunca saíam de casa sem uma procissão de guarda-costas chamados lictores, cada um carregando um desses machados enfeitados para deixar claro aos plebeus que tinha alguém importante passando. Quando mais fasces, mais importante era o oficial.

No século XX, Benito Mussolini se apoderou do símbolo quando se tornou ditador da Itália. Sua filosofia de comando foi batizada em homenagem a esses machados: o fascismo.

Mas os fasces à minha frente não eram comuns. As lâminas eram de ouro imperial. Amarradas em torno dos feixes de madeira havia faixas bordadas com os nomes dos seus donos. Letras suficientes estavam visíveis para que eu fosse capaz de adivinhar o que estava escrito. À esquerda: CÉSAR MARCO AURÉLIO CÔMODO ANTONINO AUGUSTO. À direita: CAIO JÚLIO CÉSAR AUGUSTO GERMÂNICO, também conhecido como Calígula.

Aqueles eram os fasces pessoais dos dois imperadores, usados para drenar o poder de Harpócrates e mantê-lo escravizado.

O deus me encarava com ódio, forçando imagens dolorosas na minha mente: eu, enfiando a cabeça dele num vaso sanitário no Monte Olimpo; eu gargalhando enquanto amarrava seus braços e pés e o trancava nos estábulos com meus cavalos que soltavam fogo pelas ventas. Dezenas de outras situações que eu havia esquecido completamente, e em todas elas eu era tão brilhante, belo e poderoso quanto um imperador do Triunvirato... e tão cruel quanto, também.

Meu crânio latejava com a pressão do ataque de Harpócrates. Eu senti os capilares estourando no meu nariz quebrado, na minha testa, nas minhas orelhas. Atrás de mim, Reyna e Meg se reviravam em agonia. Reyna me encarou, com sangue escorrendo do nariz. Ela parecia me perguntar: *E agora, gênio? O que a gente faz?*

Eu me arrastei na direção de Harpócrates.

Hesitante, usando uma série de imagens mentais, tentei transmitir uma pergunta: *Como você veio parar aqui?*

Imaginei Calígula e Cômodo dominando Harpócrates, prendendo-o e forçando-o a obedecer. Imaginei Harpócrates flutuando sozinho nesta caixa escura por meses, anos, incapaz de se libertar do poder dos fasces, ficando cada vez mais fraco enquanto os imperadores usavam seu silêncio para manter os acampamentos dos semideuses no escuro, sem conseguir se comunicar, enquanto o Triunvirato usava a tática de dividir para conquistar.

Harpócrates era prisioneiro deles, não aliado.

Certo?

Harpócrates respondeu com uma onda de raiva e ressentimento.

Supus que significava ao mesmo tempo *Sim* e *Você é um babaca, Apolo*.

Ele forçou mais imagens na minha mente. Vi Cômodo e Calígula parados onde eu estava, sorrindo com crueldade, insultando-o.

Você deveria estar do nosso lado, Calígula disse a ele telepaticamente. *Você deveria querer nos ajudar!*

Harpócrates havia se recusado. Ele podia não conseguir vencer seus captores, mas tinha a intenção de resistir até o fim. Era por isso que ele parecia tão envelhecido.

Enviei uma onda de pena e arrependimento. Harpócrates respondeu com uma explosão de desdém.

Só porque nós dois odiávamos o Triunvirato isso não nos tornava amigos. Harpócrates nunca havia esquecido minha crueldade. Se ele não estivesse sob o controle dos fasces, já teria explodido a mim e às minhas amigas até o último átomo.

O deus me mostrou essa imagem em todos os detalhes. Dava para ver que ele gostava de pensar nisso.

Meg tentou entrar na nossa discussão telepática. De início, tudo que ela conseguiu enviar foi uma mistura de dor e confusão. Então ela conseguiu se concentrar. Vi seu pai sorrindo para ela, entregando uma rosa. Para ela, a rosa era um símbolo de amor, não de segredos. Então vi o pai dela morto, caído nos degraus da Grand Central Station, assassinado por Nero. Ela mostrou a Harpócrates sua história de vida, capturada em cenas dolorosas. Ela conhecia monstros. Ela havia sido criada pelo Besta. Não importava o quanto Harpócrates me odiava — e Meg concordava que eu era bem idiota às vezes —, tínhamos que trabalhar juntos para impedir os planos do Triunvirato.

Harpócrates repeliu os pensamentos dela com raiva. Como Meg ousava presumir que entendia seu sofrimento?

Reyna tentou outra estratégia. Ela compartilhou as memórias do último ataque de Tarquínio ao Acampamento Júpiter: os muitos feridos e mortos, seus corpos arrastados por ghouls para serem reanimados como *vrykolakai*. Ela mostrou a Harpócrates seu pior medo: que, depois de todas as batalhas, depois de séculos mantendo as melhores tradições de Roma, a Décima Segunda Legião fosse ser destruída naquela noite.

Harpócrates não se importou. Ele focou toda a sua atenção em mim, me cobrindo de ódio.

Tudo bem!, implorei. *Me mate se quiser. Mas eu sinto muito! Eu mudei!*

Enviei uma variedade dos mais horrendos e vergonhosos fracassos que sofri desde que havia me tornado mortal: chorando junto ao corpo de Heloísa, a grifo, na Estação Intermediária, abraçando o *pandos* Acorde durante seus últimos momentos no Labirinto de Fogo, e, é claro, assistir sem poder fazer nada enquanto Calígula matava Jason Grace.

Só por um momento, a raiva de Harpócrates diminuiu.

Pelo menos eu havia sido capaz de surpreendê-lo. Ele não tinha esperado culpa ou arrependimento de minha parte. Essas nunca foram minhas emoções mais comuns.

Se você nos deixar destruir os fasces, pensei, *isso vai libertá-lo. Também vai enfraquecer os imperadores, certo?*

Mostrei a ele uma visão de Reyna e Meg destruindo os fasces com as espadas, os machados cerimoniais explodindo.

Sim, pensou Harpócrates, acrescentando um tom de vermelho brilhante à visão.

Eu havia oferecido algo que ele queria.

Reyna se intrometeu. Ela imaginou Cômodo e Calígula de joelhos, gemendo de dor. Os fasces eram conectados a eles. Havia sido um grande risco deixar seus machados aqui. Se os fasces fossem destruídos, os imperadores poderiam entrar na batalha enfraquecidos e vulneráveis.

Sim, respondeu Harpócrates. A pressão do silêncio se reduziu. Eu quase conseguia respirar de novo sem sentir agonia. Reyna ficou de pé, ainda trêmula, depois ajudou Meg a se levantar, em seguida a mim.

Infelizmente, ainda não estávamos fora de perigo. Imaginei inúmeras coisas horríveis que Harpócrates poderia fazer conosco se o libertássemos. E, como estava tendo uma conversa mental, não havia como não transmitir esses medos.

O olhar de Harpócrates não diminuiu meus receios.

Os imperadores deviam ter previsto isso. Eles eram inteligentes, cínicos, terrivelmente lógicos. Eles sabiam que, se eu libertasse Harpócrates, seria provável que o primeiro ato do deus seria me matar. Para os imperadores, a potencial perda dos fasces aparentemente não superava o potencial benefício de me ver morto... ou a diversão de saber que eu mesmo tinha causado isso.

Reyna tocou meu ombro, o que quase me fez dar um pulo. Ela e Meg haviam desembainhado as espadas. Estavam só esperando minha decisão. Eu queria mesmo arriscar?

Observei o deus silencioso.

Faça o que quiser comigo, disse a ele em pensamento. *Só poupe minhas amigas. Por favor.*

Seus olhos arderam com malícia, mas também um toque de alegria. Ele parecia estar esperando que eu percebesse algo, como se tivesse escrito *me chute* na minha mochila sem eu notar.

Então vi o que havia no seu colo. Eu não tinha notado enquanto estava de joelhos, mas agora que estava de pé era difícil não perceber: um pote de vidro, aparentemente vazio, fechado com uma tampa de metal.

A sensação era de que Tarquínio havia colocado a última pedra na cesta do meu afogamento. Imaginei os imperadores gargalhando e divertindo-se bastante no deque do iate de Calígula.

Boatos de séculos anteriores surgiram na minha mente: *O corpo da Sibila havia se deteriorado... Ela não podia morrer... Seus ajudantes mantinham sua força vital... sua voz... num pote de vidro.*

Harpócrates segurava tudo que restava da Sibila de Cumas — outra pessoa que tinha todas as razões para me odiar; a mulher que os imperadores e Tarquínio sabiam que eu me sentiria na obrigação de ajudar.

Eles me deixaram a mais difícil das escolhas: fugir, deixar o Triunvirato vencer e ver meus amigos mortais serem destruídos, ou libertar dois dos meus piores inimigos e enfrentar o mesmo destino de Jason Grace.

Era uma decisão fácil.

Eu me virei para Reyna e Meg e pensei, com a maior clareza que pude:

Destruam os fasces. Libertem-no.

30

Voz e silêncio.
Já vi casais mais loucos.
Pera. Não, não vi.

ACONTECE QUE isso foi uma péssima ideia.

Reyna e Meg se aproximaram com cuidado — como se faz ao chegar perto de um animal selvagem encurralado ou de um imortal irritado. Elas se posicionaram cada uma de um lado de Harpócrates, ergueram as lâminas acima da cabeça e em silêncio contaram: *Um, dois, três!*

Era quase como se os fasces estivessem esperando para explodir. Apesar dos protestos anteriores de Reyna, que estava convencida de que lâminas de ouro imperial levariam séculos para atravessar correntes de ouro imperial, as espadas das duas atravessaram os cabos e fios como se não passassem de ilusões.

Suas lâminas acertaram os fasces e os destruíram — fazendo os feixes de madeira explodirem, soltando farpas, quebrando os cabos e derrubando os machados dourados no chão.

As meninas deram um passo para trás, claramente surpresas com o próprio sucesso.

Harpócrates abriu um sorrisinho cruel.

Em meio ao silêncio, os grilhões nas suas mãos e nos seus pés se quebraram e caíram como se fossem feitos de papel. Os cabos e as correntes remanescentes se enrugaram e escureceram, recolhendo-se junto às paredes do contêiner. Harpócrates estendeu a mão livre — a que não estava fazendo o gesto de *Shh, vou te matar* —, e as duas lâminas douradas dos machados voaram até sua palma.

Os dedos se aqueceram até ficarem incandescentes. As lâminas derreteram, ouro pingando por entre os dedos e formando uma poça no chão.

Uma vozinha na minha cabeça disse: *Ora, até que isso está indo muito bem.*

O deus pegou o pote de vidro do colo, erguendo-o nos dedos estendidos como uma bola de cristal. Por um momento, fiquei com medo de que ele faria o mesmo que fez com os machados dourados, derretendo o que restava da Sibila só para me irritar.

Em vez disso, ele atacou minha mente com novas imagens.

Vi um *eurynomos* entrar galopando na prisão de Harpócrates com o pote de vidro debaixo do braço. A boca do monstro salivava. Seus olhos roxos brilhavam.

Harpócrates lutou contra as correntes. Parecia que ele não estava no contêiner havia muito tempo. Ele queria destruir o *eurynomos* com seu silêncio, mas o ghoul não estava sendo afetado. O corpo era comandado por outra mente, muito distante, na tumba do tirano.

Mesmo por telepatia, ficou claro que a voz era de Tarquínio — pesada e brutal como rodas de bigas atropelando uma pessoa.

Trouxe uma amiga para você, disse ele. *Tente não quebrá-la.*

Ele jogou o pote para Harpócrates, que o pegou por instinto. O ghoul possuído por Tarquínio saiu mancando, com uma risada maligna, e trancou as portas atrás de si.

Sozinho no escuro, o primeiro pensamento de Harpócrates foi quebrar o vidro. Qualquer coisa vinda de Tarquínio só podia ser uma armadilha, ou veneno, ou algo assim. Mas ele ficou curioso. *Uma amiga?* Harpócrates nunca tinha tido amigos. Ele não sabia se entendia bem o conceito.

Ele sentia uma força vital dentro do jarro: fraca, triste, quase desaparecendo, porém viva, e possivelmente mais antiga que ele próprio. O deus abriu a tampa. Uma voz fraca começou a falar com ele, atravessando seu silêncio como se nem existisse.

Depois de tantos milênios, Harpócrates, o deus silencioso que nem deveria existir, quase havia esquecido o que era *som*. Ele chorou de alegria. O deus e a Sibila começaram a conversar.

Os dois sabiam que eram peões, prisioneiros. Só estavam ali porque serviam a algum propósito dos imperadores e do novo aliado deles, Tarquínio. Como Harpócrates, a Sibila havia se recusado a cooperar com seus captores. Ela não lhes diria nada sobre o futuro. Por que faria isso? Estava além de qualquer dor e sofrimento. Ela literalmente não tinha nada a perder e só desejava morrer.

Harpócrates entendia o sentimento. Estava cansado de passar milênios definhando lentamente, esperando até ser obscuro o bastante, esquecido pela humanidade, para deixar de existir de vez. Sua vida sempre foi amarga — uma incessante sequência de decepções, bullying e vergonha. Agora ele queria dormir. Dormir o sono eterno dos deuses extintos.

Eles compartilharam histórias. Se conectaram a partir de seu ódio por mim. Perceberam que Tarquínio queria que isso acontecesse. Ele havia juntado os dois, esperando que se tornassem amigos, para que pudessem ser usados um contra o outro. Mas eles não conseguiam evitar o que sentiam.

Espera aí. Eu interrompi a história de Harpócrates. *Vocês dois estão... juntos?*

Eu não devia ter perguntado. Não era minha intenção mandar um pensamento tão incrédulo, tipo, como um deus do silêncio se apaixona por uma voz num potinho de vidro?

A raiva de Harpócrates me pressionou, fazendo meus joelhos se dobrarem. A pressão do ar aumentou, como se eu tivesse afundado trezentos metros na água. Quase desmaiei, mas imaginei que Harpócrates não deixaria isso acontecer. Ele queria que eu permanecesse consciente e sofrendo.

Ele me sufocou com sua amargura e seu ódio. Minhas juntas começaram a ceder, minhas cordas vocais se dissolvendo. Harpócrates poderia estar pronto para morrer, mas isso não significava que ele não me mataria primeiro. Isso lhe traria grande satisfação.

Eu baixei a cabeça, trincando os dentes e me preparando para o inevitável.

Ótimo, pensei. *Eu mereço. Só deixe minhas amigas em paz. Por favor.*

A pressão diminuiu.

Ergui os olhos em meio a uma névoa de dor.

Na minha frente, Reyna e Meg estavam lado a lado, encarando o deus.

Elas enviaram uma variedade de imagens. Reyna pensou em quando cantei "A queda de Jason Grace" para a legião, fazendo o discurso na pira funerária de Jason com lágrimas nos olhos, então com uma cara de bobo, todo sem jeito e confuso quando me ofereci para ser namorado dela, presenteando-a com sua melhor e mais liberadora risada em anos. (Valeu, Reyna.)

Meg pensou em quando eu a salvei do ninho de *myrmekos* no Acampamento Meio-Sangue, cantando sobre meus fracassos românticos com tanta honestidade que deixei as formigas gigantes catatônicas de tristeza. Ela pensou na minha gentileza com Lívia, a elefante, com Acorde, e especialmente com ela, quando a abracei no nosso quarto no sótão do café e disse que nunca desistiria de tentar.

Em todas aquelas lembranças, eu parecia tão *humano*... mas do melhor jeito possível. Sem palavras, minhas amigas perguntaram a Harpócrates se eu ainda era a pessoa que ele tanto odiava.

O deus franziu a testa, observando as meninas.

Então uma vozinha falou — realmente *falou* — de dentro do potinho de vidro fechado.

— Chega.

A voz era tão baixa e abafada que deveria ser impossível ouvi-la. Só o silêncio total no contêiner permitia que fosse audível, embora eu não tivesse ideia de como era capaz de ultrapassar o campo sufocante de Harpócrates. Era definitivamente a Sibila. Reconheci seu tom desafiador, o mesmo de tantos séculos antes, quando ela jurou que não me amaria até que cada grão de areia desaparecesse: *Volte a me procurar ao fim desse tempo. Então, se ainda me quiser, serei sua.*

Agora, aqui estávamos, no fim errado do "para sempre", nenhum de nós na forma correta para escolher o outro.

Harpócrates encarou o pote, a expressão se tornando triste e lamuriosa. Ele parecia perguntar: *Tem certeza?*

— Foi isso que eu previ — sussurrou a Sibila. — Enfim descansaremos.

Uma nova imagem surgiu na minha mente: versos dos livros sibilinos, letras roxas em pele branca, tão brilhante que precisei estreitar os olhos. As palavras soltavam fumaça, como se tivessem acabado de sair da agulha de uma harpia tatuadora: *Acrescentar o último suspiro do deus que não fala quando sua alma for libertada e vidro estilhaçado.*

Harpócrates deve ter visto as mesmas palavras, a julgar pela sua careta. Eu esperei que ele compreendesse o significado daquilo, ficasse irritado e decidisse que, se a alma de alguém ia se libertar, seria a minha.

Quando era um deus, eu raramente pensava na passagem do tempo. Alguns séculos aqui ou ali, o que importava? Agora eu considerava há quanto tempo a

Sibila escrevera aquelas linhas. Tinham sido rabiscadas nos livros sibilinos originais na época em que Roma ainda era um reinozinho qualquer. Será que a Sibila sequer sabia o que elas significavam? Será que ela sabia que acabaria como nada além de uma voz num pote, presa numa caixa de metal escura que cheirava a rosas com o namorado, que parecia uma criança de dez anos toda enrugada usando uma toga e chapéu de pino de boliche? Se sim, como seu desejo de me matar não seria maior que o de Harpócrates?

O deus encarou o pote, talvez tendo uma conversa telepática particular com sua amada Sibila.

Reyna e Meg se colocaram na linha de visão do deus, se esforçando para me esconder. Talvez elas achassem que, se ele não me visse, poderia esquecer que eu estava ali. Parecia esquisito ficar observando por entre as pernas delas, mas eu estava tão exausto e trêmulo que duvidava que conseguiria ficar de pé.

Não importavam as imagens que Harpócrates havia me mostrado, ou o quão cansado estava da existência, eu não conseguia imaginar que ele simplesmente fosse abrir mão de sua vida e se entregar. *Ah, você precisa me matar para cumprir essa tal profecia? Tudo bem, claro! É só me acertar bem aqui!*

E definitivamente não conseguia imaginar que ele fosse deixar a gente pegar o pote da Sibila e quebrá-lo para o ritual de invocação. Eles estavam apaixonados. Por que quereriam morrer agora?

Por fim, Harpócrates assentiu, como se eles tivessem chegado a um acordo. Seu rosto se contraiu concentrado, e então ele tirou o dedo da boca, ergueu o pote até os lábios e deu um beijo leve no vidro. Em geral, eu não teria ficado emocionado com um homem beijando um pote, mas o gesto foi tão triste e sincero que senti um nó se formar na minha garganta.

Ele girou e tirou a tampa.

— Adeus, Apolo — disse a voz da Sibila, agora mais clara. — Eu o perdoo. Não porque você merece. Não por você, na verdade. Mas porque não quero morrer carregando ódio quando posso sentir amor.

Mesmo se eu conseguisse falar, não saberia o que dizer. Estava em choque. Seu tom não pedia respostas nem desculpas. Ela não precisava nem queria nada de mim. Era quase como se fosse *eu* que estava desaparecendo.

Harpócrates me encarou. Ainda havia ressentimento em seus olhos, mas dava para ver que ele também estava tentando me perdoar. O esforço parecia ainda maior do que o de manter a mão longe da boca.

Sem querer, perguntei: *Por que está fazendo isso? Como pode simplesmente concordar em morrer?*

Era melhor para mim que fosse o caso, claro. Mas não fazia sentido. Ele tinha encontrado outra alma por quem viver. Além disso, muitas outras pessoas já haviam se sacrificado pelas minhas missões.

Eu entendia agora, melhor que nunca, por que morrer às vezes era necessário. Como mortal, eu tinha feito essa escolha havia poucos minutos para salvar minhas amigas. Mas um *deus*, concordando em deixar de existir, especialmente estando livre e apaixonado? Não. Isso eu não conseguia compreender.

Harpócrates abriu um sorriso amargo. Minha confusão, meu quase pânico, devem tê-lo finalmente convencido a parar de sentir raiva de mim. Entre nós dois, ele era o deus mais sábio. Compreendia algo que eu não entendia. Ele certamente não ia me dar respostas.

O deus silencioso me mandou uma última imagem: eu, em um altar, fazendo um sacrifício para os céus. Interpretei aquilo como uma ordem: *Faça valer a pena. Não falhe.*

Então ele respirou fundo. Ficamos observando, surpresos, quando ele começou a se desfazer, o rosto rachando, a coroa caindo como a torre de um castelo de areia. Seu último suspiro, um brilho prateado de força vital, girou para dentro do pote de vidro junto com a Sibila. Ele só teve tempo de fechar a tampa antes que seus braços e seu peito se transformassem numa pilha de pó, e então Harpócrates deixou de existir.

Reyna pulou para a frente, pegando o pote antes que caísse no chão.

— Caramba, essa foi por pouco — disse ela, o que me fez perceber que o silêncio do deus havia sido quebrado.

Tudo parecia barulhento demais: minha respiração, o zumbido dos cabos elétricos cortados, o gemido da torre de metal açoitada pelo vento.

Meg ainda estava verde como um chuchu. Ela encarou o pote nas mãos de Reyna como se achasse que ele fosse explodir.

— Eles...?

— Acho que... — Engasguei com as palavras. Passei a mão no rosto e percebi que minhas bochechas estavam úmidas. — Acho que se foram. Permanentemente. O último suspiro de Harpócrates é só o que resta no pote agora.

Reyna observou o vidro.

— Mas a Sibila...? — Ela se virou para mim e quase largou o pote. — Pelos deuses, Apolo. Você está com uma cara péssima.

— Um show de horrores. Sim, eu sei.

— Não. Quero dizer que está pior agora. A infecção. Quando *isso* aconteceu?

Meg estreitou os olhos e estudou meu rosto.

— Ah, eca. A gente tem que te curar, tipo, pra ontem.

Eu estava feliz de não ter um espelho ou celular para ver minha aparência. Só podia supor que as linhas roxas de infecção tinham subido pelo meu pescoço e agora faziam desenhos divertidos no meu rosto. Eu não me sentia mais zumbificado que antes. Minha barriga não latejava mais. Mas isso talvez só significasse que meu sistema nervoso estava entregando o jogo.

— Me ajudem a levantar, por favor — pedi.

As duas tiveram que vir em meu socorro. No processo, apoiei uma das mãos no chão para dar impulso, entre os restos dos fasces destruídos, e acabei com uma farpa na mão. Porque sim.

Minhas pernas trêmulas mal aguentavam meu peso. Precisei me apoiar em Reyna, depois em Meg, enquanto tentava me lembrar de como ficar em pé. Eu não queria olhar para o pote de vidro, mas não consegui me conter. Não havia sinal do último suspiro prateado de Harpócrates lá dentro. Eu tinha que acreditar que estava lá. Era isso ou descobrir, quando tentássemos fazer a invocação, que ele tinha me pregado uma terrível pegadinha final.

Quanto à Sibila, eu não conseguia sentir sua presença. Tinha certeza de que seu último grão de areia havia se esvaído. Ela havia escolhido deixar o universo com Harpócrates — uma última experiência compartilhada entre dois amantes improváveis.

Do lado de fora do pote, os restos grudentos de um rótulo de papel ainda permaneciam. Eu conseguia ler as palavras apagadas: geleia de uva. Tarquínio e os imperadores tinham muito a explicar.

— Como eles...? — Reyna estremeceu. — Como um deus pode fazer isso? Tipo... escolher deixar de existir?

Eu queria responder que *deuses podem fazer qualquer coisa*, mas a verdade é que eu não sabia a resposta. A pergunta mais importante, porém, era por que um deus sequer decidiria tentar?

Quando Harpócrates me deu aquele último sorriso, será que estava querendo dizer que um dia eu entenderia? Algum dia, será que até os olimpianos seriam relíquias esquecidas, desejando desaparecer?

Com uma das unhas, tirei a farpa da palma da mão. Sangue escorreu — sangue vermelho humano comum — pela minha linha da vida, o que era um mau agouro. Ainda bem que eu não acreditava nessas coisas...

— Precisamos voltar — disse Reyna. — Você consegue andar?

— *Shh* — interrompeu Meg, levando um dos dedos aos lábios.

Temi que ela estivesse fazendo a mais inapropriada imitação de Harpócrates de todos os tempos, mas então me dei conta de que estava falando sério. Meus ouvidos recém-sensibilizados perceberam o que ela estava ouvindo — os grasnados distantes e fracos de aves raivosas. Os corvos estavam voltando.

31

Ó, lua de sangue
Atrase esse apocalipse
Que trânsito ruim!

SAÍMOS DO CONTÊINER bem a tempo de sermos atacados.

Um corvo mergulhou e arrancou uma mecha de cabelo de Reyna.

— AI! — gritou ela. — Tá bom, chega. Segura isso.

Ela me passou o pote de vidro e ergueu a espada.

Um segundo corvo se aproximou e ela o derrubou. As lâminas gêmeas de Meg giraram, fazendo picadinho de outra ave. Com isso, só sobravam umas trinta ou quarenta mensageiras da morte sedentas de sangue circulando a torre.

Senti uma onda de raiva. Decidi que estava de saco cheio da amargura dos corvos. Muitas pessoas tinham razões válidas para me odiar: Harpócrates, a Sibila, Corônis, Dafne... talvez mais algumas dezenas. Talvez, *centenas*. Mas os corvos? Eles estavam ótimos! Gigantes! *Amavam* o novo trabalho de assassinos carnívoros. Chega de sentir culpa.

Guardei o pote de vidro na mochila, depois tirei o arco do ombro.

— Caiam fora ou caiam no chão! — berrei para os pássaros. — Este é o último aviso!

Os corvos crocitaram e grasnaram, desdenhosos. Um deles mergulhou na minha direção e recebeu uma flecha bem entre os olhos. Em queda livre, foi deixando mil penas atrás de si.

Escolhi outro alvo e o derrubei. Depois um terceiro. E um quarto.

Os grasnados dos corvos se transformaram em gritos de pânico. Eles se afastaram um pouco, provavelmente pensando que estariam fora do alcance do arco. Eu provei que estavam errados. Continuei atirando até ter matado dez deles. Depois uma dúzia.

— Eu trouxe flechas extras hoje! — gritei. — Quem quer a próxima?

Por fim, os pássaros entenderam a mensagem. Com alguns gritos de despedida — provavelmente comentários proibidos para menores sobre meus antepassados —, eles desistiram do ataque e voaram para o norte, em direção a Marin County.

— Bom trabalho — disse Meg para mim, retraindo suas espadas.

Tudo que consegui fazer em resposta foi um aceno e uma respiração ruidosa. Gotas de suor congelaram na minha testa. Minhas pernas pareciam batatas fritas murchas. Não tinha ideia de como eu ia conseguir descer a escada, muito menos me lançar em uma noite divertida cheia de invocações divinas, combates mortais e possivelmente transformações em zumbi.

— Ah, pelos deuses...

Reyna olhava ao longe na direção que os corvos haviam seguido, os dedos cutucando meio distraídos o ponto da cabeça do qual o corvo havia arrancado um tufo de cabelo.

— Vai crescer — falei.

— O quê? Não, não é o meu cabelo. Olha!

Ela apontou para a ponte Golden Gate.

A gente devia ter passado muito mais tempo dentro do contêiner do que imaginei. O sol estava baixo no céu a oeste. A lua cheia que nascera ainda de dia já estava acima do monte Tamalpais. O calor da tarde havia desfeito a neblina, nos dando uma vista perfeita para a frota de iates brancos — cinquenta lindos barcos em formação — que vinha lentamente passando pelo farol Point Bonita na entrada da Marin Headlands, se aproximando da ponte. Quando passassem, eles teriam um caminho livre para a baía de São Francisco.

Minha boca estava com gosto de pó de deus.

— Quanto tempo temos?

Reyna deu uma olhada no relógio.

— Os *vappae* estão avançando devagar, mas mesmo a essa velocidade, vão estar ao alcance do acampamento antes do pôr do sol. Então, umas duas horas?

Sob outras circunstâncias, eu teria me alegrado com o uso da palavra *vappae*. Já fazia muito tempo desde que eu tinha ouvido alguém chamar os inimigos de *vinhos amargos*. Em palavras modernas, o mais próximo seria *ovo podre*.

— Quanto tempo até chegarmos ao acampamento? — perguntei.

— Nesse trânsito de sexta? — Reyna calculou. — Pouco mais de duas horas.

De um dos bolsos do cinto de jardinagem Meg pegou um punhado de sementes.

— Melhor corrermos, então.

Eu não conhecia a história de *João e o pé de feijão*.

Não parecia um mito grego de verdade.

Quando Meg disse que a gente teria que usar a saída *João e o pé de feijão*, eu não tinha ideia do que ela estava falando, mesmo quando ela começou a espalhar sementes em volta da coluna mais próxima, fazendo-as crescer até terem formado uma renda de galhos e folhas cobrindo o metal até o chão lá embaixo.

— Pula — ordenou ela.

— Mas...

— Você não vai conseguir descer pela escada — disse ela. — Assim vai ser mais rápido. Tipo cair. Mas com plantas.

Eu odiei essa descrição.

Reyna só deu de ombros.

— Por que não?

Ela passou uma perna por cima do corrimão e pulou. As plantas a agarraram, passando-a pela treliça verde alguns metros de cada vez, como se passassem um balde de água num incêndio. No início ela berrou e balançou os braços, mas na metade do caminho gritou para nós:

— NÃO É... TÃO RUIM ASSIM!

Eu era o próximo. Foi ruim. Eu gritei. Fiquei de cabeça para baixo. Tentei desesperadamente me segurar em alguma coisa, mas estava totalmente sob o controle das samambaias e trepadeiras. Era tipo cair numa pilha de folhas do tamanho de um arranha-céu, se essas folhas estivessem vivas e gostassem muito de contato pessoal.

Lá embaixo, as plantas me pousaram gentilmente na grama, ao lado de Reyna, que estava toda desgrenhada. Meg pousou ao nosso lado e imediatamente desmaiou nos meus braços.

— Montão de planta — resmungou ela.

Meg fechou os olhos e começou a roncar. Imaginei que ela não ia dar mais uma de João hoje.

Aurum e Argentum vieram correndo, balançando os rabos e latindo. As centenas de penas pretas caídas pelo estacionamento me disseram que os galgos deviam estar se divertindo com as aves que eu tinha derrubado.

Eu não estava em condições de andar, quanto mais de carregar Meg, mas de alguma forma, arrastando-a entre nós, Reyna e eu conseguimos descer a colina aos tropeços até a picape. Suspeitei que Reyna estivesse usando seus poderes incríveis de Belona para me emprestar um pouco da sua força, embora eu duvidasse de que ela tivesse muita sobrando.

Quando chegamos ao Chevy, Reyna assobiou, e os cachorros subiram na caçamba. Enfiamos nossa feijoeira inconsciente no banco do meio. Eu me joguei ao lado dela. Reyna deu a partida e acelerou a toda morro abaixo.

Nosso progresso foi rápido por tipo noventa segundos. Então chegamos no Castro District e ficamos presos no trânsito de sexta-feira em direção à autoestrada. Estava ruim o bastante para me fazer desejar outra treliça de plantas que pudesse nos jogar direto em Oakland.

Depois do nosso tempo com Harpócrates, tudo parecia obscenamente barulhento: o motor da picape, as conversas dos pedestres, o zumbido das caixas de som dos outros carros. Abracei minha mochila, tentando me reconfortar com o fato de que o pote de vidro estava intacto. A gente tinha conseguido pegar o que veio buscar, embora eu mal conseguisse acreditar que a Sibila e Harpócrates estavam mortos.

Eu teria que processar o luto e o choque depois... isto é, caso sobrevivesse. Precisava descobrir uma forma de honrar a morte deles. Como alguém pode homenagear um deus do silêncio? Um minuto de silêncio parecia supérfluo. Talvez um minuto de gritaria?

Vamos começar pelo começo: eu tinha que sobreviver à batalha de hoje. Depois eu cuidaria da homenagem.

Reyna deve ter percebido minha expressão preocupada.

— Você agiu bem lá em cima — disse. — Se esforçou bastante.

Reyna parecia sincera, mas seu elogio só me fez sentir mais vergonha.

— Estou segurando o último suspiro de um deus com quem fiz bullying — falei, chateado. — No pote que era de uma Sibila que eu amaldiçoei, que era protegido por aves que eu transformei em máquinas de matar depois que elas fizeram fofoca sobre a traição da minha namorada, que eu mandei matar.

— É tudo verdade — concordou Reyna. — Mas a questão é que você reconhece isso agora.

— É horrível.

Ela abriu um sorrisinho.

— Esse é meio que o objetivo. Você faz uma coisa ruim, se sente mal a respeito, então age melhor da próxima vez. É sinal de que você deve estar desenvolvendo uma consciência.

Tentei lembrar qual deus tinha criado a consciência humana. Será que fomos nós que criamos, ou os humanos desenvolveram isso sozinhos? Oferecer aos mortais um senso de decência meio que não parecia o tipo de coisa que um deus colocaria no seu currículo.

— Eu... eu agradeço por você falar isso — consegui dizer. — Mas meus erros do passado quase mataram você e a Meg. Se o Harpócrates tivesse destruído vocês enquanto tentavam me proteger...

A ideia era horrível demais para imaginar. Minha consciência novinha em folha teria explodido dentro de mim que nem uma granada.

Reyna me deu um tapinha no ombro.

— Tudo que a gente fez foi mostrar ao Harpócrates o quanto você mudou. Ele percebeu isso. Você já compensou todas as coisas horríveis que fez? Não. Mas continua completando a coluna de "coisas boas". É só isso que a gente pode fazer.

Completando a coluna de "coisas boas". Reyna falava desse superpoder como se fosse algo que eu pudesse mesmo ter.

— Obrigado — falei.

Ela observou meu rosto com preocupação, provavelmente notando que as veias roxas da infecção haviam se espalhado pelas minhas bochechas.

— Você pode me agradecer continuando vivo, ok? Precisamos de você para o ritual de invocação.

Quando entramos na rampa de acesso à interestadual, consegui ver partes da baía além dos prédios do centro. Os iates já tinham passado por baixo da ponte Golden Gate. Parecia que a destruição dos cabos de Harpócrates e dos fasces não tinha atrapalhado nem um pouco os imperadores.

Estendendo-se à frente das maiores embarcações havia fileiras prateadas das dezenas de barcos menores que passavam em direção à costa da East Bay. Grupos de ataque, imaginei. E esses barquinhos estavam se movendo bem mais rápido que a gente.

Sobre o monte Tam, a lua cheia se erguia, lentamente ficando da cor do Tang de Dakota.

Enquanto isso, Aurum e Argentum latiam alegremente na caçamba da picape. Reyna tamborilava no volante e murmurava:

— *Vamonos. Vamonos.*

Meg caiu por cima de mim, roncando e babando na minha camisa. Porque ela me amava muito.

A gente se aproximava da Bay Bridge apenas alguns centímetros por vez quando Reyna por fim explodiu:

— Não aguento mais isso! Os barcos não deveriam ter passado da ponte Golden Gate.

— Como assim?

— Abra o porta-luvas, por favor. Deve ter um pergaminho aí dentro.

Hesitei. Quem sabia que tipo de perigos poderiam haver no porta-luvas da picape de uma pretora? Com cuidado, revirei os documentos do seguro, alguns pacotes de lenços de papel, uns saquinhos de biscoitos de cachorro...

— Isso? — Eu ergui um cilindro de velino molengo.

— Aham. Abra e veja se está funcionando.

— É um pergaminho de comunicação?

Reyna assentiu.

— Eu poderia fazer isso, mas estou dirigindo — disse ela.

— Hum, tá bom.

Estiquei o pergaminho no colo. A superfície parecia em branco. Nada aconteceu.

Eu me perguntei se era para dizer alguma palavra mágica, dar meu número do cartão de crédito ou algo do tipo. Então, acima do pergaminho, uma bolinha de luz fraca piscou, lentamente se transformando numa miniatura holográfica de Frank Zhang.

— Eita! — O Frankzinho quase deixou sua armadurazinha cair de tanto susto. — Apolo?

— Oi — falei. Então me virei para Reyna. — Está funcionando.

— Percebi. Frank, está me ouvindo?

Frank estreitou os olhos. Nossa imagem devia estar pequena e trêmula para ele também.

— Isso é...? Eu não estou... Reyna?

— Sim! — disse ela. — Estamos voltando. Os navios estão se aproximando!

— Eu sei... O relatório dos batedores...

A voz de Frank estava picotando. Ele parecia estar em algum tipo de caverna imensa, com legionários indo e vindo atrás dele, cavando buracos e carregando grandes urnas de alguma coisa.

— O que vocês estão fazendo? — perguntou Reyna. — Onde estão?

— Caldecott... — respondeu Frank. — São só... coisas defensivas.

Eu não sabia se a voz dele tinha falhado daquela vez por conta de problemas no sinal, ou se ele estava sendo evasivo. Julgando pela expressão dele, era um péssimo momento para ligar.

— Alguma coisa... Michael? — perguntou ele. (Definitivamente mudando de assunto.) — Já devia estar... a essa hora.

— O quê? — perguntou Reyna, alto o bastante para fazer Meg estremecer, ainda adormecida. — Não, eu ia perguntar se *vocês* ficaram sabendo de alguma coisa. Era para eles impedirem os iates na ponte Golden Gate. Mas os iates passaram...

A voz dela falhou.

Poderia haver uma dezena de motivos pelos quais Michael Kahale e sua equipe tinham falhado em impedir os iates dos imperadores. Nenhum deles era bom e nenhum deles mudaria o que aconteceria a seguir. As únicas coisas entre o Acampamento Júpiter e a aniquilação total eram o orgulho dos imperadores, que faria com que eles insistissem num ataque terrestre primeiro, e um pote de geleia vazio que poderia ou não nos ajudar a invocar ajuda divina.

— Aguentem firme! — disse Reyna. — Diga a Ella para preparar as coisas para o ritual!

— Não... O quê? — O rosto de Frank derreteu numa mancha de luz colorida. Sua voz soava como cascalho batendo numa lata de alumínio. — Eu... Hazel... Preciso...

O pergaminho entrou em combustão espontânea, e minha virilha definitivamente não precisava daquilo naquele momento.

Bati as cinzas da calça, o que fez Meg acordar, bocejando e piscando, confusa.

— O que você fez? — acusou ela.

— Nada! Eu não sabia que a mensagem ia se autodestruir!

— A conexão deve estar ruim — supôs Reyna. — O silêncio deve estar se desfazendo aos poucos, provavelmente a partir do epicentro na Torre Sutro. A gente sobrecarregou o pergaminho.

— É possível. — Eu apaguei as últimas partes de velino incandescentes. — Com sorte vamos conseguir mandar uma mensagem de Íris quando chegarmos ao acampamento.

— *Se* a gente chegar ao acampamento — resmungou Reyna. — Com esse trânsito... Ah!

Ela apontou para um painel piscando à nossa frente: AUTOESTRADA 24E FECHADA NA SAÍDA TÚNEL CALDECOTT PARA MANUTENÇÃO DE EMERGÊNCIA. PROCURE ROTAS ALTERNATIVAS.

— Manutenção de emergência? — disse Meg. — Você acha que é a Névoa de novo, afastando as pessoas?

— Talvez. — Reyna franziu a testa para os carros parados na nossa frente. — Faz sentido estar tudo congestionado. O que Frank estava fazendo no túnel? A gente não discutiu nenhum... — Ela franziu as sobrancelhas ainda mais, como se um pensamento desagradável tivesse lhe ocorrido. — Temos que voltar. Rápido.

— Os imperadores vão precisar de tempo para organizar um ataque terrestre — falei. — Eles só vão lançar os *ballistae* depois de terem tentado tomar o acampamento intacto. Talvez... talvez o trânsito também atrase aqueles dois. Eles vão ter que procurar rotas alternativas.

— Eles estão de barco, idiota — comentou Meg.

Ela tinha razão. E quando as forças de ataque chegassem, marchariam a pé, não de carro. Ainda assim, eu gostava de imaginar os imperadores e seu exército se aproximando do túnel Caldecott, encontrando várias placas piscando e cones cor de laranja e decidindo: *Caramba, que droga. Vamos ter que voltar amanhã.*

— A gente pode abandonar a picape — considerou Reyna, mas então deu uma olhada nos outros dois passageiros humanos e desconsiderou a ideia. Ninguém estava em condições de correr uma meia maratona do meio da Bay Bridge até o Acampamento Júpiter. Ela engoliu um xingamento. — A gente precisa... Ah!

Logo à frente, um caminhão de manutenção se arrastava, um funcionário pegando os cones que estavam bloqueando a pista da esquerda por algum motivo desconhecido. Típico. Sexta-feira, hora do rush, o túnel fechado, obviamente o que você faz é fechar uma pista na ponte mais movimentada da cidade. Isso significava, porém, que além do caminhão de manutenção, havia uma pista vazia e extremamente proibida para tráfego que se estendia até onde a vista de Lester alcançava.

— Segurem firme — avisou Reyna.

Assim que passamos pelo caminhão de manutenção, ela girou o volante, atropelando meia dúzia de cones, e pisou fundo.

O caminhão buzinou com toda a força e piscou os faróis. Os galgos de Reyna latiram e balançaram os rabos em resposta: *Tchauzinho!*

Imaginei que haveria alguns veículos da polícia rodoviária prontos para nos perseguir no final da ponte, mas por enquanto estávamos disparando pelo trânsito numa velocidade que teria sido surpreendente até para a carruagem do Sol.

Chegamos a Oakland ainda sem sinal de perseguição. Reyna entrou na 580, atropelando uma fileira de cones cor de laranja e subindo a rampa para a autoestrada 24. Ela educadamente ignorou os homens de capacete de construção que balançavam placas de PERIGO e gritavam conosco.

Tínhamos encontrado uma rota alternativa. Na verdade, era a rota que faríamos de qualquer jeito, se a estrada não estivesse interditada.

Dei uma olhada para trás. Nenhum policial por enquanto. Na água, os iates dos imperadores já tinham passado pela Treasure Island e estavam se preparando sem pressa, formando uma fileira de máquinas mortíferas de luxo de um bilhão de dólares pela baía. Não vi sinal dos barcos menores, o que significava que provavelmente tinham atracado. Não era um bom sinal.

Pelo menos estávamos indo bem rápido. Atravessamos o retorno sozinhos, e agora nosso destino estava a poucos quilômetros.

— Vamos conseguir! — falei, que nem um idiota.

Mais uma vez, eu tinha desafiado a Lei de Percy Jackson: nunca diga que algo vai dar certo, porque assim que você fizer isso, algo vai dar errado.

Bum!

Marcas de pés surgiram no teto da picape. O veículo engasgou sob o peso extra. Lá estávamos nós, tendo um déjà-ghoul.

Aurum e Argentum começaram a latir desesperadamente.

— *Eurynomos!* — gritou Meg.

— De onde essas coisas estão *vindo*? — reclamei. — Elas ficam perto das placas de rodovia o tempo todo, só esperando uma oportunidade?

Garras perfuraram o metal. Eu sabia o que viria a seguir: instalação de teto solar.

— Apolo, vai para a frente! Meg, acelera! — gritou Reyna.

Por um segundo, achei que era algum tipo de prece. Em momentos de crise pessoal, meus seguidores muitas vezes me imploravam: *Apolo, vai na frente*, esperando que eu os guiasse. Na maior parte do tempo, porém, não estavam falando *literalmente*, nem eu estava sentado no banco do carona fisicamente, e eles também não acrescentavam nada sobre Meg e aceleradores.

Reyna não me deu tempo para entender. Soltou o volante e se esticou para pegar uma arma atrás do banco. Eu dei um pulo para agarrar o volante, Meg esticando a perna para pisar no acelerador.

A picape era apertada demais para Reyna usar a espada, mas com ela não tinha tempo ruim. Reyna tinha adagas. Ela desembainhou uma delas, franziu a testa para o teto da picape sendo rasgado e retorcido acima de nós e resmungou:

— Ninguém estraga minha picape.

Muita coisa aconteceu nos dois segundos seguintes.

O teto foi arrancado, revelando a visão familiar e nojenta de um *eurynomos* cor de mosca, os olhos brancos esbugalhados, as presas pingando saliva, a tanguinha de penas de urubu balançando ao vento.

O cheiro de carne podre empesteou o carro, fazendo meu estômago revirar. Todo o veneno zumbi no meu corpo pareceu despertar de uma só vez.

O *eurynomos* berrou:

— COMIIIIII...

Mas seu grito de guerra foi interrompido quando Reyna se ergueu e empalou a adaga direto na fraldinha de urubu.

Ela aparentemente havia estudado os pontos fracos dos ghouls e havia encontrado um. O *eurynomos* caiu da picape, o que teria sido incrível se eu também não estivesse com a sensação de ter sido esfaqueado nas partes baixas.

— Glurg — falei.

Minha mão escorregou do volante. Meg afundou ainda mais o pé no acelerador, assustada. Reyna ainda estava com metade do corpo para fora do carro, os galgos uivando furiosamente na caçamba, e então a picape perdeu a direção, atravessou a rampa e acertou a mureta entre as pistas. Que sorte. Mais uma vez, eu me vi voando de uma autoestrada na East Bay em um carro que não foi feito para voar.

32
O especial hoje é
Picapes seminovas
Só aqui na Target

MEU FILHO ESCULÁPIO uma vez me explicou o propósito do estado de choque.

Ele disse que é um mecanismo de defesa para lidar com o trauma. Quando o cérebro humano passa por uma experiência violenta e assustadora demais, simplesmente para de processar as coisas. Minutos, horas, até mesmo dias podem se tornar um espaço em branco na memória da vítima.

Talvez isso explicasse por que eu não tinha lembrança alguma do acidente. Depois de a picape atravessar a mureta, a próxima coisa de que me lembrava era de tropeçar pelo estacionamento de uma Target, empurrando um carrinho de compras com Meg dentro. Eu estava cantarolando a letra de "(Sittin' on) The Dock of the Bay". Meg, semiconsciente, abanava uma das mãos, conduzindo a orquestra.

O carrinho bateu numa pilha amassada de metal soltando vapor — um Chevy Silverado vermelho com os pneus estourados, o para-brisas quebrado e os airbags acionados. Algum motorista sem educação tinha desabado dos céus e pousado bem em cima da estação de devolução de carrinhos, esmagando uma dúzia dos carrinhos de compras embaixo da picape.

Quem faria uma coisa dessas?

Espera...

Ouço um rosnado. A alguns carros de distância, dois galgos de metal estavam em volta de sua dona caída, protegendo-a de uma pequena multidão de curiosos.

A jovem usando marrom e dourado (gente, eu me lembro dela! Ela gosta de rir de mim!) estava apoiada nos cotovelos, fazendo uma careta horrível de dor, a perna dobrada num ângulo esquisito. Seu rosto estava da cor do asfalto.

— Reyna! — Eu parei o carrinho com Meg ao lado da picape e corri para ajudar a pretora. Aurum e Argentum me deixaram passar. — Caramba, caramba, caramba...

Eu não conseguia dizer mais nada. Eu deveria saber o que fazer. Era um curandeiro. Mas aquela perna quebrada... A coisa estava feia.

— Estou viva — disse Reyna, com os dentes trincados. — Meg?

— Está brincando de maestro — respondi.

Um dos clientes da Target se aproximou, ignorando a raiva dos cachorros.

— Chamei uma ambulância. Tem mais alguma coisa que eu possa fazer?

— Ela vai ficar bem! — gritei. — Obrigado. Eu... Eu sou médico?

A mortal piscou para mim, confusa.

— Você está me perguntando?

— Não. Eu sou médico!

— Ei — avisou outro cliente. — Sua outra amiga está rolando para longe.

— ARGH!

Corri atrás de Meg, que falava "Iupiiiii" baixinho enquanto seu carrinho de compras ganhava velocidade. Agarrei a barra e a empurrei de volta até onde nossa amiga estava.

A pretora tentou se mover, mas perdeu o fôlego de tanta dor.

— Acho que vou... desmaiar.

— Não, não, não.

Pense, Apolo, pense. Será que era melhor esperar os paramédicos mortais, que não saberiam nada sobre ambrosia e néctar? Será que eu deveria procurar mais coisas de primeiros socorros no cinto de jardinagem de Meg?

Uma voz conhecida gritou do outro lado do estacionamento:

— Obrigada, pessoal, a gente vai assumir daqui!

Lavínia Asimov veio trotando em nossa direção, uma dúzia de náiades e faunos atrás, muitos dos quais reconheci do People's Park. A maioria usava roupas de camuflagem, cobertos de plantas e galhos como se tivessem vindo via pé de feijão. Lavínia estava usando calças camufladas cor-de-rosa e uma regata verde, a manubalista batendo nas costas. Com seu cabelo cor-de-rosa espetado e as sobrancelhas cor-de-rosa, a boca mastigando um chiclete furiosamente, ela simplesmente irradiava uma aura de *autoridade*.

— Isto é uma cena de crime, pessoal! — anunciou ela para os mortais. — Obrigada, clientes da Target. Podem seguir em frente!

Não sei se foi o tom de voz dela ou os latidos dos galgos, mas finalmente os mortais começaram a se dispersar. Ainda assim, ouvimos sirenes ao longe. Logo estaríamos cercados de paramédicos, ou policiais rodoviários, ou ambos. Mortais não estavam tão acostumados a veículos voando de rodovias quanto eu.

Encarei nossa amiga de cabelo rosa.

— Lavínia, o que você está *fazendo* aqui?

— Missão secreta — anunciou ela.

— Que *cacaseca* — resmungou Reyna. — Você *abandonou* seu posto. Você está *muito* ferrada.

Os amigos espíritos da natureza de Lavínia pareciam assustados, como se prestes a fugir em disparada, mas sua líder de cabelo colorido os acalmou com um olhar. Os galgos não rosnaram nem atacaram, o que supus que significava que não detectaram nenhuma mentira.

— Com todo o respeito, pretora — disse ela —, mas parece que você está mais ferrada que eu no momento. Harold, Felipe: estabilizem a perna dela e vamos tirá-la deste estacionamento antes que mais mortais cheguem. Reginald, você empurra o carrinho da Meg. Lotoya, pegue o que houver dentro da picape, por favor. Vou ajudar o Apolo. Para a floresta, agora!

A definição de *floresta* de Lavínia era generosa. Eu teria chamado de "o matagal que faz um bico como cemitério de carrinhos de compras". Ainda assim, seu pelotão do People's Park trabalhou com uma eficiência surpreendente. Em minutos, estávamos em segurança no terreno baldio, entre carrinhos quebrados e galhos cobertos de sacos de lixo, bem quando os veículos de emergência entraram no estacionamento com as sirenes ligadas.

Harold e Felipe colocaram uma tala na perna de Reyna — o que só a fez gritar e vomitar um pouquinho. Outros dois faunos construíram uma maca com galhos e trapos velhos enquanto Aurum e Argentum tentavam ajudar trazendo gravetos... ou talvez só quisessem brincar um pouco. Reginald tirou Meg do carrinho de compras e lhe deu alguns pedacinhos de ambrosia para fornecer energia.

Algumas dríades olharam meus ferimentos — ou seja, as dezenas de ferimentos que eu tinha acumulado até então —, mas não havia muito que pudessem fazer. Elas não gostavam da minha cara de zumbi, ou de como a infecção me fazia feder. Infelizmente, minha condição estava além de qualquer cura natural.

Quando se afastaram, uma murmurou para a amiga:

— Quando escurecer...

— Eu sei — disse a outra. — Com a lua de sangue? Pobrezinho...

Decidi ignorá-las. Parecia a melhor maneira de não cair no choro.

Lotoya — que devia ser uma dríade de sequoia, considerando sua pele vinho e altura impressionante — se abaixou ao meu lado e pousou tudo que tinha pegado da picape. Estendi as mãos freneticamente — não para o arco e a aljava, nem para o ukulele, mas para a mochila. Quase desmaiei de alívio ao descobrir que o pote de geleia ainda estava intacto lá dentro.

— Obrigado — falei.

Ela assentiu, séria.

— É difícil achar um pote de geleia realmente bom.

Reyna fez força para se sentar entre os faunos que cuidavam dela.

— Estamos perdendo tempo. Temos que voltar para o acampamento.

Lavínia ergueu as sobrancelhas cor-de-rosa.

— Você não vai a lugar algum com essa perna, pretora. Mesmo se pudesse, não seria de grande ajuda. Vamos curar você mais rápido se relaxar...

— Relaxar? A legião *precisa* de mim! Precisa de você também, Lavínia! Como pôde desertar?

— Certo, em primeiro lugar, eu *não* desertei. Você não sabe de todos os fatos.

— Você deixou o acampamento sem permissão. Você...

Reyna se ergueu rápido demais e perdeu o fôlego em agonia. Os faunos seguraram seus ombros e a ajudaram a se deitar de novo, ajeitando-a na maca bem acolchoada com musgo, lixo e camisas tie-dye velhas.

— Você abandonou seus companheiros — disse Reyna com a voz rouca. — Seus amigos.

— Estou bem aqui — retrucou Lavínia. — Vou pedir para o Felipe colocar você para dormir agora, assim você pode descansar e se recuperar.

— Não! Você... você não pode fugir.

Lavínia bufou.

— Quem disse que vou fugir? Lembre, Reyna, que esse era o *seu* plano B. Na verdade, plano L, de *Lavínia*! Quando a gente voltar para o acampamento, você vai me agradecer. Vai dizer para todo mundo que isso foi ideia sua.

— O quê? Eu nunca... Eu não dei nenhuma... Isso é motim!

Dei uma olhada nos galgos, esperando que eles defendessem sua dona e destruíssem Lavínia. Estranhamente, porém, eles só continuaram ao lado de Reyna, dando lambidas no rosto dela de vez em quando ou cheirando sua perna quebrada. Eles pareciam preocupados com o estado dela, mas nem um pouco preocupados com as mentiras rebeldes de Lavínia.

— Lavínia — pediu Reyna —, eu vou ter que entregar você por deserção. Não faça isso. Não me faça...

— Agora, Felipe — mandou Lavínia.

O fauno ergueu sua flauta e tocou uma canção de ninar, suave e baixa, bem ao lado de Reyna.

— Não! — Reyna se esforçou para manter os olhos abertos. — Não. Aaarghhh.

Ela perdeu as forças e começou a roncar.

— Bem melhor. — Lavínia se virou para mim. — Não se preocupe, vou deixá-la em algum lugar seguro com alguns faunos, e é claro que Aurum e Argentum também. Ela vai ser bem cuidada enquanto se recupera. Você e Meg podem fazer o que têm que fazer.

Sua atitude confiante e seu tom de liderança não lembravam em nada a legionária nervosa e desajeitada que conhecemos no lago Temescal. Ela me lembrava mais Reyna agora, e Meg. Principalmente, porém, porque ela parecia uma versão mais forte de si mesma — uma Lavínia que tinha decidido o que precisava fazer e que não pararia até que tivesse feito.

— Aonde você vai? — perguntei, ainda muito confuso. — Por que não volta para o acampamento com a gente?

Meg andou até nós aos tropeços, com pedacinhos de ambrosia grudados no canto da boca.

— Não enche o saco dela, Lester. — Então virou-se para Lavínia e completou: — Pêssego...?

Lavínia balançou a cabeça.

— Ele e Don estão com o grupo avançado, em contato com as nereidas.

Meg fez um biquinho.

— Ah. Tá bom. E a força terrestre dos imperadores?

A expressão de Lavínia se tornou sombria.

— Já passaram. A gente se escondeu e ficou observando. É... Não é nada bom. Com certeza o combate já vai ter começado quando vocês chegarem lá. Lembra-se do caminho que te falei?

— Aham — concordou Meg. — Certo, boa sorte.

— Ei, ei, ei! — Eu tentei fazer um sinal de tempo, mas minhas mãos sem coordenação fizeram aquilo parecer mais o sinal para "casa". — Do que vocês estão falando? Que caminho? Por que você viria até aqui só para se esconder enquanto o exército inimigo passa? Por que Pêssego e Don estão falando com... Espera. Nereidas?

Nereidas são espíritos do mar. As mais próximas seriam... Ah.

Não dava para ver muita coisa da nossa vala cheia de lixo. Definitivamente não dava para ver a baía de São Francisco, ou a fila de iates entrando em posição para atacar o acampamento. Mas eu sabia que estávamos perto.

Olhei para Lavínia com um respeito renovado. Ou desrespeito. O que sentimos quando percebemos que alguém que já sabíamos que era doido na verdade se mostra ainda mais doido do que suspeitávamos?

— Lavínia, você *não* está planejando...?

— Pode parar por aí — interrompeu ela. — Ou Felipe vai colocar você para dormir também.

— Mas Michael Kahale...

— É, a gente ficou sabendo. Ele falhou. As tropas dos imperadores estavam se gabando disso quando passaram. É mais uma coisa pela qual eles vão ter que pagar.

Palavras corajosas, mas seus olhos denunciavam um quê de preocupação, me dizendo que ela estava mais assustada do que demonstrava, com dificuldade para se manter firme e evitar que suas tropas improvisadas perdessem a coragem. Ela *não* precisava de mim lembrando-a de como aquele plano era insano.

— Todo mundo tem coisas a fazer — disse ela. — Boa sorte. — Lavínia esfregou a cabeça de Meg, bagunçando ainda mais o cabelo dela. — Dríades e faunos, vamos nessa!

Harold e Felipe pegaram a maca improvisada de Reyna e saíram correndo colina abaixo, Aurum e Argentum pulando atrás deles como se pensassem: *Oba, vamos passear de novo!* Lavínia e os outros os seguiram. Logo tinham desaparecido pela vegetação, como só espíritos da natureza e meninas de cabelo cor-de-rosa são capazes de fazer.

Meg observou meu rosto.

— Tá inteiro?

Eu quase quis rir. Onde ela tinha aprendido *essa* expressão? Eu estava com veneno zumbi correndo pelas veias, até na cara. As dríades achavam que eu me transformaria num lacaio morto-vivo de Tarquínio assim que a noite caísse. Eu estava tremendo, de exaustão e medo. Aparentemente havia um exército inimigo entre nós e o Acampamento Júpiter, e Lavínia estava liderando um ataque suicida à frota imperial com espíritos da natureza sem experiência em combate, quando um esquadrão de elite *de verdade* já tinha falhado.

Quando tinha sido a última vez que me sentira "inteiro"? Queria acreditar que era quando ainda era um deus, mas isso não era verdade. Eu não era eu mesmo havia séculos. Talvez milênios.

Naquele momento, eu me sentia mais um *bosteiro* — um monte de cocô onde Harpócrates, a Sibila e várias pessoas de quem eu gostava haviam afundado.

— Vou dar meu jeito — respondi.

— Show, porque saca só. — Meg apontou para as Oakland Hills. A princípio, achei que estava vendo neblina, mas neblina não faz colunas verticais em direção ao céu. Perto do perímetro do Acampamento Júpiter, havia fogo. — Precisamos de uma carona.

33

Bem-vindo à guerra
Tenha uma boa morte
E volte sempre!

TÁ, MAS PRECISAVA ser de *bicicleta*?

Eu entendo que carros estavam fora de questão. A gente já tinha destruído veículos suficientes por uma semana. Entendo também que correr até o acampamento estivesse fora de questão, considerando que a gente mal conseguia ficar de pé.

Mas por que semideuses não podiam ter algum tipo de aplicativo de carona em águias gigantes? Decidi que ia criar isso assim que me tornasse deus de novo. Logo depois que descobrisse alguma maneira de permitir que semideuses voltassem a usar celulares.

Em frente a Target havia uma fileira de bicicletas amarelo-canário para alugar. Meg enfiou um cartão de crédito no quiosque (onde ela arrumou aquele cartão, não tenho ideia), tirou duas bicicletas dos apoios e me ofereceu uma.

Que alegria. Que felicidade. Agora a gente ia poder chegar na batalha montados em bicicletas como guerreiros amarelo-neon da Antiguidade.

Pegamos ruas secundárias e calçadas, sempre usando as colunas de fumaça como guia. Com a rodovia 24 fechada, o trânsito estava péssimo em todos os lugares, motoristas irritados buzinando e gritando e ameaçando uns aos outros. Fiquei tentado a dizer que, se quisessem mesmo brigar, poderiam simplesmente nos seguir. Alguns milhares de passageiros irritados viriam bem a calhar.

Quando passamos pela estação de trem de Rockridge, vimos pela primeira vez as tropas inimigas. *Pandai* patrulhavam a plataforma elevada, com suas orelhas pretas peludas envolvendo o tronco, como se fossem jaquetas de bombeiros, e machados de cabeça chata nas mãos. Havia caminhões de bombeiros estacionados na College Avenue, as luzes estroboscópicas refletindo no viaduto. Mais *pandai* disfarçados de bombeiros protegiam as portas da estação, afastando os mortais. Eu esperava que os bombeiros de verdade estivessem bem, não só porque bombeiros eram importantes, mas também porque eram gatos, e não, isso não tinha relevância alguma no momento.

— Por aqui! — gritou Meg, virando para subir a colina mais íngreme que conseguiu encontrar, só para me irritar.

Fui forçado a ficar de pé enquanto pedalava, usando todo o meu peso para conseguir vencer a inclinação.

No topo, outra má notícia.

À nossa frente, espalhadas pelas colinas, tropas marchavam obstinadamente para o Acampamento Júpiter. Havia esquadrões de *blemmyae*, *pandai* e até alguns Nascidos da Terra de seis braços que haviam servido Gaia no Aborrecimento Recente, todos lutando para atravessar trincheiras flamejantes, barricadas com estacas e guerreiros romanos tentando colocar minhas lições de arco e flecha em prática. Na luz fraca do início da noite, eu só conseguia ver partes da batalha. A julgar pela massa de armaduras brilhantes e a floresta de flâmulas, a maior parte do exército dos imperadores estava concentrada na rodovia 24, forçando a entrada no túnel Caldecott. Catapultas inimigas disparavam projéteis em direção à legião, mas a maioria desaparecia em explosões de luz roxa assim que se aproximavam. Supus que fosse obra de Término, fazendo sua parte para defender as fronteiras do acampamento.

Enquanto isso, na base do túnel, explosões de raios revelavam a localização do estandarte da legião. Ramos de eletricidade ziguezagueavam pelas colinas, erguendo-se acima das linhas inimigas e fritando soldados até virarem poeira. As balistas do Acampamento Júpiter disparavam nos invasores imensas lanças em chamas, que atravessavam as fileiras e começavam mais incêndios florestais. As tropas dos imperadores não paravam.

As que chegavam mais longe se protegiam atrás de grandes veículos blindados que se moviam em oito patas e… Ah, deuses. Senti como se minhas entranhas tivessem ficado presas na correia da bicicleta. Não eram veículos.

— *Myrmekos* — falei. — Meg, aquilo ali são *myr*…

— Estou vendo. — Ela nem sequer diminuiu a velocidade. — Não muda nada. Vamos!

Como poderia *não* mudar? A gente tinha enfrentado uma colônia daquelas formigas gigantes no Acampamento Meio-Sangue e sobrevivemos por pouco. Meg quase tinha virado papinha de larva.

E então nos víamos enfrentando *myrmekos* treinadas para a guerra, quebrando árvores ao meio com as garras e jogando ácido para derreter os piquetes defensivos do acampamento.

Isso redefinia completamente o conceito de horrível.

— A gente nunca vai conseguir passar por eles! — protestei.

— Tem o túnel secreto da Lavínia.

— O túnel desabou!

— Não *esse* túnel. Outro túnel secreto.

— Quantos túneis secretos ela *tem*?

— Sei lá. Um monte? Bora.

Com o fim daquele discurso inspirador, Meg continuou pedalando. Sem ter nada melhor a fazer, fui atrás.

Ela me guiou até uma rua sem saída, onde havia um gerador na base de uma torre de eletricidade. A área era protegida por cercas de arame farpado, mas o portão estava aberto. Se Meg me dissesse para escalar a torre, eu teria desistido e ficado em paz com meu destino zumbi. Mas ela apontou para a lateral do gerador, onde havia portas de metal em um pedaço de concreto, como a entrada de um abrigo antibombas ou tempestades.

— Segura a minha bicicleta.

Ela desceu e puxou uma das espadas. Com um só golpe, quebrou as correntes e o cadeado, então abriu as portas, revelando uma descida escura formada por um ângulo precário.

— Perfeito — disse ela. — Tem espaço para pedalar.

— *O quê?*

Ela pulou de volta na bicicleta e mergulhou no túnel, o *clic-clic-clic* da corrente ecoando nas paredes de concreto.

— Você tem um conceito muito amplo de *perfeito* — resmunguei, então entrei atrás dela.

Para a minha surpresa, na total escuridão do túnel, as bicicletas amarelo-neon ficaram *fosforescentes*. Talvez eu devesse ter imaginado isso. À frente, eu via o leve brilho difuso da máquina de guerra neon de Meg. Quando olhava para baixo, a aura amarela da minha bicicleta quase me cegava. Não me ajudava muito a navegar o túnel íngreme, mas em compensação nos tornaria alvos muito mais fáceis para os inimigos naquela escuridão. Iei!

Por incrível que pareça, eu não desmaiei nem quebrei o pescoço. O túnel ficou plano, depois voltou a subir. Fiquei pensando em quem havia escavado aquela passagem e por que não tinham instalado um sistema de elevadores decente para eu não precisar gastar tanta energia pedalando.

Em algum lugar lá em cima, uma explosão fez o túnel estremecer, o que era um ótimo estímulo para continuar. Depois de mais um pouco de tremores e suores frios, percebi um quadrado iluminado distante — uma saída, coberta com galhos.

Meg saiu sem hesitar. Eu a segui, com as pernas trêmulas, chegando a uma paisagem iluminada por fogo e raios e ao som de completo caos.

Havíamos saído no meio da zona de guerra.

Aí vai um conselho grátis.

Se estiver planejando dar uma passada em uma batalha, *evite* ficar bem no meio do fogo cruzado. Recomendo a retaguarda, quanto mais atrás melhor, onde o general normalmente tem uma barraca confortável com aperitivos e bebidinhas.

Mas o meio? Não. É *sempre* ruim, especialmente se você chegar em bicicletas amarelo-canário que brilham no escuro.

Assim que Meg e eu demos as caras, fomos vistos por uma dezena de humanoides grandalhões cobertos de cabelo louro despenteado. Eles apontaram para nós e começaram a gritar.

Khromandae. Uau. Eu não via esses caras desde a invasão bêbada de Dioniso à Índia, tipo dois mil anos atrás. A espécie tinha lindos olhos cinzentos, mas essa é basicamente a única coisa boa que posso dizer sobre eles. Seus casacos de pele sujos e embaraçados lhes davam um aspecto de Muppets que tinham sido usados como panos de chão. Os dentes caninos claramente nunca viram fio dental. Eram fortes, agressivos e só sabiam se comunicar por meio de gritinhos de estourar os tímpanos. Uma vez perguntei para Ares e Afrodite se os *khromandae* eram os filhos secretos daquele caso de anos, porque eram uma mistura perfeita dos dois olimpianos. Ares e Afrodite não acharam aquilo engraçado.

Meg, como qualquer criança sensata faria quando confrontada por uma dúzia de gigantes peludos, pulou da bicicleta, invocou as espadas e atacou. Eu gritei de susto e saquei o arco. Estava com poucas flechas depois de brincar de pique-pega com os corvos, mas consegui derrubar seis *khromandae* antes de Meg alcançá-los. Apesar da exaustão que ela devia estar sentindo, logo despachou os outros seis com golpes rápidos de suas lâminas douradas.

Eu ri — *ri* mesmo — de satisfação. Era ótimo ser um arqueiro bom de novo, e ver Meg arrasar com suas espadas. Que time maravilhoso!

Esse é um dos riscos de uma batalha. (Além do risco de vida.) Quando as coisas estão indo bem, você fica meio bitolado, foca na área ao seu redor, e esquece o cenário como um todo. Quando Meg fatiou o último *khromanda* no peito, eu me dei ao luxo de pensar que estávamos ganhando!

Então dei uma olhada em volta e percebi que estávamos cercados por um montão de *não ganhando*. Formigas imensas vinham em nossa direção atropelando tudo e todos, cuspindo ácido para tirar os guerreiros do caminho. Inúmeros corpos fumegantes em armaduras romanas estavam caídos pelos arbustos, e eu não quis pensar em quem poderiam ser ou como teriam morrido.

Pandai em armaduras e capacetes de Kevlar preto, quase invisíveis no crepúsculo, planavam em suas imensas orelhas de paraquedas, caindo sobre qualquer semideus que pegassem desprevenido. No céu, águias gigantes lutavam contra corvos gigantes, as penas das asas brilhando no luar vermelho-sangue. A menos de cem metros à minha esquerda, cinocéfalos com cabeças de lobo correndo para a batalha uivando se jogavam nos escudos da coorte mais próxima (a Terceira?), que parecia pequena e solitária e terrivelmente engolida pelo mar de vilões ao redor.

E isso era só na *nossa* colina. Dava para ver fogo por todo a fronte oeste ao longo da fronteira do vale — talvez um quilômetro de batalhas aqui ou ali. Balistas disparavam lanças em chamas dos cumes. Catapultas lançavam pedregulhos que explodiam com o impacto, espalhando estilhaços de ouro imperial pelas linhas inimigas. Troncos incendiados — um joguinho divertido para os romanos — rolavam pelas encostas, derrubando fileiras de Nascidos da Terra.

Apesar de todos os esforços da legião, o inimigo seguia avançando. Nas pistas vazias da rodovia 24, as colunas principais dos imperadores marchavam em direção ao túnel Caldecott, as bandeiras em ouro e roxo erguidas. Cores de Roma. Imperadores romanos decididos a destruir a última verdadeira legião romana. Então esse é nosso fim, pensei, com amargura. Não lutando contra ameaças externas, mas contra a parte mais feia da nossa própria história.

— TESTUDO!

O grito de um centurião chamou minha atenção de volta para a Terceira Coorte. Eles tentavam, a todo custo, entrar numa formação de defesa conhecida como tartaruga com os escudos quando os cinocéfalos atacaram em uma onda de rosnados, pelos e presas.

— Meg! — berrei, apontando para a coorte em perigo.

Ela correu até lá, e fui logo atrás. Quando nos aproximamos, peguei uma aljava abandonada no chão, tentando não pensar muito em por que estava caída ali, e disparei uma saraivada de flechas na matilha. Derrubei seis. Sete. Oito. Mas ainda restavam muitos. Meg gritou, furiosa, e pulou nos lupinos mais próximos. Logo estava cercada, mas nosso ataque havia dispersado a matilha, dando à Terceira Coorte alguns segundos preciosos para se reorganizar.

— ATAQUE RÔMULO! — gritou o centurião.

Se você já viu um tatuzinho-de-jardim se desenrolar, revelando suas mil perninhas, pode imaginar como foi ver a Terceira Coorte transformar sua defesa testudo em uma floresta de lanças afiadas, empalando os cinocéfalos.

Fiquei tão impressionado que quase deixei um lobisomem perdido arrancar minha cara a mordidas. Pouco antes de ele me alcançar, o centurião Larry atirou sua javelina. O monstro caiu aos meus pés, a lança espetada no meio das costas incrivelmente peludas.

— Vocês conseguiram chegar! — Larry sorriu para nós. — Cadê a Reyna?

— Ela está bem — falei. — Hum, está viva.

— Legal! Frank quer ver você, tipo, pra ontem!

Meg veio cambaleando para o meu lado, ofegante, as espadas brilhando com meleca de monstro.

— E aí, Larry. Como estão as coisas?

— Horríveis! — Larry parecia estar se divertindo muito. — Carl, Reza, levem esses dois para o pretor Zhang imediatamente.

— SIM, SENHOR!

Nossos guarda-costas nos guiaram para o túnel Caldecott enquanto, às nossas costas, Larry liderava sua tropa de volta à batalha:

— Vamos, legionários! Nós treinamos para isso! Vamos conseguir!

Depois de mais alguns terríveis minutos fugindo de *pandai*, pulando crateras em chamas e desviando de hordas de monstros, Carl e Reza nos levaram em segurança ao posto de comando de Frank Zhang na boca do túnel. Para minha grande decepção, não havia aperitivos nem bebidinhas. Não havia nem barraca, só vários romanos estressados em armaduras completas, correndo de um lado para o outro dando ordens e preparando defesas. Acima de nós, na cobertura de concreto que se estendia além da entrada do túnel, Jacob, o porta-estandarte, estava de vigia junto com a águia da legião e mais alguns batedores, observando o entorno. Sempre que um inimigo se aproximava demais, Jacob atirava um raio como uma versão Oprah Winfrey de Júpiter: *VOCÊ ganha um raio! E VOCÊ ganha um raio!* Infelizmente, ele estava usando tanto a águia que ela começava a soltar fumaça. Mesmo itens mágicos superpoderosos têm limite. O estandarte da legião estava perto de ter um curto-circuito.

Quando Frank Zhang nos viu, uma tonelada pareceu sair de seus ombros.

— Graças aos deuses! Apolo, você está com uma cara horrível. Cadê a Reyna?

— É uma longa história.

Eu estava prestes a começar a contar uma versão resumida da nossa epopeia quando Hazel Levesque se materializou em um cavalo ao meu lado, que foi uma ótima maneira de testar se meu coração ainda estava funcionando direitinho.

— O que houve? — perguntou Hazel. — Apolo, a sua cara...

— Eu sei.

Suspirei.

Árion, seu corcel imortal ágil como a luz, me deu uma olhada desconfiada e bufou, como se dissesse: *Esse fracote aí não é Apolo nem aqui nem no Olimpo.*

— Bom te ver também, priminho — resmunguei.

Contei a eles resumidamente o que havia acontecido, com Meg de vez em quando fazendo intervenções indispensáveis como: "Ele foi idiota"; "Ele foi mais idiota ainda", e "Aí ele fez bem, mas depois foi idiota de novo".

Quando Hazel ouviu sobre nosso encontro no estacionamento da Target, trincou os dentes.

— Lavínia... Aquela menina, eu juro. Se alguma coisa acontecer com a Reyna...

— Vamos nos concentrar no que podemos controlar — disse Frank, embora tivesse ficado abalado de saber que Reyna não voltaria para ajudar. — Apolo, vamos ganhar o máximo de tempo para a invocação de vocês. Término está fazendo o que pode para segurar os imperadores. Agora tenho balistas e catapultas focando nos *myrmekos*. Se não conseguirmos derrubar aquelas coisas, nunca vamos impedir o avanço deles.

Hazel fez uma careta.

— A Primeira, Segunda, Terceira e Quarta Coortes estão espalhadas nas colinas, só que não temos muita gente. Árion e eu estamos pulando de ponto em ponto para ajudar, mas... — Ela parou antes de constatar o óbvio: *estamos perdendo terreno*. — Frank, se você puder me dar um minuto, vou levar Apolo e Meg até a Colina dos Templos. Ella e Tyson estão esperando.

— Pode ir.

— Espera — falei. Não que eu não estivesse superansioso para invocar um deus com um pote de geleia, mas algo que Hazel dissera me deixou desconfortável. — Se as coortes de um a quatro estão aqui, cadê a Quinta?

— Protegendo Nova Roma — respondeu Hazel. — Dakota está com eles. No momento, graças aos deuses, a cidade está em segurança. Sem sinal de Tarquínio.

POP. Bem ao meu lado surgiu um busto de mármore de Término, vestindo um quepe britânico da Primeira Guerra Mundial e um sobretudo cáqui que cobria todo o seu pedestal. Com as mangas soltas, ele poderia se passar por um ex-soldado que perdeu os dois braços nas trincheiras do Somme. Infelizmente, eu tinha conhecido várias pessoas assim depois da Grande Guerra.

— A cidade *não* está em segurança! — anunciou ele. — Tarquínio está atacando!

— O quê? — Hazel ficou pessoalmente ofendida. — De onde?

— De baixo!

— Os esgotos. — Hazel praguejou. — Mas como...?

— Tarquínio construiu a *cloaca maxima* original em Roma — lembrei. — Ele entende de esgoto.

— Eu sei! Por isso selei as saídas!

— Bem, de alguma forma ele desfez o selo! — disse Término. — A Quinta Coorte precisa de ajuda. Imediatamente!

Hazel quase desanimou, claramente abalada pela puxada de tapete que Tarquínio deu nela.

— Vá — disse Frank a ela. — Vou mandar a Quarta Coorte para dar reforço.

Hazel deu uma risada nervosa.

— E vai ficar aqui fora só com três? De jeito nenhum.

— Tudo bem — respondeu Frank. — Término, você pode abrir nossas barreiras defensivas aqui no portão principal?

— Por que eu faria isso?

— Vamos tentar aquela parada de Wakanda.

— O quê?

— Você sabe — insistiu Frank. — Vamos afunilar a entrada dos inimigos a um ponto só.

Término fez cara feia.

— Eu não me recordo de nenhuma "parada de Wakanda" nos manuais militares romanos. Mas tudo bem.

Hazel franziu a testa.

— Frank, vê se não vai fazer nenhuma besteira...

— Vamos concentrar nosso pessoal aqui e proteger o túnel. Eu consigo. — Ele reuniu forças para dar outro sorriso confiante. — Boa sorte, pessoal. A gente se vê do outro lado!

Ou não, pensei.

Frank não deu oportunidade para fazermos mais reclamações. Marchou, gritando ordens para reunir as tropas e mandar a Quarta Coorte para Nova Roma. Eu me lembrava das imagens difusas que tinha visto no pergaminho holográfico: Frank comandando os soldados no túnel Caldecott, cavando e carregando urnas.

Lembrei as palavras crípticas de Ella sobre pontes e fogo... Não gostei nada do rumo desses pensamentos.

— Subam, crianças — disse Hazel, estendendo a mão para mim.

Árion ganiu, indignado.

— Eu sei, eu sei — disse Hazel. — Você não gosta de levar três pessoas. Vamos só deixar esses dois na Colina dos Templos e então seguimos direto para a cidade. Vai ter um montão de zumbis para você atropelar, prometo.

Isso pareceu convencer o cavalo.

Subi atrás de Hazel. Meg ficou com o último assento na traseira do cavalo.

Mal tive tempo de me segurar na cintura de Hazel antes de Árion disparar, deixando meu estômago estatelado no chão.

34

Ó, seja lá quem for
Favor fazer sei lá o quê
Isso é uma cruzadinha, é?

TYSON E ELLA não eram bons em esperar.

Nós os encontramos nos degraus do templo de Júpiter, Ella andando de um lado para outro e contorcendo as mãos, Tyson dando pulinhos de empolgação como um boxeador antes do primeiro round.

Os sacos de estopa pesados pendurados na cintura de Ella balançavam e batiam uns nos outros com um estrondo, me lembrando o brinquedinho favorito do escritório de Hefesto — aquele com as bolinhas que colidiam. (Eu odiava visitar o escritório de Hefesto. Ele tinha brinquedos tão hipnotizantes que eu passava horas, às vezes décadas, observando. Perdi a década de 1480 inteira por causa disso.)

O peito nu de Tyson estava completamente preenchido pelas linhas de profecia tatuadas. Quando ele nos viu, abriu um sorrisão.

— Iei! — exclamou. — Pônei voador!

Não me surpreendeu que Tyson tivesse apelidado Árion de "pônei voador", ou que parecesse mais feliz em ver o cavalo do que a mim. O que me surpreendeu foi Árion, apesar de bufar com irritação, deixar o ciclope fazer carinho no seu focinho. Árion nunca tinha me parecido do tipo fofinho. Se bem que Tyson e Árion eram meio que irmãos por parte de Poseidon, e... Sabe do que mais? Vou parar de pensar nisso antes que o meu cérebro derreta.

Ella se aproximou com passinhos curtos.

— Atrasado. Atrasado demais. Vamos, Apolo. Você está atrasado.

Eu me segurei para não dizer a ela que surgiram alguns imprevistos no caminho. Desci de Árion e esperei por Meg, mas ela continuou com Hazel.

— Você não precisa de mim para o negócio da invocação — disse Meg. — Vou ajudar Hazel e atacar com os unicórnios.

— Mas...

— Que os deuses os guiem — disse Hazel.

Árion desapareceu, deixando uma trilha de fumaça pela colina e Tyson de mão erguida para o nada.

— Ah — reclamou o ciclope. — O pônei voador foi embora.

— É, ele faz isso. — Eu tentei me convencer de que Meg ficaria bem. Eu a veria em breve. As últimas palavras que eu ouviria dela não seriam "atacar com os unicórnios". — Agora, se estivermos prontos...

— Atrasados. Estamos mais que atrasados — reclamou Ella. — Escolha um templo. Sim. Você precisa escolher.

— Eu preciso...

— Invocação de um deus só! — Tyson se esforçou para enrolar uma das pernas da calça enquanto vinha até mim saltitando num pé só. — Aqui, vou te mostrar de novo. Está na minha coxa.

— Tudo bem! — falei. — Eu me lembro. É só que...

Observei a colina. Tantos templos e santuários — ainda mais depois que a legião havia terminado seu mutirão de construção inspirado em Jason. Tantas estátuas de deuses me encarando.

Como membro do panteão, eu tinha aversão a escolher só um deus. Era como escolher seu filho favorito, ou seu músico favorito; se você é *capaz* de escolher, está fazendo alguma coisa errada.

Além disso, escolher um deus significava que todos os outros deuses ficariam irritados comigo. Não importava se eles teriam se recusado a me ajudar ou se teriam rido da minha cara diante do pedido. Ainda assim ficariam ofendidos por eu não ter colocado A ou B no topo da minha lista. Eu sabia como deuses pensavam. Já fui um deles.

Claro que havia alguns *não* óbvios. Eu não invocaria Juno. Nem me daria ao trabalho de chamar Vênus, principalmente porque sexta era a noite de spa dela com as Três Graças. Somnus, nem pensar. Ele atenderia a ligação, prometeria que chegaria em um minuto e cairia no sono de novo.

Dei uma olhada na estátua gigante de Jupiter Optimus Maximus, a toga roxa balançando feito a capa de um toureiro.

Que isso, ele parecia me dizer. *Você sabe que quer fazer isso.*

O mais poderoso dos olimpianos. Estava totalmente dentro das suas possibilidades acabar com o exército dos imperadores, curar minha ferida zumbi e colocar o Acampamento Júpiter (que, afinal, era batizado em sua homenagem) em ordem. Ele talvez até se desse conta dos meus muitos feitos heroicos, concluísse que eu já tinha sofrido o bastante e me libertasse da punição de ser um mortal.

Mas por outro lado... talvez não. Será que ele estava *esperando* que eu pedisse ajuda para ele, só para fazer os céus tremerem com as suas gargalhadas e seu ressonante e divino *Não*?!

Para a minha surpresa, eu percebi que nem queria *tanto* assim minha divindade de volta. Nem *viver* eu queria tanto assim. Se Júpiter esperava que eu me arrastasse até ele pedindo ajuda, implorando por misericórdia, ele podia enfiar seu raio bem no meio da própria cloaca máxima.

Só havia uma escolha, na verdade. No fundo, eu sempre soube que deus deveria chamar.

— Sigam-me — falei para Ella e Tyson.

Corri para o templo de Diana.

Olha, admito que nunca havia sido muito fã da persona romana de Ártemis. Como já falei, nunca senti que eu, em particular, tinha mudado muito na época dos romanos. Continuei sendo o mesmo Apolo. Já Ártemis...

Sabe quando a sua irmã passa por aqueles anos dramáticos da adolescência? Muda o nome para Diana, corta o cabelo, começa a sair com um grupo diferente, mais hostil, de donzelas caçadoras, começa a se juntar com Hécate e a lua, e basicamente fica toda esquisita? Quando nos mudamos para Roma, no início éramos adorados juntos, como nos velhos tempos — deuses gêmeos num templo só nosso —, mas logo Diana resolveu trabalhar sozinha. A gente não conversava mais como antes, quando éramos jovens e gregos, sabe?

Eu estava apreensivo de invocar sua encarnação romana, mas precisava de ajuda, e Ártemis — desculpa, *Diana* — era a que mais provavelmente responderia, mesmo se fosse passar o resto da eternidade reclamando disso. Sem contar que eu sentia muita saudade dela. Pronto, falei. Se eu fosse mesmo morrer, o que parecia cada vez mais provável, antes de ir queria ver minha irmã pela última vez.

Seu templo era um jardim, como era de se esperar de uma deusa da vida selvagem. No meio de um círculo de carvalhos maduros, um lago prateado alimentado por um único gêiser perpétuo borbulhava. Eu imaginei que o lugar havia sido construído para evocar o antigo santuário de Diana no lago Nemi, um dos primeiros lugares em que os romanos a cultuavam. Na beirada do lago havia uma fogueira pronta para ser acesa. Fiquei me perguntando se a legião mantinha todos os santuários e templos tão bem arrumados assim, caso alguém tivesse um desejo repentino de fazer uma oferenda no meio da noite.

— Apolo tem que acender a fogueira — disse Ella. — Vou misturar os ingredientes.

— E eu vou dançar! — anunciou Tyson.

Eu não sabia se aquilo era parte do ritual ou se só tinha lhe dado na telha, mas quando um ciclope tatuado decide começar uma performance, é melhor não fazer perguntas.

Ella revirou suas bolsinhas de ingredientes, pegando ervas, temperos e frascos de óleos, o que me fez perceber quanto tempo estava sem comer. Por que meu estômago não estava roncando? Dei uma olhada na lua de sangue subindo pelas colinas. Esperava que minha próxima refeição não fossem céééérebros.

Olhei em volta em busca de uma tocha ou de uma caixa de fósforos. Nada. Então pensei: *Claro que não*. A lenha já podia estar pré-preparada, mas Diana, sempre a especialista em sobrevivência na selva, esperaria que eu acendesse o fogo sozinho.

Tirei o arco das costas e puxei uma flecha. Juntei os gravetinhos e palhas mais secos num montinho. Já fazia muito tempo desde a última vez que eu tinha acendido fogo do jeito mortal das antigas — girando uma flecha no arco para criar fricção —, mas tentei mesmo assim. Perdi o controle várias vezes, e quase furei meu olho. Meu aluno de arco e flecha, Jacob, ficaria orgulhoso.

Tentei ignorar o som de explosões ao longe. Girei a flecha até ter a sensação de que estava quase abrindo meu ferimento na barriga. Minhas mãos ficaram úmidas por causa das bolhas estouradas. O deus do sol, com dificuldade de acender o fogo... As ironias nunca cessam.

Finalmente consegui criar uma chama minúscula. Depois de protegê-la desesperadamente, assoprar de leve e rezar, consegui acender a fogueira.

Fiquei de pé, tremendo de exaustão. Tyson ainda dançava com a música na própria cabeça, erguendo os braços e girando como uma Julie Andrews de cento e cinquenta quilos e coberta de tatuagens no remake de *A Noviça Rebelde* que Tarantino sempre quis fazer. (Eu o convenci de que era uma má ideia. Pode me agradecer depois.)

Ella começou a espalhar sua mistura especial de óleos, temperos e ervas na fogueira. A fumaça cheirava a uma festa de verão mediterrânea. Aquilo me encheu com uma sensação de paz — me lembrando épocas mais felizes em que nós, deuses, éramos adorados por milhões. Você só aprecia um prazer tão simples como esse quando o perde.

O vale ficou silencioso, como se eu tivesse entrado na esfera de silêncio de Harpócrates. Talvez fosse só uma pausa na batalha, mas a sensação era que o Acampamento Júpiter estava prendendo a respiração, esperando que eu completasse o ritual. Com as mãos trêmulas, peguei o pote da Sibila na mochila.

— E agora? — perguntei para Ella.

— Tyson — chamou Ella, acenando para ele. — Ótima dança. Agora mostra o sovaco para o Apolo.

Tyson se aproximou com passos pesados, sorrindo e suando. Ergueu o braço esquerdo perto demais do meu rosto, o que achei desnecessário.

— Tá vendo? — perguntou Ella.

— Ah, meus deuses — reclamei, me afastando. — Ella, por que você escreveu o rito de invocação no *sovaco* dele?

— É aí que fica — disse ela.

— Fez *tanta* cosquinha! — comentou Tyson, rindo.

— Eu... Eu vou começar.

Tentei me concentrar nas palavras e não no sovaco cabeludo que elas emolduravam. Tentei não respirar muito mais que o necessário. Mas tenho que dar o braço a torcer: Tyson era muito limpinho. Sempre que eu era forçado a inspirar, não desmaiava com o cheiro, apesar de sua dança exuberante e suada. O único cheiro que detectei foi uma essência de manteiga de amendoim. Por quê? Achei melhor nem saber.

— Ó, protetor de Roma! — li em voz alta. — Ó, insira o nome aqui!

— Ah — interrompeu Ella. — É aí que você...

— Vou começar de novo. Ó, protetor de Roma! Ó, Diana, deusa da caça! Ouça nosso pedido e aceite nossa oferenda!

Eu não lembro de todas as palavras. Mesmo se lembrasse, não as registraria aqui para qualquer um usar. Invocar Diana com oferendas chamejantes é a definição de *Crianças, não tentem fazer isso em casa*. Eu engasguei várias vezes. Fiquei tentado a dar à invocação, para avisar a Diana que não era *qualquer um* fazendo o pedido. Era *eu*! Eu era *especial*! Mas segui o roteiro do sovaco. No momento apropriado (insira sacrifício aqui), joguei o pote da Sibila na fogueira. Fiquei com medo de que só fosse ficar ali, esquentando, mas o vidro estilhaçou na mesma hora, soltando uma nuvem de vapor prateado. Eu torci para não ter desperdiçado o último suspiro do deus silencioso.

Terminei o cântico. Tyson, graças aos deuses, baixou o braço. Ella ficou olhando a fogueira, depois o céu, o nariz tremelicando, ansiosa.

— Apolo hesitou — disse ela. — Não leu a terceira linha direito. Provavelmente fez besteira. Espero que ele não tenha feito besteira.

— Sua confiança aquece meu coração.

Mas eu também estava preocupado. Não via sinais de ajuda divina no céu escuro. A lua cheia continuava a me encarar, banhando a paisagem com uma luz rubra. Nenhuma corneta de caça soou ao longe, só mais explosões em Oakland Hills, e gritos de batalha em Nova Roma.

— Você fez besteira — decidiu Ella.

— Espera um pouco! — falei. — Os deuses não aparecem assim imediatamente. Uma vez levei dez anos para responder umas preces de Pompeia, e quando cheguei lá... Talvez não seja um bom exemplo.

Ella contorceu as mãos.

— Tyson e Ella vão esperar aqui caso a deusa apareça. Apolo deve voltar para lutar e tal.

— Ah. — Tyson fez um biquinho. — Mas *eu* também quero lutar e tal.

— Tyson vai esperar aqui com a Ella — insistiu a harpia. — Apolo, vá lutar.

Eu observei o vale. Vários telhados de Nova Roma estavam pegando fogo. Meg devia estar lutando nas ruas, fazendo deuses-sabem-o-quê com seus unicórnios de guerra. Hazel devia estar desesperadamente levantando defesas enquanto zumbis e ghouls transbordavam dos bueiros, atacando civis. Elas precisavam de ajuda, e levaria menos tempo para chegar a Nova Roma do que para voltar ao túnel Caldecott.

Mas só de pensar em voltar para a batalha meu estômago ardeu de dor. Eu me lembrei de como tinha desmaiado na tumba do tirano. Eu não seria de grande utilidade contra Tarquínio. Ficar por perto só aceleraria minha promoção a Zumbi do Mês.

Olhei para as Oakland Hills, a silhueta dos morros iluminada pelas explosões. Os imperadores já deviam estar enfrentando os soldados de Frank no túnel Caldecott. Sem Árion ou sequer uma bicicleta alugada, eu não sabia se conseguiria chegar a tempo de fazer qualquer diferença, mas parecia a opção menos pior.

— Ao ataque — falei, desanimado.

E comecei a correr pelo vale.

35

Que promoção boa!
Enfrente um e leve
Duas mortes grátis!

SABE O MAIS VERGONHOSO? Enquanto subia a colina aos frangalhos, sem fôlego, me peguei cantarolando "Cavalgada das Valquírias". Que maldição, Richard Wagner. Que maldição, *Apocalypse Now*.

Quando cheguei ao cume, estava tonto e suando em bicas. Observei a paisagem lá embaixo e decidi que minha presença não significaria nada. Era tarde demais.

As colinas eram um cenário de destruição, cobertas de trincheiras destruídas, armaduras rachadas e tanques de guerra quebrados. A cem metros da rodovia 24, as tropas do imperador haviam formado colunas. Em vez de milhares, havia agora algumas centenas: uma mistura de guarda-costas germânicos, *khromandae*, *pandai* e outras tribos humanoides. Uma pequena boa notícia: não tinham restado *myrmekos*. A estratégia de Frank de atacar as formigas gigantes aparentemente havia funcionado.

Na entrada do túnel Caldecott, logo abaixo de mim, aguardava o que sobrou da Décima Segunda Legião. Uma dúzia de semideuses esfarrapados formava uma parede de escudos nas pistas em direção à cidade. Uma menina que não reconheci segurava o estandarte da legião, o que só podia significar que Jacob ou estava morto ou gravemente ferido. A águia dourada superaquecida soltava tanta fumaça que eu não conseguia vê-la. Não atiraria raios em mais nenhum inimigo por ora.

Aníbal, o elefante, estava junto à tropa, com sua armadura, a tromba e as patas sangrando com dezenas de cortes. Na frente do pelotão havia um urso-pardo de dois metros e meio — Frank Zhang, imaginei. Três flechas estavam presas no seu ombro, mas as garras estavam à mostra, prontas para mais uma batalha.

Meu coração doeu. Talvez enquanto Frank fosse um imenso urso pudesse sobreviver a algumas flechas. Mas o que aconteceria quando ele virasse humano de novo?

Quanto aos outros sobreviventes... Eu simplesmente não conseguia acreditar que aquilo era tudo que sobrara de três coortes. Talvez as pessoas que não estavam presentes estivessem só machucadas. Talvez me servisse de consolo pensar que, para cada legionário caído, centenas de inimigos haviam sido destruídos. Mas eles pareciam tão trágicos, tão poucos, tão desesperançosos, ali protegendo a entrada do Acampamento Júpiter...

Tirei os olhos da rodovia e, ao encarar a baía, perdi toda a esperança. A frota dos imperadores ainda estava em posição — uma fileira de palácios brancos flutuantes prontos para espalhar destruição sobre nós e depois dar uma grande festa da vitória.

Mesmo se de alguma forma a gente conseguisse destruir todos os inimigos que ainda restavam na rodovia 24, aqueles iates estavam além do nosso alcance. Seja lá o que Lavínia estava planejando, pelo visto havia fracassado. Com uma única ordem, os imperadores podiam destruir todo o acampamento.

Um barulho de cascos de cavalos e rodas chamou minha atenção de volta para as linhas inimigas. Suas colunas se dividiram. Os imperadores em pessoa haviam chegado para discutir, de pé lado a lado em uma biga dourada.

Cômodo e Calígula pareciam ter competido para ver quem escolheria a armadura mais espalhafatosa, e os dois tinham perdido. Estavam cobertos dos pés à cabeça em ouro imperial: grevas, *kilts*, couraças, luvas, capacetes, tudo com estampas ornamentadas de górgonas e fúrias, encrustados com pedras preciosas. E o elmo em forma de caretas demoníacas. Eu só conseguia diferenciar os dois imperadores porque Cômodo era mais alto e tinha ombros mais largos.

Puxando a biga havia dois cavalos... Não. Não eram cavalos. Os animais tinham duas cicatrizes longas e feias de cada lado do corpo. Os garrotes estavam cobertos de marcas de chicote. Seus tratadores/torturadores caminhavam ao lado, segurando as rédeas e com ferros a postos, prontos para caso os animais tentassem alguma coisa.

Ah, deuses...

Caí de joelhos e tive ânsia de vômito. De todos os horrores que eu já tinha testemunhado, esse parecia o pior deles. Aqueles corcéis, uma vez belos, eram pégasos. Que tipo de monstro cortaria as asas de um pégaso?

Os imperadores obviamente queriam mandar um aviso: não mediriam esforços para dominar o mundo. Não parariam por nada. Mutilariam e aleijariam. Destruiriam e assolariam. Nada era sagrado, somente o poder deles.

Fiquei de pé, cambaleante. Minha desesperança havia sido substituída por uma raiva ardente.

— NÃO! — uivei.

Meu grito ecoou pela ravina. A comitiva dos imperadores parou. Centenas de rostos se ergueram, tentando encontrar a fonte do ruído. Desci desajeitadamente pela colina, tropeçando, pulando, batendo numa árvore, me levantando de novo, e assim continuei.

Ninguém tentou atirar em mim. Ninguém gritou: *Oba, estamos salvos!* Os soldados de Frank e as tropas do imperador só observaram, embasbacados, a minha descida — um adolescente solitário e abatido em roupas rasgadas e sapatos sujos de lama, com um ukulele e um arco nas costas. Era, eu suspeitava, a chegada de reforços menos impressionante da história.

Por fim, cheguei aos legionários na estrada.

Calígula me encarou a cinquenta metros de distância na pista. E caiu na gargalhada.

Hesitantes, suas tropas seguiram o exemplo do líder — com exceção dos germânicos, que raramente riam.

Cômodo se remexeu na armadura dourada.

— Com licença, alguém pode me descrever essa cena? O que está acontecendo aqui?

Foi só então que percebi que a visão de Cômodo não havia se recuperado tão bem quanto ele esperava. Provavelmente, pensei, com uma satisfação amarga, depois de minha explosão ofuscante de luz divina na Estação Intermediária, ele conseguia enxergar alguma coisa durante o dia, mas não à noite. Uma pequena bênção, se eu descobrisse como usá-la.

— Eu queria poder descrevê-la — disse Calígula, secamente. — O poderoso deus Apolo veio para resgatá-los, e nunca esteve melhor.

— Isso foi sarcasmo? — perguntou Cômodo. — Ele está horrível?

— Sim — respondeu Calígula.

— RÁ! — Cômodo forçou uma risada. — Rá! Apolo, você está horrível!

Com as mãos tremendo, preparei uma flecha e atirei no rosto de Calígula. A mira foi perfeita, mas ele simplesmente afastou o projétil com a mão como faria com uma mosca sonolenta.

— Você não cansa de passar vergonha, não é, Lester?! Deixe os líderes conversarem.

Ele voltou a máscara raivosa para o urso-pardo.

— E então, Frank Zhang? Você tem a chance de se entregar com honra. Ajoelhe-se diante de seu imperador!

— Imperadores — corrigiu Cômodo.

— Sim, é claro — concordou Calígula, sem hesitar. — Pretor Zhang, você tem a obrigação e o dever de reconhecer a autoridade romana, e nós somos a autoridade romana! Juntos, podemos reconstruir este acampamento e levar sua legião à glória! Chega de se esconder. Chega de se acovardar atrás das fronteiras fracas de Término. Está na hora de ser um verdadeiro romano e conquistar o mundo. Junte-se a nós. Aprenda com o erro de Jason Grace.

Uivei de novo. Dessa vez, atirei uma flecha em Cômodo. Sim, foi baixo. Pensei que poderia atingir um imperador cego com mais facilidade, mas ele também afastou a flecha.

— Que golpe baixo, Apolo! — gritou ele. — Mas não tem nada errado com a minha audição ou com os meus reflexos.

O urso-pardo rosnou. Com uma garra, quebrou os cabos das flechas no seu ombro. Então encolheu, transformando-se em Frank Zhang. As flechas atravessavam a couraça que protegia seu peito. Ele tinha perdido o capacete. As costelas estavam cobertas de sangue, mas sua expressão era de pura determinação.

Ao lado dele, Aníbal urrou e pisoteou o asfalto, pronto para atacar.

— Não, amigo. — Frank encarou seus últimos companheiros, cansados e feridos mas ainda prontos para segui-lo até a morte. — Já houve derramamento de sangue suficiente.

Calígula assentiu, concordando.

— Então você se rende?

— Ah, não. — Frank se empertigou, embora o esforço tenha lhe causado uma careta de dor. — Tenho uma solução alternativa. *Spolia opima*.

Murmúrios tensos atravessaram as colunas dos imperadores. Alguns germânicos ergueram as sobrancelhas peludas. Um ou outro legionário de Frank parecia querer dizer algo — *Você pirou?*, por exemplo —, mas se conteve.

Cômodo riu. Tirou o elmo, revelando os cachos bagunçados, a barba, e o rosto belo e cruel. Seus olhos estavam brancos e desfocados, a pele em torno ainda enrugada, como se ele tivesse sido atingido por ácido.

— Combate mano a mano? — Ele sorriu. — *Adorei* a ideia.

— Vou enfrentar vocês dois — disse Frank. — Você e Calígula contra mim. Se ganharem, atravessam o túnel e ficam com o acampamento.

Cômodo esfregou as mãos.

— Glorioso!

— Espere — interrompeu Calígula, retirando o capacete também, não tão animado. Seus olhos brilhavam, a mente sem dúvida avaliando todos os ângulos possíveis. — Isso está bom demais para ser verdade. O que você está planejando, Zhang?

— Ou eu mato vocês, ou eu morro — disse Frank. — Só isso. Se passarem por mim, podem marchar direto para o acampamento. Vou ordenar que o restante de minhas tropas abra caminho. Vocês vão poder ter seu desfile triunfal por Nova Roma como sempre quiseram. — Frank se virou para um dos camaradas. — Ouviu, Colum? Essa é a minha ordem. Se eu morrer, você deve se certificar de que serei obedecido.

Colum abriu a boca, mas aparentemente não se atreveu a falar nada. Apenas assentiu, sério.

Calígula franziu a testa.

— *Spolia opima*. É tão primitivo. Não se faz isso desde...

Ele hesitou, talvez lembrando quais tropas estavam às suas costas: germânicos "primitivos", que consideravam o combate mano a mano a forma mais honrosa de um líder ganhar uma batalha. Em tempos passados, os romanos pensavam da mesma forma. O primeiro rei de Roma, Rômulo, havia derrotado pessoalmente um rei inimigo, Ácron, arrancando suas armas e sua armadura. Por séculos depois disso, generais romanos tentavam imitar Rômulo, procurando líderes inimigos nos campos de batalha para combates mano a mano, para exigirem *spolia opima*. Era a maior demonstração de coragem para qualquer romano que se prezasse.

A estratégia de Frank era esperta. Se os imperadores recusassem seu desafio seriam desmoralizados diante das tropas. Por outro lado, Frank estava muito ferido. Não conseguiria ganhar sem ajuda.

— Dois contra dois! — gritei, para a surpresa de todos, inclusive minha. — Eu vou lutar.

Isso gerou outra rodada de gargalhadas nas tropas dos imperadores.

— Melhor ainda! — exclamou Cômodo.

Frank pareceu horrorizado, o que não era o tipo de agradecimento que eu esperava.

— Apolo, não — disse ele. — Eu consigo resolver isso. Saia daqui!

Alguns meses atrás, eu ficaria feliz de deixar Frank enfrentar essa luta perdida sozinho, sentado no meu canto, comendo uvas docinhas e dando uma olhada nas minhas mensagens. Não mais. Não depois de Jason Grace. Olhei os pobres pégasos mutilados acorrentados à biga dos imperadores e decidi que não viveria num mundo onde tal crueldade passaria impune.

— Sinto muito, Frank — falei. — Você não vai enfrentar isso sozinho. — Olhei para Calígula. — E aí, Botinhas? Seu coleguinha imperador já topou. Está dentro, ou está morrendo de medo?

As narinas de Calígula se inflaram.

— Nós vivemos milhares de anos — disse ele, como se explicasse um fato simples a um aluno idiota. — Somos deuses.

— E eu sou filho de Marte — retrucou Frank —, pretor da Décima Segunda Legião Fulminata. Não tenho medo de morrer. Vocês têm?

Os imperadores permaneceram em silêncio por cinco segundos.

Por fim, Calígula gritou por cima do ombro:

— Gregorix!

Um dos germânicos foi correndo até a frente. Com sua altura e peso impressionantes, o cabelo e a barba bagunçados e as peles grossas da armadura, ele parecia Frank em forma de urso-pardo, só que mais feio.

— Senhor? — grunhiu ele.

— As tropas devem permanecer onde estão — ordenou Calígula. — Nenhuma interferência enquanto Cômodo e eu matamos o pretor Zhang e seu deus de estimação. Compreendido?

Gregorix me encarou. Eu o imaginava lutando em silêncio com seu conceito de honra. Combate mano a mano era bom. Combate mano a mano contra um guerreiro ferido e um fracote semizumbificado, porém, não era lá um grande mérito. A coisa mais esperta a se fazer era matar todos nós e simplesmente marchar para o acampamento. Mas um desafio havia sido lançado. Desafios tinham que ser aceitos. Mas seu trabalho era proteger os imperadores, e se isso fosse algum tipo de armadilha...

Aposto que naquele momento Gregorix desejou ter feito aquela faculdade de administração que a mãe dele sempre quis que ele fizesse. Ser um guarda-costas bárbaro era mentalmente exaustivo.

— Muito bem, senhor — concordou ele.

Frank olhou as tropas restantes.

— Saiam daqui. Encontrem Hazel. Defendam a cidade de Tarquínio.

Aníbal urrou de novo, discordando.

— Você também, amigo — disse Frank. — Nenhum elefante vai morrer hoje.

Aníbal bufou. Os semideuses obviamente também não gostaram, mas eram legionários romanos, bem treinados demais para desobedecer a uma ordem direta. Eles recuaram pelo túnel com o elefante e o estandarte da legião, deixando somente Frank Zhang e eu no Time Acampamento Júpiter.

Enquanto os imperadores desciam da biga, Frank virou-se para mim e me acolheu num abraço suado e sangrento. Eu sempre imaginei que ele fosse do tipo que gosta de abraçar, então isso não me surpreendeu, até que ele sussurrou no meu ouvido:

— Você está interferindo no meu plano. Quando eu disser "Está na hora", não importa onde você esteja, não importa como esteja a luta, quero que fuja o mais rápido que puder. É uma ordem.

Ele me deu um tapa nas costas e me soltou.

Eu queria protestar: *Você não manda em mim!* Não tinha vindo até aqui para fugir quando mandassem. Isso eu sabia fazer muito bem sozinho. Certamente não ia permitir que outro amigo se sacrificasse por mim.

Por outro lado, eu não sabia qual era o plano de Frank. Teria que esperar para ver o que ele tinha em mente. Aí poderia decidir o que fazer. Além disso, se tivéssemos qualquer chance de vencer uma batalha mortal contra Cômodo e Calígula, não seria graças à nossa força superior e personalidade cativante. Precisaríamos trapacear no mais alto nível.

Os imperadores vieram na nossa direção pelo asfalto queimado e retorcido.

De perto, as armaduras deles eram ainda mais horrendas. O peitoral de Calígula parecia ter sido coberta de cola e esfregada na vitrine da Tiffany & Co.

— Bem. — Ele abriu um sorriso tão brilhante e frio quanto sua coleção de joias. — Vamos?

Cômodo tirou suas manoplas. As mãos eram imensas e ásperas, cheias de calos, como se ele passasse o tempo socando paredes de tijolo. Era difícil acreditar que eu já tinha segurado aquelas mãos com afeição.

— Calígula, você fica com Zhang — disse ele. — Eu fico com Apolo. Não preciso de visão para encontrá-lo. É só seguir meus ouvidos. Ele será aquele que estiver choramingando.

Eu odiava que ele me conhecesse tão bem.

Frank puxou a espada. O ferimento no ombro ainda sangrava. Eu não tinha certeza de como ele estava planejando permanecer de pé, quanto mais lutar. A outra mão tocou de leve a bolsinha de pano que protegia seu graveto queimado.

— Então as regras estão claras — disse ele. — Não há regras. Nós matamos vocês e vocês morrem.

Então acenou para os imperadores: *venham me pegar.*

36

*Ai. Outra vez, não.
Quantas sílabas tem
"desespero total"?*

MESMO NA MINHA condição enfraquecida, era de se imaginar que eu conseguiria ficar longe de um oponente cego.

Imaginou errado.

Cômodo estava a menos de dez metros quando atirei minha próxima flecha. De alguma forma ele desviou, correu e arrancou o arco das minhas mãos. Com um gesto, quebrou a madeira no joelho.

— QUE ABSURDO! — gritei.

Em retrospecto, essa não foi a melhor forma de gastar aquele milissegundo. Cômodo me deu um soco bem no peito. Tropecei para trás e caí de bunda, os pulmões ardendo e o esterno latejando. Um golpe como aquele deveria ter me matado. Eu me perguntei se minha força divina tinha decidido fazer uma participação especial. Se era o caso, eu perdi a oportunidade de contra-atacar. Estava ocupado demais rastejando para longe, chorando de dor.

Cômodo riu, virando-se para as tropas.

— Viram? Ele está sempre choramingando!

Seus seguidores comemoraram. Cômodo perdeu um tempo valioso degustando aquela adulação. Amava se exibir. Era mais forte que ele. O imperador também devia saber que eu não ia a lugar algum.

Dei uma olhada em Frank. Ele e Calígula andavam em círculos um de frente para o outro, trocando golpes de vez em quando, testando a defesa do outro.

Com as flechas no ombro, Frank não tinha opção a não ser apostar tudo no lado esquerdo. Seus movimentos eram rígidos, deixando uma trilha de pegadas sangrentas no asfalto que me lembrou — bem inapropriadamente — o diagrama de dança que Fred Astaire me dera uma vez.

Calígula o rodeava pé ante pé, extremamente confiante. Ele estava com o mesmo sorriso satisfeito de quando empalara Jason Grace pelas costas. Por semanas eu tive pesadelos com aquele sorriso.

Balancei a cabeça para sair daquele estupor. Eu deveria estar fazendo alguma coisa. Ah, sim. Não morrer. Isso estava em primeiro lugar na minha lista de afazeres.

Consegui me levantar. Tentei pegar minha espada, aí lembrei que não tinha espada. De arma só me restava o ukulele. Tocar uma música para um inimigo que me caçava pelo som não parecia a estratégia mais esperta, mas peguei o instrumento mesmo assim.

Cômodo devia ter ouvido as cordas se agitarem. Ele virou e puxou a espada.

Para um homem grandalhão em uma armadura toda espalhafatosa, ele era ágil demais. Antes de eu sequer conseguir decidir que música de Dean Martin tocaria, ele me atacou, quase abrindo minha barriga. A ponta da lâmina brilhou contra a estrutura de bronze do ukulele.

Com as duas mãos, ele ergueu a espada acima da cabeça para me fatiar ao meio.

Pulei para a frente e o cutuquei na barriga com o instrumento.

— A-há!

Havia dois problemas nisso: 1) A barriga dele estava protegida pela armadura, e 2) o ukulele tinha um fundo arredondado. Me ocorreu que, se sobrevivesse a essa batalha, criaria uma versão do instrumento com espinhos na base, e talvez um lança-chamas — um ukulele à la Gene Simmons.

O contra-ataque de Cômodo teria me matado se ele não estivesse se escangalhando de tanto rir. Pulei para o lado quando sua espada desceu, afundando no ponto em que eu estava segundos antes. Lutar na estrada tinha um lado bom, pelo menos — todas as explosões e raios tinham deixado o asfalto mole. Enquanto Cômodo tentava liberar a lâmina, eu disparei e me joguei contra ele.

Para a minha surpresa, eu consegui desequilibrá-lo. Cômodo tropeçou e caiu de bunda, deixando a espada estrebuchando no asfalto.

Ninguém no exército do imperador comemorou por mim. Público difícil.

Dei um passo para trás, tentando recuperar o fôlego. Alguém encostou nas minhas costas. Dei um gritinho, temendo que Calígula estivesse prestes a me empalar, mas era só Frank. Calígula estava a uns cinco metros dele, xingando enquanto limpava o cascalho do rosto.

— Lembra do que eu disse — falou Frank para mim.

— Por que você está fazendo isso? — questionei, ofegante.

— É o único jeito. Se tivermos sorte, estamos ganhando tempo.

— Tempo?

— Para a ajuda divina chegar. Isso ainda vai rolar, né?

Eu engoli em seco.

— Acho que sim?

— Apolo, por favor, me diga que você fez o ritual de invocação.

— Eu fiz!

— Então estamos ganhando tempo — insistiu Frank.

— E se a ajuda não chegar?

— Então você vai ter que confiar em mim. Faça o que eu disse. Quando eu disser, saia do túnel.

Eu não sabia bem o que aquilo significava. A gente não estava *no* túnel, mas nosso tempo para bater papo tinha acabado. Cômodo e Calígula se aproximaram de nós simultaneamente.

— Areia nos olhos, Zhang? — rosnou Calígula. — Sério?

Os dois colidiram espadas enquanto Calígula empurrava Frank para a boca do túnel Caldecott... ou será que Frank estava se deixando ser empurrado? O ribombar de metal contra metal ecoou pela pista vazia.

Cômodo pegou a espada do chão.

— Certo, Apolo. Foi divertido. Mas você tem que morrer agora.

Ele uivou e veio correndo, a voz ecoando de volta das profundezas do túnel.

Eco, pensei.

Corri na direção do Caldecott.

Ecos podem ser confusos para pessoas que dependem da audição. Dentro do túnel, eu talvez tivesse mais sorte evitando Cômodo. Sim... essa era a minha estratégia. Eu não estava só fugindo em pânico. Entrar no túnel era um plano completamente racional e bem bolado que, por acaso, envolvia sair correndo e gritando.

Eu me virei antes que Cômodo me alcançasse. Girei o ukulele, com a intenção de tatuar o tampo na cara dele, mas Cômodo previu meu golpe e arrancou o instrumento das minhas mãos.

Cambaleei para longe dele, que cometeu o mais cruel dos crimes: com um punho imenso, ele amassou meu ukulele que nem uma latinha de alumínio e o jogou fora.

— Heresia! — rugi.

Uma raiva terrível e imprudente me possuiu. Eu o desafio a sentir qualquer outra coisa depois de ver alguém destruir seu ukulele. É para deixar qualquer um cego de raiva.

Meu primeiro soco deixou uma cratera do tamanho do meu punho no peitoral dourado do imperador. *Ah*, pensei, em algum canto distante da minha mente. *Olá, força divina!*

Perdendo o equilíbrio, Cômodo agitou a espada a esmo. Segurei seu braço e dei um soco em seu nariz, fazendo um *splash* que achei deliciosamente nojento.

Ele berrou, sangue escorrendo pelo bigode.

— Focê be focou? Bou de badar!

— Não vai me *badar* nada! — gritei. — Eu recuperei a força!

— Rá! Eu dunca perbi a binha! E fou baior que focê!

Odeio quando vilões megalomaníacos têm razão.

Ele veio correndo. Eu me abaixei por baixo dos braços dele e dei um chute nas costas, empurrando-o para uma mureta de metal na lateral do túnel. A testa de Cômodo atingiu o metal com um barulhinho de triângulo: *DING!*

Isso deveria ter me deixado bem satisfeito, exceto que minha raiva pelo ukulele quebrado estava diminuindo, e consequentemente minha explosão de força divina também. Sentia o veneno zumbi se espalhando pelos meus capilares, queimando e dominando todas as partes do meu corpo. A sensação era de que o ferimento na minha barriga estava explodindo, quase derramando meu recheio para todo lado como um Ursinho Pooh olimpiano rasgado.

Além disso, de repente me dei conta de que havia vários caixotes imensos sem identificação, empilhados em um canto do túnel, ocupando toda a extensão da passarela de pedestres. Do outro lado, o acostamento estava todo revirado, com cones cor de laranja enfileirados... Não havia nada de estranho nisso especificamente, mas me ocorreu que os cones eram mais ou menos do tamanho certo para conter as urnas que eu tinha visto os legionários de Frank carregando na nossa ligação pelo pergaminho holográfico.

Além disso, a cada metro e meio, uma linha fina havia sido escavada ao longo das pistas. De novo, nada exatamente estranho — o departamento de trânsito podia estar recapeando o túnel. Mas cada filete brilhava com um tipo de líquido... Óleo?

Somadas, essas coisas me deixaram profundamente desconfortável, e Frank continuava se enfiando cada vez mais no túnel, atraindo Calígula.

Parecia que o tenente de Calígula, Gregorix, também estava ficando preocupado. O germânico gritou da linha de frente.

— Meu imperador! O senhor está se afastando...

— Cala a boca, GREG! — berrou Calígula. — Se quiser manter a sua língua, não me diga como lutar!

Cômodo continuava cortando um dobrado para se levantar.

Calígula tentou acertar a espada no peito de Frank, mas o pretor não estava mais no mesmo lugar. Um passarinho — uma andorinha comum, a julgar pelo formato das penas da cauda — voou no rosto do imperador.

Frank conhecia pássaros. Andorinhas não são grandes ou impressionantes. Não são ameaças óbvias como falcões ou águias, mas são incrivelmente rápidas e se movimentam com facilidade.

Ele enfiou o bico no olho esquerdo de Calígula e disparou para longe, deixando o imperador aos berros, agitando os braços.

Frank se materializou em forma humana ao meu lado. Seus olhos estavam fundos e distantes. O braço machucado, imóvel.

— Se quiser mesmo ajudar — disse ele, baixinho —, machuca a perna do Cômodo. Acho que não consigo segurar os dois.

— O quê?

Ele se transformou de novo em andorinha e sumiu, disparando de volta para Calígula, que xingava e tentava acertar o passarinho.

Cômodo me atacou de novo. Dessa vez foi esperto o suficiente para não anunciar sua chegada com gritos. Quando percebi, ele já estava em cima de mim

— sangue borbulhando das narinas, uma marca funda em formato de corrimão na testa. Era tarde demais.

Ele deu um soco na minha barriga, no ponto *exato* que eu não queria que fosse atingido. Caí, sem forças, gemendo.

Do lado de fora, as tropas inimigas rugiram em comemoração. Cômodo mais uma vez se virou para receber a adulação. Tenho vergonha de admitir que, em vez de me sentir aliviado pelos segundos extras de vida, estava irritado por ele não ter me matado mais rápido.

Cada célula no meu miserável corpo mortal gritava: *Acabe logo com isso!* Morrer não poderia de jeito nenhum ser pior do que aquilo. Se eu morresse, talvez eu pelo menos voltasse como zumbi e arrancasse o nariz de Cômodo a mordidas.

Àquela altura eu tinha certeza de que Diana não viria ao nosso resgate. Talvez eu tivesse feito besteira no ritual, como Ella temia. Talvez minha irmã não tivesse recebido a ligação. Ou então talvez Júpiter tivesse proibido Diana de me ajudar, sob a ameaça de se juntar a mim na minha punição mortal.

Qualquer que fosse o caso, Frank também devia saber que estávamos num beco sem saída. Já tínhamos passado da fase de "ganhar tempo". Já estávamos na fase de "morrer em vão sem dúvida é bem doloroso".

Minha linha de visão estava reduzida a um cone embaçado vermelho, mas me concentrei nas panturrilhas de Cômodo, que andava de um lado para outro na minha frente, agradecendo seus fãs.

Presa à parte interna da panturrilha havia uma bainha de adaga.

Ele sempre carregava uma dessas nos velhos tempos. Quando se é imperador, a paranoia nunca acaba. Você pode ser assassinado pela sua empregada, seu garçom, sua lavadeira, seu melhor amigo. E aí, apesar de todas as precauções, seu ex-amante celestial disfarçado de treinador de luta acaba te afogando na banheira. Surpresa!

Machuca a perna do Cômodo, Frank me dissera.

Eu não tinha mais energia, mas devia um pedido final a Frank.

Meu corpo protestou quando estendi a mão e peguei a adaga. Ela saiu com facilidade da bainha — sempre untada com óleo para ser puxada com facilidade. Cômodo nem notou. Eu o esfaqueei na parte de trás do joelho esquerdo, depois no direito, antes que ele sequer percebesse a dor. Ele gritou e caiu para a frente, gritando obscenidades em latim que eu não ouvia desde o reino de Vespasiano.

Machucado, pronto. Larguei a adaga, sem forças. Esperei para ver o que me mataria. Os imperadores? O veneno zumbi? O suspense?

Estiquei o pescoço para ver como meu amigo andorinha estava. Nada bem, pelo visto. Calígula tinha acertado um golpe em cheio com sua espada na ave, arremessando Frank na parede. O passarinho caiu sem forças, e Frank voltou à forma humana no instante em que seu rosto bateu no asfalto.

Calígula sorriu para mim, o olho inchado e fechado, a voz cheia de uma alegria assassina.

— Está vendo, Apolo? Lembra o que acontece agora?

Ele ergueu a espada sobre as costas de Frank.

— NÃO! — gritei.

Eu não podia testemunhar a morte de outro amigo. De alguma forma, consegui ficar de pé, mas fui lento demais. Calígula baixou a espada... que se dobrou ao meio como um arame ao tocar na capa de Frank. Viva os deuses da moda militar utilitária! A capa de pretor de Frank era, sim, capaz de protegê--lo de golpes, embora sua capacidade de se transformar em suéter ainda fosse desconhecida.

Calígula rosnou, frustrado. Ele puxou a adaga, mas Frank já havia recuperado as forças o suficiente para ficar de pé. Ele girou e esmagou Calígula contra a parede, apertando a garganta do imperador com a mão boa.

— Está na hora! — rugiu ele.

Está na hora. Espera... Essa era a minha deixa. Era para eu sair correndo. Mas não consegui. Fiquei olhando, horrorizado, quando Calígula enfiou a adaga na barriga de Frank.

— Está, sim... — respondeu Calígula, a voz estrangulada. — Na sua hora.

Frank apertou com mais força, esmagando a garganta do imperador, fazendo o rosto dele ficar roxo. Usando o braço machucado, o que deve ter causado uma dor excruciante, Frank pegou o graveto queimado da bolsinha.

— Frank! — gritei, soluçando.

Ele olhou para mim por um segundo, ordenando em silêncio: *FUJA*.

Eu não aguentaria passar por aquilo outra vez. Não, de novo não. Não como Jason. Eu estava vagamente consciente de que Cômodo tentava com todas as forças se arrastar até mim, agarrar meus pés.

Frank ergueu o graveto queimado junto ao rosto de Calígula. O imperador lutou para se soltar, mas Frank era mais forte — tirando forças, imaginei, de tudo que restava de sua vida mortal.

— Se eu vou arder — disse ele —, que seja com força. Isso é pelo Jason.

O graveto entrou em combustão espontânea, como se estivesse esperando havia anos por essa oportunidade. Calígula arregalou os olhos em pânico, talvez só então começando a entender. As chamas lamberam o corpo inteiro de Frank, acendendo o óleo em uma das reentrâncias do asfalto — um rastilho líquido correndo nas duas direções para os caixotes e cones de trânsito que preenchiam o túnel. Os imperadores não eram os únicos que mantinham um suprimento de fogo grego.

Não me orgulho do que aconteceu a seguir. Enquanto Frank se tornava uma coluna de chamas e o imperador Calígula se desintegrava em cinzas flamejantes, obedeci à última ordem de Frank. Pulei o corpo de Cômodo e corri o mais rápido que pude. Às minhas costas, o túnel Caldecott explodiu como um vulcão.

37

Explosão? Eu, não.
A culpa não foi minha.
Coisa do Greg.

UMA QUEIMADURA de terceiro grau foi a ferida menos dolorosa que levei daquele túnel.

Saí aos tropeços, minhas costas ardendo, minhas mãos fumegando, todos os músculos no meu corpo como se tivessem sido fatiados por lâminas de barbear. À minha frente se espalhava o que restava das forças dos imperadores: centenas de guerreiros prontos para a batalha. Ao longe, enfileirados na baía, cinquenta iates aguardavam, prontos para usar sua artilharia apocalíptica.

Nada disso doía tanto quanto saber que eu tinha deixado Frank nas chamas.

Calígula havia acabado. Dava para sentir, como se a terra desse um suspiro profundo de alívio quando sua consciência se desintegrou em uma explosão de plasma superaquecido. Mas isso tinha nos custado um preço alto. Frank. O lindo, estranho, pesado, corajoso, forte, doce, nobre Frank.

Eu poderia chorar, mas meus canais lacrimais estavam secos como o deserto do Mojave.

As forças inimigas pareciam tão confusas quanto eu. Mesmo os germânicos estavam de queixo caído. Não é fácil chocar um guarda-costas imperial. Ver seus chefes explodirem em uma bola de fogo da beira de uma montanha... basta.

Atrás de mim, uma voz quase inumana gaguejou:

— ARGSHHH.

Eu me virei.

Eu estava morto demais por dentro para sentir medo ou nojo. É *claro* que Cômodo ainda estava vivo. Ele veio se arrastando nos cotovelos para fora da caverna esfumaçada, a armadura meio derretida, a pele coberta de cinzas. Seu rosto antes belo parecia um pão de tomate queimado.

O ferimento que eu tinha feito em Cômodo não foi suficiente. De alguma maneira, não havia acertado os ligamentos. Eu estraguei tudo, até o último pedido de Frank.

Nenhum dos soldados correu para ajudar o imperador. Todos ficaram paralisados, incrédulos. Talvez não reconhecessem aquele ser destruído. Talvez pensassem que o chefe estava dando mais um de seus espetáculos, só lhes restando esperar pelo momento certo de aplaudir.

Incrivelmente, Cômodo conseguiu ficar de pé, cambaleando como Elvis em 1975.

— NAVIOS! — crocitou ele.

A palavra saiu tão arrastada que por um momento pensei que ele tivesse gritado outra coisa. Acho que as tropas pensaram o mesmo, porque não fizeram nada.

— FOGO! — berrou ele, o que novamente poderia simplesmente significar, *EI, OLHA, EU ESTOU PEGANDO FOGO.*

Só entendi a ordem um segundo depois, quando Gregorix gritou:

— AVISEM AOS IATES!

Engasguei com a minha própria língua.

Cômodo abriu um sorriso assustador para mim. Seus olhos brilhavam com ódio.

Não sei de onde tirei forças, mas disparei e pulei em cima dele. Nós dois caímos no asfalto, eu montado em seu peito, apertando sua garganta como fizera milhares de anos antes, na primeira vez em que o matei. Dessa, não restava nem arrependimento nem amor. Cômodo resistiu, mas seus punhos eram como papel. Soltei um rugido gutural, uma música com apenas uma nota: pura raiva. E apenas um volume: máximo.

Sob a avalanche de som, Cômodo virou cinzas.

Minha voz falhou. Encarei minhas mãos vazias. Fiquei de pé e recuei, horrorizado. A silhueta queimada do corpo do imperador permanecia no asfalto. Eu ainda sentia a pulsação da sua carótida sob meus dedos. O que eu tinha feito? Nos milhares de anos em que estava vivo, nunca tinha destruído ninguém com minha voz. Quando eu cantava, as pessoas normalmente morriam de amores, não literalmente.

As tropas dos imperadores me encaravam, atônitas. Se tivessem mais um momento, certamente teriam atacado, mas sua atenção foi distraída por um sinalizador sendo disparado ali perto. Um globo de fogo do tamanho de uma bola de tênis cor de laranja cortou os céus, deixando uma fumaça colorida para trás.

As tropas se viraram para a baía, esperando o show de fogos que destruiria o Acampamento Júpiter. Admito — eu estava tão cansado, desesperado e emocionalmente destruído que só pude observar também.

Nos cinquenta deques de popa, pontos verdes brilharam quando as cargas de fogo grego foram carregadas nos morteiros. Imaginei *pandos* correndo de um lado para o outro, técnicos configurando as coordenadas finais.

POR FAVOR, ÁRTEMIS, rezei. *AGORA SERIA UM ÓTIMO MOMENTO PARA APARECER.*

As armas dispararam. Cinquenta bolas de fogo verdes ergueram-se no céu, como esmeraldas em um colar flutuante, iluminando a baía inteira. Elas subiram direto na vertical, ganhando altitude a muito custo.

Meu medo se transformou em confusão. Eu entendia um pouco de voar. Não se podia decolar em um ângulo de noventa graus. Se eu tentasse fazer isso na carruagem do Sol... Bem, primeiro eu cairia e faria papel de bobo. Mas a verdade é que os cavalos nunca conseguiriam subir num ângulo tão inclinado. Teriam tropeçado uns nos outros e caído de volta nos portões do Palácio do Sol. Você teria um nascer do sol no leste seguido por um pôr do sol no leste, e muitas reclamações.

Por que as armas estavam apontadas assim?

As bolas de fogo verde subiram mais quinze metros. Trinta. Diminuíram a velocidade. Na rodovia 24, o exército inimigo inteiro imitou seu movimento, ficando cada vez mais ereto enquanto os projéteis subiam, até que os germânicos, *khromandae* e outros vilões variados ficassem na ponta dos pés, como se levitassem. As bolas de fogo pararam e flutuaram.

Então as esmeraldas caíram, direto nos iates dos quais tinham sido lançadas.

O espetáculo de caos era digno dos próprios imperadores. Cinquenta iates explodiram em nuvens de cogumelo verdes, enviando confetes de madeira, metal e corpos de monstros em chamas pelos ares. A frota multibilionária de Calígula foi reduzida a manchas de óleo ardentes na superfície da baía.

Talvez eu tenha rido um pouco. Sei que é bem insensível da minha parte, considerando o impacto ambiental do desastre. Também horrivelmente inapropriado, considerando como eu estava destruído pelo que acontecera com Frank. Mas não consegui evitar.

As tropas inimigas se viraram para mim de uma só vez.

Ah, é, lembrei. *Ainda estou diante de centenas de soldados hostis.*

Mas eles não pareciam mais tão hostis. Suas expressões eram surpresas e incertas.

Eu tinha destruído Cômodo com um grito. Tinha ajudado a queimar Calígula até as cinzas. Apesar da minha aparência humilde, as tropas provavelmente tinham ouvido rumores de que eu já tinha sido um deus. Era possível, eles deviam estar se perguntando, que eu de alguma forma tivesse a ver com a destruição da frota?

Na verdade, eu não fazia ideia do que tinha dado errado com o armamento deles. Eu duvidava de que fosse coisa de Ártemis. Simplesmente não *era* do feitio dela. E quanto a Lavínia... Eu não via como ela conseguiria colocar em prática um truque assim com alguns poucos faunos, algumas dríades e uns pacotes de chiclete.

Eu sabia que não tinha sido eu.

Mas o exército não sabia.

Reuni as últimas gotas de coragem. Canalizei minha antiga arrogância, da época em que eu amava levar o crédito por coisas que não tinha feito (desde que fossem legais e impressionantes). Direcionei a Gregorix e seu exército meu sorriso mais cruel e imperial.

— *BU!* — gritei.

Os soldados deram as costas e fugiram, espalhando-se pela rodovia em pânico, alguns pulando direto por cima da mureta para o nada só para escapar de mim mais rápido. Só os pobres pégasos torturados permaneceram onde estavam, pois não tinham opção, ainda presos aos arreios, as rodas da biga presas ao asfalto para evitar que os animais fugissem. De qualquer forma, era pouco provável que eles quisessem seguir seus torturadores.

Caí de joelhos. O ferimento na minha barriga latejava. Minhas costas queimadas estavam dormentes. Meu coração parecia bombear chumbo líquido gelado. Eu logo estaria morto. Ou morto-vivo. Não importava muito. Os dois imperadores estavam mortos. A frota havia sido destruída. Havíamos perdido Frank.

Na baía, as manchas de óleo incandescentes cuspiam colunas de fumaça que se tornavam cor de laranja sob a lua de sangue. Era sem dúvida o incêndio mais lindo que eu já vislumbrara.

Depois de um momento de silêncio atordoado, os serviços de emergência da Bay Area pareceram registrar o novo problema. A East Bay já era considerada uma área de desastre. Com o túnel fechado e a misteriosa sequência de incêndios florestais e explosões nas colinas, sirenes gritavam por todos os lados. Luzes de emergência iluminavam as ruas engarrafadas.

As embarcações da Guarda Costeira se juntaram à festa, atravessando as águas da baía para chegar às manchas de óleo incendiadas. Helicópteros da polícia e de jornais cortavam a cena por todos os lados, como se atraídos por ímãs. A Névoa teria muito trabalho naquela noite.

Fiquei tentado a só me deitar na estrada e dormir. Eu sabia que, se fizesse isso, ia morrer, mas pelo menos acabaria com a dor. Ah, Frank.

E por que Ártemis não tinha vindo me ajudar? Eu não estava bravo com ela. Compreendia muito bem como os deuses podiam ser, todas as diferentes razões para não aparecerem quando chamados. Mas ainda assim doía, ser ignorado pela própria irmã.

Um bufo indignado me tirou dos meus pensamentos. Os pégasos me olhavam de cara feia. O da esquerda era cego de um olho, pobrezinho, mas balançou a crina e fez um trino como se quisesse dizer: *SE TOCA, CARA.*

O pégaso tinha razão. Outras pessoas estavam sofrendo. Algumas precisavam da minha ajuda. Tarquínio continuava vivo — eu podia sentir no meu sangue infectado. Hazel e Meg talvez estivessem enfrentando zumbis nas ruas de Nova Roma.

Eu não seria muito útil a elas, mas tinha que tentar. Ou eu morreria com os meus amigos, ou eles cortariam a minha cabeça depois de eu me transformar num comedor de cérebros, e é para isso que os amigos serviam.

Fiquei de pé e, trêmulo, me aproximei dos pégasos.

— Sinto muito que isso tenha acontecido com vocês — falei para eles. — São lindos animais e mereciam coisa melhor.

Um Olho Só bufou, como se dissesse: *NÃO ME DIGA!*

— Vou libertar vocês, se deixarem.

Tirei as rédeas e os arreios. Achei uma adaga abandonada no asfalto e arranquei o arame farpado e as perneiras espinhentas que espetavam os animais. Tomei o cuidado de evitar os cascos caso eles decidissem me dar um coice na cabeça.

Então comecei a cantarolar a música de Dean Martin, "Ain't That a Kick in the Head", porque o que era ruim sempre podia piorar.

— Pronto — falei, quando os pégasos estavam livres. — Não tenho direito de pedir nada a vocês, mas se pudessem encontrar nos seus corações a possibilidade de me dar uma carona até o outro lado das montanhas, eu ficaria muito agradecido, porque meus amigos estão em perigo.

O pégaso da direita, que não era cego mas tinha sofrido um cruel corte nas orelhas, ganiu um enfático *NÃO!* E disparou para a saída da College Avenue. Então parou na metade do caminho e olhou para trás, para o amigo.

Um Olho Só grunhiu e agitou a crina. Imaginei que sua conversa silenciosa com Orelhinhas fosse algo assim:

Um Olho Só: *Vou dar uma carona para esse idiota patético. Pode ir na frente. Já te alcanço.*

Orelhinhas: *Você é doido, cara. Se ele te perturbar, dá um coice na cabeça dele.*

Um Olho Só: *Pode ter certeza de que eu dou mesmo.*

Orelhinhas trotou noite afora. Eu não o culpava por ir embora. Fiquei torcendo para que encontrasse um lugar seguro para descansar e se curar.

Um Olho Só me deu uma mordidinha. *E aí?*

Dei uma última olhada no túnel Caldecott, ainda um inferno de chamas verdes. Mesmo sem combustível, fogo grego não parava de queimar, e aquele incêndio começara com a força vital de Frank — uma explosão final de heroísmo que vaporizara Calígula. Eu não fingia compreender o que Frank fizera, ou por que ele tomara aquela decisão, mas entendia que ele sentira que era a única saída. Ele havia queimando com o brilho mais intenso, isso com certeza. A última palavra que Calígula ouvira ao ser explodido em minúsculas partículas tinha sido *Jason*.

Dei mais um passo na direção do túnel. Mal conseguia andar quinze metros sem ficar totalmente sem fôlego.

— FRANK! — gritei. — FRANK!

Era impossível, eu sabia. Frank não poderia ter sobrevivido àquilo. O corpo imortal de Calígula se desintegrara instantaneamente. Frank devia ter morrido segundos depois, aguentando mais um pouco somente pela coragem e pelo ímpeto, para ter certeza de que também seria o fim de Calígula.

Eu queria conseguir chorar. Lembrava vagamente de um dia ter tido canais lacrimais.

Agora só restava desespero, e a certeza de que, enquanto eu estivesse vivo, tinha que tentar ajudar meus amigos sobreviventes, independente da dor que sentisse.

— Sinto muito — falei para as chamas.

As chamas não responderam. Elas não ligavam para quem ou o quê destruíam.

Encarei o topo das colinas. Hazel, Meg e o que restava da Décima Segunda Legião estavam do outro lado, lutando contra os mortos-vivos. Era lá que eu precisava estar.

— Certo — falei para Um Olho Só. — Estou pronto.

38

Três palavras:
Unicórnios-canivete-suíço, cara!
Tá, foram quatro.

SE VOCÊ TIVER a oportunidade de ver unicórnios de guerra em ação, *não faça isso*. É algo impossível de desver.

Conforme a gente se aproximava da cidade, detectei sinais de batalha: colunas de fumaça, chamas saindo do topo dos prédios, gritos, explosões. Sabe, o de sempre.

Um Olho Só me deixou na Linha Pomeriana, com um bufo que parecia dizer *É, boa sorte aí*, então galopou para longe. Pégasos são criaturas muito inteligentes.

Dei uma olhada para a Colina dos Templos, esperando ver nuvens de tempestade ou uma aura divina de luz prateada banhando o local, ou um exército de Caçadoras da minha irmã ao resgate. Não vi nada. Fiquei me perguntando se Ella e Tyson ainda estavam batendo perna no santuário de Diana, verificando a fogueira a cada trinta segundos para ver se os cacos do pote de vidro de Sibila já estavam no ponto.

Mais uma vez, eu teria que ser uma cavalaria de um soldado só. Sinto muito, Nova Roma. Fui correndo para o Fórum, que foi onde tive meu primeiro vislumbre dos unicórnios. E, olha, definitivamente não era algo que se via todo dia.

Meg em pessoa liderava o ataque. Ela não estava montada em um unicórnio. Ninguém que dê valor à própria vida (ou à própria bunda) ousaria tentar. Mas ela corria ao lado deles, gritando palavras de estímulo enquanto galopavam para a batalha. Os animais usavam armaduras de Kevlar com os nomes anotados em letras brancas blocadas nas costelas: Bolinho, Quimera, Fanfarrão, Shirley e Horácio, os Cinco Unicórnios do Apocalipse. Seus capacetes de couro lembravam os jogadores de futebol americano dos anos 1920. No chifre dos animais havia sido preso um incomum... Como chamar? Equipamento? Imagine, se conseguir, imensos canivetes suíços cônicos com diferentes compartimentos dos quais saía uma conveniente variedade de ferramentas destrutivas.

Meg e seus amigos atacaram uma horda de *vrykolakai* — que, pelas armaduras destroçadas, deviam ser antigos legionários mortos no ataque anterior de Tarquínio. Um integrante do Acampamento Júpiter poderia achar difícil atacar antigos camaradas, mas Meg não tinha problema algum com isso. Suas espadas giravam, cortando e fatiando e fazendo picadinho de zumbi.

Com um aceno dos focinhos, seus amigos equinos ativavam os acessórios preferidos: uma espada, uma lâmina gigante, um saca-rolhas, um garfo ou uma lixa de unha. (Fanfarrão escolheu a lixa, o que não me surpreendeu.) Eles mergulharam entre os mortos-vivos, garfando, saca-rolhando, espetando e lixando todos até desaparecerem.

Talvez você se pergunte por que achei tão aterrorizante que os imperadores usassem pégasos na biga, mas não liguei para Meg com seu exército de unicórnios. Tirando a diferença óbvia — os unicórnios não eram torturados nem mutilados —, estava claro que os corcéis de um chifre só de Meg estavam se divertindo imensamente. Depois de séculos sendo tratados como criaturas belas e delicadas que saltitavam pelos pastos e dançavam nos arco-íris, aqueles unicórnios finalmente estava se sentindo *compreendidos* e exaltados. Meg havia reconhecido o talento natural deles para caçar zumbis.

— Ei! — Meg sorriu ao me ver, como se tivesse acabado de voltar de uma simples ida ao banheiro, e não de um pequeno apocalipse. — Está funcionando muito bem! Unicórnios são imunes a arranhões e mordidas dos mortos-vivos!

Shirley bufou, claramente orgulhosa de si mesma. Ela veio me mostrar seu saca-rolhas como se dissesse: *É isso aí. Eu não sou seu Pequeno Pônei.*

— Os imperadores? — perguntou Meg.

— Mortos. Mas... — Minha voz falhou.

Meg observou minha expressão. Já me conhecia bem o bastante. Já estivera ao meu lado em momentos trágicos.

Seu rosto ficou sombrio.

— Tá. A gente chora depois. Agora temos que achar Hazel. Ela está... — Meg indicou o centro da cidade com um gesto vago — em algum lugar por aí. Tarquínio também.

Só de ouvir o nome dele senti minhas entranhas se revirarem. Por que, ah, por que eu não era um unicórnio?

Subimos as ruas estreitas e sinuosas com nossa tropa de canivetes suíços. A batalha estava basicamente concentrada em bolsões de combate casa a casa. Famílias haviam barricado seus lares. Lojas tinham sido protegidas com tábuas. Arqueiros posicionados nas janelas superiores monitoravam os zumbis. Bandos soltos de *eurynomoi* atacavam qualquer coisa viva que encontrassem.

Por mais horrível que fosse a cena, algo parecia estranhamente *calmo*. Sim, Tarquínio havia inundado a cidade com mortos-vivos. Todos os bueiros e saídas de esgoto estavam abertos. Mas ele não estava atacando com força total, e sim atravessando sistematicamente a cidade para dominar tudo. Pequenos grupos de zumbis surgiam em todos os cantos ao mesmo tempo, forçando os romanos a se espalharem para defender seus companheiros. Parecia menos uma invasão e mais uma distração, como se Tarquínio estivesse em busca de algo específico e não quisesse ser incomodado.

Algo específico... Como um conjunto de livros sibilinos pelos quais ele pagou caro em 530 a.C.

Meu coração bombeou mais chumbo gelado.

— A livraria. Meg, a livraria!

Ela franziu a testa, talvez se perguntando por que eu queria comprar livros num momento como aquele. Então deu para ver pelos seus olhos que a ficha tinha caído.

— Ah.

Meg disparou, correndo tanto que os unicórnios tiveram que trotar. Como eu consegui acompanhá-los, não sei. Imagino que, àquela altura, meu corpo já estava tão além de qualquer salvação que só pensou: *Correr até a morte? Ah, tá bom. Tanto faz.*

A batalha se intensificou conforme subimos a colina. Passamos por parte da Quarta Coorte lutando contra uma dúzia de ghouls escravizados do lado de fora de um café ao ar livre. Das janelas, crianças e seus pais jogavam coisas — pedras, panelas, garrafas — nos *eurynomoi*, enquanto os legionários tentavam acertar as lanças por cima dos escudos entrelaçados.

Alguns quarteirões adiante, encontramos Término, seu sobretudo da Primeira Guerra Mundial pontilhado de buraquinhos de queimadura, o nariz de mármore quebrado. Agachada atrás do pedestal estava uma garotinha — sua ajudante, Julia, supus —, agarrada a uma faca de churrasco.

Término se virou para nós com tanta fúria que temi que nos transformasse numa pilha de declaração de bens da alfândega.

— Ah, são vocês — resmungou ele. — Minhas fronteiras falharam. Espero que tenham trazido ajuda.

Olhei para a menininha aterrorizada atrás dele, feroz e brava, pronta para atacar. Fiquei me perguntando quem estava protegendo quem.

— Ahhhh... Talvez?

O rosto do antigo deus ficou ainda mais duro, o que não deveria ser possível para uma pedra.

— Entendo. Bem. Concentrei o que restou do meu poder aqui, em volta de Julia. Eles podem destruir Nova Roma, mas *não vão* machucar esta menina!

— Ou esta estátua! — disse Julia.

Meu coração virou geleia.

— Nós vamos ganhar hoje, eu prometo. — De alguma forma consegui soar como se realmente acreditasse nisso. — Cadê a Hazel?

— Para lá! — Término apontou com seus braços inexistentes.

A julgar pelo seu olhar (não dava mais para me guiar pelo nariz), imaginei que ele estava falando da esquerda. Corremos para aquela direção até encontrarmos outro grupo de legionários.

— Cadê a Hazel? — gritou Meg.

— Para lá! — berrou Leila. — Uns dois quarteirões, acho!

— Valeu!

Meg disparou com sua guarda de honra formada por unicórnios, lixas e saca-rolhas prontos para atacar.

Encontramos Hazel exatamente onde Leila havia indicado: dois quarteirões adiante, numa pracinha onde a rua terminava. Ela e Árion estavam cercados por mais de quarenta zumbis no meio da praça. Árion não parecia particularmente assustado, mas seus bufos e gemidos indicavam frustração: ele não conseguia usar sua velocidade naquele espaço apertado. Hazel girava sua espata, e Árion dava coices para manter os zumbis afastados.

Sem dúvida Hazel poderia ter lidado com a situação sem nossa ajuda, mas os unicórnios não resistiram à oportunidade de acabar com um zumbi. Eles se enfiaram na horda, cortando, saca-rolhando e pinçando os mortos-vivos num incrível espetáculo de carnificina multitarefas.

Meg saltou para a luta, as lâminas gêmeas girando. Procurei na rua alguma arma de projéteis. Infelizmente, foi fácil encontrar. Peguei um arco e uma aljava e coloquei a mão na massa, dando aos zumbis alguns piercings de crânio muito estilosos.

Quando Hazel percebeu que era a gente, ela riu de alívio, então seus olhos começaram a buscar algo, provavelmente Frank. Olhei nos olhos dela, e temo que minha expressão tenha lhe contado tudo que ela não queria saber.

Emoções atravessaram seu rosto em rápida sequência: descrença, tristeza, e por fim raiva. Ela gritou de ódio, deixando Árion agitado, e destruiu o que restava da horda de zumbis. Eles não tiveram nenhuma chance.

Quando a praça estava limpa, Hazel veio até mim.

— O que houve?

— Eu... Frank... Os imperadores...

Foi tudo que consegui dizer. Não era bem uma narrativa, mas ela pareceu entender o recado.

Ela se inclinou até mergulhar o rosto na crina de Árion, se balançando e murmurando, fechando as mãos com força. Por fim ela se levantou. Respirou fundo, segurando o choro. Desceu de Árion, abraçou o pescoço do corcel e sussurrou algo no ouvido dele.

O cavalo assentiu. Hazel deu um passo para trás, e ele disparou — uma faixa branca em direção ao túnel Caldecott. Eu queria avisar a Hazel que não haveria nada a encontrar lá, mas não fiz isso. Tinha aprendido um pouco mais sobre mágoa. O luto de cada pessoa tem uma vida única; precisa seguir seu caminho.

— Onde a gente encontra o Tarquínio? — perguntou ela.

Acho que o que queria dizer era: *Quem posso matar para me sentir melhor?*

Eu sabia que a resposta era *ninguém*. Mas não discuti. Como um tolo, eu os conduzi para a livraria para confrontar o rei dos mortos-vivos.

Dois *eurynomoi* estavam de guarda na entrada, então tudo indicava que Tarquínio já estava lá dentro. Rezei para que Tyson e Ella ainda estivessem na Colina dos Templos.

Com um gesto rápido, Hazel invocou duas pedras preciosas do solo: rubis? Opalas de fogo? Elas passaram por mim tão rápido que não tive certeza. Acertaram os ghouls bem entre os olhos, reduzindo os guardas a uma pilha de pó. Os unicórnios ficaram decepcionados — não só porque não puderam usar seus utensílios de combate mas também porque perceberam que entraríamos em uma porta pequena demais para eles.

— Vão encontrar outros inimigos — ordenou Meg. — Divirtam-se!

Os Cinco Unicórnios do Apocalipse comemoraram, empinando, então saíram para seguir a ordem de Meg.

Invadi a livraria, com Hazel e Meg logo atrás, e dei de cara com uma horda de mortos-vivos. *Vrykolakai* passeavam pelo corredor de lançamentos, talvez procurando o que havia de novidade em ficção sobre zumbis. Outros se batiam nas prateleiras de história, como se soubessem que pertenciam ao passado. Um ghoul se acocorava em uma poltrona confortável, babando ao folhear *O livro ilustrado dos urubus*. Outro estava agachado no segundo piso, mascando alegremente uma edição encadernada em couro de *Grandes esperanças*.

Já Tarquínio parecia ocupado demais para perceber nossa chegada. Estava de pé, de costas para nós, no balcão, gritando com o gato da livraria.

— Responda-me, criatura! — gritava o rei. — Onde estão os livros?

Aristófanes estava sentado na mesa, uma pata esticada para cima, lambendo tranquilamente suas partes — o que, até onde sei, era considerado falta de educação.

— Eu vou destruí-lo! — gritou Tarquínio.

O gato ergueu os olhos por um breve momento, sibilou, então voltou ao seu banho.

— Tarquínio, deixe ele em paz! — gritei, embora o gato não parecesse precisar da minha ajuda.

O rei se virou, e na mesma hora lembrei por que eu não deveria me aproximar dele. Uma onda imensa de náusea tomou conta de mim, me fazendo cair de joelhos. Minhas veias ardiam com veneno. Minha carne parecia estar virando do avesso. Nenhum zumbi me atacou. Eles só me encararam com seus olhos mortos e vazios, como se esperassem que eu colocasse uma etiqueta dizendo OLÁ, MEU NOME ERA APOLO e começasse a circular.

Tarquínio tinha caprichado no look para sua noitada especial. Usava uma capa vermelha mofada por cima da armadura corroída. Anéis dourados adornavam seus dedos de esqueleto. A coroa dourada delicada parecia ter sido polida recentemente, o que criava um contraste interessante com o crânio apodrecido. Tentáculos roxos neon e ensebados giravam em torno de seus membros, entrando e saindo das costelas e circulando os ossos do pescoço. Como seu rosto era só uma caveira, eu não tinha como saber se ele estava sorrindo, mas, quando falou, pareceu satisfeito em me ver.

— Ah, que bom! Matou os imperadores, não foi, meu fiel servo? Fale!

Eu não tinha desejo algum de falar nada para ele, mas uma pressão invisível esmagou meu diafragma, me forçando a expelir as palavras.

— Mortos. Estão mortos.

Tive que morder a língua para não completar com *senhor*.

— Excelente! — disse Tarquínio. — Tantas mortes maravilhosas hoje. E o pretor, Frank...?

— Não. — Hazel me empurrou para passar. — Tarquínio, não ouse dizer o nome dele.

— Rá! Morto, então. Excelente. — Tarquínio farejou o ar, gás roxo ondulando pelas narinas. — A cidade está fértil de medo. Agonia. Perda. Maravilha! Apolo, você é meu agora, é claro. Sinto seu coração dando as últimas batidas. E Hazel Levesque... sinto dizer, mas você terá que morrer por ter derrubado minha sala do trono em cima de mim. Um truquezinho *muito* sujo. Mas essa menina McCaffrey... Estou num humor tão bom que acho que vou deixá-la fugir para espalhar a notícia da minha grande vitória. Desde que, é claro, você coopere e explique... — ele indicou o gato — ... o que isto significa.

— É um gato — falei.

Bom humor, sei. Tarquínio rosnou, e outra onda de dor transformou minha coluna em massinha de modelar. Meg agarrou meu braço antes que eu desse de cara no carpete.

— Deixe ele em paz! — gritou ela para o rei. — De jeito nenhum eu vou fugir.

— Onde estão os livros sibilinos? — Tarquínio exigiu saber. — Não são nenhum desses! — Ele indicou com um gesto de desdém as prateleiras, depois encarou com raiva Aristófanes. — E essa *criatura* não fala! A harpia e o ciclope que estavam reescrevendo as profecias... Sinto o *cheiro* deles aqui, mas sumiram! Onde estão?

Agradeci em silêncio pela teimosia das harpias. Ella e Tyson ainda deveriam estar na Colina dos Templos esperando pela ajuda divina que não ia chegar.

Meg bufou.

— Você é burro demais para um rei. Os livros não estão aqui. Nem são livros!

Tarquínio encarou minha pequena mestra, então se virou para os seus zumbis.

— Que idioma ela está falando? Isso fez sentido para vocês?

Os zumbis o encararam, impassíveis. Os ghouls estavam ocupados demais lendo sobre urubus e comendo a obra prima de Charles Dickens.

Tarquínio me encarou de novo.

— O que a garota quis dizer? Onde estão os livros, e como assim não são livros?

Mais uma vez, senti meu peito se contrair. As palavras explodiram da minha boca:

— Tyson. Ciclope. Profecias tatuadas na pele. Está na Colina dos Templos com...

— Calado! — ordenou Meg.

Minha boca se fechou, mas era tarde demais. As palavras já tinham subido no telhado. A expressão era essa?

Tarquínio inclinou o crânio.

— A cadeira no quarto dos fundos... Sim. Sim, entendi agora. Que inteligente! Terei que manter a harpia viva para observar sua arte. Profecias na carne? Ah, eu consigo me virar com isso!

— Você nunca vai sair daqui — rosnou Hazel. — Minhas tropas estão acabando com seus últimos invasores. Somos só nós dois agora. E você está prestes a partir dessa para pior em pedacinhos.

Tarquínio soltou uma gargalhada aguda.

— Ah, querida. Você achou que *isso* era a invasão? Aquelas tropas eram só os meus arruaceiros, com a missão de manter vocês divididos e confusos enquanto eu vinha capturar os livros. Mas agora que sei onde estão, a cidade pode ser invadida de verdade! O restante do meu exército deve estar saindo dos seus esgotos... — ele estalou os dedos ossudos — ...agora.

39

Capitão Cueca
Não aparece neste livro
Não tem contrato

ESPEREI PELOS SONS do combate recomeçando do lado de fora. A livraria estava tão silenciosa que quase dava para ouvir os zumbis respirarem.

Nova Roma continuou quieta.

— Agora! — repetiu Tarquínio, estalando os dedos ossudos de novo.

— Problemas de comunicação? — perguntou Hazel.

O rei morto-vivo sibilou.

— O que você fez?

— Eu? Nada... — Hazel puxou a espata. — Mas isso vai mudar agora.

Aristófanes atacou primeiro. É claro que o gato faria a luta girar em torno dele. Com um miado revoltado e nenhuma provocação aparente, a bola de pelo laranja gigante se jogou na cara de Tarquínio, cravando as unhas nas órbitas da caveira e chutando com as patas traseiras os dentes podres do rei. Tarquínio perdeu o equilíbrio com o ataque surpresa, gritando em latim, as palavras emboladas por causa das patas do gato na boca. E assim a Batalha da Livraria começou.

Hazel avançou na direção de Tarquínio. Meg pareceu aceitar que Hazel tinha preferência para atacar o vilão principal, considerando o que tinha acontecido com Frank, então se concentrou nos zumbis, usando as espadas gêmeas para perfurar, cortar e empurrá-los para a seção de não ficção.

Puxei uma flecha com a intenção de atirar no ghoul no mezanino, mas minhas mãos tremiam demais. Não conseguia me levantar. Minha visão estava desfocada e avermelhada. Além de tudo, percebi que tinha puxado a única flecha restante na minha aljava original: a Flecha de Dodona.

NÃO PODES DESISTIR, APOLO!, disse a flecha na minha mente. *NÃO TE ENTREGUES AO REI MORTO-VIVO!*

Em meio à neblina de dor, eu me perguntei se estava ficando doido.

— Isso é uma tentativa de discurso motivacional? — A ideia me fez dar uma risadinha. — Nossa, como estou cansado.

Caí de bunda no chão.

Meg passou por cima de mim e destroçou um zumbi que estava prestes a comer a minha cara.

— Valeu — murmurei, mas ela já tinha se afastado.

Os ghouls relutantemente interromperam sua leitura e começaram a se aproximar.

Hazel enfiou a espata em Tarquínio, que tinha acabado de tirar Aristófanes da cara. O gato berrou quando foi atirado para longe, mas conseguiu se segurar na beirada de uma estante e escalou as prateleiras até o topo do móvel. Ele me olhou lá de cima com uma expressão de superioridade nos olhos verdes, como quem dissesse: *Correu tudo conforme o plano.*

A Flecha de Dodona continuou falando na minha cabeça:

FIZESTE BEM, APOLO! TENS APENAS UM TRABALHO AGORA: NÃO MORRER!

— Mas esse é um trabalho muito difícil — resmunguei. — Odeio meu trabalho.

PRECISAS SOMENTE ESPERAR! SEGURAR AS PONTAS!

— Esperar o quê? — murmurei. — Segurar o quê? Ah, é... estou segurando você.

SIM!, disse a flecha. *SIM, FAZEI ISSO! FICAI COMIGO, APOLO. NEM OUSAI PENSAR EM MORRER, CARA!*

— Isso não é de um filme? — perguntei. — Tipo... de todos os filmes? Espera, você se importa se eu morrer?

— Apolo! — berrou Meg, atacando o zumbi que lia *Grandes esperanças*. — Se não vai ajudar, se importa de pelo menos se arrastar para algum canto mais seguro?

Eu queria obedecer. Queria mesmo. Mas minhas pernas não funcionavam.

— Ih, gente... — resmunguei para ninguém em específico. — Meus tornozelos estão ficando cinza. Epa. Minhas mãos também.

NÃO!, disse a flecha. *ESPERA!*

— Espera o quê?

CONCENTRA-TE EM MINHA VOZ. CANTEMOS UMA CANÇÃO! TU GOSTAS DE CANÇÕES, NÃO GOSTAS?

— "Sweet Caroline!" — comecei a cantarolar.

TALVEZ OUTRA CANÇÃO?

— PAM! PAM! PAM! — continuei.

A flecha cedeu e começou a cantar junto comigo, embora sempre acabasse ficando para trás, já que tinha que traduzir todas as letras para a linguagem antiga.

Então era assim que eu ia morrer: caído no chão de uma livraria, virando zumbi enquanto segurava uma flecha falante e cantava o maior sucesso de Neil Diamond. Nem as Parcas poderiam prever todas as maravilhas que o universo guardara para mim.

Por fim, minha voz morreu. Minha visão escureceu. Os sons do combate pareciam chegar às minhas orelhas por meio de longos tubos de metal.

Meg fatiou o último servo de Tarquínio. *Isso é bom*, pensei, distante. Eu não queria que ela morresse também. Hazel enfiou a espada no peito de Tarquínio. O rei romano caiu, uivando de dor, arrancando o punho da espada das mãos de Hazel. Ele tombou no balcão de informações, segurando a lâmina com suas mãos esqueletais.

Hazel deu um passo para trás, esperando que o rei zumbi se desfizesse em pó. Em vez disso, Tarquínio se levantou com dificuldade, a nuvem roxa pulsando fracamente nas órbitas.

— Eu vivi milênios — rosnou ele. — Você não me matou com milhares de toneladas de rocha, Hazel Levesque. E não vai me matar com uma espada.

Achei que Hazel fosse voar para cima dele e arrancar o crânio com as próprias mãos. Sua raiva era tão palpável que dava para sentir o cheiro, como uma tempestade se aproximando. Espera... Eu estava *mesmo* sentindo o cheiro de uma tempestade se formando, junto com outros aromas: pinheiro, orvalho em flores silvestres, o hálito de cães de caça.

Um grande lobo prateado lambeu meu rosto. Lupa? Uma alucinação? Não... Uma matilha inteira de animais havia entrado na loja, cheirando as prateleiras e pilhas de pó de zumbi.

Atrás deles, na porta, havia uma menina de pé, aparentando uns doze anos, os olhos amarelo-prateados, o cabelo avermelhado preso num rabo de cavalo. Estava vestida para a caçada, com uma túnica cinza brilhosa e leggings, um arco branco na mão. Seu rosto era lindo, sereno e tão frio quanto a lua invernal.

Ela preparou uma flecha prateada e encarou Hazel, pedindo permissão para terminar aquilo. Hazel assentiu e saiu do caminho. A menina mirou em Tarquínio.

— Sua coisa morta-viva abominável — disse ela, a voz firme ecoando poder. — Quando uma mulher o derruba, é melhor ficar no chão.

Sua flecha se alojou no centro da testa de Tarquínio, partindo o crânio ao meio. O rei ficou rígido. Os tentáculos de fumaça roxa engasgaram e se dissiparam. Da ponta da flecha, uma onda de fogo prateado se espalhou pelo crânio e pelo corpo de Tarquínio, desintegrando-o por completo. Sua coroa dourada, a flecha prateada e a espada de Hazel caíram no chão.

Sorri para a recém-chegada.

— Oi, maninha.

Então caí para o lado.

O mundo ficou macio, alvo, sem cor. Nada doía mais.

Eu mal percebi o rosto de Diana acima de mim, Meg e Hazel me olhando por cima dos ombros da deusa.

— Ele está morrendo — disse Diana.

Então eu *morri*. Minha mente mergulhou numa poça de escuridão fria e pegajosa.

— Ah, não, nem pensar. — A voz rude da minha irmã me despertou.

Eu estava tão confortável, tão inexistente.

Senti a vida voltar com força — fria, clara e injustamente dolorosa. O rosto de Diana entrou em foco. Ela parecia irritada, o que era bem típico dela.

Quanto a mim, estava me sentindo surpreendentemente bem. A dor na barriga tinha sumido. Meus músculos não ardiam. Eu respirava sem dificuldade. Devia ter dormido por décadas.

— Por... por quanto tempo eu apaguei? — perguntei, com a voz rouca.

— Uns três segundos — respondeu ela. — Agora pode levantar, seu dramático.

Ela me ajudou a ficar de pé. Eu estava meio tonto, mas fiquei contente de ver que minhas pernas não tremiam mais. Minha pele não estava mais cinza. As linhas de infecção tinham sumido. A Flecha de Dodona ainda estava nas minhas mãos, embora estivesse quieta, talvez impressionada com a presença da deusa. Ou talvez ainda estivesse tentando tirar o gosto de "Sweet Caroline" de sua boca imaginária.

Meg e Hazel estavam por perto, esfarrapadas porém inteiras. Lobos cinzentos amigáveis caminhavam entre elas, batendo nas suas pernas e farejando seus sapatos, que obviamente tinham passado por muitos lugares interessantes nos últimos tempos. Aristófanes nos encarou de seu lugar no alto da estante, decidiu que não se importava e voltou a se lamber.

Eu sorri para a minha irmã. Era tão bom ver de novo sua careta de *Não-acredito-que-você-é-meu-irmão*.

— Te amo — falei, com a voz rouca de emoção.

Ela piscou, claramente sem saber o que fazer com a informação.

— Você mudou *mesmo*.

— Senti sua falta!

— Ah, s-sim, bem. Estou aqui agora. Nem nosso pai pôde contestar uma invocação sibilina na Colina dos Templos.

— Funcionou, então! — Eu sorri para Hazel e Meg. — Funcionou!

— É — respondeu Meg, cansada. — Oi, Ártemis.

— Diana — corrigiu minha irmã. — Mas olá, Meg. — Para ela, minha irmã sorriu. — Você se saiu muito bem, jovem guerreira.

Meg corou, chutou uma pilha de pó de zumbi no chão e deu de ombros.

— É.

Eu fui verificar minha barriga, o que foi fácil, já que minha camisa estava se desfazendo. O curativo tinha sumido, junto com a ferida infeccionada. Só restava uma cicatriz branca fininha.

— Então... estou curado?

Meus pneuzinhos provavam que ela não havia me devolvido minha antiga forma divina. Não, isso seria esperar demais.

Diana ergueu uma das sobrancelhas.

— Bem, eu não sou a deusa da cura, mas ainda sou uma deusa. Acho que consigo lidar com os machucadinhos do meu irmão caçula.

— *Caçula?* — falei.

Ela deu um sorrisinho, então se voltou para Hazel.

— E você, centuriã. Como está?

Hazel sem dúvida estava dolorida e cansada, mas ainda assim se ajoelhou e curvou a cabeça, como uma boa romana.

— Eu estou... — Hazel hesitou. Seu mundo tinha sido destruído. Ela havia perdido Frank. Aparentemente, ela decidiu não mentir para a deusa. — Estou devastada e exausta, senhora. Mas agradeço por ter vindo ao nosso auxílio.

A expressão de Diana se suavizou.

— Sim. Eu sei que foi uma noite difícil. Venha, vamos lá para fora. Está abafado aqui, e fedendo a ciclope queimado.

Os sobreviventes se reuniam pouco a pouco na rua. Talvez algum instinto os tivesse trazido ali, ao lugar da derrota de Tarquínio. Ou talvez eles simplesmente tivessem vindo admirar a biga prateada brilhante com quatro renas douradas estacionada em frente à livraria.

Águias gigantes e falcões de caça se empoleiravam nos telhados. Lobos passavam o tempo com Aníbal, o elefante, e os unicórnios de guerra. Legionários e cidadãos de Nova Roma circulavam, ainda em choque.

No fim da rua, em meio a um grupo de sobreviventes, estava Thalia Grace, com a mão no ombro da nova porta-estandarte da legião, reconfortando a moça que chorava. Thalia usava sua calça jeans preta de sempre, vários bótons de bandas punk adornando a lapela da jaqueta de couro. Uma tiara prateada, o símbolo da tenente de Ártemis, brilhava em meio ao cabelo preto arrepiado. Os olhos fundos e ombros caídos me fizeram suspeitar de que ela já soubesse da morte de Jason — talvez já há algum tempo, passada a primeira onda de luto.

Fui tomado pela culpa. Deveria ter sido eu a dar a notícia sobre Jason. Minha parte covarde sentiu alívio por não ter precisado lidar com a raiva de Thalia. O restante de mim se sentiu horrível por me sentir aliviado.

Eu precisava falar com ela. Então outra coisa chamou minha atenção na multidão que observava a biga de Diana. Tinha mais gente na carruagem que no teto solar de uma limusine no Ano-novo. Entre elas, uma garota alta de cabelo cor-de-rosa.

Da minha boca escapou uma risada completamente inapropriada e contente.

— Lavínia?!

Ela olhou na minha direção e abriu um sorrisão.

— Esse negócio é *tão* maneiro! Nunca quero sair.

Diana sorriu.

— Bem, Lavínia Asimov, se você quiser ficar vai ter que se tornar uma Caçadora.

— Tô fora! — Lavínia pulou da biga como se as tábuas tivessem virado lava. — Sem querer ofender, senhora, mas gosto demais de meninas para fazer aquele voto. Tipo... *gosto* delas. Não só *gosto* delas. Tipo...

— Eu compreendo. — Diana suspirou. — Amor romântico. Que praga.

— Lavínia, como você... — gaguejei. — Onde você...?

— Essa jovem foi a responsável pela destruição da frota do Triunvirato — respondeu Diana.

— Bem, eu tive bastante ajuda.

— PÊSSEGO! — bradou uma voz abafada em algum lugar da biga.

Ele era tão pequeno que eu não tinha percebido que estava lá, escondido dentro da carruagem e da confusão de pessoas altas, mas Pêssego se enfiou por entre a multidão e pulou pela lateral da carruagem. Ele abriu seu sorriso maldoso. Sua fralda pesava. Suas asas de folhas se agitaram. Ele bateu no peito com seus punhos minúsculos, parecendo muito satisfeito consigo mesmo.

— Pêssego! — gritou Meg.

— PÊSSEGO! — concordou Pêssego, e se jogou nos braços de Meg.

Nunca houve reencontro mais sentimental entre uma menina e seu espírito de fruta. Houve lágrimas e risadas, abraços e arranhões, e gritos de "Pêssego!" em todos os tons, desde repreensão, passando por arrependimento e chegando a alegria.

— Não entendo — falei, me voltando para Lavínia. — *Você* fez os canhões darem problema?

Lavínia pareceu ofendida.

— Bom, sim. Alguém tinha que parar aqueles iates. Prestei bastante atenção nas aulas de armas de sítio e invasão de navio. Não foi tão difícil. Só precisei de uns truquezinhos.

Hazel finalmente conseguiu tirar o queixo do asfalto.

— Não foi tão *difícil*?!

— A gente estava motivado! Os faunos e as dríades trabalharam muito bem. — Ela parou, a expressão momentaneamente ficando sombria, como se lembrasse alguma coisa desagradável. — Hum... Além disso, as nereidas ajudaram bastante. Só havia uma pequena equipe a bordo de cada iate. Tipo, não pequenininha de verdade, mas... Vocês entenderam. Ah, olha só!

Ela apontou orgulhosamente para os pés que agora estavam adornados pelos sapatos de Terpsícore, da coleção particular de Calígula.

— Você preparou um ataque ousado à frota inimiga por causa de um par de sapatos — constatei.

Lavínia bufou.

— Não foi só pelos sapatos, óbvio. — Ela fez um pequeno número de sapateado que deixaria Savion Glover orgulhoso. — Foi também para salvar o acampamento, os espíritos da natureza, os soldados de Michael Kahale.

Hazel ergueu a mão para impedir que ela continuasse a cuspir tanta informação.

— Espera. Sem querer ser estraga-prazeres... Quer dizer, você foi ótima! Mas ainda assim abandonou seu posto, Lavínia. Eu certamente não dei permissão...

— Eu estava seguindo as ordens da pretora — disse Lavínia, toda cheia de si. — Na verdade, Reyna ajudou. Ela passou um tempo dormindo, se recuperando, mas acordou a tempo de nos dar um pouco do poder de Belona, logo antes de subirmos nos navios. Deixou a gente superforte e furtivo e tal.

— Reyna? — gritei. — Cadê ela?

— Bem aqui — respondeu a pretora.

Eu não tinha percebido o quanto sentia falta de vê-la. Ela estava bem à vista, entre o grupo de sobreviventes, conversando com Thalia. Acho que eu estava concentrado demais na irmã de Jason, me perguntando se ela ia ou não me matar e se eu merecia isso.

Reyna veio mancando, com a ajuda de muletas, a perna quebrada já engessada, o gesso coberto de assinaturas como *Felipe*, *Lotoya* e *Verruguento*. Considerando tudo que tinha passado, a pretora estava ótima, embora ainda tivesse um buraco no couro cabeludo devido ao ataque dos corvos e seu suéter marrom precisasse de alguns dias na lavanderia mágica.

Thalia sorriu, observando a amiga andar na nossa direção. Então ela me viu, e seu sorriso falhou. Sua expressão ficou séria. Ela assentiu rapidamente — não de forma hostil, só triste, demonstrando saber que precisaríamos conversar depois.

Hazel suspirou.

— Graças aos deuses. — Ela deu um abraço delicado em Reyna, com cuidado para não tirar o equilíbrio da amiga. — É verdade que Lavínia estava seguindo ordens suas?

Reyna deu uma olhada na nossa amiga de cabelo cor-de-rosa. A expressão dolorida da pretora dizia algo como: *Eu te respeito muito, mas também te odeio por estar certa.*

— Sim — Reyna conseguiu se forçar a dizer. — O Plano L foi minha ideia. Lavínia e seus amigos agiram segundo as minhas ordens. Foram heróis.

Lavínia sorriu, animada.

— Viu? Falei.

A multidão ao redor explodiu em sussurros, como se, depois de um dia cheio de loucuras, finalmente tivessem testemunhado algo impossível de explicar.

— Tivemos muitos heróis hoje — disse Diana. — E muitas perdas. Só sinto pelo fato de Thalia e eu não termos chegado antes. Só conseguimos encontrar com a equipe de Lavínia e Reyna depois que eles invadiram os barcos, para então destruirmos a segunda onda de mortos-vivos, que esperava nos esgotos. — Ela abanou a mão, como se aniquilar a força principal de ghouls e zumbis de Tarquínio só tivesse lhe ocorrido depois.

Pelos deuses, como eu sentia falta de ser um deus.

— Você também me salvou — falei. — Você está aqui. Está aqui *de verdade*.

Ela segurou minha mão e apertou. Sua pele parecia quente e humana. Não conseguia me lembrar da última vez que minha irmã havia demonstrado afeição tão abertamente.

— Melhor não celebrarmos ainda — avisou ela. — Há muitos feridos. Os médicos do acampamento levantaram tendas do lado de fora da cidade. Vão precisar de todos os curandeiros, inclusive de você, irmão.

Lavínia fez uma careta.

— E vamos ter que fazer mais funerais. Deuses. Queria...

— Olhem! — gritou Hazel, a voz uma oitava mais alta que o normal.

Árion veio trotando colina acima, uma forma humana pesada pendurada no lombo.

— Ah, não.

Meu coração se apertou. Tive um flashback de Tempestade, o cavalo *ventus*, pousando o corpo de Jason na praia de Santa Mônica. Não, eu não conseguia olhar. Mas também não conseguia desviar os olhos.

O corpo no lombo de Árion estava imóvel e fumegante. Árion parou, e a figura escorregou para o chão. Mas não caiu.

Frank Zhang caiu de pé. Ele se virou para nós. O cabelo tinha sido queimado a ponto de só restar uma penugem preta. Suas sobrancelhas tinham desaparecido. As roupas tinham se desfeito, exceto a cueca e a capa de pretor, o que lhe conferia uma perturbadora semelhança ao Capitão Cueca.

Ele olhou em volta, os olhos distantes e desfocados.

— Oi, pessoal — falou, com a voz rouca.

E caiu de cara no chão.

40

Não me faz chorar
Canais lacrimais se foram
Quero uns novos

AS PRIORIDADES mudam quando você está levando um amigo para receber cuidados médicos.

Já não parecia tão importante que a gente tivesse vencido uma batalha importantíssima, ou que eu finalmente pudesse tirar "virar zumbi" da minha lista de afazeres. O heroísmo de Lavínia e seus novos sapatos de dança foram esquecidos momentaneamente. Não trocamos sequer uma palavra enquanto ela corria para ajudar, junto com todo o restante.

Deixei até de perceber que minha irmã, ao meu lado até um segundo antes, tinha desaparecido discretamente. Logo me vi gritando ordens para os legionários, mandando ralarem um pouco de chifre de unicórnio, arrumarem um pouco de néctar *para ontem*, e levarem Frank Zhang *agora, agora mesmo* para a tenda de atendimento médico.

Hazel e eu permanecemos à cabeceira de Frank até muito depois do amanhecer, muito depois de os médicos terem garantido que ele estava fora de perigo. Ninguém conseguia explicar como ele havia sobrevivido, mas sua pulsação estava forte, sua pele, incrivelmente intacta, e seus pulmões, ótimos. Os ferimentos de flecha no ombro e o golpe de adaga na barriga tinham dado mais trabalho, mas os médicos já tinham cuidado dos pontos e feito os curativos, e as feridas cicatrizariam bem. Frank teve um sono inquieto, murmurando e gesticulando como se ainda estivesse procurando uma garganta imperial para agarrar.

— Onde está o graveto? — perguntou Hazel, preocupada. — Será que é melhor a gente ir procurar? Pode ter se perdido no...

— Acho que não — falei. — Eu... eu vi a madeira queimar. Foi isso que matou Calígula. O sacrifício de Frank.

— Então, como...? — Hazel mordeu os nós dos dedos para segurar um soluço. Ela mal ousava fazer a pergunta. — Ele vai ficar bem?

Eu não sabia a resposta. Anos antes, Juno havia decretado que a vida de Frank estava ligada àquele graveto. Eu não estava presente, portanto não ouvi as palavras exatas — evito ficar na presença de Juno mais do que o necessário. Mas ela havia falado algo sobre Frank ser poderoso e trazer honra a sua família etc., embora sua vida fosse ser curta e brilhante. As Parcas haviam decretado que, quando aquele graveto queimasse, ele estaria destinado a morrer. Ainda assim, a madeira havia sido consumida pelo fogo, e Frank continuava vivo. Depois de tantos anos mantendo aquele pedacinho de madeira em segurança, ele havia colocado fogo no graveto de propósito...

— Talvez seja isso — murmurei.

— O quê?

— Ele tomou o controle do próprio destino — expliquei. — A única outra pessoa que sei que passou pelo mesmo problema, hum, *madeireiro*, nos velhos tempos, foi um príncipe chamado Meléagro. A mãe dele recebeu a mesma profecia quando ele era bebê. Mas ela *nunca* contou para Meléagro sobre a história do graveto. Ela só escondeu e deixou o garoto viver a vida dele. Ele virou um pirralho mimado e arrogante.

Hazel segurou a mão de Frank.

— Frank nunca seria assim.

— Eu sei — falei. — De qualquer forma, Meléagro acabou matando vários parentes. A mãe dele ficou horrorizada, então pegou o graveto e jogou na lareira. *Bum*. Fim da história.

Hazel estremeceu.

— Que horror.

— A questão é que a família do Frank foi honesta com ele. A avó dele contou sobre a visita de Juno. Ela deixou que o neto carregasse a própria força vital. Não tentou protegê-lo da verdade, por mais difícil que fosse. Isso o tornou a pessoa que é.

Hazel assentiu lentamente.

— Ele sabia qual era seu destino. Ou qual *deveria ser* seu destino, de qualquer forma. Ainda não entendo como...

— É apenas uma suposição — admiti. — Frank entrou naquele túnel sabendo que poderia morrer. Ele se sacrificou por uma causa nobre. Ao fazer isso, libertou-se do seu destino. Ao queimar o graveto, ele meio que... não sei, criou um novo fogo. Está no comando do próprio destino agora. Bem, tanto quanto qualquer um de nós. A única outra explicação em que consigo pensar é que Juno talvez tenha libertado Frank do decreto das Parcas.

Hazel franziu a testa.

— Juno fazendo um favor para alguém?

— Não combina com ela, realmente. Mas Juno tem um carinho especial por Frank.

— Ela também tinha um carinho especial por Jason. — A voz de Hazel ficou rouca. — Não que eu esteja reclamando de Frank estar vivo, é claro. Só parece...

Nem era preciso terminar. O fato de Frank ter sobrevivido era incrível. Um milagre. Mas de alguma forma fazia a perda de Jason parecer ainda mais injusta e dolorosa. Como um ex-deus, eu conhecia todas as respostas comuns às reclamações dos mortais sobre as injustiças da morte. *A morte faz parte da vida. Você precisa aceitar. A vida não teria significado sem a morte. Os mortos sempre estarão vivos enquanto nós nos lembrarmos deles.* Mas, enquanto mortal, enquanto amigo de Jason, eu não encontrava muito conforto nesses pensamentos.

— Hum...

Frank abriu os olhos.

— Ah!

Hazel envolveu o pescoço dele com os braços, sufocando-o num abraço. Essa não era a melhor indicação médica para alguém que recobrava a consciência, mas deixei passar. Frank conseguiu dar um tapinha fraco nas costas dela.

— Preciso... respirar — suspirou ele.

— Ah, desculpa! — Hazel se afastou, limpando uma lágrima da bochecha. — Aposto que você está com fome.

Ela pegou o cantil na mesa de cabeceira e o inclinou nos lábios dele. Frank tomou alguns goles dolorosos de néctar.

— Hum. — Ele assentiu para agradecer. — Então... está tudo... bem?

Hazel soluçou, quase chorando.

— Tá, tá tudo bem. O acampamento foi salvo. Tarquínio morreu. E você... você matou Calígula.

— Rá. — Ele deu um sorriso fraco. — O prazer foi todo meu. — Ele se virou para mim. — Perdi o bolo?

Fiquei olhando para ele sem entender.

— O quê?

— Seu aniversário. Ontem.

— Ah. Eu... eu tenho que admitir que me esqueci completamente disso. E do bolo.

— Então talvez ainda tenha um bolo. Que bom. Você se sente um ano mais velho, pelo menos?

— Definitivamente, sim.

— Você me assustou, Frank Zhang — disse Hazel. — Eu fiquei desesperada quando achei...

A expressão de Frank ficou envergonhada.

— Sinto muito, Hazel. Era só que... — Ele dobrou os dedos, como se tentasse pegar uma borboleta ligeira. — Era a única maneira. Ella me contou algumas linhas da profecia em particular... Explicou que só o fogo causado pelo graveto mais precioso poderia parar os imperadores na ponte até o acampamento. Imaginei que significasse o túnel Caldecott. Ella disse que Nova Roma precisava de um novo Horácio.

— Horácio Cocles — lembrei. — Cara bacana. Defendeu Roma sozinho contra um exército inteiro na ponte Sublício.

Frank assentiu.

— Eu... eu pedi para Ella não contar para mais ninguém. Eu só... Eu meio que tinha que processar tudo, lidar com aquilo sozinho por um tempo.

Sua mão foi instintivamente para a cintura, onde costumava ficar a bolsinha com o graveto.

— Você poderia ter morrido — disse Hazel.

— É. "A vida só é preciosa porque termina, garoto."

— É uma citação? — perguntei.

— Do meu pai — explicou ele. — É verdade. Eu só tinha que estar disposto a correr o risco.

Ficamos em silêncio por um momento, pensando na enormidade do risco que Frank tinha corrido, ou talvez só impressionados pelo fato de Marte ter falado alguma coisa sábia para variar.

— Como você sobreviveu ao fogo? — quis saber Hazel.

— Não sei. Lembro que vi Calígula queimar. Aí desmaiei, achei que estivesse morto. E acordei em cima do Árion. E agora estou aqui.

— Ainda bem. — Hazel deu um beijo carinhoso na testa dele. — Mas ainda vou te matar depois por me assustar desse jeito.

Ele sorriu.

— É justo. Posso...?

Talvez ele fosse falar *te beijar*, ou *beber mais néctar*, ou *ter um momento a sós com minha melhor amiga, Apolo*. Mas antes de terminar a frase, seus olhos se reviraram e ele começou a roncar.

Nem todas as minhas visitas aos leitos foram tão felizes.

Conforme a manhã passava, tentei ver todos os feridos que pude.

Às vezes eu não podia fazer nada além de assistir enquanto os corpos eram preparados com a poção antizumbi e recebiam os ritos finais. Tarquínio tinha sido exterminado, e seus ghouls pareciam ter virado pó também, mas ninguém queria arriscar.

Dakota, centurião de longa data da Quinta Legião, havia morrido durante a noite em decorrência dos ferimentos sofridos durante a luta em Nova Roma. Decidimos em consenso que a sua pira funerária teria cheiro de Tang.

Jacob, o antigo porta-estandarte da legião e meu antigo estudante de arquearia, morrera no túnel Caldecott ao ser atingido em cheio pelo ácido de um *myrmeko*. A águia dourada mágica tinha sobrevivido, como costuma acontecer com itens mágicos, mas não Jacob. Terrel, a moça que tinha resgatado o estandarte antes que caísse no chão, ficara ao lado de Jacob durante a sua morte.

Tantos outros tinham perecido. Eu reconhecia os rostos, mesmo que não soubesse seus nomes. Me sentia responsável por cada um deles. Se eu pudesse ter feito mais, agido mais rápido, sido um pouco mais divino...

A visita mais difícil foi a Don, o fauno. Ele tinha sido trazido por um esquadrão de nereidas que o retirou dos escombros dos iates imperiais. Apesar do perigo, Don tinha ficado para trás para se certificar de que a sabotagem daria certo. Diferente de Frank, o pobre Don tinha sido destruído pelo fogo grego. A maior parte do pelo de cabra das pernas tinha desaparecido. A pele estava queimada. Apesar da melhor música curativa que seus amigos faunos poderiam oferecer, e apesar de estar coberto de gosma curativa brilhosa, ele devia estar sentido muita dor. Só seus olhos eram os mesmos: azuis e brilhantes, sempre inquietos.

Lavínia se ajoelhou ao lado dele, segurando a mão esquerda, que por algum motivo era a única parte intacta do seu corpo. Um grupo de dríades e faunos esperava por perto, junto com Pranjal, o curandeiro, que já tinha feito tudo o que podia.

Quando Don me viu, fez uma careta, os dentes sujos de cinzas.

— E... e aí, Apolo. Tem algum... trocado?

Eu pisquei para afastar as lágrimas.

— Ah, Don. Meu doce e estúpido fauno.

Eu me ajoelhei ao lado do leito dele, em frente a Lavínia, observando o horror do estado em que ele se encontrava, desesperadamente desejando encontrar algo para ajudar, algo que os outros médicos não tinham visto, mas é claro que não havia nada. O fato de Don estar vivo já era um milagre.

— Não está tão ruim — disse ele, com a voz rouca. — O doutor me deu alguma coisa para a dor.

— Refrigerante de cereja — disse Pranjal.

Eu assenti. Era realmente um analgésico poderoso para sátiros e faunos, que só podia ser usado nos casos mais sérios, pois havia o risco de viciar os pacientes.

— Eu só... Eu queria...

Don gemeu, os olhos ficando mais brilhantes.

— Recupere suas forças — pedi.

— Para quê? — Ele tossiu uma versão grotesca de uma risada. — Estava querendo te perguntar... dói? Reencarnar?

Meus olhos estavam nublados demais para que eu visse claramente.

— Eu... eu nunca reencarnei, Don. Quando me tornei humano, foi diferente, acho. Mas pelo que sei a reencarnação é tranquila. Bela.

As dríades e os faunos assentiram e concordaram em voz baixa, embora suas expressões fossem uma mistura de medo, tristeza e desespero, o que certamente não fazia deles bons vendedores do Grande Desconhecido.

Lavínia envolveu os dedos do fauno com as mãos.

— Você é um herói, Don. E um ótimo amigo.

— É... legal. — Ele parecia não conseguir encontrar o rosto dela. — Estou com medo, Lavínia.

— Eu sei, querido.

— Tomara que... Talvez eu volte como cicuta? Seria, tipo... uma planta bem herói de filme de ação, né?

Lavínia assentiu, o queixo tremendo.

— É. É, total.

— Legal... Ei, Apolo, você... você sabe a diferença entre um fauno e um sátiro...?

Ele abriu um sorriso, como se estivesse pronto para terminar a piada. Seu rosto se paralisou nessa expressão. Seu peito parou de se mover. Dríades e faunos começaram a chorar. Lavínia beijou a mão do fauno, então pegou um chiclete da bolsa e o guardou no bolso da camisa de Don respeitosamente.

Um momento depois, o corpo dele se desfez com um som parecido com um suspiro de alívio, formando uma pilha de terra fresca. No ponto em que seu coração estivera, uma mudinha surgia do solo. Imediatamente reconheci o formato daquelas folhinhas. Não era cicuta. Era um loureiro — a árvore que criei da pobre Dafne, cujas folhas decidi trançar em coroas. Louro, o símbolo da vitória.

Uma das dríades olhou para mim.

— Foi você que fez isso?

Balancei a cabeça e engoli o gosto amargo na boca.

— A única diferença entre um sátiro e um fauno é o que vemos neles. E o que eles veem em si mesmos. Plantem a árvore em um lugar especial. — Olhei para as dríades. — Cuidem dela e façam com que cresça bem e saudável. Esse era Don, o Fauno, um herói.

41

Pode me odiar
Sem soco no estômago
Melhor: sem soco

OS DIAS SEGUINTES foram quase tão difíceis quando a batalha em si. Guerras fazem uma bagunça horrível que simplesmente não dá para resolver com um esfregão e um balde.

Recolhemos os destroços e reforçamos os prédios mais atingidos. Apagamos incêndios, literais e metafóricos. Término havia sobrevivido à batalha, apesar de estar fraco e assustado. Seu primeiro anúncio foi que iria adotar oficialmente a pequena Julia. A garotinha parecia muito feliz, embora eu não tivesse certeza de como uma estátua podia adotar uma criança. Tyson e Ella estavam em segurança. Depois que Ella descobriu que eu não tinha estragado a invocação, anunciou que ela e Tyson iam voltar à livraria para limpar a bagunça, terminar os livros sibilinos e alimentar o gato, não necessariamente nessa ordem. Ah, e ela também ficou feliz de saber que Frank estava vivo. Quanto a mim... Tinha a sensação de que ainda estava em dúvida.

Pêssego nos deixou para ajudar as dríades e os faunos locais, mas nos prometeu que "pêssego", o que considerei significar que o veríamos de novo.

Com a ajuda de Thalia, Reyna conseguiu de alguma forma encontrar Um Olho Só e Orelhinhas, os pégasos maltratados da biga dos imperadores. Ela falou com eles numa voz bem calma, prometeu que seriam bem cuidados e os convenceu a voltar para o acampamento, onde passou a maior parte do tempo cuidando de suas feridas e dando bastante comida boa e passeando com eles ao ar livre. Os animais pareceram reconhecer que Reyna era amiga do seu padrinho imortal, o grande Pégaso. Depois do que tinham passado, eu duvidava de que eles confiassem em qualquer outra pessoa para cuidar deles.

Não contamos os mortos. Não eram números. Eram pessoas que conhecíamos, amigos com quem lutamos.

Acendemos as piras funerárias todas na mesma noite, na base do templo de Júpiter, e compartilhamos do banquete tradicional para os mortos, para mandar nossos camaradas caídos para o Mundo Inferior. Os Lares vieram em peso, até a colina se transformar em um campo brilhante roxo, com mais fantasmas que vivos.

Percebi que Reyna ficou para trás e deixou Frank guiar os ritos. O pretor Zhang havia recuperado as forças rapidamente. Com a armadura completa e sua capa de pretor, ele fez sua homenagem enquanto os legionários ouviam com reverência e assombro, como se faz quando o orador se sacrificou numa explosão e depois, sabe-se lá como, conseguiu escapar com a cueca e a capa intactas.

Hazel também ajudou, caminhando pela multidão e abraçando quem chorava ou parecia assustado. Reyna permaneceu afastada, apoiada nas muletas, observando pensativa os legionários, como se fossem parentes que não via em uma década e já mal reconhecia.

Quando Frank terminou o discurso, uma voz ao meu lado falou:

— E aí?

Era Thalia Grace, usando sua tiara prata de sempre. À luz das piras funerárias, seus olhos azuis elétricos ficaram de um tom violeta penetrante. Nos últimos dias, a gente tinha conversado algumas vezes, mas só sobre coisas superficiais: para onde levar suprimentos, como ajudar os feridos. Tínhamos evitado *o assunto*.

— Oi — respondi, a voz rouca.

Ela cruzou os braços e encarou o fogo.

— Eu não culpo você, Apolo. Meu irmão... — Ela hesitou, controlando a respiração. — Jason fazia as próprias escolhas. Heróis precisam fazer isso.

De alguma maneira, ela não me culpar só fez com que eu me sentisse mais culpado e mais inútil. *Argh*, emoções humanas são que nem arame farpado. Não tem jeito seguro de senti-las ou superá-las.

— Sinto muito mesmo — falei, por fim.

— É, eu sei. — Ela fechou os olhos, como se ouvisse algum som distante, talvez um uivo de um lobo na floresta. — Eu recebi a carta da Reyna poucas horas antes de Diana receber sua invocação. Uma das *aurae*, uma daquelas ninfas da brisa, pegou a carta dos correios e me entregou pessoalmente. Foi superperigoso, mas ela fez isso mesmo assim. — Thalia cutucou um dos bótons na lapela da jaqueta: Iggy and the Stooges, uma banda mais velha que ela várias gerações. — A gente veio o mais rápido possível, mas ainda assim... Tive algum tempo para chorar e gritar e tacar umas coisas.

Permaneci bem quieto. Tinha memórias vívidas de Iggy Pop jogando manteiga de amendoim, cubos de gelo, melancias e outros objetos perigosos nos fãs durante os shows. E eu achava Thalia mais assustadora que ele.

— É tão cruel — continuou ela. — Nós perdemos alguém, aí, quando o recuperamos... perdemos de novo.

Fiquei me perguntando por que ela havia usado "nós". Parecia dizer que eu e ela partilhávamos da experiência — a perda de um irmão. Mas ela sofrera muito mais. *Minha* irmã não podia morrer. Eu não a perderia jamais.

Então, após uns instantes de confusão, como se eu tivesse sido virado do avesso, percebi que ela não estava falando de mim. Estava falando de Ártemis... Diana.

Será que ela estava sugerindo que minha irmã sentia minha falta, talvez tanto quando Thalia sentia falta de Jason?

Acho que ela compreendeu minha expressão.

— A deusa anda um pouco dividida — contou Thalia. — Tipo, literalmente. Às vezes ela fica tão preocupada que se divide nas duas formas, grega e romana, bem na minha frente. Provavelmente vai ficar chateada por eu te contar isso, mas ela te ama mais do que a qualquer outra pessoa no mundo.

Parecia que uma bola de golfe tinha ficado presa na minha garganta. Não consegui falar, então apenas assenti.

— Diana não queria ir embora do acampamento tão rápido — afirmou Thalia. — Mas sabe como é. Os deuses não podem ficar muito tempo. Quando o perigo em Nova Roma passou, ela não podia correr o risco de ficar além da invocação. Júpiter... Nosso pai não aprovaria.

Eu tremi. Como era fácil esquecer que Thalia *também* era minha irmã. E Jason, meu irmão. Antigamente, eu teria descartado a conexão. *São só semideuses*, eu diria. *Não são família de verdade.*

Agora eu tinha dificuldade para aceitar a ideia por outro motivo. Não me sentia digno dessa família. Ou do perdão de Thalia.

Com o tempo, a multidão começou a se dispersar. Romanos se afastavam em grupos de dois ou três, voltando para Nova Roma, onde uma reunião noturna especial ocorreria no Senado. Infelizmente, a população do vale havia sido reduzida a tal ponto que a legião inteira e todos os cidadãos de Nova Roma agora cabiam naquele prédio.

Reyna veio até nós com as muletas.

Thalia sorriu.

— Então, pretora Ramírez-Arellano, está pronta?

— Sim — respondeu Reyna sem hesitação, embora eu não soubesse para que ela estava pronta. — Você se importa se...?

Ela apontou a cabeça para mim.

Thalia apertou o ombro da amiga.

— Claro. A gente se vê no Senado.

E se afastou pela escuridão.

— Vamos, Lester. — Reyna deu uma piscadela. — Vem mancar comigo.

A parte de mancar não foi problema. Embora eu estivesse curado, ainda me cansava fácil. Não era problema nenhum andar no ritmo de Reyna. Os cães, Aurum e Argentum, não estavam com ela, percebi, talvez porque Término não aprovasse a presença de armas mortais nos limites da cidade.

Seguimos devagar pela estrada da Colina dos Templos até Nova Roma. Outros legionários passavam bem longe de nós, aparentemente sentindo que tínhamos assuntos particulares para discutir.

Então Reyna me fez esperar até chegarmos à ponte que cruzava o Pequeno Tibre.

— Eu queria te agradecer.

Seu sorriso era igual ao que ela havia aberto na base da Torre Sutro, quando eu me ofereci para ser seu namorado. Isso tornou bem claro para mim o que ela queria dizer: não *Obrigada por ajudar a salvar o acampamento*, mas *Obrigada por aquela gargalhada gostosa.*

— Sem problema — resmunguei.

— Não estou falando de um jeito negativo. — Vendo minha expressão duvidosa, ela suspirou e encarou o rio escuro, a superfície prateada ondulando ao luar. — Não sei se consigo explicar. Eu passei a vida inteira lidando com as expectativas dos outros sobre quem eu deveria ser. *Seja assim. Seja assado.* Entende?

— Você está falando com um ex-deus. Lidar com as expectativas das pessoas está na descrição do trabalho.

Reyna assentiu.

— Por anos, eu tinha que ser uma boa irmã mais nova para Hylla numa situação familiar complicada. Depois, na ilha de Circe, eu tinha que ser uma serva obediente. Aí fui pirata por um tempo. Depois, legionária. Agora, pretora.

— Você tem mesmo um currículo impressionante — admiti.

— Mas o tempo todo que passei sendo líder aqui — continuou ela —, eu estava procurando um parceiro. É comum pretores trabalharem em duplas. Para liderar, sim, mas também romanticamente, sabe? Pensei em Jason. Depois, por um segundo, Percy Jackson. Pelos deuses, eu até considerei o Octavian. — Ela estremeceu. — Todo mundo estava o tempo todo tentando me juntar com alguém. Thalia. Jason. Gwen. Até Frank. *Ah, vocês fariam um ótimo par! É dessa pessoa que você precisa!* Mas eu nunca tive certeza de que eu *queria* isso, ou se eu só achava que *tinha* que querer. As pessoas, com boas intenções, falavam: *Ah, pobrezinha. Você merece ter alguém. Saia com ele. Saia com ela. Saia com alguém. Encontre sua alma gêmea.*

Ela me olhou para ver se eu estava acompanhando. Suas palavras saíam rápido e sem pensar, como se tivessem ficado presas por muito tempo.

— E aquela conversa com Vênus. Aquilo me *destroçou*. *Nenhum semideus vai curar seu coração*. Caramba, o que *isso* significa, sabe? Aí, finalmente, você apareceu.

— A gente tem mesmo que passar por isso de novo? Eu já tive minha cota de humilhação.

— Mas você me *mostrou*. Quando você disse que queria sair comigo... — Ela respirou fundo, o corpo balançando com risadas silenciosas. — Ah, deuses. Eu vi como estava sendo ridícula. Como a situação toda era ridícula. Foi isso que curou meu coração: poder rir de mim mesma de novo, das minhas ideias idiotas sobre o destino. Isso permitiu que eu me libertasse, como Frank se libertou de sua maldição. Eu não preciso de outra pessoa para curar meu coração. Não preciso de um parceiro... Pelo menos não até eu estar pronta, do meu jeito. Não preciso ser empurrada para ninguém ou usar o rótulo de outra pessoa. Pela primeira vez em muito tempo, eu sinto como se tivesse tirado um peso dos ombros. Então... Obrigada.

— De nada?

Ela riu.

— Mas você não entende? Vênus forçou você a fazer isso. Ela enganou você, porque sabia que é a única pessoa no cosmos inteiro com um ego grande suficiente para lidar com a rejeição. Eu poderia rir na sua cara, e você superaria.

— Hum... — Eu suspeitava de que ela tivesse razão sobre Vênus me manipular. Não tinha tanta certeza, porém, de que a deusa se importava com a minha volta por cima. — Então o que isso significa para você exatamente? O que a pretora Reyna vai aprontar agora?

Antes mesmo de terminar a pergunta, eu me dei conta de que já sabia a resposta.

— Vamos para o Senado — disse ela. — Temos algumas surpresas.

42

A vida muda
Aceite presentes e
Coma seu bolo

MINHA PRIMEIRA surpresa: um assento na primeira fileira.

Meg e eu recebemos lugares de honra junto aos senadores mais velhos, os cidadãos mais importantes de Nova Roma e os semideuses com dificuldade de locomoção. Quando Meg me viu, deu um tapinha no banco ao seu lado, como se eu tivesse a opção de me sentar em outro lugar. O lugar estava lotado. De alguma forma, era reconfortante ver todo mundo junto, mesmo que a população tivesse sido drasticamente reduzida e que o mar de bandagens brancas parecesse um campo nevado.

Reyna veio mancando salão adentro atrás de mim. Todos os presentes ficaram de pé e esperaram respeitosamente enquanto ela se dirigia ao seu lugar de pretora ao lado de Frank, que assentiu para a colega.

Quando ela se sentou, todos fizeram o mesmo.

Reyna acenou para Frank, como se dissesse: *Pode começar a diversão.*

— Então — começou Frank para o público. — Vou iniciar esta reunião do povo de Nova Roma e da Décima Segunda Legião. O primeiro tópico em pauta é um agradecimento formal a todos. Nossa vitória se deve ao esforço de toda a comunidade. Causamos perdas irreparáveis aos nossos inimigos. Tarquínio está morto, *de verdade* dessa vez. Dois dos três imperadores do Triunvirato foram destruídos, junto com sua frota e seus exércitos. Isso veio a um grande custo. Mas todos vocês agiram como verdadeiros romanos. Vivemos para ver um novo dia!

Houve aplausos, alguns acenos, e uns gritos de "É isso aí!" e "Um novo dia!". Um cara no fundo do salão, que não devia estar prestando muita atenção na última semana, perguntou:

— Quem é Tarquínio?

— Em segundo lugar — continuou Frank —, quero reafirmar a todos que estou vivo e bem. — Ele deu um tapinha no peito para comprovar. — Meu destino não está mais ligado a um graveto, o que é ótimo. E se vocês todos pudessem esquecer que me viram de roupa de baixo, eu ficaria muito agradecido.

Isso causou algumas risadas. Quem diria que Frank conseguia ser engraçado de propósito?

— Agora... — Sua expressão ficou séria. — É nosso dever informá-los de algumas mudanças na equipe. Reyna?

Ele olhou para a pretora com uma expressão confusa, como se estivesse na dúvida de que ela realmente faria aquilo.

— Obrigada, Frank.

Reyna se apoiou nas muletas e ficou de pé. De novo, todos na assembleia que podiam fazer o mesmo o fizeram.

— Pessoal. Por favor. — Ela abanou a mão, indicando que todos se sentassem. — Já é difícil o suficiente.

Quando todos se sentaram de novo, ela observou os rostos na multidão: muitas expressões tristes e apreensivas. Suspeito que muita gente já sabia o que ia acontecer.

— Fui pretora por muito tempo — começou Reyna. — Foi uma honra servir à legião. Passamos por alguns momentos difíceis juntos. Alguns anos... interessantes.

Algumas risadas nervosas. *Interessante* não era bem a palavra.

— Mas está na hora de eu me afastar — continuou ela. — Então estou me aposentando do posto de pretora.

Um gemido de descrença atravessou o público, como se o professor tivesse passado dever de casa extra.

— É por razões pessoais — continuou Reyna. — Tipo, minha sanidade, por exemplo. Preciso de um tempo para ser simplesmente Reyna Avila Ramírez--Arellano, para descobrir quem sou fora da legião. Pode levar alguns anos, décadas, ou até séculos. Então... — Ela tirou a capa e o broche de pretora e os entregou para Frank. — Thalia?

Thalia Grace atravessou o corredor central, piscando para mim ao passar.

Ela parou na frente de Reyna e disse:

— Repita o que eu disser: *Eu me comprometo com a deusa Diana. Dou as costas para a companhia dos homens, aceito a virgindade eterna e me junto à Caçada.*

Reyna repetiu as palavras. Nada mágico que eu conseguisse perceber aconteceu: não houve trovões ou raios, nem uma chuva de glitter prateado caindo do teto. Mas Reyna parecia ter recebido uma extensão na vida, o que era o caso — anos infinitos, sem juros nem entrada.

Thalia apertou o ombro da amiga.

— Bem-vinda à Caçada, irmã!

Reyna sorriu.

— Obrigada. — Ela encarou a multidão. — E obrigada a todos. Vida longa a Nova Roma!

Os presentes ficaram de pé novamente e aplaudiram Reyna, gritando e batendo os pés com tamanha alegria que temi que o domo preso à base de *silver tape* fosse cair em nossa cabeça.

Por fim, quando Reyna estava sentada na primeira fileira com sua nova líder, Thalia (que ocupara o assento de dois senadores que ficaram mais que satisfeitos de ceder o lugar), a atenção de todos se voltou para Frank.

— Bem, pessoal. — Ele estendeu os braços — Eu poderia passar o dia inteiro agradecendo a Reyna. Ela ofereceu tanto à legião. Foi a melhor mentora possível, e uma boa amiga. Ela nunca poderá ser substituída. Por outro lado, agora estou sozinho aqui em cima, e temos uma vaga de pretor aberta. Então eu gostaria de receber algumas indicações para...

Lavínia começou a gritar:

— HA-ZEL! HA-ZEL!

A multidão logo se juntou a ela. Hazel arregalou os olhos e tentou resistir quando as pessoas sentadas ao seu redor a fizeram se levantar, mas seu fã-clube da Quinta Coorte evidentemente havia se preparado para essa possibilidade. Um deles trouxe um escudo, sobre o qual colocaram Hazel, e então a carregaram pelo corredor do Senado, exibindo-a e gritando seu nome sem parar. Reyna aplaudiu e gritou junto, sem hesitar. Só Frank tentou permanecer neutro, embora tivesse que esconder o sorriso por trás do punho.

— Tudo bem, calma! — gritou ele, por fim. — Temos uma indicação. Alguém mais...?

— HAZEL! HAZEL!

— Alguma objeção?

— HAZEL! HAZEL!

— Então vou reconhecer a vontade da Décima Segunda Legião. Hazel Levesque, a partir de agora você é a nova pretora do Acampamento Júpiter!

Mais comemorações enlouquecidas. Hazel parecia confusa ao receber a capa e o broche de Reyna e ao ser levada ao seu lugar.

Vendo Frank e Hazel lado a lado, tive que sorrir. Eles pareciam tão *certos* juntos — sábios, fortes e corajosos. Os pretores perfeitos. O futuro de Nova Roma estava em boas mãos.

— Obrigada — Hazel conseguiu dizer depois de algum tempo. — Vou fazer tudo que puder para provar que sou merecedora da sua confiança. Mas temos um problema. Isso deixa a Quinta Coorte sem centurião, então...

A Quinta Coorte inteira começou a gritar em uníssono:

— LAVÍNIA! LAVÍNIA!

— Vocês estão de brincadeira? Gente, eu... — disse a menina.

— Lavínia Asimov! — Hazel disse com um sorriso. — A Quinta Coorte leu minha mente. Meu primeiro ato como pretora é, pelo seu heroísmo ímpar na Batalha da Baía de São Francisco, promovê-la a centuriã... A não ser que meu colega pretor tenha alguma objeção.

— Nenhuma — respondeu Frank.

— Então aproxime-se, Lavínia!

Com mais aplausos e assobios, Lavínia se aproximou da tribuna e recebeu seu novo broche. Depois abraçou Frank e Hazel, o que não fazia parte do protocolo militar, mas ninguém pareceu se importar. Ninguém aplaudiu ou assobiou mais alto que Meg; sei disso porque ela me deixou surdo de um ouvido.

— Valeu, pessoal — falou Lavínia. — Então, Quinta Coorte, primeiro a gente vai aprender a sapatear. Aí...

— Obrigada, centuriã — interrompeu Hazel. — Pode se sentar.

— O quê? Eu estou falando sério...

— Próximo item da reunião! — disse Frank, enquanto Lavínia saltitava irritada (se é que isso é possível) de volta ao seu lugar. — Sabemos que a legião vai precisar de tempo para se recuperar. Temos muito a fazer. Este verão será dedicado à reconstrução. Vamos falar com Lupa sobre encontrar novos recrutas assim que possível, para podermos sair dessa batalha mais fortes que nunca. Mas, por enquanto, a batalha foi vencida, e temos que honrar duas pessoas que tornaram isso possível: Apolo, também conhecido como Lester Papadopoulos, e sua amiga, Meg McCaffrey!

As pessoas aplaudiram tanto que duvido que muita gente tenha ouvido Meg dizer:

— Amiga, não. Mestre.

Por mim, tudo bem.

Quando nos levantamos para receber o agradecimento da legião, me senti estranhamente desconfortável. Agora que finalmente tinha uma plateia amigável me aplaudindo, só queria cobrir minha cabeça com uma toga. Eu tinha feito tão pouco comparado a Hazel, Reyna ou Frank, e isso sem mencionar todos que tinham morrido: Jason, Dakota, Don, Jacob, a Sibila, Harpócrates... e dezenas mais.

Frank ergueu a mão, pedindo silêncio.

— Eu sei que vocês dois têm outra missão longa e difícil pela frente. Ainda tem mais um imperador que precisa receber um bom chute no *podex*.

Enquanto as pessoas riam, eu desejei que nossa próxima missão fosse tão fácil quanto Frank fazia parecer. O *podex* de Nero, sim... mas também havia a pequena questão de Píton, meu antigo inimigo imortal, no momento ocupando meu antigo lugar sagrado, Delfos.

— E pelo que entendi — continuou Frank —, vocês dois decidiram partir pela manhã.

— *Decidimos?*

Minha voz falhou. Eu tinha imaginado uma ou duas semanas descansando em Nova Roma, aproveitando os banhos termais, talvez assistindo a uma corrida de bigas.

— *Shh* — ordenou Meg, e eu me calei na mesma hora. — Sim, decidimos.

Isso não me fez sentir melhor.

— Além disso — completou Hazel —, sei que vocês dois estão planejando visitar Ella e Tyson pela manhã para receber ajuda profética para a próxima etapa da missão.

— *Estamos?* — questionei.

Eu só conseguia pensar em Aristófanes lambendo suas partes íntimas.

— Mas esta noite — continuou Frank — queremos honrar o que vocês dois fizeram pelo acampamento. Sem sua ajuda, o Acampamento Júpiter não existiria mais. Então gostaríamos de dar esses presentes a vocês.

Dos fundos, o senador Larry veio pelo corredor carregando uma grande bolsa de esqui. Fiquei me perguntando se a legião tinha planejado para a gente uma semana de férias esquiando no lago Tahoe. Larry chegou à tribuna e largou a bolsa no chão, então remexeu lá dentro até tirar o primeiro presente e me entregá-lo com um sorriso.

— É um arco novo!

Larry tinha um grande potencial para apresentador de programa de auditório.

Meu primeiro pensamento foi: *Ah, legal. Preciso mesmo de um arco novo.*

Então olhei a arma nas minhas mãos com mais atenção e dei um gritinho de surpresa.

— Isso é meu!

Meg bufou.

— Claro que é. Acabaram de te dar.

— Não, estou dizendo que é *meu-meu*! Originalmente meu, de quando eu era um deus!

Ergui o arco para a admiração de todos: era uma obra de arte, feita de carvalho dourado, com vinhas em ourivesaria que brilhavam sob a luz como se fossem de fogo. A curva firme do arco zumbia com poder. Se eu me lembrava bem, a corda era feita de bronze celestial e fios dos teares das Parcas (que, minha nossa, de onde será que tinham vindo? Eu certamente não havia roubado). O arco era leve como uma pena.

— Isso está na sala de tesouro faz séculos — explicou Frank. — Ninguém consegue atirar com ele. É pesado demais. Pode acreditar, eu teria usado se pudesse. Como tinha sido um presente seu para a legião, pareceu correto devolver. Como sua força divina está retornando, imaginamos que você não terá problemas em usá-lo.

Eu nem sabia o que dizer. Em geral eu era contra repassar presentes, mas nesse caso fiquei boquiaberto de gratidão. Não me lembrava de quando ou do porquê eu dera aquele arco à legião — por séculos eu distribuía arcos assim, como se fossem brindes de festa —, mas sem dúvida fiquei feliz de recuperá-lo. Puxei a corda sem nenhuma dificuldade. Ou minha força era mais divina do que eu imaginava, ou o arco me reconheceu como seu dono. Ah, sim. Eu faria um bom estrago com aquela belezinha.

— Obrigado — falei.

Frank sorriu.

— Só é uma pena que não tenhamos nenhum ukulele de combate nos nossos cofres.

Das arquibancadas, Lavínia reclamou:

— E eu tinha mandado consertar o dele!

— Mas... — disse Hazel, fazendo questão de ignorar o comentário da nova centuriã — ... nós temos um presente para Meg.

Larry remexeu no saco do Papai Noel de novo e tirou uma bolsinha de seda preta do tamanho de um baralho. Resisti à vontade de gritar: *Rá! Meu presente é maior!*

Meg abriu a bolsinha, deu uma olhada no que havia dentro e exclamou:

— Sementes!

Essa não teria sido a minha reação, mas ela pareceu genuinamente contente. Leila, filha de Ceres, gritou da plateia:

— Meg, essas são antiquíssimas. A gente reuniu todos os jardineiros do acampamento e recolheu para você o que conseguimos encontrar nos depósitos da estufa. Sinceramente, não fazemos ideia do que essas sementes são, mas acho que você vai se divertir descobrindo! Espero que você use todas elas contra o último imperador.

Meg parecia sem palavras. Seu queixo tremeu. Ela assentiu em agradecimento.

— Tudo bem, então! — concluiu Frank. — Sei que a gente já se fartou no funeral, mas precisamos comemorar a promoção de Hazel e de Lavínia, desejar boa sorte para Reyna na sua nova aventura e nos despedir de Apolo e Meg. E, é claro, temos um bolo de aniversário atrasado para Lester! Festa no refeitório!

43

Hum, loja nova!
Viagem ao Inferno grátis!
E um bolinho!

NÃO SEI QUAL despedida foi mais difícil.

Assim que o sol nasceu, Hazel e Frank nos encontraram no café para um agradecimento final, depois partiram para despertar a legião. A ideia era voltar logo ao trabalho para consertar o que fosse necessário no acampamento, e assim distrair a mente das pessoas das perdas sofridas antes que o choque se abatesse. Vê-los se afastar juntos pela Via Praetoria me deixou com uma certeza cálida de que a legião teria uma nova era de ouro. Como Frank, a Décima Segunda Legião Fulminata ressurgiria das cinzas, com sorte não de cueca.

Minutos depois, Thalia e Reyna apareceram com a matilha de lobos cinzentos, os galgos metálicos e seus dois pégasos resgatados. A partida delas me entristeceu tanto quanto a da minha irmã, mas eu compreendia os hábitos das Caçadoras. Estavam sempre em movimento.

Reyna me abraçou mais uma vez.

— Mal posso esperar por umas longas férias.

Thalia riu.

— Férias? Rá, rá, rá. Sinto muito informá-la, mas a gente tem muito trabalho a fazer! Estamos procurando a Raposa de Têumesso pelo Meio-Oeste faz meses, e até agora sem sucesso.

— Exatamente — concordou Reyna. — Férias. — Ela deu um beijo na testa de Meg. — Não deixa o Lester sair da linha, hein? Se não ele vai ficar todo metido só porque ganhou um arco novo.

— Pode deixar — respondeu Meg.

Infelizmente, eu não tinha motivo para duvidar dela.

Quando Meg e eu deixamos o café pela última vez, Bombilo começou a chorar. Por trás da aparência carrancuda, o barista de duas cabeças tinha um coração mole. Ele nos deu vários bolinhos, um saco de café em grãos e nos mandou embora antes que ele começasse a chorar de novo. Eu levei os bolinhos. Meg, que os deuses me ajudem, pegou o café.

Lavínia nos esperava no portão do acampamento, mascando chiclete enquanto polia seu novo broche de centuriã.

— Fazia anos que eu não acordava tão cedo assim — reclamou ela. — Vou odiar esse trabalho.

O brilho nos seus olhos nos dizia outra coisa.

— Você vai se dar muito bem — afirmou Meg.

Quando Lavínia se abaixou para abraçá-la, percebi uma mancha vermelha de alergia descendo pela bochecha esquerda e pelo pescoço da srta. Asimov, apesar da tentativa malsucedida de disfarçá-la com maquiagem.

Pigarreei e falei:

— Será que você escapuliu ontem à noite para encontrar Carvalho Venenoso?

Lavínia corou, toda fofa.

— E daí? Descobri que meu novo cargo de centuriã me torna *muito* atraente.

Meg pareceu preocupada.

— Você vai ter que investir em antialérgicos se quiser sair com ela de novo.

— Ah, nenhum relacionamento é perfeito — comentou Lavínia. — Pelo menos com ela eu já conheço os problemas logo. A gente vai dar um jeito.

Eu não tinha dúvidas de que ela conseguiria. Ela me abraçou e bagunçou meu cabelo.

— É melhor você voltar para me ver. E não morra. Vou chutar sua bunda com os meus novos sapatos de sapateado se você morrer.

— Entendido.

Ela fez mais um passinho de sapateado, acenou para nós: *É com vocês*, e saiu correndo para reunir a Quinta Coorte para um longo dia de ensaios.

Ao vê-la se afastar, fiquei impressionado ao pensar em quanta coisa tinha acontecido com todos nós desde que Lavínia Asimov nos levara ao acampamento, poucos dias antes. Derrotamos dois imperadores e um rei, que teria sido uma boa mão mesmo no mais desafiador jogo de pôquer. Libertamos as almas de um deus e de uma Sibila. Salvamos um acampamento, uma cidade e um lindo par de sapatos. Principalmente, eu tinha visto minha irmã, e ela me deixara novo em folha — ou pelo menos fizera o melhor que podia por Lester Papadopoulos. Como Reyna diria, a gente tinha adicionado muitos itens à nossa coluna de "coisas boas". Agora Meg e eu embarcaríamos no que poderia ser nossa última missão, com altas expectativas e muito esperançosos... ou pelo menos descansados e levando vários bolinhos.

Fizemos uma última caminhada até Nova Roma, onde Tyson e Ella nos esperavam. Na entrada da livraria, uma placa recém-pintada declarava: LIVROS DO CICLOPE.

— Oba! — gritou Tyson quando entramos. — Venham! A abertura é hoje!

— *Inauguração* — corrigiu Ella, ajeitando um prato de bolinhos e vários balões no balcão. — Bem-vindos à Livros do Ciclope, Profecias e Gato Laranja.

— Isso tudo não cabia na placa — explicou Tyson.

— Deveria caber na placa — retrucou Ella. — A gente precisa de uma placa maior.

Em cima da registradora antiquada, Aristófanes bocejou como se não se importasse. Estava usando um chapeuzinho de festa, e sua expressão deixava claro: *Só estou usando isso porque semideuses não têm celulares nem Instagram.*

— Os clientes podem receber profecias para suas missões! — explicou Tyson, apontando para o próprio peito, ainda mais coberto de versos sibilinos. — Também podem comprar os últimos lançamentos!

— Eu recomendo o *Almanaque do Velho Fazendeiro*, de 1924 — falou Ella. — Quer um exemplar?

— Ah... talvez na próxima. Falaram que você tem uma profecia para a gente?

— É, é.

Ella passou a ponta dos dedos pelas costelas de Tyson, procurando os versos corretos. O ciclope sentiu cosquinhas e caiu na risada.

— Aqui — disse Ella. — Na área do baço.

Incrível, pensei. A Profecia do Baço do Ciclope.

Ella leu em voz alta:

— *Ó, filho de Zeus, enfrente teu desafio final*
Na torre de Nero subirão dois somente
Do teu lugar arranque o usurpador animal.

Eu esperei.

Ela balançou a cabeça.

— É só isso mesmo.

E voltou para arrumar os bolinhos e os balões.

— Não pode ser — reclamei. — Isso não faz sentido poético. Não é um haicai. Não é um soneto. Não é... Ah!

Meg estreitou os olhos.

— Quê?

— Na verdade, eu deveria dizer: *Ah, não.* — Eu me lembrei de um rapaz sério que conheci na Florença medieval. Fazia muito tempo, mas eu nunca esquecia aqueles que criavam novos tipos de poesia. — É uma *terza rima*.

— Quem?

— Foi um estilo inventado por Dante. No *Inferno*. Três linhas. A primeira e a terceira rimam. A do meio rima com a primeira linha da *próxima* estrofe.

— Não entendi — falou Meg.

— Quero um bolinho — anunciou Tyson.

— *Final* e *animal* rimam — expliquei para Meg. — A linha do meio termina com *somente*. Isso nos diz que, quando encontrarmos a próxima estrofe, a primeira e a terceira terão que rimar com *somente*. A *terza rima* é uma sequência infinita de estrofes, todas conectadas.

Meg franziu a testa.

— Mas *não* tem estrofe seguinte.

— Não aqui — concordei. — O que significa que deve estar em algum lugar por aí... — Fiz um gesto vago para o leste. — Nossa missão vai ser uma caça ao tesouro por mais estrofes. Este é só o ponto de partida.

— Hum...

Como sempre, Meg resumiu nosso problema perfeitamente. Era bem *hum* mesmo. Eu também não gostava do fato de que nosso novo esquema de versos da profecia tinha sido inventado para descrever uma descida ao inferno.

— "Torre de Nero" — disse Ella, ajustando os balões. — Nova York, aposto. É.

Tive que me segurar para não gemer.

A harpia estava certa. A gente teria que voltar para onde meus problemas começaram — Manhattan, onde ficava o arranha-céu chique do quartel-general do Triunvirato. Depois disso, eu teria que enfrentar o animal usurpador. Eu suspeitava que aquele verso não se tratasse do alter ego de Nero, o Besta, e sim de Píton, uma serpente de verdade, e meu inimigo ancestral. Como eu ia chegar ao seu ninho em Delfos, quanto mais derrotá-lo, eu não tinha ideia.

— Nova York.

Meg trincou os dentes. Eu sabia que esse seria um terrível retorno para ela, voltando à casa de horrores do seu pai adotivo, onde sofreu abusos emocionais por anos. Eu gostaria de poder poupá-la dessa dor, mas suspeitava de que Meg sabia desde sempre que esse dia chegaria e, como a maior parte dos sofrimentos que enfrentou, não havia escolha a não ser... bem, enfrentá-los.

— Certo — disse Meg, decidida. — Como vamos chegar lá?

— Ah! Ah! — Tyson ergueu a mão, a boca toda lambuzada de cobertura dos bolinhos. — Eu iria de foguete!

Eu fiquei olhando para ele.

— Você *tem* um foguete?

Sua expressão se desanimou.

— Não.

Olhei pelas janelas da livraria. Ao longe, o sol se erguia acima do Monte Diablo. Nossa jornada de mil quilômetros não começaria com um foguete, então teríamos que encontrar outro jeito. Cavalos? Águias? Um carro automático programado para não cair de viadutos? A gente teria que confiar nos deuses e torcer para ter sorte. (Pode incluir um *HA-HA-HA-HA-HA-HA-HA-HA* aqui.) E talvez, se a gente fosse extremamente sortudo, poderíamos pelo menos ligar para nossos velhos amigos no Acampamento Meio-Sangue quando chegássemos em Nova York. Essa ideia me encheu de coragem.

— Vamos, Meg — falei. — Temos um longo caminho pela frente. Precisamos arrumar uma carona.

GUIA PARA ENTENDER APOLO

ab urbe condita — latim para *a partir da fundação da cidade*. Por um tempo, os romanos usavam a sigla AUC para marcar os anos desde a fundação de Roma

Acampamento Júpiter — campo de treinamento para semideuses romanos localizado entre as Oakland Hills e as Berkeley Hills, na Califórnia

Acampamento Meio-Sangue — campo de treinamento para semideuses gregos localizado em Long Island, Nova York

Afrodite — deusa grega do amor e da beleza. Forma romana: Vênus

Águia da Décima Segunda — estandarte do Acampamento Júpiter, uma estátua dourada de uma águia no topo de um poste, simbolizando Júpiter

Aquiles — herói grego da Guerra de Troia; guerreiro quase invulnerável que derrotou o herói troiano Heitor fora das muralhas de Troia e então arrastou seu corpo com a biga

Ares — deus grego da guerra; filho de Zeus e Hera e meio-irmão de Atena. Forma romana: Marte

Argentum — latim para *prata*; nome de um dos greyhounds mecânicos de Reyna que são capazes de detectar mentiras

Argo II — trirreme voador construído pelo chalé de Hefesto no Acampamento Meio-Sangue para levar os semideuses da Profecia dos Sete até a Grécia

Ártemis — deusa grega da caça e da lua; filha de Zeus e Leto e irmã gêmea de Apolo. Forma romana: Diana

Atena — deusa grega da sabedoria. Forma romana: Minerva

aura (*aurae*, pl.) — espírito do ar

Aurum — latim para *ouro*; nome de um dos greyhounds mecânicos de Reyna que são capazes de detectar mentiras

ave — latim para *viva*, um cumprimento romano

Baco — deus romano do vinho e da orgia; filho de Júpiter. Forma grega: Dioniso

balista — arma romana que dispara projéteis grandes em alvos distantes

Belona — deusa romana da guerra; filha de Júpiter e Juno

Benito Mussolini — político italiano que se tornou líder do Partido Nacional Fascista, uma organização paramilitar. Governou a Itália de 1922 a 1943, como primeiro-ministro e depois ditador

blemmyae — criaturas sem cabeça e cujo rosto se localiza no peito

Bosque de Dodona — local de um dos oráculos gregos mais antigos, posterior apenas ao Oráculo de Delfos. O movimento das folhas das árvores no bosque oferecia respostas a sacerdotes e sacerdotisas que o visitavam. O bosque é localizado na floresta do Acampamento Meio-Sangue e só pode ser acessado através do ninho de *myrmekos*

Britomártis — deusa grega das redes de caça e de pescaria. Seu animal sagrado é o grifo

bronze celestial — metal poderoso e mágico usado para criar armas portadas pelos deuses gregos e seus filhos semideuses

cacaseca — cocô seco

Calígula — apelido do terceiro dos imperadores de Roma, Caio Júlio César Augusto Germânico, famoso por sua crueldade e carnificina durante os quatro anos em que governou, de 37 d.C. a 41 d.C. Foi assassinado por um de seus guardas

Calígula Nero — imperador romano de 54 d.C a 68 d.C. Mandou matar a mãe e a primeira esposa. Muitos acreditam que foi o responsável por iniciar um incêndio que destruiu Roma, mas culpou os cristãos, a quem condenava à morte e queimava em cruzes. Ele construiu um palácio novo e extravagante na área destruída e perdeu apoio quando os gastos da construção o obrigaram a aumentar os impostos. Cometeu suicídio

Campo de Marte — parte campo de batalha, parte área recreativa, o lugar em que treinos e jogos de guerra acontecem no Acampamento Júpiter

Campos Elísios — paraíso para o qual os heróis gregos eram enviados quando os deuses lhes ofereciam imortalidade

Casa do Senado — prédio no Acampamento Júpiter em que os senadores se encontram para discutir questões como que missões devem ser perseguidas ou se uma guerra deve ser declarada

centurião — oficial do Exército romano

charme — um poder raro de hipnotismo que alguns filhos de Afrodite possuem

Cícero — político romano renomado por seus discursos

Ciclopes — raça primordial de gigantes que tem um único olho no meio da testa

cinocéfalo — ser com corpo humano e cabeça de cachorro

Circus Maximus — um estádio criado para corridas de biga e de cavalo

cloaca maxima — latim para *maior esgoto*

clunis — latim para *bunda*

Colina dos Templos — local afastado dos limites da cidade de Nova Roma onde ficam todos os templos para os deuses

Coliseu — um anfiteatro elíptico construído para lutas de gladiador, simulações de monstros e falsas batalhas navais

Cômodo — Lúcio Aurélio Cômodo era filho do imperador romano Marco Aurélio. Tornou-se coimperador aos dezesseis anos e imperador aos dezoito, quando o pai morreu. Governou de 177 d.C. a 192 d.C. e era megalomaníaco e cruel; considerava-se o Novo Hércules e gostava de matar animais e de lutar com gladiadores no Coliseu

coorte — grupo de legionários

Corônis — filha de um rei; uma das namoradas de Apolo, que se apaixonou por outro homem. Um corvo branco que Apolo deixou como guarda contou a ele sobre o caso. Apolo ficou tão irritado que amaldiçoou a ave, queimando suas penas. Apolo enviou a irmã, Ártemis, para matar Corônis, porque não conseguiu fazer isso sozinho

Cronos — titã senhor da agricultura e das colheitas, da maldade e do tempo. Era o mais jovem porém mais corajoso e mais terrível dos filhos de Gaia; convenceu vários dos irmãos a ajudarem-no a assassinar o pai, Urano. Foi o principal inimigo de Percy Jackson. Forma romana: Saturno

Dafne — linda náiade que chamou a atenção de Apolo. Ela foi transformada em loureiro para fugir do deus

Dante — poeta italiano do fim da Idade Média que inventou a *terza rima*; autor de *A divina comédia*, entre outros

Delos — ilha grega no mar Egeu, perto de Míconos; local de nascimento de Apolo

Deméter — deusa grega da agricultura; filha dos titãs Reia e Cronos. Forma romana: Ceres

denário — moeda romana

Diana — deusa romana da caça e da lua; filha de Júpiter e Leto, gêmea de Apolo. Forma grega: Ártemis

Dioniso — deus grego do vinho e da orgia; filho de Zeus. Forma romana: Baco

dizimação — antiga punição romana para legiões ruins em que um a cada dez soldados era morto, independentemente de ser culpado ou inocente

dríade — um espírito (normalmente feminino) associado com certa árvore

Esculápio — deus da medicina; filho de Apolo. Seu templo era o centro médico da Grécia Antiga

espata — espada de cavalaria

Estação Intermediária — local de refúgio de semideuses, monstros pacíficos e Caçadoras de Ártemis, localizada acima da Union Station, em Indianápolis, Indiana

Estige — poderosa ninfa da água; filha mais velha do titã do mar, Oceano. Deusa do rio mais importante do Mundo Inferior. Deusa do ódio. O rio Estige foi batizado em homenagem a ela

estrige — ave similar a uma coruja, grande e bebedora de sangue, portadora de maus presságios

eurynomos (*eurynomoi*, pl.) — ghoul comedor de carniça que vive no Mundo Inferior e é controlado por Hades; o menor corte por suas garras causa uma terrível doença em mortais, e quando suas vítimas morrem, retornam como *vrykolakai*, ou zumbis. Se um *eurynomos* consegue devorar um corpo até os ossos, o esqueleto se torna um guerreiro desmorto feroz, muitos dos quais servem como guardas de elite do palácio de Hades

Euterpe — deusa grega da poesia lírica; uma das Nove Musas. Filha de Zeus e Mnemosine

fasces — um machado cerimonial envolto em várias estacas de madeira com a lâmina de crescente exposta; símbolo máximo de autoridade na Roma antiga; origem da palavra *fascismo*

fauno — deus da floresta romano, parte cabra, parte homem

Fauno — deus romano dos bosques. Forma grega: Pã

Flegetonte — rio de fogo que passa pelo Mundo Inferior

fogo grego — um líquido verde viscoso, mágico e altamente explosivo utilizado como arma; uma das substâncias mais perigosas do mundo

Fórum — o centro da vida da Nova Roma; uma praça com estátuas, fontes, lojas e locais de entretenimento noturno

fulminata — armado com raios; legião romana sob o comando de Júlio César cujo emblema era um raio (*fulmen*)

Gaia — deusa grega da terra; esposa de Urano; mãe dos titãs, gigantes, ciclopes e outros monstros

Gamelion — o sétimo mês do calendário ateniense usado em Ática, Grécia, durante um período; equivalente a janeiro/fevereiro no calendário gregoriano

germânicos — guarda-costas do Império Romano das tribos germânicas e gaulesas

Guerra de Troia — de acordo com as lendas, a Guerra de Troia foi declarada contra a cidade de Troia pelos achaeans (gregos), quando Páris, príncipe de Troia, roubou Helena de seu marido, Menelau, rei de Esparta

Hades — deus grego da morte e das riquezas. Senhor do Mundo Inferior. Forma romana: Plutão

harpia — criatura fêmea alada que rouba objetos

Harpócrates — deus ptolemaico do silêncio e dos segredos, uma adaptação grega de Harpa-Khruti, Hórus criança, que muitas vezes era retratado em pinturas e estátuas com o dedo erguido aos lábios, um gesto que simbolizava a infância

Hécate — deusa da magia e das encruzilhadas

Heitor — campeão troiano que foi derrotado pelo guerreiro grego Aquiles e então arrastado pelas rodas da biga de Aquiles

Hefesto — deus grego do fogo (inclusive o vulcânico), do artesanato e dos ferreiros; filho de Zeus e Hera, casado com Afrodite. Forma romana: Vulcano

Hélio — titã deus do Sol; filho do titã Hiperíon e da titã Teia

Hera — deusa grega do casamento; esposa e irmã de Zeus. Madrasta de Apolo. Forma romana: Juno

Hermes — deus grego dos viajantes; guia dos espíritos dos mortos; deus da comunicação. Forma romana: Mercúrio

hipocampo — criatura marinha com cabeça de cavalo e corpo de peixe

Horácio Cocles — oficial romano que, de acordo com a lenda, defendeu sozinho a Ponte Sublício no rio Tibre contra o Exército etrusco

immortuos — latim para desmortos

Íris — deusa grega do arco-íris

Jacinto — herói grego e amante de Apolo. Morreu enquanto tentava impressionar o deus com suas habilidades de lançamento de disco

jiangshi — chinês para *zumbi*

Júlio César — político e general romano cujos feitos militares aumentaram o território romano e por fim levaram a uma guerra civil que permitiu que assumisse o controle do governo em 49 a.C. Foi declarado "ditador eterno" e implementou reformas sociais que irritaram alguns romanos poderosos. Um grupo de senadores conspirou contra ele e o assassinou em 15 de março de 44 a.C.

Juno — deusa romana do casamento; esposa e irmã de Júpiter; madrasta de Apolo. Forma grega: Hera

Júpiter — deus romano do céu e rei dos deuses. Forma grega: Zeus

Jupiter Optimus Maximus — latim para *Júpiter, o melhor e maior deus*

khromanda (*khromandae*, pl.) — monstro humanoide com olhos cinzentos, pelo louro bagunçado e dentes caninos; só se comunica por gritos

Labirinto — um labirinto subterrâneo construído originalmente na ilha de Creta pelo artesão Dédalo para aprisionar o Minotauro

Labirinto de Fogo — um labirinto subterrâneo mágico cheio de armadilhas no sul da Califórnia controlado pelo imperador romano Calígula e Medeia, bruxa grega

lamia — termo romano para *zumbi*

Lar (*Lares*, pl.) — deuses romanos do lar

legionário — membro do Exército romano

lemuriano — originário do antigo continente da Lemúria, agora perdido, mas que imagina-se localizar no oceano Índico

Leto — mãe de Ártemis e Apolo com Zeus; deusa da maternidade

libri — latim para *livros*

lictor — soldado que carregava fasces e trabalhava como guarda-costas para oficiais romanos

Linha Pomeriana — fronteira de Roma

livros sibilinos — as profecias da Sibila de Cumas, receitas para evitar desastres, da época da Roma Antiga, reunidas em nove volumes, seis dos quais foram destruídos pela própria Sibila. Os três livros remanescentes foram vendidos ao último rei romano, Tarquínio, e perdidos com o tempo. Ella, a harpia, leu uma cópia dos três livros e está tentando reconstruir as profecias com sua memória fotográfica e a ajuda de Tyson, o ciclope

Luna — a titã da Lua. Forma grega: Selene

Lupa — deusa loba, espírito guardião de Roma

maenad — seguidora de Dioniso/Baco, muitas vezes associada ao frenesi

manubalista — uma besta romana pesada

Marte — deus romano da guerra. Forma grega: Ares

Medeia — feiticeira grega, filha do rei Eetes da Cólquida e neta do titã do Sol, Hélio. Esposa do herói Jasão, a quem ela ajudou a obter o Velocino de Ouro

Meléagro — príncipe que recebeu a profecia das Parcas de que morreria quando um pedaço de madeira queimasse. Quando sua mãe descobriu que Meléagro havia matado os tios, jogou a tora na lareira, causando sua morte

Melíades — ninfas gregas dos freixos, nascidas de Gaia. Elas alimentaram e criaram Zeus em Creta

Mercúrio — deus romano dos viajantes; guia dos espíritos dos mortos; deus da comunicação. Forma grega: Hermes

Minerva — deusa romana da sabedoria. Forma grega: Atena

Monte Olimpo — lar dos doze olimpianos

Monte Otris — montanha no centro da Grécia; base dos titãs durante a guerra de dez anos com os deuses olimpianos; o assento dos titãs em Marin County, Califórnia; conhecido pelos mortais como monte Tamalpais

Monte Vesúvio — um vulcão perto da Baía de Nápoles, na Itália, que entrou em erupção no ano 79 d.C., soterrando a cidade romana de Pompeia com cinzas

Mundo Inferior — reino dos mortos, para onde as almas vão pela eternidade; governado por Hades

myrmeko — criatura similar a uma formiga gigante do tamanho de um pastor alemão. Myrmekos vivem em formigueiros imensos, onde protegem metais brilhantes, como ouro. Cospem veneno e têm um exoesqueleto quase invencível e mandíbulas poderosas

náiade — espírito das águas

Nascidos da Terra — raça de gigantes de seis braços, também chamados de Gegenes

Nereida — um espírito do mar

Névoa — força mágica que evita que os mortais vejam deuses, criaturas míticas e ocorrências sobrenaturais substituindo-os por coisas que a mente humana é capaz de compreender

ninfa — deidade feminina que dá vitalidade à natureza

Nova Roma — o vale em que o Acampamento Júpiter é localizado e a cidade — uma versão menor e mais moderna da cidade imperial — onde semideuses romanos vivem em paz, estudam e se aposentam

Nove Musas — deusas que concedem inspiração para artistas e protegem as criações e expressões artísticas. Filhas de Zeus e Mnemosine. Quando crianças, foram alunas de Apolo. Seus nomes são Clio, Euterpe, Tália, Melpômene, Terpsícore, Erato, Polímnia, Urânia e Calíope

nuntius — latim para *mensageiro*

Oliver Cromwell — um puritano devoto e figura política influente que liderou o exército do parlamento durante a guerra civil britânica

Oráculo de Delfos — porta-voz das profecias de Apolo

ouro imperial — metal raro, mortal a monstros, consagrado no Panteão; sua existência era um segredo bem-guardado dos imperadores

Pã — deus grego da natureza; filho de Hermes. Forma romana: Fauno

pandai (*pandos*, **sing.**) — tribo de criaturas com orelhas gigantescas, oito dedos nas mãos e nos pés e corpos cobertos de pelos brancos que ficam pretos com a idade

Parcas — três personificações femininas do destino. Controlam o fio da vida de cada ser vivo, do nascimento à morte

pássaros da Estinfália — aves devoradoras de homens com bico de bronze e penas metálicas afiadas que podiam ser lançadas como flechas contra suas vítimas

People's Park — espaço próximo à Telegraph Avenue, em Berkeley, Califórnia, que foi o local de um grande protesto de estudantes em maio de 1969 que se transformou em um confronto com a polícia

Pequeno Tibre — batizado em homenagem ao rio Tibre em Roma, é o rio menor que forma a barreira do Acampamento Júpiter

Píton — serpente monstruosa a que Gaia incumbiu de guardar o Oráculo de Delfos

Plutão — deus romano da morte e senhor do Mundo Inferior. Forma grega: Hades

Pompeia — cidade romana destruída em 79 d.C., quando o vulcão do monte Vesúvio entrou em erupção e a cobriu de cinzas

Poseidon — deus grego do mar; filho dos titãs Cronos e Reia, irmão de Zeus e Hades. Forma romana: Netuno

pretor — pessoa eleita para magistrado e comandante do Exército romano

pretoriado — alojamento dos pretores no Acampamento Júpiter

Primeira Guerra Titânica — também conhecida como Titanomaquia, a guerra de onze anos entre os Titãs do monte Ótris e os deuses mais jovens, cujo futuro lar seria o Monte Olimpo

princeps — latim para primeiro cidadão ou primeiro na linhagem; os primeiros imperadores romanos adotaram esse título, que a partir de então passou a significar príncipe de Roma

principia — quartel-general militar dos pretores no Acampamento Júpiter

probatio — ordem dada aos novos membros da legião no Acampamento Júpiter

Ptolomaico — relativo os reis grego-egípcios que dominaram o Egito de 323 a 30 a.C.

Raposa de Têumesso — raposa gigante enviada pelos olimpianos para caçar os filhos de Tebas; era seu destino nunca ser capturada

rio Estige — rio que forma a fronteira entre a Terra e o Mundo Inferior

rio Tibre — o terceiro rio mais longo da Itália. Roma foi fundada às suas margens. Na Roma antiga, os criminosos executados eram jogados no rio

Rômulo — semideus filho de Marte, irmão gêmeo de Remo; primeiro rei de Roma, que fundou a cidade em 753 a.C.

sátiro — deus grego da floresta, parte bode e parte homem

Saturnália — antigo festival romano que acontecia em dezembro em homenagem a Saturno, o equivalente romano de Cronos

Selene — titã da Lua. Forma romana: Luna

Senado — conselho de dez representantes eleitos pela legião no Acampamento Júpiter

Sibila — uma profetisa

Sibila Eritreia — profetisa do Oráculo de Apolo na Eritreia, na Jônia, que reuniu suas instruções proféticas para evitar desastres em nove volumes mas destruiu seis deles enquanto tentava vendê-los para Tarquínio Soberbo de Roma

Somme — uma batalha da Primeira Guerra Mundial dos ingleses e franceses contra os alemães perto do rio Somme, na França

Somnus — deus romano do sono. Forma grega: Hipnos

spolia opima — combate mano a mano entre dois líderes opositores numa guerra, demonstração máxima de coragem para um romano; literalmente, *espólios da guerra*

sub rosa — latim para *sob a rosa*, o que significa jurado em segredo

Subura — uma área superpovoada de classe baixa na Roma antiga

Tarquínio — Lúcio Tarquínio Soberbo foi o sétimo e último rei de Roma, tendo reinado de 535 a.C. até 509 a.C., quando, depois de um levante popular, a República Romana foi estabelecida

Término — deus romano das fronteiras

Terpsícore — deusa grega da dança; uma das Nove Musas

terza rima — forma de poesia que consiste de estrofes de três versos em que o primeiro e o terceiro rimam e o do meio rima com o primeiro e o terceiro versos da estrofe seguinte

testudo — formação de batalha em que os legionários entrelaçam os escudos para formar uma barreira

titãs — raça de deidades gregas poderosas, descendentes de Gaia e Urano, que governaram durante a Era de Ouro e foram derrubados por uma raça de deuses mais jovens, os olimpianos

Três Graças — deusas da Beleza, da Alegria e da Elegância; filhas de Zeus

trirreme — antigo navio de guerra grego ou romano com três fileiras de remo de cada lado

triunvirato — aliança política formada entre três indivíduos

Troia — cidade pré-romana situada na Turquia dos dias atuais; local da Guerra de Troia

túnel Caldecott — uma autoestrada de quatro pistas que atravessa Berkeley Hills e conecta Oakland e Orinda, na Califórnia. Contém um túnel secreto no meio, protegido por soldados romanos, que leva ao Acampamento Júpiter

Urano — personificação grega do céu; marido de Gaia e pai dos titãs

vappae — latim para *uvas podres*

ventus (*venti*, pl.) — espíritos das tempestades

Vênus — deusa romana do amor e da beleza. Forma grega: Afrodite

Verão do Amor — uma reunião de mais de cem mil hippies no bairro de Haight-Ashbury em São Francisco durante o verão de 1967 com arte, música e práticas espirituais, e ao mesmo tempo protestos contra o governo e valores materiais

Via Praetoria — estrada principal que leva ao Acampamento Júpiter e vai dos alojamentos ao quartel-general

Vnicornes Imperant — latim para *Unicórnios mandam*

***vrykolakas* (*vrykolakai*, pl.)** — palavra grega para *zumbi*

Vulcano — deus romano do fogo, inclusive o vulcânico, e dos ferreiros. Forma grega: Hefesto

Zeus — deus grego do céu e rei dos deuses. Forma romana: Júpiter

- intrinseca.com.br
- @intrinseca
- editoraintrinseca
- @intrinseca
- @editoraintrinseca
- editoraintrinseca